W0309240

LILAH PACE
Tainted Hearts

Leserwarnung:

Tainted Hearts *beschäftigt sich explizit mit Fantasien über nicht einvernehmlichen Sex. Leser, die auf die Darstellung von nicht einvernehmlichem Sex empfindlich reagieren, werden hiermit darauf hingewiesen. Am Ende des Buches befindet sich eine etwas detailliertere Warnung, die allerdings Teile der Handlung vorwegnehmen könnte.*

LILAH PACE

TAINTED HEARTS

Roman

Ins Deutsche übertragen
von Anika Klüver

LYX

LYX in der Bastei Lübbe AG
Dieser Titel ist auch als E-Book erschienen.

MIX
Papier aus verantwortungsvollen Quellen
FSC www.fsc.org FSC® C083411

Die Originalausgabe erschien 2015 unter dem Titel *Asking for It*
bei Berkley, an imprint of Penguin Random House LLC,
New York, NY, USA.

Dieses Werk wurde vermittelt durch Interpill Media GmH, Hamburg.

Textredaktion: Birgit Sarrafian
Covergestaltung: © Guter Punkt, München | www.guter-punkt.de
Umschlagmotiv: © Anke Koopmann unter Verwendung eines Motivs
von Belovodchenko Anton/shutterstock
Satz: Greiner & Reichel, Köln
Gesetzt aus der New Caledonia LT
Druck und Einband: CPI Books GmbH, Leck – Germany

Printed in Germany
ISBN 978-3-7363-0278-5

1 3 5 7 6 4 2

Sie finden uns im Internet unter www.lyx-verlag.de
Bitte beachten Sie auch: www.luebbe.de und www.lesejury.de

Prolog

Meine Fantasien beginnen stets … normal. Was auch immer normal bedeutet. In dem Film oder der Fernsehserie, die ich mir ansehe, kommt eine sexy Szene vor: ein Mann und eine Frau in inniger Umarmung, ihre Lippen Silhouetten, die sich fast berühren. Eine raue und sehnsüchtige Ballade von Dinah Washington wird durch die Zufallsfunktion der Stereoanlage abgespielt. Hugh Jackman ist mit nacktem Oberkörper auf der Titelseite einer Zeitschrift im Supermarkt abgebildet. Ich schätze, es sind die üblichen Dinge, die mich erregen.

Und wenn ich dann im Bett meines Freundes bin (wenn ich denn einen Freund habe) oder allein unter der Decke liege oder unter der Dusche stehe (wenn ich keinen Freund habe), schließe ich die Augen. Ich versuche, alles zu vergessen, bis auf das Pochen zwischen meinen Beinen, den Druck und den Rhythmus, der meinen Puls zum Rasen bringt. Die Bilder in meinem Kopf überschlagen sich in einem wilden Durcheinander ohne Handlung, Gefühl oder Sinn – es ist wie ein pornografisches Kaleidoskop aus Zungen und Lippen, Körpern in Ekstase sowie der Hitze von aneinanderreibender Haut. Normalerweise fange ich dann an zu stöhnen. Ich gehöre nicht zu den leisen Frauen. So weit, so gut.

Aber egal wie eindeutig und erotisch das Kaleidoskop wird, egal wie talentiert der Kerl mit seiner Zunge ist, ich kann einfach nicht kommen. Es ist schon peinlich, wie gut ich darin bin, einen Orgasmus vorzutäuschen.

Wenn ich allein bin – oder wenn ich mit einem Liebhaber

zusammen bin und *so dringend* kommen will, dass ich es nicht mehr aushalte –, muss ich mich an diesen ganz bestimmten Ort in meinem Kopf begeben.

In meinem Geist winden sich dann Seile um meine Hand- und Fußgelenke. Oder ich werde auf den Bauch gerollt und meine Hände werden hinter meinem Rücken festgehalten. Manchmal sind meine Augen verbunden. Manchmal zwingt er mich, ihn anzusehen. Wenn ich einem Kerl einen blase, bitte ich ihn, mich an meinen Haaren zu ziehen, und die ganze Zeit über tue ich dann so, als würde er mich dazu zwingen. Mich dazu nötigen. In Wahrheit sagt er Dinge wie »Baby« oder »Du bist wunderschön«. Aber ich stelle mir vor, er sagt: »Hure. Blas mir einen, du Fotze.«

Ich kann nur dann kommen, wenn ich mir vorstelle, vergewaltigt zu werden.

Manchmal ist es »sanfter« – ein Kerl, der mich auf einer Party gegen eine Wand drückt oder die Situation ausnutzt, wenn ich total betrunken bin. Bei anderen Gelegenheiten ist es brutal. Dann liege ich mit ausgestreckten Gliedern gefesselt da. Oder ich kauere auf Händen und Knien in einer Gosse.

Wenigstens habe ich keine Fantasien, in denen mir jemand eine Waffe an die Kehle oder den Kopf hält. Zumindest noch nicht.

Ich hasse das an mir. Ich *hasse* es. Ich habe so oft versucht, mich zu ändern. Es ist mir nie gelungen. Ich wünschte, ich könnte behaupten, dass ich keine Ahnung habe, warum ich so ticke. Aber das stimmt nicht.

Vielleicht spielt es keine Rolle. Viele Leute haben sexuelle Fantasien, die sie nie ausleben, ob sie nun gewalttätig und pervers oder albern und einfach biologisch unmöglich sind. Wenn sich das alles nur in meinem Kopf abspielt und dafür sorgt, dass ich komme, dann ist das doch nicht schlimm, oder?

(Und es sorgt dafür, dass ich *richtig heftig* komme.)

Schlimm wird es erst, wenn die Grenzen zwischen Realität und Fantasie verschwimmen.

So wie es vergangene Nacht der Fall war.

1

Der Highway 71 erstreckte sich vor mir, und die Räder meines Wagens jagten über den schwarzen Asphalt. Sieben Stunden nach meinem Aufbruch zurück nach Austin fragte ich mich, warum ich nicht einfach in den Südwesten geflogen war.

Manchmal unternehme ich gern eine lange Autofahrt ganz allein. Ich höre dann meine Lieblingsmusik und genieße die wundervolle Gewissheit, für eine Weile definitiv nicht an meiner Abschlussarbeit sitzen zu können, egal was passiert. Der Großteil der Rückfahrt von New Orleans hatte mir gefallen. Doch nun war die Sonne untergegangen, und ich hatte immer noch eine Stunde vor mir und fühlte mich rastlos.

Es wäre gut gewesen, wenn du dein Ladegerät fürs Auto nicht zu Hause vergessen hättest, wo es dir absolut nichts bringt …

Bei dem Gedanken an das Handy in meiner Handtasche stöhnte ich auf. Der Akku war bereits seit über einer Stunde leer. Anstatt auf dem letzten Abschnitt meiner Reise meine energiegeladene Lieblingsplaylist hören zu können, war ich nun dem Radio ausgeliefert. Und jeder Sender schien es sich zur Aufgabe gemacht zu haben, mich einzuschläfern.

Aber es war ja auch schon spät. Nach zweiundzwanzig Uhr. Die meisten Leute kamen jetzt runter und entspannten sich, während sie ruhigerer Musik lauschten und sich vielleicht an jemanden ankuschelten, den sie liebten.

Ein leidenschaftliches lateinamerikanisches Lied setzte ein. Weiche Gitarrenklänge voller Sinnlichkeit erinnerten mich daran, wie lange ich schon allein war.

Meine letzte Trennung war vor vier Monaten gewesen. Manchmal vermisste ich Geordie, auch wenn ich wusste, dass die Trennung die richtige Entscheidung gewesen war. Mit dreißig ist er immer noch im Partymodus, während ich mich mit fünfundzwanzig bereits erwachsener fühle, als er es vermutlich je sein wird. Wir waren ohnehin immer mehr Freunde als ein leidenschaftliches Liebespaar. Unser Sexleben – tja, da kann ich Geordie keinen Vorwurf machen. Wahrscheinlich wären die meisten Frauen mehr als glücklich mit dem gewesen, was er zu bieten hatte. Ich war diejenige, die sich nach etwas gesehnt hatte, das Geordie nicht erfüllen konnte.

Wenigstens hast du ihm gesagt, was du wirklich wolltest. Endlich hast du jemand anders genug vertraut, um es ihm zu sagen, und das allein ist auch schon etwas, oder? Er konnte sich nur nicht mit dir darauf einlassen.

Aber ich hatte mich so geschämt. Mich so bloßgestellt gefühlt. Ich hatte Geordie meine ureigensten Fantasien anvertraut und gehofft, dass er mitspielen würde. Stattdessen war er ausgeflippt. Oh, er versuchte, sich verständnisvoll zu zeigen. Immer wieder fragte er: »Aber *warum* glaubst du, dass du so empfindest?« Dafür bezahle ich meine Therapeutin. Von ihm hätte ich etwas sehr viel Schmutzigeres gebraucht. Etwas sehr viel Beängstigenderes. Und der sanfte, lustige Geordie konnte es mir nicht geben.

Vielleicht war ich die Unnachgiebige. Ich hielt mir vor Augen, dass ich einen Kerl nicht dafür verurteilen sollte, dass ihn die Vorstellung, eine Frau zu etwas zu zwingen, *nicht* anmachte. Also rief ich mir immer wieder ins Gedächtnis: *Geordie wird auch seine Grenzen haben …*

Das Steuer in meinen Händen ruckelte. Ich schaffte es gerade so, den Civic davon abzuhalten, ins Schleudern zu geraten. Der Wagen schwankte heftig und drängte mit aller Gewalt zu einer Seite, während ich versuchte, ihn auf den Seitenstreifen zu manövrieren. Das Dröhnen der Reifen auf dem Highway wich dem rauen Knirschen von Schotter unter meinem Auto. Sobald ich von der Straße herunter war, zog ich die Handbremse an, stellte den Motor ab und saß einen Moment lang einfach nur da, während ich eine Hand auf mein wie wild pochendes Herz presste.

Mist. Mir ist ein Reifen geplatzt.

Ich stieg aus dem Auto, um mir den Schaden anzusehen. Meine Sandalen knirschten auf dem Schotter am Straßenrand. Wie ich vermutet hatte, war der Vorderreifen auf der Beifahrerseite komplett hinüber. Fetzen aus schwarzem Gummi hatten sich gelöst, und der Reifen war vollkommen platt.

Ich biss mir auf die Unterlippe und schaute den Highway hinauf und hinunter. Ich war noch ein gutes Stück von Giddings entfernt, das in diesem Teil von Texas noch am ehesten so etwas wie einer Stadt gleichkam. Der nächste Außenposten der Zivilisation befand sich vermutlich mindestens eine halbe Stunde Fußmarsch von hier … im Dunkeln und ohne Straßenlampen, die mir den Weg weisen konnten. Warum hatte ich das dämliche Ladegerät nicht mitgenommen? Ich hätte eine Menge für ein aufgeladenes Handy gegeben, mit dem ich Hilfe rufen könnte. Ich hätte unterwegs an einer Tankstelle ein neues Ladegerät kaufen können. So teuer waren die schließlich auch nicht. Aber das hatte ich nicht getan. Also stand ich jetzt da, allein, im Dunkeln und vollkommen auf mich gestellt.

Natürlich war ich als moderne, unabhängige Frau in der Lage, einen platten Reifen zu wechseln. Ich hatte es geübt, um es im Notfall selbst erledigen zu können. Allerdings hatte ich es zum letzten Mal vor acht Jahren gemacht, als ich noch auf der Highschool gewesen war.

Ich straffte die Schultern. *Okay, Vivienne. Du kannst das. Fang einfach an.*

Als ich den Wagenheber aus dem Kofferraum holte, beschloss ich, die dünne Strickjacke auszuziehen, die ich über meinem roten Sommerkleid trug. Im August war es in Texas viel zu heiß, um sich mit mehreren Lagen Kleidung am Körper an die Arbeit zu machen, sogar so spät in der Nacht. Außerdem wollte ich mir nach Möglichkeit nicht mein komplettes Outfit mit Schmieröl versauen.

Am Horizont erschienen die Frontscheinwerfer eines Lasters, der in meine Richtung fuhr. Ich war hin- und hergerissen. *Soll ich winken, um ihn auf mich aufmerksam zu machen, oder mich hinter dem Auto verstecken, damit der Fahrer nicht sieht, dass ich hier draußen als Frau ganz allein unterwegs bin?*

Meine Fantasien waren eine Sache. Die Realität eine ganz andere. Ich brauchte wirklich dringend Hilfe, aber ich ging hinter das Auto.

Nicht dass es eine Rolle gespielt hätte – der große Sattelzug donnerte so schnell an mir vorbei, dass mein kompaktes Auto wackelte. Der Fahrtwind blies mir das Haar ins Gesicht und wirbelte den unteren Teil meines Kleids nach oben. Sobald der Laster ein gutes Stück entfernt war, zog ich meine Strickjacke aus und warf sie auf den Fahrersitz. Dann machte ich mich an die Arbeit.

Okay. Der erste Schritt bestand offensichtlich darin, das Auto hochzubocken. Ich kniete mich neben den platten Reifen, brachte den Wagenheber in Position – und hörte, wie ein weiteres Auto auf mich zugefahren kam.

Es wurde langsamer.

Und hielt an.

Das blendende Licht der Scheinwerfer strahlte mich an.

Ich hob eine Hand, konnte aber aufgrund des grellen Lichts nichts erkennen. Angst durchflutete meinen Körper. Ich nahm den Kreuzschlüssel fest in meine Faust, während ich dastand und mit der anderen Hand immer noch versuchte, meine Augen gegen das Licht abzuschirmen. Ich bemühte mich, meine Stimme ruhig zu halten, und rief: »Hallo?«

»Sieht so aus, als wären Sie in Schwierigkeiten?«

Der Fahrer kam auf mich zu, wobei die Scheinwerfer seine große, männliche Gestalt betonten. Als sich meine Augen an die Helligkeit gewöhnt hatten, konnte ich endlich sein Gesicht erkennen.

Oh mein Gott.

Das Adrenalin in meinem Blutkreislauf schoss in die Höhe. Die Angst war immer noch da, sogar noch ein wenig mehr, als ich sah, wie breit seine Schultern und die Muskeln an seinen Armen waren. Doch nun mischte sich zu der Angst die gleiche Menge an roher und nackter Erregung. Dieser Mann …

Er war groß, so um die eins neunzig. Seine Jeans saß tief unter seiner unglaublich schmalen Taille, wodurch seine muskulösen Oberschenkel nur noch stärker betont wurden. Sein schwarzes T-Shirt lag eng an seinem Oberkörper. Bartstoppeln bedeckten seinen kantigen Kiefer, und sein dunkles Haar war beinahe militärisch kurz geschnitten, sodass es seine starken Gesichtszüge betonte. Er ließ seine grauen Augen über mich wandern, und mir fiel sofort wieder ein, warum ich mich ursprünglich für das Tragen der Strickjacke entschieden hatte. Mein Sommerkleid war tief ausgeschnitten, und sein Blick machte deutlich, dass es ihm aufgefallen war.

Ich verstärkte meinen Griff auf den Kreuzschlüssel.

»Wo liegt denn das Problem?«

»Nur ein platter Reifen. Ich habe einen Ersatzreifen dabei.« Ich klang atemlos. Ängstlich. Würde ihn das ermutigen, mir zu helfen, oder deutlich machen, wie viel Macht er in diesem Augenblick über mich hatte?

Er zog eine Augenbraue hoch. Er hatte eindeutig erkannt, dass ich nervös war. Es schien ihn zu amüsieren. »Können Sie einen Reifen wechseln?«

»Natürlich.« Das war vermutlich nicht die ganze Wahrheit, aber ich ging davon aus, dass ich es schon schaffen würde, wenn mir nichts anderes übrig blieb.

»Haben Sie Hilfe gerufen? Den Pannendienst?« Seine grauen Augen fanden erneut meine, aber ich hatte Schwierigkeiten, seinen Gesichtsausdruck zu deuten. »Einen Freund?«

Versucht er herauszufinden, ob ich Single bin, oder will er wissen, ob mich irgendjemand vermissen würde, falls mir etwas passieren sollte?

Niemand würde mich vermissen.

Ich versuchte zu lächeln. Vermutlich nicht besonders erfolgreich. »Ja. Der Mitarbeiter des Pannendiensts sagte, sie würden in etwa fünfzehn Minuten oder so hier sein.« Meine Stimme klang schrill, fast schon abweisend, aber darüber konnte ich mir jetzt keine Gedanken machen. Ich konnte nur eins denken: *Warum habe ich das gesagt? Fünfzehn Minuten sind zu lang. Fünfzehn Minuten sind mehr als ausreichend für ihn, um …*

Sein Lächeln war ein schnelles Aufblitzen in der Dunkelheit, so scharfkantig wie ein Rasiermesser. »Ich kann diesen platten Reifen in fünf Minuten wechseln. Natürlich nur, falls Sie nicht zu stolz sind, mich um Hilfe zu bitten.«

»Stolz?« Dieser Kerl hatte mitten in der Nacht neben mir angehalten, angefangen, mich auszufragen, und wollte mir jetzt einen Vortrag über meine Einstellung halten? Zum Teufel mit der Angst. Ich wurde wütend. »Hören Sie, wenn Sie glauben, es wäre *witzig*, dass ich in dieser Situation Bedenken wegen eines Fremden haben könnte, fürchte ich, dass Ihnen ein paar grundlegende, traurige Tatsachen des Lebens nicht bewusst sind.«

Er wich zurück, und seine grauen Augen verengten sich, fast so, als hätte ich ihn geschlagen. Hatte er meine Angst als Beleidigung aufgefasst? Vielleicht war sie eine. Ich hatte gewissermaßen zum Ausdruck gebracht, dass er nicht vertrauenswürdig sei. Doch als er wieder sprach, war seine tiefe Stimme sanfter. Sie sollte beruhigend klingen. »Ich habe nicht nachgedacht. Hier, lassen Sie mich Ihnen helfen, dann können Sie weiterfahren.«

Er streckte eine Hand nach dem Kreuzschlüssel aus. Offensichtlich brauchte er ihn, um meinen platten Reifen zu wechseln. Aber das Werkzeug war auch die einzige potenzielle Waffe, die ich hatte.

Vertraue ich diesem Typen?

Ich machte einen Schritt auf ihn zu und kniff die Augen zusammen, um besser sehen zu können. Nun blockierte sein Körper die Scheinwerfer ein wenig mehr, und ich konnte sein Gesicht genauer betrachten. Er hatte eine stark ausgeprägte Stirn. Seine feste gerade Nase wirkte wie ein Schnitt in seinem perfekten symmetrischen Gesicht. Und seine Unterlippe war überraschend voll. Er sah ausgesprochen männlich aus, fast schon auf aggressive Weise. Wie jemand, der sich nahm, was er wollte. Und doch wandte er den Blick nie von meinem ab, als ob er nichts zu verbergen hätte …

Ich wollte seinen Augen vertrauen, aber ich konnte nicht. Dieser Mann war ein vollkommen Fremder. Im Grunde genommen lief es auf Folgendes hinaus: Wenn er ein anständiger Kerl war, konnte ich mich auf ihn verlassen. Wenn er ein übler Kerl war, konnte er mir den Kreuzschlüssel vermutlich abnehmen, wann immer er wollte.

Ich zögerte noch einen weiteren Augenblick, dann reichte ich ihm den Kreuzschlüssel.

Er nahm ihn und ging an mir vorbei, um sich an die Arbeit zu machen.

Während der nächsten paar Minuten, in denen er schweigend sein Werk verrichtete und nur das Klappern von Metall zu hören war, stand ich unbeholfen vor seiner dunklen Limousine. Selbst jetzt fiel es mir noch schwer, mich in Gegenwart dieses Mannes zu entspannen. Was, wenn er nur mit mir spielte? Wenn er versuchte, mich in Sicherheit zu wiegen, damit ich unachtsam wurde?

Ach, komm schon, rief ich mich zur Ordnung. *Als ob sich irgendein Vergewaltiger auf der Welt die Mühe machen würde, vorher noch einen Reifen zu wechseln.*

Aber diese Ängste waren nicht der Hauptgrund, warum es mir schwerfiel, mich zu entspannen. Was mich wirklich verunsicherte, war die Tatsache, dass ich meinen Retter verdammt sexy fand. Und ich hatte ihn sogar schon sexy gefunden, als ich noch Angst vor ihm gehabt hatte.

Was hätte er denn deiner Ansicht nach mit dir angestellt?

Was hätte er denn deiner Ansicht nach mit dir anstellen sollen?

Während ich ihn beobachtete – seine starken Arme kämpften mit dem Rad, die Scheinwerfer beleuchteten mal seinen muskulösen Rücken, mal sein ernstes Profil –, füllte sich mein Geist mit Bildern, die ich nicht haben wollte. Bilder von ihm, wie er mich vornüber über den Kofferraum meines Autos beugte und mein Sommerkleid hochschob. Bilder von ihm, wie er mich auf den Rücksitz zerrte, meine Hand an seinen Schwanz zog und flüsterte: »Zeit, sich bei mir zu bedanken.« Seine Hände, die mein Haar packten, während er mich auf die Knie zwang …

Schluss damit.

Ich schüttelte den Kopf und strich mir die losen Haarsträhnen aus dem Gesicht. Meine Wangen fühlten sich heiß an. Mein Puls raste immer noch, trommelte in meiner Brust und pochte zwischen meinen Beinen. Ich war erregt und verwirrt und wütend auf mich selbst. Ich wollte, dass er endlich mit dem Reifenwechsel fertig wurde, damit ich wieder in mein Auto steigen und den Rest meines Heimwegs zurücklegen konnte. Dann könnte ich so tun, als wäre mein größtes Problem in dieser Nacht die schlechte Musik im Radio gewesen.

Dann könnte ich außerdem so tun, als hätte er in mir nicht dieses Verlangen geweckt. Und diese Scham.

»Okay«, sagte er. Der Wagenheber klickte, und dann stand mein Auto wieder auf dem Boden. Als er sich aufrichtete, hatte er Schmiere auf der Wange. »Damit sollten Sie bis nach Hause kommen. Aber es ist nur ein Ersatzreifen. Sie sollten sich umgehend einen neuen Reifen besorgen, anstatt länger als nötig mit diesem hier herumzufahren.«

»Das weiß ich«, erwiderte ich pikiert.

»Tut mir leid.« Sein Lächeln wirkte wissend, fast schon verächtlich. »Ich vergaß, dass ich es mit einer Expertin zu tun habe.«

Okay, dann ist er eben ein eingebildeter Mistkerl, aber er ist der Mistkerl, der dir gerade den Arsch gerettet hat. Ich schluckte meine Verärgerung hinunter. »Hören Sie … Danke. Ernsthaft. Ich weiß nicht, was ich ohne Sie getan hätte. Ich bin Ihnen was schuldig.«

Sein Lächeln verblasste. »Dann tun Sie mir einen Gefallen. Versuchen Sie beim nächsten Mal nicht, die Powerfrau zu spielen. Werden Sie Mitglied beim Pannendienst, bleiben Sie im Wagen, verriegeln Sie die Türen und tun Sie, was immer sonst noch nötig ist, um Ihre Sicherheit zu gewährleisten.« Er gab mir den Kreuzschlüssel zurück. »Sie sollten besser aufpassen, wem Sie vertrauen.«

Seine Augen suchten erneut meine, und ich hoffte, dass mein Gesicht im Schatten lag – zumindest so sehr, dass er nicht sehen konnte, wie rot ich angelaufen war. Dann drehte er sich um und ging zu seiner Limousine zurück.

Als seine Tür zuschlug, ging ich mit zitternden Beinen zur Fahrerseite meines Civics. Ich stieg ein und verriegelte die Türen. Sein Auto fuhr zurück auf den Highway, an mir vorbei und weiter die Straße entlang. Ich saß reglos da und sah zu, wie seine Heckscheinwerfer kleiner wurden und schließlich ganz aus meinem Sichtfeld verschwanden, während er davonbrauste.

Ich musste weiterfahren. Aber für ein paar Augenblicke saß ich einfach da, hatte eine Hand auf meine Lippen gepresst und versuchte, das Zittern unter Kontrolle zu bekommen.

Das ist nicht das, was ich wollte. Ganz und gar nicht.

Wenn ich das doch nur glauben könnte.

2

Ein Montagmorgen bedeutet für mich immer einen Besuch bei Dr. Ward oder, wie sie unbedingt von mir genannt werden möchte, Doreen.

Ich habe es zuvor schon mit Therapie versucht, aber Doreen ist die erste Psychologin, die mir das Gefühl gibt, dass ich damit tatsächlich etwas erreichen könnte. Alles an ihr und ihrer Praxis wirkt beruhigend. Anstelle eines ernsten neutralen Gesichtsausdrucks und eines makellosen Kostüms trägt sie immer eine sanfte Miene zur Schau und kleidet sich in fließende, farbenfrohe Strickwaren. Statt in einer kalten, klinischen Praxis empfängt sie ihre Patienten in einem Zimmer ihres eigenen hellen, sonnendurchfluteten Hauses, in dem überall Topfpflanzen und diese afrikanischen Skulpturen herumstehen, die sie sammelt. Und das Wichtigste ist: Anstatt einem Vorträge zu halten, hört sie zu.

»Ich wusste nicht, ob es sicher war.« Ich sitze auf dem cremefarbenen Sofa, habe die Beine angezogen und meine nackten Füße unter mich geschoben. Doreen bittet ihre Patienten immer, ihre Schuhe an der Tür auszuziehen. Angeblich dient das dem Schutz ihrer Teppiche, aber ich glaube, in Wahrheit hilft uns das dabei, uns zu öffnen. »Soweit ich das beurteilen kann, hätte ich in Gefahr sein können. Ich wusste nicht, ob er mir vielleicht etwas antun würde. Und trotzdem hatte ich Fantasien von ihm … Fantasien, in denen er mich genötigt hat.«

»Er hat Ihnen nichts getan«, sagt Doreen ruhig. »Er hat Ihnen geholfen und ist dann weitergefahren.«

Und er hatte eine ganz bestimmte Einstellung. Aber das spielt keine Rolle. »Trotzdem waren wir dort draußen im Dunkeln alleine. Die Gefahr war *echt*, und ich wollte ihn dennoch. Es ist, als … als wollte ich verletzt werden.«

Doreen zieht eine Augenbraue hoch. »Ist Ihnen je in den Sinn gekommen, dass Sie ihn einfach wollten, weil er scharf war?«

Gegen meinen Willen musste ich lachen.

Sie lehnt sich vor. »Ich werde Ihnen verraten, wie ich die Sache sehe. Sie waren in Schwierigkeiten. Sie hatten Angst. Ein sehr attraktiver Mann hat Ihnen geholfen. Während er das tat, hatten Sie Fantasien, in denen er vorkam. Das ist nicht unnormal. Tatsächlich würde ich sagen, dass das die normalste Sache der Welt ist.«

»Aber die Fantasien, die ich habe, sind nicht normal.«

»Vergewaltigungsfantasien gehören zu den häufigsten sexuellen Fantasien, die Frauen haben«, sagt Doreen nicht zum ersten Mal. Wie immer überkommt mich Scham, wenn sie das Wort laut ausspricht. *Vergewaltigung*. »Manche Männer haben ebenfalls Fantasien davon, zum Sex gezwungen zu werden. Das ist nicht dasselbe wie der Wunsch nach einer tatsächlichen Vergewaltigung. Nicht alle Fantasien sind Dinge, die wir in der Realität wollen.«

»Wer wüsste das besser als ich?«

Das ist mein Versuch, einen Scherz zu machen. Doreen verzieht keine Miene. So leicht lässt sie sich nicht ablenken. »Einer der Gründe, aus denen Sie zu mir gekommen sind, ist, dass Sie aufhören wollen, diese Fantasie zu haben. Ich verstehe Ihre Beweggründe. Aber ich glaube nicht, dass die Fantasie selbst Ihr maßgeblichstes Problem ist. Ich denke, Ihr Hauptproblem ist die Art und Weise, auf die Sie sich deswegen selbst quälen.« Doreen seufzt. »Das und der Grund, aus dem Sie überhaupt auf diese Fantasie fixiert sind.«

Ich kann nicht über meine Gründe reden – nicht schon wieder, nicht jetzt. Mein geheimnisvoller Fremder spukt immer noch viel zu intensiv in meinen Gedanken herum. Sein Schatten fällt auf alles, was ich heute sage und tue. »Ich habe diese Fantasie in Augenblicken, in denen ich tatsächlich in Gefahr sein könnte – mit Männern, die mich tatsächlich … die mich vielleicht …«

»Darüber haben wir doch schon gesprochen. Manchmal sind Sie regelrecht besessen davon, was hätte passieren können, anstatt sich einfach mit den Tatsachen auseinanderzusetzen. Lassen Sie uns für eine Weile einfach mal bei den Fakten aus der vergangenen Nacht bleiben.« Doreens Tonfall ist freundlich, aber bestimmt. »Dieser Kerl hat Ihren Reifen gewechselt und ist dann weitergefahren. Das ist alles.«

Denke ich zu viel darüber nach? Vielleicht. Mit einem Seufzen lasse ich die Sache auf sich beruhen – oder versuche es zumindest.

Nach meiner Stunde bei Doreen fahre ich mit meinem Civic zur Werkstatt, kaufe einen neuen Reifen und fahre dann in den Norden der Stadt zu einem kleinen Reihenhaus, vor dem leere Umzugskartons auf dem Bordstein aufgestapelt sind.

»Jemand zu Hause?«, rufe ich, während ich den Weg zu den Stufen am Eingang entlanggehe. »Ich verspüre heute nämlich das Bedürfnis, etwas auszupacken.«

Carmen erscheint an der Fliegengittertür. Ein rotes Kopftuch bedeckt ihr schwarzes Haar, und auf ihrem Gesicht prangt ein breites Lächeln. Sie trägt ein Kleid aus T-Shirt-Stoff und Gummihandschuhe. Offenbar bin ich nicht die Einzige, die mithelfen will. »Bist du etwa masochistisch veranlagt?«

»Nicht mehr als du. Außerdem«, sage ich und deute dabei

auf meine abgeschnittene Hose und das graue T-Shirt, das ich trage, »bin ich fürs Arbeiten angezogen.«

»Dann komm rein und mach dich an die Arbeit, Mädchen.«

Als ich das Haus betrete, entdecke ich Carmens jüngeren Bruder Arturo, der einen Hammer in der Hand hält. »Vivienne! Ich kann nicht fassen, dass wir dich am Umzugstag nicht für immer vergrault haben.«

Ich umarme ihn. »Zumindest noch nicht.«

Carmen und ich wurden einander in unserem ersten Jahr an der Universität zufällig als Zimmergenossinnen zugeteilt, weil ich an der UT Austin niemanden kannte und sich ihre beste Freundin aus der Highschool kurzfristig für eine andere Universität entschieden hatte. Anfangs waren wir einander gegenüber noch misstrauisch, denn auf der ganzen Welt gibt es keine zwei Menschen, die unterschiedlicher sein könnten als wir. Ich stamme aus New Orleans, aus einer Familie, die meine Mutter gerne als »alten Geldadel« bezeichnet, auch wenn gar nicht mehr viel von dem Geld übrig ist. Carmen kommt aus einer Kleinstadt in der Nähe von San Antonio. Sie ist die Tochter von Einwanderern, die sich aus der Armut hochgearbeitet haben. Ich bin ein wenig größer als der Durchschnitt, schlank und, wie Carmen mir immer wieder versichert hat, das weißeste weiße Mädchen der Welt. Sie ist klein, kurvenreich und stolz auf ihr mexikanisches Erbe. Mein Haar ist honigbraun und wellig genug, um jeglichen Stylingversuchen zu trotzen. Und meine Augen haben diesen seltsam ungewissen Haselnussfarbton, so als könnten sie sich nicht entscheiden, ob sie nun braun, grün oder golden sein wollen. Carmens Haar ist von einem tiefen, schimmernden Blauschwarz und dazu noch so perfekt glatt, dass ich sie darum fast ebenso sehr beneide wie um ihre dunkelbraunen Augen. Ich liebe Literatur und Geschichte und habe unser Studentenzimmer immer mit überall herumliegenden Taschenbüchern übersät. Sie liebt Mathematik, je komplizierter und abstrakter desto besser, und hasst Unordnung. Während der ersten paar Wochen trauten wir uns kaum, miteinander zu reden – aber irgendwie waren wir bis zu den Weihnachtsferien beste Freundinnen geworden.

Als ihr jüngerer Bruder Arturo ihr zwei Jahre später an die UT Austin folgte, adoptierte ich ihn ebenfalls. Wir nahmen ihn mit auf Partys, sorgten dafür, dass er für seine Abschlussprüfungen lernte und besorgten ihm sogar einen gefälschten Ausweis. Mittlerweile ist er für mich der kleine Bruder, den ich nie hatte.

Daher verstand ich auch, warum Carmen so beschützerisch reagierte, als Arturo seine erste richtige Freundin hatte. Nur ihre Bestürzung darüber, welche Entwicklung diese Beziehung genommen hat, kann ich nicht nachvollziehen.

»Hey, Vivienne.« Shay watschelt die Treppe hinunter und hat dabei die Hände in den Rücken gestützt. Ihr australischer Akzent lässt meinen Name wie »Viv-jin« klingen. »Willst du eine Cola?«

»Vielleicht später, wenn mir heiß ist und ich ganz verschwitzt bin«, erwiderte ich. »Dann bin ich sicher ganz scharf darauf.«

Shay lacht. »Hol sie dir einfach aus dem Kühlschrank! Ich schwöre, diese Dosen verspotten mich.«

Shays Ärztin hat ihr erklärt, dass Koffeinkonsum während ihrer Schwangerschaft nicht gut ist.

Ja, Arturo und Shay sind noch recht jung, um Eltern zu werden – sie sind beide erst zweiundzwanzig und studieren noch. Aber wenn sie einander ansehen, ist es jedes Mal so, als würden sie von innen heraus *glühen*. Ich glaube nicht, dass sie sich verlobt haben, nur weil sie schwanger geworden ist. Schon als ich sie das erste Mal zusammen sah, war mir klar, dass das Ganze auf eine Hochzeit hinauslaufen würde. Manchmal weiß man so etwas einfach. Wann immer ich Arturo und Shay zusammen sehe, muss ich lächeln.

Carmen hingegen blickt finster drein.

Nachdem wir eine Weile lang in der Küche gearbeitet und Geschirr ausgepackt haben, werfe ich Carmen einen Seitenblick zu. Sie starrt aus dem Fenster über dem Spülbecken in den schmalen Garten hinter dem Haus, in dem Shay und Arturo unter Lachen den Holzkohlegrill aufbauen. »Wenn du nicht aufpasst, wird dein Gesicht so einfrieren«, warne ich sie.

Sie verdreht die Augen über meine blöde Bemerkung. »Ich mache mir nur Sorgen. Das ist alles. Ein Baby … Ich will damit sagen, Arturo hat vergessen, unseren *Hund* zu füttern.«

Ich lache. »Er ist kein kleines Kind mehr! Und Shay hilft ihm schließlich.«

»Vivienne, sei doch mal realistisch. Sie sind jung. Sie haben kein Geld. Selbst mit ihren Teilzeitjobs können sie es sich kaum leisten, ein Haus zu mieten, das groß genug ist, um über ein Kinderzimmer zu verfügen.« Carmen deutet auf den Raum, in dem wir uns befinden.

Das kleine Reihenhaus ist bescheiden, und ich weiß, dass Arturo und Shay sich jetzt schon alles vom Munde absparen müssen. Das wird nur noch schwerer werden, wenn das Baby in drei Monaten zur Welt kommt. Trotzdem … »Hör mal, wenn Geld jedes Problem lösen würde, wäre meine Familie die glücklichste der Welt.«

»Ich bin nicht materialistisch. Ich bin realistisch. Jung zu heiraten, bevor er überhaupt seinen Abschluss gemacht hat – das macht mir Angst.«

»Eine Menge Kerle würden unter derartigem Druck womöglich das Studium schmeißen und die Fliege machen«, gebe ich zu. »Aber Arturo ist nicht wie die meisten Männer. Er würde sich von nichts und niemandem davon abbringen lassen, sich um Shay und das Baby zu kümmern.«

Carmen presst ihre vollen Lippen zusammen. »Ich mag Shay – ich versuche, sie wie eine Schwester zu lieben –, aber ich nehme ihr übel, was sie mit Arturos Leben angestellt hat.«

»Sie hat das Baby nicht allein gezeugt, weißt du? Vergiss nicht, dazu gehören immer zwei.«

»Oh, das ist eklig. Hast du gerade tatsächlich angedeutet, dass mein kleiner Bruder Sex hatte?« Nun lächelt Carmen, was ich als positives Zeichen werte. »Diese Schwangerschaft ist das Ergebnis von … Osmose.«

»Ohne jeden Zweifel.«

Von draußen hören wir Shays Gelächter, und wir schauen hinaus, um zu sehen, wie Arturo mit ihr durch den Garten tanzt. Arturo ist die männliche Version von Carmen: von gedrungener Statur, dunkel und attraktiv auf eine Weise, die ebenso viel mit Charisma wie mit seiner äußeren Erscheinung zu tun hat. Was Shay anbelangt, so sind ihre nackten Füße fast vollständig von dem hohen Gras bedeckt, als sie herumwirbelt. Ihr kurzes Haar ist in einem Rotton gefärbt, der fast an Kastanienbraun grenzt. Sie lässt sich nicht leicht in die Rolle der bösen Verführerin stecken. Stattdessen ist sie von der dickrandigen Hipsterbrille bis zum Rosentattoo um den Knöchel das unverfälschte alternative Mädchen.

»Ich versuche in letzter Zeit, mich besser mit Shay zu verstehen«, sagt Carmen.

»Ja, das merkt man.«

Das bringt mir einen bösen Blick ein. »Ich versuche es *wirklich*. Ich habe sie sogar gebeten, ein paar ihrer Freunde zu meiner Party am Freitagabend einzuladen. Du kommst doch nach wie vor, oder?«

»Wo denkst du hin? Natürlich komme ich zur Party meiner besten Freundin.«

»Tja.« Carmens Gesicht nimmt plötzlich einen schuldbewussten Ausdruck an. »Dann sollte ich dir wohl sagen, dass ich auch Geordie eingeladen habe.«

Ich hole tief Luft. »Das ist in Ordnung.«

Sie wirft mir einen Blick zu.

»Ich schwöre.« Geordie und ich haben uns versprochen, Freunde zu bleiben. Nachdem wir uns einen ganzen Sommer lang nicht gesehen haben, sollten wir in der Lage sein, wieder miteinander umzugehen. Die Party könnte verdammt unangenehm werden, besonders wenn er zu viel trinkt – aber damit komme ich zurecht.

»Du hast schneller zugestimmt, als ich vermutet hätte.« Carmen schnappt sich das Teppichmesser, damit wir uns daran machen können, weitere Kartons auszupacken. »Hast du ihn vermisst? Denkst du darüber nach, wieder mit ihm zusammenzukommen?«

»Nein.«

Das stimmt nicht ganz. Ich vermisse Geordie. Nicht als Liebhaber, aber als Mensch. Außerdem vermisse ich den Sex. Ich vermisse ihn wirklich und wahrhaftig. Vielleicht war die Zeit, die ich mit Geordie im Bett verbracht habe, nicht die beste, aber wenigstens hatte ich *irgendetwas*. Seit Beginn des Sommers habe ich nicht mal das gehabt.

Die fehlende Chemie im Schlafzimmer war nicht der Grund für unsere Trennung, aber sie war auch nicht gerade förderlich. Auch wenn der Sex in Ordnung war, konnte er mir nie geben, was ich wirklich wollte. Was ich brauche.

Einmal mehr denke ich an meinen Retter – den großen, dunkelhaarigen, gefährlichen Mann, dem ich vollkommen ausgeliefert war und der einfach weggefahren ist …

Ich erschaudere.

Aber Carmen bemerkt es nicht, und ich fange an, mit ihr über die Uni, das Wetter und alles Mögliche zu reden. Ich versuche, meine gefährlichen Gedanken zusammen mit dem Staub auf dem Boden wegzufegen.

Der Rest der Woche vergeht wie jede andere für eine Doktorandin an der UT Austin School of Art. Am Dienstag treffe ich mich mit meinem Studienberater, dann gehe ich zu dem Kunstgeschichtekurs, bei dem ich als »Tutorin« fungiere, was bedeutet, dass ich diejenige bin, die die ganzen Hausarbeiten zensiert. Am Mittwoch und Donnerstag bin ich bis spätabends in der School of Information, wo ich Nachforschungen über Dokumentenerhaltung anstelle. Freitags bin ich dann tatsächlich mal mit meinen Drucken im Atelier – und ich bekomme ein paar wirklich gute Drucke von meiner liebsten Radierung, die ich in diesem Jahr bislang gemacht habe. Sie zeigt die Hände eines Manns, die eine Taube halten.

Warum spricht mich dieses Bild so sehr an? Ich bin nicht ganz sicher, und in gewisser Weise will ich es lieber gar nicht wissen. Kunst ist manchmal geheimnisvoll, und unbewusste Inspiration ist oft die intensivste. Ich brauche nur das Bild, sonst nichts: die starken großen Hände eines Manns – rau, wie von jahrelanger Arbeit oder Kampf –, die die Gestalt einer Taube umschließen, in deren hellen Augen sowohl Angst als auch Zuversicht schimmern. Die Interpretation kann später kommen – oder eben nicht.

Sobald ich mit meinen Drucken fertig bin, fahre ich zu meinem kleinen Haus. Es ist ein winziges weißes Gebäude mit nur einem Schlafzimmer, das selbst zwischen den bescheidenen, baufälligen Häusern in der First Street klein wirkt. Carmen sagt, dass mein Zuhause bei ihr Klaustrophobie hervorruft, und Geordie nennt es immer »das Puppenhaus«. Aber ich mag mein gemütliches kleines Refugium. Eingebaute Bücherregale bedecken die Schlafzimmerwände, und ein freistehender Backsteinkamin trennt die Küche und das Wohnzimmer voneinander. Alles in allem ist es mein Traumhaus.

Jeder, der mein Zuhause betritt, würde sofort ein paar Dinge über mich wissen. Erstens: Ich bin eine Büchernärrin – ich sammle alles von Jane Austen bis hin zu John le Carré. Zweitens: Ich bin ein sinnlicher Mensch. Nur jemand, der Textur und Farbe liebt, würde sich mit einem Studentenbudget eine Samtcouch kaufen oder kunstvoll gewobene Dekostoffe über jedem vorhandenen Möbelstück drapieren.

Drittens: Ich hege eine große Liebe für ein kleines Mädchen namens Libby, dessen Malbuchseiten meinen Kühlschrank zieren. Eine ihrer eigenen Zeichnungen habe ich sogar eingerahmt und an die Wand gehängt. In jeder Ecke steht die krakelige Widmung: »Für Tante Vivi«.

Niemand könnte sich in diesem Zimmer umsehen und vermuten, dass ich Libby nicht sehr oft sehe, und schon gar nicht den Grund dafür erraten. Der bleibt geheim, und genau so will ich es haben.

Was soll ich heute Abend anziehen? Ich will nicht zu sexy aussehen, damit Geordie nicht denkt, dass ich ihn zurückhaben möchte. Aber ich will auch nicht im Schlabberlook daherkommen. Schließlich entscheide ich mich, es von der Hitze abhängig zu machen. In Texas sind die Temperaturen im August sogar nach Anbruch der Dunkelheit noch sengend, weshalb man mit viel nackter Haut am besten beraten ist. Ich schlüpfe in einen Jeansminirock und ein schwarzes Trägertop und verlasse mich darauf, dass meine silberfarbenen Riemchensandalen und die baumelnden Ohrringe das Outfit ein wenig aufpeppen. Dann mache ich schnell einen Abstecher in den Gemischtwarenladen, um ein Sixpack Bier zu kaufen, und fahre zu Carmens Haus.

Ihr roter Backsteinbungalow liegt in unmittelbarer Nähe einiger toller Restaurants, Clubs und Bars in der Congress Street. Ich muss mein Auto weiter als einen Block entfernt abstellen, weil diese Party eins von Carmens seltenen Großereignissen ist. Als ich auf das Haus zugehe, sehe ich auf ihrer hinteren Veranda etwa zehn Leute, die sich lachend unterhalten. Zweifellos macht bereits ein Krug Sangria die Runde.

Arturo macht mir auf und umarmt mich mit einem Arm, weil er in der anderen Hand ein Bier hält. Weitere zwei oder drei Dutzend Leute füllen Carmens kleines Haus aus. Sie alle reden und lachen durcheinander, übertönen aber trotzdem nicht das Wummern der Musik aus der Stereoanlage. Das Licht ist gedimmt, und ein paar Kerzen flackern oben auf den Lautsprechern und auf dem Beistelltisch. Durch die Glastür, die auf die hintere Veranda hinausführt, kann ich ein paar dieser Solarlampen erkennen, die den Garten mit sanftem Licht wie von Glühwürmchen erhellen. »Wurde auch Zeit, dass du endlich auftauchst!«, ruft Arturo über den Lärm hinweg. »Du hast einiges aufzuholen. Kennst du alle?«

»Ich glaube, ich kenne niemanden.« Das ist ein klein wenig übertrieben – ich erkenne ein paar Gesichter, aber sowohl Carmen als auch Arturo legen sich mit ihrer magnetischen Anziehungskraft ständig neue Freunde zu. Ich selbst … brauche sehr viel länger, um anderen Menschen zu vertrauen und mich auf sie einzulassen. Ich habe meine Gründe dafür, und ich denke nicht, dass es eine schlechte Lebenseinstellung ist. Aber manchmal macht es einen einsamer.

Außerdem macht es Partys unangenehm.

In diesem Augenblick kommt Shay zu mir und umarmt mich von hinten. Ihr dicker Babybauch drückt sich gegen meinen

Rücken. »Zeit für eine kleine Vorstellungsrunde! Das hier ist Nicole Mills – hi! –, eine Kollegin von Arturo. Und ich bin sicher, du kennst Anna Dunham aus Carmens Institut? Und Jonny ist einer von Carmens Nachbarn.« Ich versuche, jedem von ihnen zumindest zuzuwinken, während sie mir vorgestellt werden, aber Shay führt mich bereits Richtung Küche.

Carmens winzige Kochnische ist selbst für eine Person eng. Während einer Party, auf der jeder versucht, an den Kühlschrank oder die Plastikbecher zu gelangen, herrscht dort ein furchtbares Gedränge. Lachend versuche ich, mich zwischen zwei Gestalten in der abgedunkelten Küche hindurchzuzwängen, und werde dabei direkt gegen irgendeinen Kerl geschubst – und erstarre zur Salzsäule.

Shay merkt nichts und redet einfach weiter. »Und das ist Jonah Marks. Er ist Dozent für Geowissenschaften. Du weißt doch, dass ich in dem Fach dieses Semester einen Studentenjob mache, oder?«

Unsere letzte Begegnung fand spät in der Nacht statt, und die Scheinwerfer beleuchteten ihn dabei von hinten wie ein Heiligenschein. Es spielt keine Rolle. Ich würde ihn überall wiedererkennen. Nur ein Mann hat es je geschafft, mich innerhalb von Sekunden heiß und verlegen und schwach zu machen – und hat dabei ein so kühles, abschätzendes Lächeln zur Schau getragen.

Und genau so lächelt er mich jetzt gerade wieder an.

Der große, dunkelhaarige und gefährliche Fremde heißt Jonah. Er ist hier bei meinen Freunden, hier in meinem Leben. Und all meine Fantasien von dem Fremden auf der Straße fühlen sich jetzt, da er kein Fremder mehr ist, noch sehr viel beängstigender an.

3

Unsere Körper werden in dem Gedränge der Partygäste aneinandergedrückt. Mir ist klar, dass er meine Brüste durch mein knappes Oberteil und den dünnen Baumwollstoff seines Hemds spüren kann. Er legt den Kopf leicht schräg, und ich weiß, dass er mich ebenfalls wiedererkennt. Aber er sagt nichts.

Shay fährt unbekümmert fort. »Jonah, das ist Vivienne Charles. Sie ist eine gute Freundin von uns und Carmens ehemalige Mitbewohnerin.«

Ich nicke nur und bringe kein Wort heraus. Einmal mehr rauscht diese Mischung aus Angst und Verlangen durch meinen Körper. So muss es sich anfühlen, wenn man sich Heroin spritzt, kommt es mir in den Sinn – eine Qual, die so süß ist, dass man alles dafür tun würde.

»Wir sind uns schon mal begegnet«, sagt Jonah, ohne den Blick von mir zu nehmen.

»Ach ja? Tja, so ist das wohl an der UT Austin.« Shay grinst und nimmt die Energie zwischen Jonah und mir immer noch nicht wahr. »Sie ist praktisch die größte Universität des Landes, aber irgendwie läuft man sich doch immer über den Weg.«

»Wir haben uns letztens erst kennengelernt«, gelingt es mir schließlich zu sagen. »Auf meinem Rückweg von New Orleans hatte ich eine Reifenpanne. Jonah hat den Reifen für mich gewechselt. Übrigens danke noch mal.«

Er neigt ganz leicht den Kopf und schenkt meinen Worten damit denkbar wenig Beachtung.

»Hey, hey. Unser Held«, sagt Shay. »Du hast gar nicht erwähnt, dass du jemandem bei einer Autopanne geholfen hast.«

»Das war keine große Sache.« Damit unterbricht Jonah endlich den Blickkontakt, dreht sich um und geht davon. Ich atme erleichtert aus. Bis zu diesem Moment ist mir gar nicht bewusst gewesen, dass ich die Luft angehalten hatte.

Falls Shay meine Reaktion auffällt, deutet sie sie falsch. »Nimm Jonahs Verhalten nicht persönlich. Er wirkt manchmal unhöflich, aber das ist einfach seine Art. Ich meine, er ist ein toller Boss – er behandelt mich nicht wie eine Leibeigene, wie einige andere Dozenten es tun. Aber ich habe ihn noch nie lachen hören.« Shays Gesicht nimmt einen nachdenklichen Ausdruck an. »Hm. Ich bin mir nicht mal sicher, dass er lachen kann.«

»Warum hast du ihn heute Abend hierher eingeladen, wenn er so … kalt ist?«

»Ich habe einen ganzen Haufen Leute aus unserem Institut eingeladen. Es wäre gemein gewesen, ihn außen vor zu lassen.«

Das ist typisch Shay. Sie lädt jemanden, den sie eigentlich gar nicht richtig mag, zu einer Party ein, nur um dessen Gefühle nicht zu verletzen.

Jonah ist nicht mehr zu sehen und damit ist er – zumindest für Shay – kein Thema mehr. Sie schiebt mich weiter durch den Pulk in der Küche. »Komm schon. Zeit, dir ein wenig Sangria zu besorgen!«

So still zu sein sieht mir eigentlich gar nicht ähnlich. Ich habe den Großteil meines Erwachsenenlebens mit dem Versuch verbracht, mir selbst mehr Durchsetzungsvermögen beizubringen, und … Na ja, sagen wir einfach, ich bin auf einem guten Weg. Aber den großen, dunkelhaarigen und gefährlichen Fremden wiederzusehen – und herauszufinden, dass sein Name Jonah Marks lautet –, hat mich völlig aus der Bahn geworfen. Und mich in Verlegenheit gebracht.

Korrektur, berichtige ich mich. *Er hat dich nicht in Verlegenheit gebracht. Deine Fantasien von ihm rufen bei dir Scham hervor. Das ist nicht dasselbe.*

Irgendwann später am Abend werde ich Jonah unter den anderen Partygästen finden. Ich werde etwas Stupides von mir geben. Belangloses Partygeschwätz. *Tolles Lied, was?* Oder so in der Art. Dann werde ich ihm noch einmal danken, und es wird nicht mehr seltsam sein. Danach kann ich mir diesen Mann dann ein für alle Mal aus dem Kopf schlagen.

Doch jetzt gerade muss ich erst mal wieder zu Atem kommen.

Shay besorgt mir eine Sangria und schnappt sich selbst ein Ginger Ale. Dann fängt sie an zu erzählen, dass sie das Kinderzimmer grün streichen will, Arturo aber gelb bevorzugt. Ich freue mich natürlich auf das Baby, kann aber nur ein gewisses Maß an Kinderzimmergerede ertragen. Also klinke ich mich geistig irgendwann aus und sage »Ja« und »Natürlich«, wann immer sie für einen Augenblick innehält.

Fast gegen meinen Willen werfe ich verstohlene Blicke durch den Raum auf Jonah Marks.

Er ist sogar noch attraktiver als in meiner Erinnerung. Nicht »schön« oder »umwerfend« – keins dieser Attribute, die zu einem Ralph-Lauren-Model oder dem Star einer Boygroup passen würden. Dafür sind Jonahs Gesichtszüge zu schroff. Zu kantig. Er sieht aus wie das Werk eines Bildhauers, der nichts davon hielt, raue Kanten zu glätten, und dem Betrachter genau zeigen wollte, wo er den Meißel angesetzt hatte. In gewisser Weise ist er von einer aggressiven Männlichkeit. Das dunkelrote Henley-Shirt, das er trägt, ist eng genug, um die beeindruckenden Muskeln seiner Oberarme zu betonen. Aber andererseits wirkt Jonah auch seltsam verletzlich. Seine Taille ist schmal, und sein Hals ist länger als bei den meisten Männern.

Sein ganzer Körper sieht aus, als hätte jemand das Ideal einer männlichen Gestalt zum Vorbild genommen und sie so lange bearbeitet, bis sie fast zerbrochen ist. Stark – und doch angespannt, zumindest unter der Oberfläche.

Das ist ein Mann, der zerbrechen könnte, denke ich. *Aber wahrscheinlicher wäre, dass er dich zuerst zerbricht.*

Jonah mischt sich weiter unter die Menge, bis ich ihn nicht mehr sehen kann. Zuerst überlege ich, ob ich mich irgendwie von Shays Geplapper über die Einrichtung des Kinderzimmers loseisen kann, um ihn zu suchen. Doch dann frage ich mich, warum ich in diesem Augenblick das Gefühl habe, das tun zu müssen.

Vielleicht sollte ich Jonah lieber nicht suchen, wenn er mich so durcheinanderbringt. Was würde ich außerdem zu ihm sagen? *Es war schrecklich nett von Ihnen, dass Sie mir in dieser einen Nacht geholfen haben. Wissen Sie noch, wie ich Sie behandelt habe, als wären Sie ein mutmaßlicher Serienmörder?* Ja, Männer lieben so was.

Dann taucht plötzlich Ablenkung in Form meines Exfreunds Geordie Hilton auf.

»Vivienne!« Geordies Lächeln ist absolut aufrichtig. In seinen Augen flackert nur ein winziges bisschen Zweifel auf. Er freut sich, mich zu sehen, ist sich aber nicht sicher, ob das auf Gegenseitigkeit beruht.

Zu meiner Überraschung geht es mir allerdings genauso. »Hey, du. Komm her.«

Wir umarmen einander auf diese einarmige freundschaftliche Weise, die ganz deutlich besagt: »Wir haben keinen Sex mehr miteinander.«

Mir ist bewusst, dass Shay uns beobachtet, und auch andere Leute haben die Blicke auf uns gerichtet. Das erste Treffen eines ehemaligen Paars nach der Trennung erregt stets Aufmerksamkeit. Momentan schauen uns alle mit einer Mischung aus Erleichterung (kein Streit) und Enttäuschung (kein Streit?) an. Shay schleicht sich davon, um uns so viel Raum zu geben, wie diese überfüllte Party es erlaubt.

»Hattest du einen schönen Sommer?«, fragt er. »Du postest nie etwas auf Facebook, weißt du?« Geordie ist in diesem Punkt ausgesprochen extrovertiert und sieht es deswegen fast als Verbrechen an, wenn man soziale Medien meidet.

»Mein Sommer war ruhig, was genau das war, was ich gebraucht habe. Und wie ist es dir ergangen?«

»*Großartig.*« Geordie hat bis zu seinem sechzehnten Lebensjahr in Inverness gelebt, und gelegentlich verraten ihn sein Akzent und seine Ausdrucksweise. »Das Praktikum war toll. Ernsthaft, viel besser, als ich es mir je hätte vorstellen können. Wir haben eine Amnestie für *vier* Einwanderer erwirkt, denen eine Abschiebung in ihre Heimatländer drohte, wo man sie entweder wegen ihrer politischen Einstellung oder ihrer sexuellen Orientierung getötet hätte. Vier in drei Monaten! So schnell mahlen die Mühlen der Gerechtigkeit nur selten.«

Die meisten jungen Anwälte, die an die rechtswissenschaftliche Fakultät zurückkehren, um dort ihren Master zu machen, tun das, um noch mehr Geld als ohnehin schon zu verdienen. Geordie macht seinen Master, damit er Menschen noch besser helfen kann. Ich bereue unsere Trennung nicht, aber es tut gut, daran erinnert zu werden, was mir ursprünglich an diesem Mann gefallen hat.

Eine Menge der Leute, die uns beobachten, sind weiblich. Mehr als eine Frau auf dieser Party hofft, sich davon überzeugen zu können, dass ich nichts mehr mit Geordie zu tun habe, damit sie einen Annäherungsversuch unternehmen kann. Er sieht gut aus – okay, er ist *hinreißend* –, hat wuscheliges braunes Haar, Welpenaugen und ein Lächeln, das warm, durchtrieben oder beides gleichzeitig sein kann. In seinem weißen Oxford-Hemd mit den hochgekrempelten Ärmeln und den offenen Knöpfen am Hals sieht er weniger dürr, sondern eher drahtig aus. Er ist der ideale Held einer romantischen Komödie.

Aber mein Leben ist keine romantische Komödie und wird auch nie eine sein. Dieser Zug war schon lange vor meiner ersten Begegnung mit Geordie abgefahren.

Außerdem gibt mir Geordies unmittelbare Nähe gerade weniger als ein bloßer Blick durch den Raum zu Jonah Marks.

Wieder schaue ich in Richtung der Ecke, in der ich Jonah zuletzt gesehen habe, aber er ist nicht mehr dort. Hat er die Party bereits verlassen?

Falls das so ist, sollte ich erleichtert sein. Doch ich bin es nicht.

Zeit, sich wieder auf Geordie zu konzentrieren. »Gut für dich«, sage ich und meine es auch so.

Wir plaudern eine Weile über seine Zeit in Miami, dann geht jeder von uns auf der Party seines Weges. Ich schaffe es, Arturos ehemaligem Mitbewohner Mack auszuweichen, der mir immer auf die Brüste glotzt. Er ist einer dieser Sportskanonen mit Stiernacken und Quadratschädel. Er sieht aus wie Dosenfleisch in einem Longhorns-T-Shirt. Eine Weile lang unterhalte ich mich mit Kip, dem Institutssekretär in meiner Abteilung des Kunstinstituts. Doch dann erhält er eine dringende Textnachricht, die ihn ins Handyfunkloch saugt. Die meiste Zeit über hänge ich mit Carmen herum, obwohl ich mich eigentlich unter die Gäste mischen und neue Leute kennenlernen sollte. Aber wir sind nicht ohne Grund beste Freundinnen, und außerdem muss sie mir ihren neuesten Schwarm in allen Einzelheiten beschreiben.

Was meinen Schwarm betrifft – falls man für das, was Jonah Marks mit mir anstellt, ein so unschuldiges Wort benutzen kann –, weigere ich mich, erneut nach ihm Ausschau zu halten. Er sucht ebenfalls nicht nach mir. Entweder ist Jonah draußen auf der Veranda oder er hat sich früh aus dem Staub gemacht, denn er ist nirgendwo mehr zu sehen.

Im Gegensatz zu Geordie, der sich gerade sein drittes Glas Sangria holt.

Und dann ein viertes.

Und ein fünftes. Vorausgesetzt, ich habe keine seiner Nachfüllaktionen verpasst, was durchaus der Fall sein könnte.

Beim fünften Glas Sangria stolpert Geordie über den Beistelltisch. Die Getränke einiger Gäste schwappen auf den Teppich, und Carmen flucht leise. Eine der Kerzen wackelt, fällt aber nicht um, um alles in Brand zu setzen. Doch es war knapp.

Die Leute lachen, aber es klingt angespannt. Geordie ist sehr viel betrunkener als alle anderen auf dieser Party.

»Hey«, sage ich so sanft wie möglich zu ihm. »Komm mal mit an die frische Luft.«

Selbst als er mit Papierservietten an ihrem Teppich herumtupft, verteidigt Carmen Geordie noch. »Ist schon gut! Der Teppich ist dunkel. Die Flecken wird man gar nicht sehen.«

»Nein, Viv hat recht. Sie hat recht.« Geordie muss wirklich hackevoll sein. Ansonsten würde er nie meinen Zorn heraufbeschwören wollen, indem er mich Viv nennt. »Wir sollten alle ein wenig öfter auf … auf Viv … hören.«

Ich stehe auf und lege einen seiner Arme über meine Schulter. Falls er oder irgendjemand anders das falsch interpretiert, ist das nicht mein Problem.

»Warum höre ich nicht öfter auf dich?« Geordie stolpert gegen mich, aber ich schaffe es, uns beide auf den Beinen zu halten. »Du bist immer so klug.«

»So bin ich eben. Das Genie. Komm jetzt.«

Mit meiner freien Hand schiebe ich die Glastür auf und führe ihn auf die gepflasterte Veranda. Mittlerweile halten sich dort draußen nur noch ein paar Leute auf, und ich schenke keinem von ihnen Beachtung. Stattdessen manövriere ich Geordie zu der Kühlbox und fische zwischen den diversen Bierflaschen ein Mineralwasser für ihn heraus.

»Trink das, okay? Du darfst für den Rest des Abends nur noch Wasser trinken. Und du solltest auch etwas essen.«

Geordie umklammert die Wasserflasche, trinkt aber nichts davon. Stattdessen schenkt er mir dieses traurige Lächeln. »Ich hätte mich für dich mehr anstrengen sollen. Ich hätte dafür sorgen sollen, dass es funktioniert.«

Fängt er jetzt an zu weinen? Verdammt, Geordie wird echt sentimental, wenn er betrunken ist.

Er redet einfach weiter. »Es tut mir leid, dass ich nicht der Partner sein konnte, den du dir gewünscht hast.«

»Ist schon gut. Wirklich. Bitte trink etwas Wasser.« Ich lehne ihn gegen den Verandatisch. Um uns herum lachen ein paar Leute leise über Geordie. Meine Loyalität ihm gegenüber ist immer noch groß genug, um in seinem Namen wütend zu werden.

»Ich meine, so ist es das Beste. Das weiß ich. Wirklich. Aber manchmal tut es weh, oder?« Geordie spricht immer undeutlicher. »Wir hätten mehr Spaß haben sollen, als wir noch die Gelegenheit dazu hatten.«

»Weniger Spaß«, erwidere ich. »Mehr Wasser.«

Endlich trinkt Geordie einen Schluck, aber kurz darauf redet er bereits weiter. »Ich konnte das einfach nicht für dich tun. Nichts davon. Und, oh mein Gott, ich fühle mich so furchtbar wegen der Vergewaltigungssache …«

Das hat er gerade nicht wirklich gesagt. Er hat nicht angefangen, in aller Öffentlichkeit darüber zu reden, während um uns herum Fremde stehen und zuhören.

Und dann wird mir klar: Doch, genau das hat er getan.

Mein Gesicht wird vor Schreck erst ganz kalt und dann heiß vor lauter Scham, während Geordie weiterspricht. »Ich meine, ich bin total für ungewöhnliche Vorlieben, klar? Jeder sollte eine haben. Und du darfst deine haben! Wirklich. Aber das ist eben nicht meine. Ganz und gar nicht. Einen Vergewaltiger zu spielen, finde ich echt gruselig. Aber ich hätte deswegen nicht so ein dämlicher Arsch sein sollen.«

»Wir werden das nicht hier ausdiskutieren«, presse ich hervor. »Bitte hör auf.«

Plötzlich wird Geordie klar, wo wir sind und was er getan hat. Die Auswirkungen seiner Worte bahnen sich einen Weg durch den ganzen Alkohol. Er holt tief Luft. »Oh Scheiße.«

Ich will nicht in die Gesichter der Leute sehen, die um uns herum stehen und das gerade alles gehört haben, aber ich kann nicht anders. Ein paar von ihnen wirken schockiert. Andere wiederum belustigt. Dieser widerliche Mack wirft mir einen derart anzüglichen Blick zu, dass mich ein Schauer überkommt.

Doch am schlimmsten ist das eine Gesicht, das vollkommen ungerührt bleibt – es gehört Jonah Marks, der nur ein paar Meter entfernt sitzt und jedes Wort gehört haben muss.

4

Als ich dreizehn Jahre alt war, hing einmal der blutige Faden meines Tampons aus dem Saum meines Badeanzugs. Jackson Overstreet – den ich mit seinen blonden Haaren und blauen Augen so süß fand und von dem ich hoffte, dass er der erste Junge sein würde, der mich küsste – sah den Faden, wies jeden auf der Poolparty meiner Freundin Liz darauf hin und lachte am lautesten von allen. Wenn man bedenkt, wie viele Leute damals gleichzeitig vor Lachen gekreischt haben, war das gar nicht so leicht. Doch Jackson war mit Abstand der Lauteste. Seitdem habe ich geglaubt, dass dieser Augenblick vermutlich die größte öffentliche Demütigung sein würde, die ich je erfahren müsste.

Wie sich nun herausgestellt hat, lag ich damit vollkommen falsch.

Ich stehe am Rand von Carmens Garten neben dem hohen Holzzaun. Der Lärm und das Licht der Party sind so weit entfernt wie möglich, was aber längst nicht weit genug ist. Ich will hier eigentlich nur weg. Aber um die Party zu verlassen, muss ich mir einen Weg durch die Menge bahnen, und dafür bin ich noch nicht bereit.

Schritte auf dem Gras hinter mir lassen mich zusammenzucken. Als Arturo neben mich tritt, hat er allerdings ein breites Lächeln im Gesicht. »Geht es dir gut?«

Das ist Arturo, ich kann ihn nicht anlügen. »Sofern ›zu Tode beschämt‹ als gut zählt.«

»Sag nicht so was. Jeder kommt doch im Bett hin und wieder

mal auf verrückte Ideen, oder? Ich könnte dir da ein paar Geschichten erzählen, aber Shay würde mich danach umbringen.«

Ich schenke ihm ein schiefes Lächeln. Vermutlich denkt jeder, der Geordie gehört hat, genau das, was Arturo denkt: dass er von einer schiefgelaufenen Nacht mit Rollenspielen geredet hat, einer einmaligen Sache. Sie haben keine Ahnung, wie viel heftiger es für mich ist. Für sie ist es eine kleine Erschütterung, kein Erdbeben.

»Geordie ist ein Arsch«, fügt Arturo hinzu. »Carmen hätte ihn nicht einladen sollen.«

»Er war betrunken. Das ist alles.« Ich streiche mir meinen Pony aus der Stirn. Die Nacht ist schwül – heiß und feucht. »Ich kläre das später mit ihm. Ihr haltet euch da bitte raus.«

Arturo hebt eine Hand, eine Geste der Kapitulation, aber ich kann sehen, dass er noch nicht bereit ist, Geordie vom Haken zu lassen. Mein adoptierter jüngerer Bruder hat mir gegenüber einen größeren Beschützerinstinkt, als ihn jeder echte ältere Bruder je haben könnte. Er ist nicht leicht zu verärgern, aber wenn er schließlich wütend wird, sollte man auf der Hut sein.

Hoffentlich hat jemand Geordie mittlerweile nach Hause gefahren.

»Bist du sicher, dass es dir gut geht?«, bohrt er nach.

Ich nicke.

»Gib mir einfach noch ein paar Minuten, in Ordnung? Morgen werde ich vielleicht schon darüber lachen können.« Wohl kaum.

»Geht klar.« Arturo tätschelt tröstend meine Schulter und geht dann zurück zur Party.

Niemand außer mir kennt die Wahrheit. Wenn ich in der Lage gewesen wäre, über Geordies Worte zu lachen, hätten die meisten Leute wahrscheinlich gar nicht weiter darüber nachgedacht. Ich mache daraus eine größere Sache, als sie es sein müsste, indem ich mich von allen anderen fernhalte, also sollte ich mich einfach zusammenreißen. Vermutlich ist Macks schmieriges Grinsen die schlimmste Auswirkung, und das habe ich bereits hinter mir.

Geordie, du Arschloch. Vielleicht halte ich Arturo davon ab, ihm den Kopf zu waschen, aber das bedeutet nicht, dass ich es nicht tun werde. *Hättest du nicht einfach mal auf einer einzigen Party nur Ginger Ale trinken können?*

Wieder höre ich Schritte auf dem Gras, aber ich drehe mich nicht um. »Ich komme gleich wieder rein, wirklich …«

Meine Stimme verliert sich, als ich sehe, wer da neben mich getreten ist.

Jonah Marks sieht mich nicht direkt an. Er starrt in dieselbe Richtung wie ich, direkt am Zaun vorbei, aber die Intensität seines Blicks ist eindeutig. Meine Anwesenheit ist ihm gerade ebenso eindringlich bewusst wie mir seine.

»Tut mir leid, dass Ihr Ex Sie in Verlegenheit gebracht hat«, sagt er.

»Er, ähm, er hatte nur zu viel getrunken.« Ich schlinge meine Arme ein wenig fester um meinen Körper. »Schätze, das ist jedem von uns schon mal passiert.«

»Ich habe noch nie eine meiner Geliebten auf einer Party gedemütigt. Sie etwa?«

Wow, danke, dass du es als Demütigung beschreibst. »Ich meinte nur, dass ich nicht wütend auf Geordie bin. Und Sie müssen das auch nicht sein.«

Jonah scheint das anders zu sehen. »Er hätte etwas so Persönliches niemals preisgeben dürfen.«

Eine kleine Erschütterung, kein Erdbeben, rufe ich mir ins Gedächtnis. »Das war nur eine Sache, über die Geordie und ich ein einziges Mal geredet haben. Interpretieren Sie da nicht zu viel hinein.«

Mein bester Bluff. Ich ringe mir sogar ein Lächeln ab. Die meisten Leute würden es mir abnehmen. Doch Jonah nicht.

»Wenn es keine große Sache wäre, würden Sie jetzt nicht hier draußen stehen«, sagt er. »Ich kannte die Wahrheit, sobald ich Ihr Gesicht gesehen hatte. Sie wollen diese Fantasie. Sie wollen Sie mehr, als sie je irgendetwas gewollt haben.« Nun sieht er mich zum ersten Mal direkt an. »Sie hassen sie, nicht wahr? Die Fantasie. Das tue ich auch. Aber das ändert nichts.«

Ich fühle mich vor ihm nackt. Entblößt und verletzlich. Ich kann nicht über seine Worte nachdenken. Ich will einfach nur weg. Aber Jonahs Anwesenheit – seine schiere Hitze – hält mich dort und sorgt dafür, dass ich mich nicht vom Fleck rühren kann. »Sie … Ich will nicht mit Ihnen darüber reden.«

»Doch, ich denke, das wollen Sie.«

Wie anmaßend dieser Kerl ist! »Verzeihung?«

Er trinkt einen Schluck aus seinem Weinglas und lässt sich dabei unglaublich viel Zeit. Er ist so vollkommen ruhig, dass es mich verrückt macht. Dann sagt er: »Ich will Ihnen das jetzt sagen, heute Nacht, während Sie sich in Sicherheit und in der Gesellschaft Ihrer Freunde befinden und wissen, dass ich Sie nicht bedrohe. Was Ihr Ex gesagt hat – wenn dass die Fantasie ist, die Sie wollen, kann ich Sie Ihnen erfüllen.«

Hat er das gerade wirklich gesagt? Ja, tatsächlich.

Ich habe das Gefühl, dass sich jeder Laut in weißes Rauschen verwandelt. Es ist, als würde mein Gehirn plötzlich keine Worte mehr verarbeiten. Der Schock lähmt mich körperlich. »Sie … Sie meinen doch nicht …«

»Vergewaltigung als Fantasie. Sie würden gerne eine Rolle spielen. Ich würde gerne eine andere spielen.« Jonahs Tonfall bleibt zurückhaltend, aber seine Augen sprechen eine andere Sprache. Er starrt mich so eindringlich an, dass ich nicht anders kann, als ihn mir in der Rolle vorzustellen, die er spielen will.

»Zu Ihren Bedingungen und innerhalb Ihrer Grenzen. Aber ich denke, wir könnten … einander befriedigen.«

Ich kann nicht mal etwas erwidern.

Offenbar sehe ich so geschockt aus, wie ich mich fühle, denn Jonah sagt: »Sie sind in Sicherheit. Sie sind in der Gesellschaft von Freunden. Selbst wenn Sie allein wären, wären Sie in meiner Anwesenheit sicher.«

Mir fallen tausend Einwände ein, die ich vorbringen könnte, von langen empörten Schmähreden bis hin zu einer deftigen Ohrfeige, die er zweifellos verdient hat. Stattdessen sage ich: »Ich kenne Sie ja nicht mal.«

»Das wird es für Sie sogar noch besser machen«, erklärt Jonah. »Bei einem festen Freund können Sie so tun – aber eigentlich ist es ein Witz. Ein Spiel. Nicht die Fantasie, die sie wirklich wollen. Aber ich? Ich bin fast ein Fremder. Ich kann mehr tun, als Sie zu ficken. Ich kann Ihnen ein wenig Angst einjagen. Nur ein wenig. Genug, um es zu dem zu machen, was Sie wirklich wollen.«

Ich muss das beenden. »Das ist verrückt. Das ist Ihnen doch klar, oder? Und es wird nie im Leben passieren.«

»Es ist Ihre Fantasie, nicht meine. Gelegenheiten wie diese ergeben sich nicht oft – zwei Menschen, die auf genau die gleiche Weise verkorkst sind.« Jonah lächelt. Es wirkt eher grimmig als freundlich. »Wenn wir diese Gelegenheit jetzt nicht nutzen, werden Sie es meiner Meinung nach bereuen. Ich weiß, dass es mir so gehen wird.«

Ich will Jonah sagen, dass er falschliegt. Ich will ihm sagen, dass er sich verpissen soll. Ich will ihm klarmachen, dass ich nicht die verkorkste Frau bin, für die er mich hält – aber das kann ich nicht. Dieser Mann hat mich bereits durchschaut. »Ich kann nicht glauben, dass wir diese Unterhaltung überhaupt führen.«

»Wir können noch sehr viel mehr tun. Denken Sie darüber nach.«

Ich kann nicht anders, als es mir vorzustellen. Jede fiebrige, gewalttätige Fantasie, die ich in dieser Nacht auf dem Seitenstreifen des Highways von Jonah gehabt habe, kehrt zu mir zurück. Und jede einzelne ist lebhafter als die meisten meiner echten Erinnerungen. Ich wollte, dass er mich nimmt. Mich beherrscht. Mich nach unten zieht und mich zwingt.

Und die ganze Zeit über hatte er die Fantasie, genau das mit mir zu machen. Vielleicht sogar noch mehr, als ich zu träumen wagte. Dort draußen im Dunkeln, als ich ihm ausgeliefert war, ging ihm das durch den Kopf.

Vermutlich sollte ich beleidigt sein oder Angst haben. Stattdessen bin ich so enorm erregt, dass es fast wehtut.

Aber erregt zu sein ist nicht dasselbe wie selbstmörderisch zu sein. »Ich werde Ihnen auf keinen Fall die Erlaubnis erteilen, mich zu vergewaltigen«, sage ich.

»Darum habe ich auch nicht gebeten. Ich habe darum gebeten, eine Rolle in Ihrer Fantasie spielen zu dürfen, genau wie ich Sie bitte, eine Rolle in meiner zu spielen. Wenn Sie etwas nicht wollen, wird es nicht passieren.« Seine grauen Augen sind unergründlich. »Wir können zu Ihrem Schutz vorher ein paar Einzelheiten klären.«

»Machen Sie das mit Frauen?«, will ich von ihm wissen. Obwohl es für mich nur eine Fantasie ist, wird mir fast sofort klar, dass Jonah es ernst meinen könnte. Vielleicht unterhalte ich mich gerade mit einem Vergewaltiger. Ich könnte ein potenzielles Opfer sein, das vor ihm baumelt wie tief hängende Früchte an einem schweren Ast.

»Ein paar Exfreundinnen haben versucht, bestimmte Szenen mit mir auszuagieren, aber es hat sich irgendwie nie richtig angefühlt. Sie wollten nicht, dass es zu grob wurde.« Sein

Lächeln ist so scharf und glänzend wie ein Rasiermesser. »Ich denke, Sie wollen genau das.«

Das sollte mir eine Heidenangst einjagen, aber … Er hat recht. Ich will, dass es grob wird. Ich will die schmutzigste, versauteste Brutalität, und ich will sie so unbedingt. Ich will das jetzt schon so lange. Wir haben immer noch nicht mehr als ein paar Worte gewechselt, aber mir ist bereits klar, dass Jonah genau der Mann ist, der mir geben würde, was ich brauche. Ohne zu zögern. Ohne Gnade.

Ich will dieses Verlangen nicht verspüren. Meine Fantasie ist etwas, dem ich zu entkommen versuche. Ich will nicht noch tiefer darin versinken. Wenn ich das hier ausprobiere und es dann hasse, wäre das entsetzlich. Es könnte so traumatisch sein wie eine echte Vergewaltigung, und ich wäre selbst schuld.

Aber das ist nicht der Grund für meine Angst. Angst habe ich vielmehr davor, dass ich es ausprobieren und Gefallen daran finden könnte. Vielleicht bin ich wirklich so verkorkst.

Das würde ich lieber nicht herausfinden wollen. »Hören Sie. Mir ist klar, dass das hier ein … Angebot ist. Keine Drohung. Aber wir führen gerade eine extrem aufwühlende Unterhaltung, und ich wünschte, das wäre nicht so.«

Jonahs Miene verändert sich kaum merklich. Ich erinnere mich an das, was ich früher an diesem Abend über ihn gedacht habe – dass dies ein Mann ist, der zerbrechen könnte. Nun ist etwas von dieser Verletzlichkeit zu erkennen, wenn man ganz genau hinschaut. »Ich würde eine Frau nie gegen ihren Willen zu etwas zwingen. Niemals. Wenn mir jemand eine Waffe an den Kopf halten würde, um mich dazu zu bringen, würde ich ihn auffordern abzudrücken. Diese Grenze würde ich nie überschreiten.«

»Aber Sie haben Fantasien, in denen Sie Frauen vergewaltigen.«

Er zieht eine Augenbraue hoch. »Sie haben Fantasien, in denen Sie vergewaltigt werden. Sie kennen die Grenze zwischen Traum und Realität. Genau wie ich.«

Wie kann er nicht begreifen, wie groß der Unterschied ist? Meine Fantasie entstammt einem sehr dunklen Ort, der aber sehr real ist. Für Jonah ist das wahrscheinlich nur eine Methode, sich einen Kick zu verschaffen.

Ich sollte gehen. Ich sollte meinen Stolz hinunterschlucken, zur Party zurückkehren, meine Handtasche und Schlüssel holen und so schnell wie möglich nach Hause verschwinden. Morgen sollte ich dann Shay anrufen und sie bitten, diesen Dozenten namens Marks nicht mehr auf Partys einzuladen.

Stattdessen stehe ich da und bekomme kaum Luft. An Jonahs Augenwinkeln bilden sich kleine Falten. Es ist ein Lächeln, das zu düster ist, um sich zu zeigen. Er weiß genau, wie erregt ich bin. Die Scham, die ich empfinde, heizt mein Verlangen nur noch mehr an.

»Was ist mit Ihnen?«, fragt Jonah. »Haben Sie das schon mal gemacht? Ich bezweifle es.«

Nicht auf die Weise, die er meint. »Nein.«

Er legt den Kopf schief und betrachtet mich eingehend. »Wir könnten langsam anfangen. Für den Anfang nicht zu viel. Wir würden uns zu dem, was Sie wirklich brauchen, vorarbeiten.«

Jonah weiß, was ich wirklich brauche. Und ich kann es nicht ertragen, dass er es weiß.

»Das ist verrückt.« In dem Versuch, mich zusammenzureißen, streiche ich ein paar Haarsträhnen hinter meine Ohren und zupfe mein Oberteil zurecht. Aber ich kann nicht umhin zu bemerken, dass meine Brustwarzen unter dem dünnen schwarzen Stoff ganz offensichtlich hart sind. Und obwohl ich Jonah nicht dabei erwischt habe, wie er auf meine Brüste starrt, weiß ich, dass es ihm ebenfalls aufgefallen ist. »Wie Sie gesagt haben, es ist nur eine Fantasie. Ich denke, dabei sollten wir es belassen.«

»Zu schade. Das wäre ein wilder Ritt geworden.«

Man muss schon ziemlich unverschämt sein, um so selbstsicher über etwas so Empörendes zu reden. Zum Teufel mit der Einschüchterung und zum Teufel mit der Höflichkeit. »Macht es Sie an, mich um etwas so Unanständiges zu bitten, obwohl ich Sie kaum kenne? Sollen wir den Sex etwa schon planen, bevor wir uns überhaupt berührt haben?«

Zuerst antwortet Jonah nicht. Dann umfasst er mein Gesicht grob und besitzergreifend mit einer Hand und führt meinen Mund an seinen.

Sein Kuss ist hart. Beharrlich. Seine Zunge zwingt meine Lippen auseinander. Ich will den Kuss nicht erwidern, aber ich tue es. Ich neige den Kopf zurück, als er näher kommt und mich mit einem Arm um meiner Taille für sich beansprucht. Ich gebe mich seiner Berührung hin. Er bringt jeden Nerv in meinem Körper zum Erwecken – als hätte ich nicht gewusst, dass ich bis zu diesem Zeitpunkt schlafgewandelt bin. Verlangen versengt meinen Mund und meine Brüste und wandert dann weiter zwischen meine Beine.

Gerade als es sich so anfühlt, als würden meine Knie unter mir nachgeben, zieht sich Jonah plötzlich zurück. Ich verliere das Gleichgewicht und stolpere fast. Das kann ihm nicht entgangen sein. Er muss sehen, wie erregt ich bin und wie schwer ich atme. Dieser Mann weiß bereits, wie viel Macht er über mich hat, und er will noch mehr.

»Du bist am Zug«, sagt Jonah.

Damit schlendert er zurück zum Haus, als ob das, was gerade passiert ist, nichts Besonderes wäre. Ich kann nur dastehen und ihm hinterhersehen.

5

Ich kann nicht schlafen.

Carmens Party ist erst vor ein paar Stunden zu Ende gegangen. Ich habe mein unangemessenes Verhalten wiedergutgemacht, indem ich bis zum Schluss geblieben bin. Dann habe ich Carmen noch dabei geholfen, die Bierdosen einzusammeln und die leeren Chipstüten in den Müll zu werfen. Wenn irgendjemand einen Witz über irgendetwas gemacht hat, habe ich gelacht, selbst wenn ich ihn nicht lustig fand. Mehr Sangria? Klar. Die Stimmungskanone: Das bin ich. Ich tat so, als hätte Geordie mein Geheimnis nicht verraten, und größtenteils schienen die anderen Gäste gar nichts davon mitbekommen zu haben oder sich nicht dafür zu interessieren. Der Einzige, der mich nervös machte, war Mack, der einfach nicht aufhörte, mich anzustarren. Aber Mack starrt mich immer an.

Jonah muss direkt nach dem Kuss abgehauen sein. Ich kann mir vorstellen, wie er zurück ins Haus gegangen und dann direkt zur Vordertür hinausspaziert ist, ohne sich zu verabschieden. Offenbar hat uns niemand zusammen im Garten gesehen. Das ist eine Erleichterung. Dass Carmen mich fragt, ob ich ihn süß finde, hat mir gerade noch gefehlt.

Süß. Jonah ist … gut aussehend. Attraktiv. Überwältigend. Rattenscharf.

Nicht »süß«.

Ich gehe auf die Webseite der UT und suche nach seinem Mitarbeiterprofil. Geowissenschaften, hatte Shay gesagt. Dozent. Das ist praktisch der letzte Beruf, den ich ihm zugetraut hätte. Vielleicht … Mitglied eines SWAT-Teams. Navy-SEAL. Auftragsmörder. Aber nicht *Lehrer*.

Als ich seine Fakultätsprofilseite aufrufe, ist das Foto darauf nicht beruhigend normal. Es zeigt Jonah nicht mit Brille und Strickjacke oder was auch immer diese Doktoren für gewöhnlich auf ihren offiziellen Fotos tragen. Jonah steht im Freien, in irgendeiner felsigen Gegend, und hinter ihm ist jede Menge weiter Himmel zu sehen. Er trägt eine Kakihose, ein weißes Hemd mit hochgekrempelten Ärmeln, und der finstere Ausdruck auf seinem Gesicht lässt vermuten, dass er sich am liebsten auf den Fotografen stürzen würde. Der Gesichtsausdruck macht ihn nicht weniger attraktiv. Er ähnelt keinem der Dozenten, die ich bisher erlebt habe, es sei denn, man zählt Indiana Jones dazu.

»Dozent für Seismologie und Vulkanologie«, steht unter dem Bild. Das ergibt schon mehr Sinn. Nun, da ich das Foto genauer betrachte, erkenne ich, dass der Fels unter seinen Füßen wie Vulkangestein aussieht – sofern mich meine Erinnerung an diesen Geologiekurs, den ich vor vier Jahren belegt habe, nicht trügt. Ich kann ihn mir lebhaft am Rand der Gefahr vorstellen, in einem Outfit, das ihn gerade so vor den ganz in der Nähe wütenden Naturgewalten schützt. Und er marschiert geradewegs und ohne Zögern auf einen Lavafluss oder einen Vulkanausbruch zu.

Mit einem Schaudern wird mir klar, dass Jonah ein Mann ist, der sich nicht im Geringsten um Gefahr schert.

Nicht mehr. Wenn ich heute Nacht überhaupt noch schlafen will, muss ich damit aufhören. Ich schalte mein Tablet aus und versuche runterzukommen. Meinen Rock räume ich zurück in den Schrank, das Oberteil werfe ich in den Wäschekorb. Bei dieser Hitze kann ich beim Schlafen maximal ein dünnes ärmelloses weißes Unterhemd und eine Unterhose tragen. Manchmal schlafe ich sogar nackt, aber heute Nacht verspüre ich das Bedürfnis danach, mich wenigstens ein bisschen zu bedecken. Dadurch fühle ich mich weniger angreifbar.

Die Gegend, in der ich wohne, ist sicher, aber heute Nacht überprüfe ich den Riegel an der Tür lieber noch ein zweites Mal. Ich gehe zu jedem Fenster, um mich davon zu überzeugen, dass sie alle verschlossen sind. Anstatt alle Lampen auszuschalten, lasse ich eine an – die am Fenster, das zur Straße hinausgeht. Wenn irgendjemand vorbeifährt, wird er vermutlich denken, dass ich noch wach bin.

Und mit irgendjemand meine ich Jonah.

Er würde mich nicht verfolgen, denke ich. Größtenteils glaube ich das auch. Jonah hat geschworen, dass er eine Frau niemals gegen ihren Willen zu etwas zwingen würde. Als er das sagte, lag etwas in seiner Stimme – etwas Rohes und Echtes. Ich vertraue meinen Instinkten genug, um zu wissen, dass Jonah die Wahrheit gesagt hat.

Aber was, wenn er glaubt, dass er mich nicht zwingt? Er weiß, dass ich Vergewaltigungsfantasien habe. Er hat gesagt, dass er mir meine Fantasie erfüllen will. Würde Jonah bei mir einbrechen, weil er denkt, dass ich hier auf ihn warte? Wir haben darüber gesprochen, alles auszuagieren. Ein Einbruch könnte Teil davon sein. Ich möchte glauben, dass er es nicht so weit treiben würde – aber bei solchen Dingen können die Grenzen zwischen Fantasie und Realität viel zu leicht verschwimmen. Falls ich protestieren oder mich wehren würde, könnte Jonah glauben, dass das nur Teil des Spiels ist.

Er sagte, ich sei am Zug. Zweifellos bedeutet das, dass ich den nächsten Schritt machen muss.

Warum denke ich über den nächsten Schritt nach? Ich wälze mich im Bett herum und bin unter dem dünnen Laken ganz unruhig. Diese Idee ist verrückt. Das habe ich Jonah auch gesagt. Als ich Nein gesagt habe, meinte ich das auch so, und damit hat sich das Ganze erledigt.

Ich weiß allerdings nicht, ob Jonah akzeptieren wird, dass diese Sache zwischen uns nicht weitergeht. Ich habe keine Ahnung, ob ein Kerl, der sich an der Vorstellung, Frauen zu vergewaltigen, aufgeilt, ein Nein überhaupt versteht. Ob ich ihm vertrauen kann. Dieser Mann hat mich aufgefordert, mich ihm gegenüber vollkommen wehrlos zu machen und mich voll und ganz in seine Gewalt zu begeben.

Und er hat bereits bewiesen, dass er meine Machtlosigkeit nicht ausnutzen wird.

Ich war Jonah schon einmal hilflos ausgeliefert – in der vergangenen Sonntagnacht, als ich auf dem Heimweg die Reifenpanne hatte. Wir waren irgendwo am Ende der Welt. Als ich ihm sagte, dass ich Hilfe gerufen hätte, wusste er zweifellos, dass es eine Lüge war. Er ist ein großer und offensichtlich starker Mann. Wenn er mich gegen meinen Willen hätte nehmen wollen, hätte er das tun können. Ich bin nicht mal sicher, ob dieser Kreuzschlüssel mich gerettet hätte.

Und nun weiß ich, dass er zu diesem Zeitpunkt die gleichen Fantasien hatte wie ich. Er sah mich. Er begehrte mich. Er stellte sich vor, wie er mich auf den Rücksitz seines Autos ziehen und mich mit seinem Gewicht nach unten drücken würde …

Aber er tat es nicht. Jonah hatte mich genau dort, wo er mich haben wollte, doch er hat mir lediglich geholfen und mich dann weiterfahren lassen.

Bedeutet das, dass ich ihm trauen kann?

Ich weiß es nicht. Und ich werde es nie erfahren, es sei denn, ich gehe tatsächlich auf sein Angebot ein.

Was verrückt ist. Wenn nicht gar krank. Möglicherweise sogar gefährlich. Und es macht mich mehr an als alles andere auf der Welt.

Ich schaue zu dem Fenster hinüber, das meinem Bett am nächsten ist. Bei diesem Fenster muss ich mir keine Gedanken ums Verriegeln machen. Im Lauf der vergangenen acht Jahre wurde es so oft mit Farbe überstrichen, dass es praktisch zu einem Teil der Wand geworden ist. Dort kommt niemand durch, ohne sich ernsthaft an zerbrochenem Glas zu schneiden.

Aus diesem Grund fühle ich mich plötzlich sicher bei der Vorstellung, dass Jonah draußen stehen könnte.

In meinen Gedanken gleitet das Fenster problemlos für ihn auf. Ich liege hier in meinem dünnen Hemdchen, atme schwer und bin vor Angst wie gelähmt. Ich stelle mir vor, wie Jonah elegant wie ein meisterhafter Einbrecher durch das Fenster schlüpft. Seine nackten Füße verursachen so gut wie kein Geräusch, als sie den Boden berühren und er sich aufrichtet und über mir aufragt. Er sagt kein Wort. Das muss er auch nicht. In dieser Fantasie weiß ich, dass ich tun muss, was immer er verlangt. Ich muss alles hinnehmen, was er mit mir machen will.

Nicht, flüstert der rationale Teil meines Gehirns, der Teil, der weiß, dass ich das nicht mal in Gedanken durchspielen sollte. Meine Vergewaltigungsfantasien mit gesichtslosen Fremden sind eine Sache. Doch dabei an Jonah zu denken, den Mann, der mich tatsächlich in seine Gewalt bringen will, ist noch einmal eine ganz andere Nummer.

Aber ich scheine mich innerlich schon damit arrangiert zu haben. Ich winde mich aus meiner Unterwäsche, und meine Hand stiehlt sich zwischen meine Beine. Als ich anfange, meine Finger kreisen zu lassen, schließe ich die Augen, damit ich mir besser vorstellen kann, wie Jonah über mir steht.

Er hat einen Gürtel, ein Seil, irgendetwas, und wickelt es um meine Handgelenke. Das andere Ende bindet er an einem der Bettpfosten fest. Dann zieht er meinen Körper nach unten, so-

dass meine Arme über meinem Kopf ausgestreckt sind. Ich wimmere vor Angst. Das bringt ihn nur zum Lächeln. Er zieht mir die Unterhose aus und spreizt meine Beine so weit auseinander, dass es fast wehtut. Ich höre das Surren seines Reißverschlusses. Es ist so dunkel, dass ich seinen Schwanz nicht sehen kann, aber ich spüre, wie sich die harte Spitze gegen mich – in mich – drängt …

In meinem Kopf spiele ich diese Szene immer wieder durch, den Moment, in dem er in mich eindringt, den ersten Schock der Penetration, Jonahs zufriedenes Stöhnen, meinen eigenen verzweifelten Schrei. Immer und immer wieder passiert es in meinen Gedanken zum ersten Mal. Er stößt so schnell in mich hinein, wie er nur kann. Und dann komme ich so heftig, dass mir schwindlig wird. Alles ist verschwommen und summt, und ich spüre nur noch das Pochen zwischen meinen Beinen, während sich mein Innerstes zusammenzieht und sich nach dem Mann sehnt, der nicht da ist.

Sobald ich wieder atmen kann, keuche ich: »Oh Scheiße.«

Wenn mir schon die bloße Vorstellung von Jonah Marks in dieser Rolle einen so heftigen Orgasmus beschert, wie würde dann die Realität aussehen? Ich will es nicht herausfinden.

Oder vielleicht will ich es doch.

Wie dem auch sein, ich werde wohl nicht so bald in der Lage sein, Jonah aus meinen Gedanken zu verbannen. So viel zu Schlaf.

Mein gesamtes Wochenende läuft in etwa so ab:

Aufstehen, frühstücken, trainieren. Beschließen, heute nicht so viel an Jonah zu denken.

Ein wenig Arbeit im Atelier erledigen.

In der Mittagspause nach Hause gehen, um ein Sandwich zu essen. Anfangen, an Jonah zu denken.

Bei dem Gedanken an ihn mitten am Tag stöhnend und keuchend auf meinem Bett masturbieren.

Meine Sachen wieder anziehen. Eine Besorgung machen oder eine Freundin treffen. Eine lustige Karte in einem Laden aussuchen, um sie an Libby zu schicken, damit sie ihre Tante Vivi nicht völlig vergisst. Probleme dabei haben, mich daran zu erinnern, was ich im Laden kaufen oder als Nächstes in einer Unterhaltung sagen wollte, weil mein Verstand immer noch an Jonah Marks' Schatten gefesselt ist.

Nach Hause gehen. Mich erneut selbst befriedigen. Meine feuchte Unterhose in den Wäschekorb werfen und eine frische anziehen.

Versuchen, mir eine spaßige Aktivität für den Abend zu überlegen. Videospiele mit Freunden spielen. Musik in einem Club hören. Mir die ganze Zeit über vorstellen, wie Jonahs Hände über meine Haut streichen.

Ins Bett gehen. Mir selbst einreden, dass ich auf keinen Fall einen weiteren Orgasmus brauche.

An Jonah denken. Mir einen weiteren Orgasmus verschaffen. Einschlafen.

Wenigstens erinnere ich mich nicht an die Träume, die ich an diesem Wochenende hatte. Wenn ich schlafe, ist das die einzige Zeit, die ich ohne Gedanken an Jonah verbringe. Innerhalb von zwei Tagen verbrauche ich sechs Unterhosen.

Am Montagmorgen werde ich von meinem iPhone geweckt, das mir die Termine für den Tag aufzeigt und das Lied abspielt, das mich aus dem Schlaf holt. Blinzelnd scrolle ich wie auf Autopilot durch die Termine, bis ich die übliche Uhrzeit für meine Therapiesitzung erreiche. Heute steht dort: »Nicht vergessen: Doreen ist in Florida.«

Meine Therapeutin hat mir vor einem Monat mitgeteilt, dass wir zwei Wochen ausfallen lassen müssten, weil sie ihren Sohn in Tampa besuchen würde. Ich habe es in mein Handy eingespeichert, ihre bevorstehende Abwesenheit dann aber wieder vergessen. Es ist schon eine Weile her, dass ich so anfällig war, dass sogar eine zweiwöchige Pause von meiner Therapie einer Krise gleichkam. Nun überkommt mich Bestürzung. Doreen hätte mich wieder zur Vernunft gebracht. Sie hätte mich daran erinnert, dass ich versuche, mich weiter von der Fantasie zu entfernen, anstatt mich damit zu umgeben, bis sie mein ganzes Leben bestimmt. Ich wäre erfrischt, psychisch stabil und bereit für eine Rückkehr zur Normalität aus ihrer Praxis marschiert.

Stattdessen ist Doreen nun ein halbes Land entfernt, und Jonah sehr, sehr nah.

Ich ziehe eine abgeschnittene Hose und ein einfaches weißes Oberteil an, schlüpfe in Sandalen, binde mein Haar zu einem Pferdeschwanz zusammen und fahre zur Universität. Sich unter den dichten Verkehr auf dem Campus zu mischen ist wie immer eine Qual. Wir haben hier quasi jeden Tag einen Stau, der es mit dem Verkehrschaos in Los Angeles aufnehmen könnte. Der Universitätscampus der UT Austin ist einer der größten des Landes – mehr als fünfzigtausend Studenten, fast fünfundzwanzigtausend Dozenten und Mitarbeiter und hundertfünfzig Gebäude, die sich über mehr als hundertsechzig Hektar erstrecken. Um mich herum im Verkehr sind überall Studenten, die zum Unterricht fahren. Selbst die wenigen glücklichen, die auf dem Campus wohnen dürfen, sind manchmal so weit von ihren Kursräumen entfernt, dass sie das Auto nehmen, statt zu Fuß zu gehen.

Tatsächlich besteht jede Universität eigentlich aus ein paar Hundert kleineren Universitäten, die zu einem großen Ganzen zusammengefasst sind. Jedes Gebäude, jedes Institut hat seinen eigenen Charakter und seine eigene Ansammlung an Leuten. Ich entferne mich grundsätzlich nie allzu weit vom Kunstinstitut.

Das ist zweifellos der Grund, warum ich Geordie auf einer der draußen aufgestellten Metallbänke sitzen sehe, als ich auf das Gebäude zugehe. Er hält ein Blatt Papier in der Hand, das er zwischen seinen angespannten Fingern leicht zerknittert hat. Als er mich sieht, reißt er die Augen auf. Obwohl er offensichtlich auf mich gewartet hat, fürchtet er sich vor dem, was ich sagen werde.

Das sollte er auch.

Als ich auf ihn zugehe, steht Geordie auf. »Vivienne, diese Sache am Freitagabend tut mir so verdammt leid.«

»Das sollte sie auch.« Ich verschränke die Arme vor der Brust. »Erinnerst du dich daran, was passiert ist? Oder musste Carmen es dir später erzählen?«

Er kratzt sich mit der freien Hand am Kopf. »Ich leugne nicht, dass meine Erinnerung ein wenig verschwommen ist. Aber ich weiß noch alles.«

»Das war privat, Geordie. Privater geht es nicht. Egal wie betrunken du warst, diese Worte hätten dir niemals über die Lippen kommen dürfen.«

»Das weiß ich. Wirklich.« Er wirkt so ernst. Fast untröstlich, als hätten ihn seine Worte auf der Party mehr verletzt als mich. Geordie *will* immer das Richtige tun, es gelingt ihm nur nicht immer.

Doch dieses Mal lasse ich ihn nicht so einfach davonkommen. »Ich spreche nicht darüber, wie unser Sexleben war. Nicht einmal mit meinen besten Freunden und ganz sicher nicht mit Fremden auf einer Party. Wenn wir Freunde bleiben sollen, musst du dich schon ein wenig mehr anstrengen. Verstehst du das?«

Geordie nickt bedächtig. Einen Augenblick lang herrscht

betretenes Schweigen und wir stehen einfach nur da. Dann streicht er das Blatt Papier glatt. »Ich habe mich so schlecht gefühlt, dass ich ein Gedicht für dich geschrieben habe.«

»… ein Gedicht?«

»Ja.« Er geht beinahe in Habtachtstellung, wie ein Politiker, der eine Rede halten will. »Der Titel lautet ›Ich bin ein hoffnungsloser, totaler Penner‹.«

Ich werde nicht lachen. Auf keinen Fall.

Geordie liest laut vor.

»Ich bin ein hoffnungsloser, totaler Penner,
manchmal ist mein Verhalten echt nicht der Renner.
Wenn ich zum Plappermaul werde,
liegen all meine Beziehungen bald unter der Erde.
Vergib diesem armseligen, elenden Trottel,
sonst werde ich traurig sein,
nichts reimt sich auf Trottel.«

Ich kann mich nicht länger zusammenreißen. Ich fange an zu kichern, und auf Geordies besorgtem Gesicht macht sich ein erleichtertes Lächeln breit. Ich konnte ihm noch nie lange böse sein. »Bitte sag mir, dass das nicht noch mehr Verse hat«, flehe ich.

»Ich hatte das Gefühl, mit nur sechs Zeilen die poetische Perfektion erreicht zu haben. Manchmal ist weniger mehr, weißt du?«

»Ja. Zum Beispiel weniger intime Details über unsere Beziehung bedeuten mehr Spaß auf Partys.«

Er legt eine Hand auf meinen Arm – es ist keine romantische Geste, sondern eine beruhigende. »Ich schwöre dir, ich werde niemals wieder etwas so Privates über uns preisgeben. Niemals. Auf der ganzen Welt gibt es nicht genug Gin, um mich so betrunken zu machen.«

Ich seufze. »Okay. Aber du bist auf Bewährung.«

»Das Strafmaß ist angemessen und gerecht, Euer Ehren.« Geordie drückt meinen Arm und tritt dann zurück. »Also, ich muss jetzt zum Unterricht.«

Die rechtswissenschaftliche Fakultät ist nicht gerade in der Nähe. »Wirst du jetzt rennen müssen?«

»Möglicherweise. Aber zwischen uns ist wieder alles in Ordnung?«

»... klar.«

Mit einem Grinsen wendet sich Geordie ab und läuft beschwingt über den Rasen. Er ist älter als fast alle anderen Studenten, aber so wie er sich davonmacht – im Laufschritt und mit seinem wirren braunen Haar, das bei jedem Schritt auf und ab wippt –, sieht er aus wie ein kleines Kind. Ich schüttle den Kopf und schaue ihm nach.

Die Tutoren teilen sich alle ein Büro im dritten Stock. Die Aufzüge fahren nur bis zum zweiten. Ich nehme komplett die Treppe – das ist weniger lästig. Das uns zugeteilte Büro ist so beeindruckend, wie man es erwarten würde: ein langer schmaler Raum, der ursprünglich vermutlich als Abstellkammer dienen sollte und in dem nun die ältesten, abgenutztesten Schreibtische stehen, die noch nicht auf dem Sperrmüll gelandet sind. Mir macht das nichts aus. Den Großteil meiner Arbeit erledige ich ohnehin zu Hause oder im Atelier. Außerdem mag ich zwar in der Personalhierarchie ganz unten stehen, aber ich kann mich trotzdem immer auf den Institutssekretär verlassen.

»Hallihallo«, sagt Kip, als ich in das Hauptbüro komme. »Du siehst bei Weitem nicht mehr so aufreizend aus wie am Freitagabend.«

»Oh nein! Dabei wollte ich doch eigentlich Reizwäsche tragen, um meinen Vierzehn-Uhr-Kurs zu beeindrucken.« Ich schlage mir mit der flachen Hand gegen die Stirn. »Hast du hier zufällig ein Paar Pasties herumliegen? Oder einen Stringtanga?«

»Das wüsstest du wohl gerne, was?« Kip wirft mir einen langen Seitenblick zu. Seine flinken Finger hören nicht für eine Sekunde auf zu tippen. »Ich dachte, du würdest für Geordie vielleicht hübsch aussehen wollen. Glaub ja nicht, dass ich ihn da draußen nicht gesehen habe, also erspar mir den Sarkasmus.«

»Geordie und ich sind nur Freunde, weißt du noch?«

»Mmmm-hmm«, murmelt Kip gedehnt und macht damit deutlich, dass er mir das nicht abkauft.

Als Kip Rucker letztes Jahr anfing, in unserem Institut zu arbeiten, wusste ich nicht, was ich von ihm halten sollte. Vor ihm war die Sekretariatsstelle von einer großmütterlichen Dame besetzt gewesen, die Sweatshirts mit passenden Applikationen zu jedem Feiertag trug, einschließlich des Tags des Baumes. Kip hingegen trägt Skinny Jeans, übergroße Designer-T-Shirts und Nagellack. Hier in Austin erfordert es sehr viel Mut, so offen schwul zu sein wie Kip. Wir mögen die liberalste Stadt im ganzen konservativen Staat Texas sein, aber dies hier ist immer noch Texas. Also bewunderte ich ihn von Anfang an für seinen Mumm, konnte mir aber nicht vorstellen, dass er sich hier gut einfügen würde. Er hat ein loses Mundwerk und ein noch größeres Ego und schert sich nicht im Geringsten darum, was wer auch immer auf der Welt von ihm denkt. Normalerweise sind das keine idealen Vorraussetzungen für einen Sekretär.

Innerhalb von drei Wochen hatte Kip unser gesamtes Büro umstrukturiert. Plötzlich waren wir effizienter geworden. Er sorgte dafür, dass die Arbeit schneller und müheloser vonstattenging, als wir es je für möglich gehalten hätten. Sogar die alte Kaffeemaschine verschwand und wurde durch ein neueres Modell ersetzt, das echten Kaffee statt schwärzlicher Brühe herstellte.

Als wir ihn fragten, wie er das bewerkstelligt habe, antwortete er, er kenne Leute im Gastronomiebereich. Schon bald erfuhren wir, dass Kip Leute in jeder einzelnen Abteilung der Universität kennt. Und irgendwie scheinen ihm all diese Leute einen Gefallen zu schulden. Ich glaube, Kip könnte den Posten des Dekans übernehmen, wenn er darauf aus wäre. Möglicherweise könnte er sogar Diktator werden. Ich bin nur froh, dass er auf unserer Seite steht.

An diesem Morgen sind Kips Fingernägel kirschrot. Ich greife kurz nach seiner Hand. »Hübsche Farbe.«

»Danke. Du kannst dir das Fläschchen mal ausleihen, wenn du willst.«

»Heute nicht. Vielleicht ein andermal.«

Ich gehe durch die Seitentür in mein winziges Teilbüro. Noch ist keiner der anderen Tutoren da. Marvin ist gerade im Unterricht, und Keiko erscheint nie vor Mittag im Büro. Das bedeutet, dass ich ein wenig Zeit für mich allein habe.

Der Computer fährt hoch. Unsere Startseite ist die Webseite der Universität, also brauche ich nur ein paar Tastenanschläge, um die Liste der Mitarbeiter aufzurufen und Jonah Marks' Profil zu finden.

Einmal mehr schaue ich mir sein Bild an. Ich habe das ganze Wochenende damit verbracht, mir sein Gesicht neben meinem vorzustellen – wie er mir Befehle erteilt und mich beschimpft –, aber sein Anblick hat nichts von seiner Wirkung auf mich verloren. Wenn überhaupt, überwältigt er mich jetzt sogar noch mehr.

Vielleicht liegt es daran, dass er mir jetzt näher als je zuvor ist.

Bevor ich einen Rückzieher machen kann, klicke ich auf den Link für seine Universitäts-E-Mail-Adresse. Ein Fenster mit einem Briefformular springt auf. Am oberen Rand steht Jonahs Adresse, das Feld darunter ist frei und scheint regelrecht darauf zu warten, dass ich etwas schreibe. Ich mache mir nicht die Mühe, irgendetwas in das Textfeld zu schreiben. Was ich ihm mitteilen will, passt problemlos in die Betreffzeile.

Lass uns reden, tippe ich.

Und dann klicke ich auf »Senden«.

6

Hier in Austin sind die meisten Bars laute Orte, die entweder die Livemusikszene, die Massen an Studenten mit gefälschten Ausweisen oder beides bedienen sollen. Diese Hotelbar ist allerdings sehr viel gehobener und ruhiger. Statt des üblichen dröhnenden Alternative Rocks oder R&B ertönt leise Musik aus verborgenen Lautsprechern. Helle Ledersofas und Stühle sind in diversen Nischen aufgestellt, die zur Unterhaltung einladen und Privatsphäre schaffen. Die Gäste hier sind hauptsächlich Erwachsene, die Kaffee oder Wein trinken.

Ich zögere, bevor ich mir ein Getränk bestelle. Ich finde es wichtig, einen klaren Kopf zu bewahren – aber ich bin bereits nervös. Koffein würde mich komplett in den Wahnsinn treiben. Also entscheide ich mich für einen Pinot noir.

Das Sofa in der hintersten, intimsten Ecke der Bar ist frei, also beanspruche ich es für mich. Ich bin absichtlich zu früh hergekommen, damit ich ein paar Augenblicke habe, um mich zu sammeln, bevor Jonah eintrifft. Nun wünschte ich, ich hätte das nicht getan. Während ich hier sitze, habe ich nichts anderes zu tun, als über die Situation nachzudenken, und werde so immer unruhiger.

Es ist noch nicht zu spät, die Sache abzublasen. Schreib Jonah eine E-Mail und teile ihm mit, dass du es nicht schaffst. Dann geh nach draußen zu deinem Auto und fahr davon, solange du noch die Gelegenheit dazu hast.

Ich rühre mich nicht vom Fleck.

Mittlerweile ist es mir zur Gewohnheit geworden, alles im

Nachhinein anzuzweifeln. Das mache ich jetzt schon, seit ich Jonah vor zwei Tagen diese E-Mail geschickt habe. Seine Antwort bestand lediglich aus dieser Adresse, dem heutigen Datum und der Uhrzeit – und der Zeile: »Nur reden.« Zuerst hat mich das geärgert. Hätte er nicht wenigstens Überraschung, Begeisterung, Zweifel oder *irgendetwas* ausdrücken können? Nicht eine Frage, nicht eine Andeutung, was er denkt? Dann wurde mir klar, dass diese Unterhaltung etwas ist, das von Angesicht zu Angesicht stattfinden muss. In dieser Sache müssen alle Einzelheiten genau festlegt werden, damit es keine Missverständnisse gibt. Ansonsten könnte das alles schrecklich danebengehen.

Besteht überhaupt die Möglichkeit, dass etwas so Verkorkstes gut geht? Ich bezweifle es. Vielleicht werde ich das hier bereuen. Die Gefahren sind nur zu real, und ich habe sie alle sehr wohl vor Augen. Diese Fantasie, die mich beherrscht, ist krank und verdorben, aber sie lässt mich nicht los. Gegen sie anzukämpfen hat rein gar nichts gebracht. Also gebe ich ihr nach. Ich kapituliere.

Ich trinke einen großen Schluck Wein, schließe die Augen und hole tief Luft, um mich zu beruhigen. Es funktioniert, bis ich die Augen öffne und Jonah sehe.

Er kommt direkt auf mich zu, als ob er gewusst hätte, wo ich sitzen würde, bevor er überhaupt durch die Tür gekommen ist. Genau wie ich hat sich auch Jonah dem Ort entsprechend gekleidet – eine dunkelgraue Hose, die durch ihren Schnitt perfekt seine schmale Taille betont, und ein schwarzes Leinenhemd, das sich an seinen kräftigen Körper schmiegt. Meine Hand wandert zum Ausschnitt meines pflaumenfarbenen Wickelkleids. Er ist nicht allzu tief, aber vor seinem wissenden Blick fühle ich mich bloßgestellt.

»Ich war mir nicht sicher, ob du auftauchen würdest«, sagt Jonah.

Dir auch hallo. Wenn er direkt auf den Punkt kommen kann, kann ich das auch. »Ein paarmal bin ich fast zur Tür gestürmt. Aber hier bin ich.«

Das bringt mir seine grimmige Version eines Lächelns ein.

Jonah nimmt neben mir Platz – aber mit ein wenig Abstand, als ob ich eine Geschäftspartnerin wäre und nicht die Frau, mit der er Sex haben will. Aber das hier ist ja auch kein Vorspiel. Heute Abend wird nichts passieren. Wenn wir die Sache wirklich durchziehen wollen, müssen wir Grenzen setzen. Richtlinien festlegen. Ich mag verrückt genug sein, mich hierauf einzulassen, aber ich bin nicht verrückt genug, dabei auf jegliche Regeln zu verzichten.

»Wie war dein Tag?«, frage ich.

Er wirft mir einen ungläubigen Blick zu. Wie er auf Carmens Party schon gesagt hat, je weniger wir über das Leben des anderen wissen, desto besser. Das hier ist keine erste Verabredung.

»Tut mir leid.« Ich nehme einen weiteren Schluck Wein, dann stelle ich das Glas ab. Wenn ich jedes Mal, wenn ich mich am heutigen Abend unwohl fühle, etwas trinke, werde ich bald sturzbetrunken sein. »Keine Details. Kein Geplauder. Damit sollten wir gar nicht erst anfangen.«

»Schon gut. Das hier ist schwierig.« Er hält kurz inne und fügt dann hinzu: »Hast du Angst?«

Ich hole tief Luft und gebe eine ehrliche Antwort: »Ja und nein. Ich bin überzeugt, dass du nichts ohne meine Einwilligung tun wirst. Aber das, was wir vorhaben, fühlt sich ein bisschen wie der Sprung von einer Klippe an. Ich habe diese Fantasie schon seit … Nun ja, schon immer. Aber ich hätte nie gedacht, dass ich sie mit einem Fremden ausleben würde …«

In diesem Augenblick erscheint ein Kellner neben unserem

Sofa. Warum tauchen Barkellner immer nur dann auf, wenn man sie am wenigsten gebrauchen kann? »Bringen Sie mir das, was sie trinkt«, sagt Jonah leichthin.

Ich glaube, er hat sich mein Glas nicht mal genauer angesehen. Was wäre, wenn ich irgendeinen albernen tropischen Cocktail getrunken hätte, der mit pinkfarbenen Strohhalmen und Papierschirmchen in einer Ananas serviert wird? Die Vorstellung, dass jemand so Ernstes wie Jonah einen dieser Cocktails trinkt, entlockt mir ein Lächeln. Endlich gelingt es mir, mich ein bisschen zu entspannen – wenn auch nicht sehr.

Sobald der Kellner davoneilt, wendet sich Jonah wieder mir zu. »Was brauchst du, damit du dich sicher fühlst?«

Mir gefällt, dass er das fragt. Aber wie soll ich das beantworten?

Komm auf den Punkt, rufe ich mir ins Gedächtnis. Jonahs unverblümte Ehrlichkeit ist die einzig brauchbare Methode für dieses Gespräch. »Du musst Kondome benutzen. Es sei denn, du willst mir deine Krankengeschichte vorlegen.«

Jonah nickt. »Ich kann dir sämtliche Unterlagen besorgen. Kannst du mir ebenfalls Testergebnisse zeigen?«

Mir ist nicht mal in den Sinn gekommen, dass Jonah deswegen ebenfalls besorgt sein könnte. »Ähm. Ja, klar.«

»Das hat keine Eile«, sagt er. »Es macht mir nichts aus, für den Anfang ein Kondom zu benutzen. Damit dauert es länger.«

Das Blut schießt mir in die Wangen, als ich mir vorstelle, wie Jonah in mir ist und ohne Gnade immer und immer wieder in mich hineinstößt …

Jonah muss wissen, was ich denke, denn er neigt den Kopf, als würde er den Effekt, den er auf mich hat, auskosten. »Was noch?«, murmelt er.

Ein weiterer Schluck Wein gibt mir genug Mut, um zu antworten. »Ich will nicht, dass du mich fesselst. Zumindest nicht beim ersten Mal.«

Er lächelt. »Mir gefällt, dass du bereits über die Zukunft nachdenkst. Ich werde jede Menge Gelegenheiten haben, dir zu geben, was du willst.«

Bis gerade eben ist mir noch nicht mal in den Sinn gekommen, dass Jonah das Ganze vielleicht nur als eine einmalige Sache angesehen haben könnte. Nun, da ich darüber nachdenke, ergibt das sehr viel mehr Sinn als die Annahme, dass wir dieses Szenario dauerhaft ausagieren. Aber ich will das schon zu lange und zu sehr, um davon auszugehen, dass eine Nacht genügen wird, um darüber hinwegzukommen. Wenn Jonah der richtige Partner für diese Fantasie ist, dann haben wir eine Chance, die ich nicht vertun will.

Ich spüre bereits jetzt, dass eine kleine Kostprobe von Jonah Marks nicht genügen wird.

»Ja.« Ich begegne ruhig seinem Blick. »Angenommen, wir kommen zu dem Schluss, dass es uns gefällt.«

»Ich denke, das werden wir.« Mein Gott, sein Lächeln genau in diesem Augenblick – es ist hungrig und animalisch, und ich weiß, dass er sich gerade vorstellt, Sex mit mir zu haben. In diesem Moment. Die Erkenntnis erschüttert mich auf die bestmögliche Weise.

Der Kellner erscheint mit Jonahs Wein. Wir beide schweigen gerade so lange, wie Jonah braucht, um das Glas entgegenzunehmen und dem Kellner zwanzig Dollar zu geben. »Stimmt so.«

Der Wein kostet nur zehn Dollar pro Glas. Der Kellner strahlt. Ich bin froh, dass ich meinen Wein selbst bezahlt habe. Ich will Jonah Marks nichts schulden. Noch nicht.

Sobald wir wieder allein sind, sagt Jonah: »Wir sollten darüber reden, was du nur beim ersten Mal nicht willst und was du niemals willst. Wenn wir gleich von Anfang an die Weichen stellen, wird das für uns beide besser sein.«

Das ergibt Sinn. Ich habe darüber nachgedacht, seit er mir sein dreistes Angebot unterbreitet hat, und ich glaube, dass ich mittlerweile weiß, was ich sagen muss. Aber das bedeutet nicht, dass mir die Worte leicht über die Lippen kommen. »Nun. Mal sehen. Ich habe bereits gesagt, dass ich beim ersten Mal nicht gefesselt werden will, und ich schätze, die Sache mit dem Schutz haben wir auch geklärt …«

Jonah nickt ein wenig ungeduldig. Obwohl ich nicht bemerkt habe, dass er sich bewegt hat, scheint er plötzlich ein Stück näher an mich herangerückt zu sein. Unsere Knie berühren sich jetzt fast, und sein Blick ist fest auf meinen gerichtet. Meine Unsicherheit macht ihn an, lese ich darin. Wie könnte es anders sein?

Die Gewissheit, dass er sich an meiner Angst labt, macht mich sogar noch nervöser. Ich brauche ein paar Sekunden, bevor ich fortfahren kann. »Okay. Ein paar Dinge, die du niemals tun darfst. Erstens: keine Waffen. Wenn du ein Messer oder eine Schusswaffe oder so was hast, wird es für mich nicht erregend sein. Dann werde ich Todesangst haben.«

Jonah wirkt überrascht. Offenbar hat er nicht darüber nachgedacht. »Keine Waffen. Geht klar.«

Ich zähle den nächsten Punkt an meinen Fingern ab. »Zweitens: Mir ist klar, dass das Ganze ein wenig … grob werden wird, aber versuch bitte, mich nicht wirklich zu verletzen oder mir ernsthafte Schmerzen zuzufügen. Ich bin keine Masochistin. So etwas macht mich nicht an.«

»Ich bin kein Sadist, also passt das.«

Vielleicht ist er kein Sadist im körperlichen Sinne. Emotional muss er jedoch einer sein. Wie kann man davon träumen, Frauen zu vergewaltigen, und keine Freude daran haben, Menschen zu verletzen – zumindest seelisch, wenn nicht körperlich? Ich schätze, wenn man nicht versteht, was das mit einer Frau anstellt – welche schlimmen Auswirkungen eine Vergewaltigung auf die Psyche hat und welche Narben sie hinterlässt –, könnte man sich vorstellen, dass die eigene Lust niemandem bleibende Schmerzen zufügt.

Für einen Augenblick bin ich wütend. Ich will Jonah alles erklären, was er nicht versteht. Ihm klarmachen, wie schrecklich es ist.

Aber ich brauche seine verkorkste Einstellung, nicht wahr? Der einzige mögliche Partner für dieses Spiel ist jemand, der ebenso kaputt ist wie ich.

»Also gut«, sage ich. »Drittens: Du filmst das nicht. Du machst auch keine Tonaufnahme und keine Fotos.«

Er wirkt enttäuscht. Somit hatte er das also vorgehabt. »Ich würde es nie ins Internet stellen oder jemandem zeigen.«

»Das glaube ich dir, aber so etwas kann in die falschen Hände geraten. Erinnerst du dich an den Skandal mit den ganzen Filmschauspielern im vergangenen Jahr? Einige ›Racheporno‹-Seiten hacken sogar die Computer und Handys anderer Leute. Sie stehlen die Bilder, wenn sie können.«

In diesem Moment erfahre ich, wie Jonah Marks aussieht, wenn er wütend ist. Sein Gesichtsausdruck und die grauen Augen verfinstern sich. Sein Körper spannt sich an, als ob er einen Schlag austeilen, aber seinem Gegner keinen Hinweis darauf geben will, wann der Angriff kommt. »Jeder Mann, der einer Frau so etwas antun würde, ist Abschaum.«

Ich nicke. Diese widersprüchliche Einstellung ist so seltsam. Wie kann er gleichzeitig Männer hassen, die Frauen ausnutzen, und trotzdem Fantasien davon haben, einer von ihnen zu sein? »Also keine Aufnahmen, keine Bilder?«

Er willigt taktvoll ein. »Keine.«

»Okay. Und schließlich mein letzter Punkt auf der Liste der Dinge, die ich niemals will, ist …« Ich schaue mich in der Bar um, um sicherzugehen, dass sich niemand in unsere Nähe verirrt hat, während ich abgelenkt war. Wir sind immer noch unter uns, aber ich spreche trotzdem leiser. »Bitte komm nicht auf mir.«

Jonah blinzelt, als wäre er überrascht. Ich schätze, das ist nur zu verständlich. Wir reden hier über die perversesten Dinge, und doch will ich nicht, dass er etwas so Gewöhnliches tut.

Ich will es nicht. Ich will es wirklich absolut nicht.

»Okay, werde ich nicht«, sagt er schließlich.

Wenn er nicht auf mir kommt, wird er in mir kommen. Ich stelle mir vor, wie er in meinem Mund ist. Plötzlich will ich ihn so dringend schmecken, dass ich fast aufstöhne.

Ich versuche, meine Erregung zu verbergen. »Also. Was ist mit dir? Gibt es für dich irgendwelche Tabus, von denen ich wissen sollte?«

Ich erwarte, dass die Antwort »Nein« lautet. Er wird derjenige sein, der die Kontrolle hat. Welche Tabus könnte es da für ihn geben? Jonah antwortet sofort. »Das Wichtigste ist Folgendes: Falls wir jemals erwischt werden – falls irgendjemand denkt, dass das, was passiert, echt ist, und sich einmischt oder die Polizei verständigt –, musst du die Sache erklären und dafür sorgen, dass es keine Missverständnisse gibt. Mir ist egal, ob du dich dafür schämst. Du sagst auf jeden Fall die Wahrheit.«

»Natürlich. Das würde ich ohnehin tun.« Mir war nicht mal klar, was für ein Risiko Jonah eingehen würde. Er mustert sorgfältig mein Gesicht, und ich begreife, dass er versucht herauszufinden, ob ich es ehrlich meine und ihn wirklich verteidigen würde. »Wir müssen einander vertrauen, sonst funktioniert das nicht«, füge ich sanfter hinzu.

»Klar.« Jonah macht mit seinen Bedingungen weiter, als hätte er nicht innegehalten. »Ich habe dir bereits erklärt, dass ich kein Sadist bin. Tja, ich bin auch kein Masochist. Mir ist klar, dass du dich manchmal wehren wirst – und das könnte mir gefallen. Wenn du dich wehrst.« Sein Lächeln sorgt dafür, dass mir ganz heiß wird. Ich rutsche auf dem Sofa hin und her und kann spüren, wie feucht ich zwischen meinen Beinen bin. »Ein paar Kratzer, eine Ohrfeige, das geht in Ordnung. Aber ein blaues Auge oder einen gebrochenen Arm müsste ich erklären, also geht das nicht in Ordnung.«

»Verstanden.« Als ob ich Jonah Marks überwältigen könnte. Wenn wir jemals ernsthaft gegeneinander kämpfen würden, hätte er mich innerhalb von Sekunden unter Kontrolle.

Er holt tief Luft. »Und der letzte Punkt: Nenn mich niemals Daddy.«

Ich starre ihn an. Ich muss mich schon sehr zusammenreißen, um nicht laut loszulachen.

Meine Belustigung entgeht ihm offenbar nicht. Sein Blick wird noch finsterer. »Manche Frauen sagen das im Bett.«

»Ich weiß.« Ich schlucke den Rest meines Lachens hinunter.

»Wenn ich dich zum Reden auffordere, werde ich dir sagen, wie du mich nennen sollst. Und so wirst du mich nennen.«

Der Drang zu lachen verschwindet. Stattdessen verspüre ich nun andere, ursprünglichere Bedürfnisse. Ich will, dass dieser Mann mir Befehle erteilt. Ich will, dass er mir sagt, was ich zu tun habe.

Wenn Jonah meine seltsamen Grenzen akzeptiert hat, kann ich auch seine akzeptieren. »›Daddy‹ ist ohnehin nichts, was ich sagen würde. Also geht das in Ordnung.«

»Und nur fürs erste Mal …« Jonah überlegt einen Augenblick. »… will ich dir vorgeben, was du sagen sollst.«

»Du meinst, wie ein Drehbuch?«

»Nein. Ich meine, ich werde dir sagen, dass du den Mund halten sollst, und du wirst gehorchen. Du wirst nur sprechen, wenn ich es erlaube, und nur sagen, was ich von dir verlange. Später können wir dann mehr improvisieren. Aber dieses Mal will ich dieses Maß an Kontrolle haben. Bist du bereit, es mir zu geben?«

Wieder spüre ich dieses Flattern in meinem Bauch – diese Mischung aus Angst und Begehren. »Ja, das bin ich.« Ich habe ihm bereits so viel Macht über mich gegeben. Ein paar Wörter werden da keinen Unterschied machen.

Jonah nickt zufrieden. Wir haben unsere Grundregeln aufgestellt.

Der Kellner umkreist uns wieder hoffnungsvoll, aber unsere Weingläser sind noch halb voll. Ich habe mich an meinen Plan gehalten und heute Abend nicht zu viel getrunken. Auf diese Weise kann ich nach Hause fahren und, was noch viel wichtiger ist, einen klaren Kopf bewahren.

Andererseits bin ich hier, um zu planen, dass ein Mann, den ich kaum kenne, so tun wird, als würde er mich vergewaltigen. Man könnte ins Feld führen, dass ich schon seit einer ganzen Weile nicht mehr klar im Kopf bin.

»Wir werden ein Safeword brauchen«, sagt Jonah.

Ich weiß natürlich, was ein Safeword ist, aber ich habe es immer für etwas gehalten, das ausschließlich im BDSM-Bereich vorkommt. Es erscheint mir für uns allerdings sinnvoll. Wir haben bereits über Szenarien geredet, in denen ich mich körperlich gegen ihn zur Wehr setzen könnte. Jonah muss wissen, wann ich ein Nein ernst meine. »Silber.«

»Silber?«

»Das ist das Safeword. Silber.« Es ist mir spontan eingefallen, aber jetzt gefällt es mir. »Was machen wir, wenn ich aufhören will, aber nicht reden kann?«

Entweder weil er mich geknebelt hat oder weil sein Schwanz in meinem Mund steckt …

»Dann schnippst du mit den Fingern. Dazu solltest du immer in der Lage sein.« Jonah lächelt versonnen. Er weiß, dass er mich genau da hat, wo er mich haben will. »Sogar in Handschellen.«

Ich kann nicht sprechen. Meine Lippen sind ein wenig geöffnet, und mein Atem geht schnell und stoßweise. Ein Teil von mir ist von dem Gedanken, dass dieser Mann mir Handschellen anlegt, entsetzt. Der andere Teil wünscht sich, er würde es auf der Stelle tun. Mir Handschellen anlegen, mich hier hinausschleifen und stundenlang Gott weiß was mit mir machen …

»Keine Sorge. Ich werde beim ersten Mal keine Handschellen benutzen, so wie du es verlangt hast«, murmelt er. »Auch keine Fesseln oder irgendeine andere Art von Knebeln. Mir ist klar, dass ich mir dieses Privileg erst verdienen muss.«

»Es würde mir gefallen, wenn wir eines Tages so weit sind«, erwidere ich heiser.

»Mir auch. Aber du musst erst dazu bereit sein.« Jonah streckt seinen Arm entlang der Rückenlehne des Sofas aus. Er legt den Arm jedoch nicht um mich. Stattdessen streicht er mit den Fingerspitzen über die Wölbung meiner Schulter. Die Berührung setzt mich in Flammen. »Gibt es sonst noch etwas, das du beim ersten Mal nicht willst? Denk gut nach. Denn es gibt eine *Menge* Dinge, die ich mit dir machen will. Wenn ich irgendetwas davon unterlassen sollte, sag es mir jetzt, damit ich mir keine falschen Hoffnungen mache.«

Einmal mehr schaue ich mich um. Das ist ebenfalls etwas, das auf keinen Fall jemand mitbekommen sollte. »Beim ersten Mal … ähm … keinen Analsex.«

Ich erröte allein deswegen, weil ich das laut gesagt habe.

Jonahs Finger streichen wieder über die Wölbung meiner Schulter. »Das ist schade.«

»Nur beim ersten oder zweiten Mal nicht. Okay? Wenn diese Sache für mich zu beängstigend wird und ich damit nicht klarkomme, will ich nicht, dass das ein Teil davon ist.«

Er nickt verständnisvoll. »Du hast das noch nie gemacht, oder?«

»Nein«, flüstere ich.

»Aber irgendwann würdest du es zulassen? Das gibt mir etwas, worauf ich hinarbeiten kann. Noch etwas, das ich mir verdienen kann.«

Wenn ich ganz ehrlich bin, finde ich die Vorstellung von Analsex einschüchternd. Das ist nichts, was ich je aus eigenem Antrieb machen wollte. Keiner der Männer, mit denen ich zusammen war, hatte großes Interesse daran, es auszuprobieren, was für mich vollkommen in Ordnung war.

Trotzdem kommt Analsex häufig in meinen Fantasien vor. Einem Vergewaltiger wäre egal, was ich wollen oder nicht wollen würde. Er würde mich einfach dazu zwingen.

Genau wie Jonah es irgendwann tun wird.

»Sonst noch etwas?«, fragt Jonah. Als ich den Kopf schüttle, richtet er sich auf und wirkt sofort wieder ganz geschäftsmäßig. »Dann würde ich sagen, wir sehen uns am Freitagabend. Es sei denn, du hast schon etwas vor. Hast du nicht? Gut. Ich will, dass du Folgendes tust. Geh in ein Hotel, ich werde dir noch mitteilen, in welches. Das Zimmer auf deinen Namen wird bereits bezahlt sein. Checke ein. Mach es dir bequem. Dann geh gegen zwanzig Uhr nach unten in die Hotelbar. Bestell dir ein paar Drinks. Ein paar zu viel.« Seine Augen glühen vor Eifer. Er hat das bis ins kleinste Detail ausgearbeitet. »Ich werde dort sein. Ich werde versuchen, dich anzubaggern. Aber du bist nicht interessiert. Wenn du die Bar verlässt, werde ich dir folgen. An der Tür zu deinem Hotelzimmer versuchst du, mich loszuwerden. Es wird dir nicht gelingen.«

Es ist, als hätte Jonah in mein tiefstes Innerstes geblickt und genau das gesehen, was ich will. »Was dann?«

»Das liegt bei mir.«

Oh Gott. Wenn mich die bloßen Worte eines Manns zum Orgasmus bringen könnten, wäre ich jetzt gerade gekommen. Zu hören, wie Jonah Dinge plant, die er mit meinem Körper anstellen will, erregt mich mehr als das Vorspiel mit den meisten Männern, mit denen ich zusammen war. »Das liegt bei dir«, wiederhole ich.

»Eine letzte Sache noch.« Jonah lehnt sich näher zu mir heran, so nah, dass ich glaube, er wird mich küssen. Stattdessen murmelt er: »Wie lasse ich dich kommen?«

Meine Wangen brennen so heiß, als hätte das jeder in der Bar mitgehört. »Das sollte, ähm, von selbst funktionieren.« Als er die Stirn runzelt, muss ich es ihm erklären. »Die meisten Frauen kommen nicht durch bloße Penetration, aber bei mir klappt das fast immer.«

Natürlich gelingt mir das, indem ich mir vorstelle, von einem Mann vergewaltigt zu werden, sogar während mein Partner noch in mir ist. Wenn Jonah und ich zusammen sind, wird diese Fantasie Wirklichkeit werden.

»Perfekt.« Er lächelt. »Übrigens solltest du an diesem Abend keine Kleidung tragen, die du jemals wieder anziehen willst.«

Bevor ich mir richtig vorstellen kann, wie Jonah mir die Klamotten vom Leib reißt, steht er auf. Ich bin vollkommen überrumpelt. »Warte. Du … gehst einfach?«

»Es sein denn, wir haben noch etwas anderes zu besprechen.« Er zieht die Vorderseite seines Hemds herunter – um seine Erektion zu verbergen, wie mir klar wird. Zu sehen, wie sehr er mich will, sorgt dafür, dass ich ihn sogar noch mehr will. Jonah tut allerdings so, als wäre ihm das völlig gleichgültig. »Wenn du noch irgendwelche Fragen hast, stell sie jetzt.«

Ich weiß, dass das hier alles andere als eine erste Verabredung ist. Ich weiß, dass wir uns darauf geeinigt haben, so wenig wie möglich über den anderen in Erfahrung zu bringen, weil das dem Rollenspiel nur zugutekommt. Aber mir war nicht klar, dass er kalt genug sein würde, um einfach so davonzumarschieren.

Andererseits brauche ich diese Kälte. Er muss kalt und unnachgiebig sein.

Trotzdem muss ich diese eine Frage einfach noch stellen. »Wirst du mir nicht verraten, warum du das willst?«

Jonah hält nur ganz kurz inne. »Wirst *du* mir verraten, warum *du* das willst?«

Nein, werde ich nicht.

Also hebe ich mein Kinn. »Freitagabend um zwanzig Uhr?«

»Freitagabend.«

Er dreht sich um und verlässt die Bar, ohne noch einmal zurückzublicken.

7

»Erde an Vivienne.«

Ich merke, dass ich immer noch an Arturos und Shays Tisch sitze, mein halb aufgegessenes Abendessen vor mir. Meine beiden Freunde schauen mich an – sie wirken gleichermaßen besorgt und amüsiert.

»Tut mir leid«, sage ich. »Meine Abschlussarbeit hat in letzter Zeit mein Gehirn mit Beschlag belegt. Wie auch nicht? Sie hat ja auch schon mein Leben in Beschlag genommen.«

Die Worte kommen mir zu schnell und zu leicht über die Lippen. Das ist vermutlich das Einzige, was mir meine Mutter je zu ihrer Zufriedenheit beigebracht hat: wie man lügt.

Arturo steht von seinem Stuhl auf. »Klingt, als bräuchte da jemand ein Bier.«

»Nein wirklich, ich brauche nichts.«

»Ich aber«, meldet sich Shay zu Wort. »Hol mir ein Ginger Ale, wenn du schon stehst, ja?«

Er streckt ihr die Zunge raus, woraufhin sie kichert. Dann geht er los, um ihr eine Dose Canada Dry zu holen.

Noch ist nicht Freitagabend, rufe ich mir ins Gedächtnis. Es ist Donnerstag. Das Hotel und Jonah und alle anderen Dinge, die morgen passieren werden, stehen erst *morgen* an. Heute bist du bei deinen Freunden. Also benimm dich auch so.

Shay ist so stolz auf dieses Essen. Ich bin der erste Gast, den sie zum Abendessen in ihr neues Haus eingeladen haben – sozusagen um aus dem gemieteten Ort ein Zuhause zu machen. Sie steht in letzter Zeit sehr auf Trostessen und probiert altmodische Hausmannskost wie Schmorbraten, Pfundkuchen und die heutige Hühnerfrikasseepastete aus. Offenbar ist das so ein Hipsterding, all diese traditionellen Rezepte nachzukochen. Diese Hühnerfrikasseepastete ist vermutlich eine Ironie. Aber sie ist auch lecker, also ein Hoch auf die Hipster.

Wir essen am Klapptisch, der am anderen Ende der Küche aufgestellt ist. Jegliches Geld, das sie für Möbel übrig haben, verwenden sie fürs Kinderzimmer. Den Rest des Hauses werden sie mit Zeug von der Heilsarmee, aus Secondhandläden oder sogar vom Sperrmüll einrichten, sagt Shay. (Das funktioniert in einer Universitätsstadt besser als an irgendwelchen anderen Orten. Man glaubt ja nicht, was Neunzehnjährige, die nicht dafür bezahlen mussten, alles wegwerfen.) Bislang sieht das Haus noch recht karg aus.

Trotzdem fühlt es sich bereits wie ein Zuhause an. Das, was Arturo und Shay füreinander empfinden, und die Hoffnungen, die sie für die Zukunft haben, lassen das Haus förmlich erstrahlen. Ich fühle mich hier wohler, als ich mich für sehr lange Zeit im Haus meiner Eltern gefühlt habe – dem Zuhause meiner Kindheit.

Das würde ich auch zu Carmen sagen, wenn sie hier wäre. Angeblich muss sie ein paar Tests korrigieren und benoten. Ich vermute, dass sie immer noch nicht bereit ist, Shay in ihrer Rolle als »Frau des Hauses« zu sehen, aber darüber wird sie sicher bald hinwegkommen.

»Bist du sicher, dass es dir gut geht?« Shay tätschelt meine Schulter. »Ich glaube, du setzt dich selbst unter Druck. Du nimmst dir nicht genügend Zeit zum Ausruhen.«

Ich versuche, sie zu beschwichtigen. »Ich befinde mich gerade mitten in der Recherche. Das erfordert eine Menge Konzentration.«

Was stimmt. Weswegen es auch nicht sonderlich hilfreich ist, buchstäblich jeden wachen Augenblick mit der Vorstellung zu verbringen, wie Jonah Marks Sex mit mir hat.

»Ich weiß, dass du hart arbeiten musst«, sagt Arturo, als er an den Tisch zurückkehrt und Shays Ginger Ale vor sie stellt. »Aber das bedeutet eben, dass du zwischendurch auch mal die Sau rauslassen musst.«

Hat er gerade gesagt …

»Hast du dich verschluckt?« Shay klopft mir auf den Rücken. »Du hast was in die falsche Röhre bekommen, was?«

»Es geht mir gut«, sage ich und schaffe es, mein Lachen zu unterdrücken.

Am Freitagabend ist mir nicht mehr zum Lachen zumute.

Wann immer ich meine Gedanken auf das Hotelzimmer richte, erzittert mein ganzer Körper vor Angst und Vorfreude. Ich weiß nicht, welches Gefühl stärker ist. Momentan weiß ich nicht mal, wo oben und unten ist.

Ich habe ein paar Sicherheitsmaßnahmen ergriffen. Carmen und ich haben für morgen früh geplant, zusammen zum Bauernmarkt zu fahren. Wenn ich um zehn Uhr nicht bei ihr zu Hause auftauche, wird sie sofort anfangen, nach mir zu suchen. Außerdem habe ich eine E-Mail vorbereitet, die in drei Tagen an sie, Arturo und Shay gesendet wird, wenn ich sie nicht lösche. In der E-Mail steht: Falls mir etwas passiert ist, sollte die Polizei nach Jonah Marks suchen.

Natürlich denke ich nicht, dass das notwendig sein wird. Wenn ich tatsächlich glauben würde, dass Jonah gefährlich ist, würde ich gar nicht erst in das Hotel gehen.

… aber ein bisschen gefährlich ist er. Genug jedenfalls, um dafür zu sorgen, dass sich die Angst sehr echt anfühlt.

Es herrscht Feierabendverkehr. Ich fahre gegen den Verkehrsstrom mitten in das Zentrum von Austin zum größten Hotel der Stadt. Dort steigen normalerweise Prominente, wohlhabende Touristen oder Geschäftsleute ab. Jonah hat sich nicht lumpen lassen. Er hat für seinen ersten Angriff eine exquisite Lokalität ausgewählt.

»Sie sind für eine Nacht bei uns zu Gast?«, fragt der Hotelangestellte an der Rezeption mit einem freundlichen Lächeln.

»Ja. Nur eine Schlüsselkarte, bitte.« Warum klinge ich so ruhig? Das Rollenspiel hat bereits begonnen.

Das Zimmer ist auf kultivierte und minimalistische Weise luxuriös. Es gibt ein breites Bett mit einer weißen Daunendecke und einem halben Dutzend Kissen, einen langen Schreibtisch aus poliertem Holz für die Geschäftsreisenden und sanfte stimmungsvolle Beleuchtung aus den Wandleuchtern, die an den cremefarbenen Wänden angebracht sind. Das Zimmer liegt in einem der oberen Stockwerke und bietet einen beeindruckenden Blick auf die Stadt. Ich bewundere die Aussicht, während die Sonne untergeht. Dann ziehe ich die Vorhänge zu, damit niemand hineinsehen kann.

Drei Stunden früher herzukommen war ein wenig übertrieben. Ich versuche zwar fernzusehen, doch mein Verstand weigert sich, sich auf die Bilder vor meinen Augen zu konzentrieren. Schließlich gebe ich auf und fange an, mich vorzubereiten. Heute Abend will ich mir dabei Zeit lassen. Ich will mich sorgfältig dafür zurechtmachen, dass Jonah mich auseinandernehmen kann.

Eine lange, heiße Dusche entspannt mich ein wenig. Das Zuckerpeeling, das ich mitgebracht habe, macht meine Haut angenehm weich. Ich föhne mein Haar kopfüber, damit es mehr Volumen hat und wilder wirkt, als ich es normalerweise trage.

Ich hatte darüber nachgedacht, meine Bikinizone wachsen zu lassen, habe mich aber letztendlich dagegen entschieden.

Es ist besser, wenn ich unvorbereitet wirke. Trotzdem benutze ich den elektrischen Rasierer, um alles ordentlich zu trimmen. Dann schlüpfe ich in eine weiße Spitzenunterhose. Auf einen BH verzichte ich.

Zu Weihnachten hat mir meine Mutter dieses Parfüm geschenkt, das sie mag, ich aber nicht. Es ist einer dieser schweren, aufdringlichen Düfte aus den Achtzigern von der Sorte, die in einem lilafarbenen Flakon daherkommen. Der Duft könnte ebenso gut »Nimm mich« schreien. Heute Abend trage ich ihn zum ersten Mal. Mein Make-up trage ich so auf, wie meine ältere Schwester Chloe es mir beigebracht hat. Normalerweise mache ich mir diese Mühe so gut wie nie. Meistens reichen mir Puder, Mascara und getönter Lippenbalsam. Heute Abend entscheide ich mich für Smokey Eyes und ein schimmerndes Rouge, das die Konturen meiner Wangenknochen hervorhebt. Der Lippenstift, den ich auftrage, ist von einem glänzenden Dunkelrot.

Ich habe dieses Kleid letztes Jahr spontan im Internet gekauft. Der Ausverkaufsrabatt und der Hinweis »Nur noch eins auf Lager!«, der in roten Buchstaben auf der Webseite stand, haben mich zum Kauf animiert. Als es ankam, wurde mir allerdings klar, dass es weniger glamourös, sondern eher billig wirkte. Der hauchdünne himbeerfarbene Stoff schmiegt sich an jede Kurve, und der Saum reicht gerade so bis über meinen Hintern. Zwei dünne Träger halten es an Ort und Stelle.

Jonah sollte keine Probleme damit haben, sie zu zerreißen.

Einfache Diamantohrstecker zieren meine Ohrläppchen – alles, was baumelt, würde später nur im Weg sein. Zu guter Letzt schlüpfe ich in meine silberfarbenen Riemchensandalen. Fertig.

Ich stehe vor dem Spiegel und versuche, mich so zu sehen, wie Jonah mich wahrnehmen wird, wenn er in die Bar kommt.

Alles an mir schreit »Sex«. Das ist die Art von Outfit, von der hirnamputierte Idioten als Rechtfertigung für eine Vergewaltigung behaupten, dass die Frau den Täter durch ihre Aufmachung provoziert habe.

Heute Nacht will ich das wirklich. Ich will Jonah provozieren.

In der Hotelbar habe ich das Gefühl, mit meinem Outfit aufzufallen. Unter den diversen Reisenden, von denen die meisten dunkle, bequeme Kleidung tragen, die man gut in einen Koffer packen kann, steche ich definitiv hervor. Ich lasse mich auf einem Barhocker nieder und muss die Beine übereinanderschlagen, um zu verhindern, dass der gesamte Raum ungewollt tiefe Einblicke erhält. Der Barkeeper mustert mich von Kopf bis Fuß, bevor er fragt: »Was kann ich für Sie tun?« Vermutlich denkt er, dass ich eine Nutte auf der Suche nach Kundschaft bin.

»Ich hätte gern einen Cosmopolitan.« Das ist nicht meine übliche Wahl. Aber es kommt mir wie etwas vor, das eine Frau in einem billigen pinkfarbenen Kleid bestellen würde.

Der Barkeeper serviert mir den Drink ohne viel Zeit zu verlieren, genau wie den zweiten, den ich bestelle. Ich habe noch nicht zu Abend gegessen, also ist das mehr als ausreichend, um mir den Kopf schwirren zu lassen. »Noch einen?«, fragt der Barkeeper.

Ich will gerade den Kopf schütteln, doch da sagt eine tiefe Stimme: »Sie nimmt noch einen. Der geht auf mich.«

Jonah ist hier.

Wie ist er hereingekommen, ohne dass ich ihn gesehen habe? Dann wird mir klar, dass ich auf den Eingang gestarrt habe, durch den ich hereingekommen bin – den Eingang für Hotelgäste. Er hingegen ist durch den Hintereingang gekommen. Er ist deutlich legerer gekleidet als ich. Er trägt eine schwarze Jeans und ein langärmeliges weißes Hemd, dessen

Ärmelaufschläge ordentlich bis zu den Ellbogen hochgekrempelt sind. Jonah sieht nicht wie ein Kerl aus, der hier ist, um Frauen abzuschleppen. Er sieht aus, als wäre er bereit zu handeln. Bereit für alles.

Bin ich bereit? Jetzt, da er hier neben mir steht, weiß ich es nicht. Trotzdem bleibe ich, wo ich bin.

Er wird versuchen, mich anzubaggern. Meine Aufgabe besteht darin, ihn abblitzen zu lassen.

»Noch einen Cosmo für die Dame?«, hakt der Barkeeper nach. Offensichtlich will er mir eine Gelegenheit geben, Jonahs Einladung abzulehnen. Ich sage nichts.

Jonah antwortet für mich. »Einen noch. Und mir bringen Sie einen Scotch mit Soda.«

Sobald der Barkeeper damit beschäftigt ist, unsere Drinks zuzubereiten, spreche ich Jonah zum ersten Mal an diesem Abend an. »Danke.«

Er gleitet auf den Barhocker neben meinem. »Sind Sie zu Besuch in der Stadt?«

Ich habe mir keine Geschichte zurechtgelegt, um meine Anwesenheit hier zu erklären, also halte ich es einfach. »Ich bin nur auf der Durchreise.«

»Sind Sie allein?«

»Mmm-hmm.« Ich drehe den Kopf von Jonah weg, um meinen dritten Cosmo entgegenzunehmen. Ich wage es nicht, viel davon zu trinken, aber ich hebe das Glas, stoße damit gegen seinen Tumbler mit Scotch und sage: »Prost.«

»Prost.« Jonahs Blick wandert über meinen Körper, als würde er mich bereits für sich beanspruchen.

Der Barkeeper eilt davon, um andere Gäste zu bedienen, wodurch wir unter uns sind.

»Schwer zu glauben, dass eine schöne Frau wie Sie an einem Freitagabend allein ist«, murmelt Jonah.

Ich zucke mit den Schultern. Einer der Träger meines Kleids rutscht näher an den Rand meiner Schulter. »Hin und wieder passiert das jedem.«

Mit zwei Fingern schiebt Jonah den Träger wieder an seinen Platz. Seine Berührung ist so heiß, dass sie zu brennen scheint. »Sie müssten nicht länger alleine sein, wenn Sie nicht wollen.«

»Manchmal brauchen wir alle ein wenig Einsamkeit.«

»Mir fällt noch etwas anderes ein, das Sie brauchen.«

Erregung und Angst schießen zeitgleich durch meinen Körper. Mir schwirrt der Kopf. »Ich komme ganz gut zurecht.«

Jonah grinst. »Das erleben Sie wahrscheinlich sehr oft. Aufmerksamkeit von Männern, Kerlen, die versuchen, Sie abzuschleppen. Ich glaube, das gefällt Ihnen.«

»Warum glauben Sie das?«

»Dieses Kleid signalisiert nicht gerade ›Lass mich in Ruhe‹.« Er schaut zu meinen Beinen hinunter, die fast bis zum Hintern entblößt sind. »Es vermittelt eine andere Botschaft.«

»Die einzige Botschaft lautet: Gute Nacht.« Damit nehme ich noch einen Schluck von meinem letzten Cosmo und hüpfe vom Barhocker. Obwohl der Boden unter meinen Füßen ein wenig zu schwanken scheint, bin ich in der Lage, den Raum auf elegante Weise zu verlassen. Es sieht aus, als ob ich Jonah hinter mir keinerlei Aufmerksamkeit mehr schenken würde.

Aber ich kann jeden seiner Schritte hören, als er mir hinausfolgt.

Mein Herz pocht so heftig, dass ich es *sehen* kann – die Vorderseite meines Kleids hebt und senkt sich mit meinem Puls. Mein Innerstes ist so heiß und zieht sich so fest zusammen, dass es fast wehtut. Das ist es. Das ist es wahrhaftig.

Dann wacht mein Gehirn plötzlich auf und übernimmt, als hätte mir jemand ein Glas mit Eiswasser ins Gesicht geschüttet. *Machst du das hier wirklich? Das ist gefährlich. Du kennst den Mann kaum. Ist dir klar, wie schnell aus deiner Fantasie eine sehr hässliche Realität werden könnte?*

Ich drücke auf den Fahrstuhlknopf, als Jonah sich neben mich stellt. Er lächelt langsam. »Sie sind auf dem Weg nach oben in Ihr Zimmer, oder?«

»Ja.« Nervös streiche ich mir eine Haarsträhne hinters Ohr. Wir sind die Einzigen, die in den Fahrstuhl steigen. Nachdem ich auf den Knopf für den fünfzehnten Stock gedrückt habe, werfe ich wieder einen Blick zu Jonah. »Ist Ihr Zimmer auch im fünfzehnten Stock?«

»Im fünfzehnten Stock gibt es viele Zimmer. Oder?«

Ich antworte nicht.

Silber. *Sag* Silber. *Beende es hier und jetzt. Jonah könnte sauer sein, aber er würde einfach gehen. Oder? Wenn er es nicht tut, wären zumindest Leute in der Nähe. Ich könnte schreien und mich bemerkbar machen, und jemand würde den Sicherheitsdienst des Hotels alarmieren. Ich könnte ihm das Geld für das Zimmer zurückzahlen. Es ist noch nicht zu spät, das hier zu beenden. Es ist noch nicht zu spät.*

Wir erreichen den fünfzehnten Stock. Auf dem Weg zu meinem Zimmer fische ich die Schlüsselkarte aus meiner glitzernden Abendclutch. Jonah geht schweigend direkt hinter mir her.

Ich schiebe die Schlüsselkarte in den dafür vorgesehenen Schlitz und ziehe sie wieder heraus. Das Licht wird grün. Als ich die Tür öffne, lehnt sich Jonah direkt neben mir an die Wand. »Sieht so aus, als wären Sie wirklich alleine.«

Es ist noch nicht zu spät …

Doch das ist es. Für mich ist es schon seit langer Zeit zu spät. So ist das eben. Genau das hier will ich. Und es ist an der Zeit, dass ich mir das endlich klarmache und mich den Tatsachen stelle.

»Verzeihung.« Ich gehe ins Zimmer. Wie zu erwarten, folgt

Jonah mir. Er schließt die Tür fest hinter uns, und wir sind allein. Ich sollte protestieren. Ich sollte weiter meine Rolle spielen. Stattdessen kann ich ihn nur anstarren, wie er zwischen mir und meinem einzigen Ausweg steht.

Jonah steht eine ganze Weile lang da und atmet angestrengt. Er ist total erregt – absolut bereit, mich für sich zu beanspruchen – und doch sagt er nichts. Mir wird klar, dass er mir noch eine letzte Chance gibt, etwas zu sagen. Einen letzten Ausweg.

»Was machen Sie?«, bringe ich flüsternd hervor.

Er grinst langsam und lüstern. »Mir nehmen, was mir gehört.«

8

Jonah drückt mich mit dem Rücken gegen die Wand.

»Es macht dir Spaß, Männer zu reizen, nicht wahr?« Er rammt seine Hände rechts und links von mir gegen die Wand, sodass ich zwischen seinen Armen gefangen bin. Sein muskulöser Körper ist nur wenige Zentimeter von meinem entfernt. »Du ziehst dich an wie eine Hure, bringst Männer dazu, dir Drinks zu spendieren, und dann lässt du sie hängen. Das ist dein Spiel. Aber mit mir machst du das nicht.«

»Bitte …« Etwas anderes fällt mir nicht ein. Ich kann mich nicht erinnern, jemals solche Angst gehabt zu haben, und ich weiß, dass ich noch nie so erregt war.

»Halt den Mund«, fährt Jonah dazwischen. Seine Stimme ist ruhig, aber voller Verachtung. »Du sollst nicht reden. Es gibt bessere Dinge, die du mit diesem Mund anstellen kannst.«

Das ist es, was er wollte – mein absolutes Schweigen, seine absolute Kontrolle. Ich ergebe mich ohne Widerworte.

Er packt mein Handgelenk. Ich kann den Druck bis zu den Knochen hin spüren. Ein Wimmern kommt über meine Lippen. Jonah ignoriert es. Er drückt meine Hand auf die Erektion, die sich gegen den Stoff seiner Jeans drängt, und reibt sie dann an seinem Schwanz entlang auf und ab. Sein Fleisch ist sogar durch den dicken Jeansstoff heiß. »Fühlst du das? Das warst du. Du hast mich so hart gemacht, also musst du es mir jetzt auch besorgen.«

Oh mein Gott, er ist *riesig*. Kann ich dieses Ding überhaupt in mich aufnehmen?

Er wird mich zerreißen. Ich sollte Angst verspüren. Stattdessen bin ich so feucht, dass sogar die Innenseiten meiner Oberschenkel ganz glitschig geworden sind.

»Hol ihn raus«, befiehlt Jonah. »Hol meinen Schwanz aus meiner Hose. Na los.«

Meine Hände zittern, als ich an dem Reißverschluss herumfummele und die Vorderseite seiner Boxershorts öffne. Sein Schwanz springt ins Freie und direkt in meine Hand. Er ist nicht nur groß, sondern auch dick.

»Leck dir über die Lippen. Ich will, dass deine Lippen feucht sind, wenn sie sich um meinen Schwanz schließen.«

Meine Lippen sind immer noch süß von den Cosmopolitans. Als ich mit der Zunge über meinen Mund fahre, atmet Jonah heftig aus, als ob ich ihm gerade eine Faust in den Magen gerammt hätte.

Mit einer Hand packt er mein Haar. Ich verziehe das Gesicht, aber Jonah lächelt nur. Er zerrt mich an den Haaren nach unten, bis ich in die Knie gehe, seinen gewaltigen Schwanz direkt vor meinem Gesicht.

»Mach deinen verdammten Mund auf«, knurrt er.

Ich habe keine Wahl. Ich muss gehorchen.

Jonah schiebt sich vor. Sein Umfang zwingt mich, meinen Mund so weit zu öffnen, wie es mir möglich ist. Ich bekomme ihn gerade so in meinen Mund hinein. Die samtige Spitze berührt fast meine Kehle, und ich habe das Gefühl, zu ersticken. Ich kann kaum atmen.

»Blas ihn.«

Ich versuche es. Er ist so riesig, dass ich Schwierigkeiten habe, meine Zunge einzusetzen, aber ich bewege den Kopf vor und zurück und tue mein Bestes.

»Sieh mich an. Du sollst mich ansehen, während du an meinem Schwanz lutschst. Hast du gehört?« Ich schaue zu ihm auf. Er atmet schwer und knöpft mit seiner freien Hand sein Hemd auf. Der weiße Stoff fällt zur Seite und gibt den Blick auf seine muskulöse Brust frei. Sein Kiefer ist angespannt, und seine Lippen sind zu einem spöttischen Lächeln verzogen. Die Hand in meinem Haar packt noch fester zu, bis sein Griff fast schmerzhaft wird.

»Fester. Und benutz deine verdammten Hände. Streng dich gefälligst an.«

Ich sauge stärker. Salziges Präejakulat erfüllt meinen Mund und befeuchtet meine Lippen. Mit einer Hand stütze ich mich an seinem Bein ab – seine Oberschenkelmuskeln sind steinhart. Mit der anderen fange ich an, ihn zu bearbeiten. Ich lege meine Finger um ihn und drehe sie bei jeder Bewegung. Ich kann jede Vene und jedes Pulsieren spüren.

»Ich erteile dir jetzt eine Lektion«, sagt er. »Du ziehst dich nicht wie eine Hure an und gehst nicht in Bars, es sei denn, du willst gefickt werden.«

Präejakulat flutet meinen Mund, und ich denke, dass er jeden Moment kommen wird. Stattdessen zieht er seinen Schwanz aus meinem Mund heraus und lässt mich prustend und keuchend zurück. Jonah ist so hart, dass es wehtun muss – sein Schwanz ist geschwollen und dunkel –, aber er hält mich für ein paar weitere lange Sekunden fest.

Er will noch nicht kommen. Damit würde er mich zu leicht davonkommen lassen.

»Zieh dein Kleid runter«, sagt er. »Ich will deine Titten sehen.«

Ich ziehe die Vorderseite meines Kleids herunter, gerade weit genug, um meine Brustwarzen zu entblößen. Mit seiner freien Hand schlägt er auf eine meiner Brüste. Der Schlag schmerzt, und ich zucke zusammen.

Jonah lacht. »Das gefällt dir nicht? Du wirst noch sehr viel mehr bekommen, bis ich mit dir fertig bin.« Er schiebt seine Finger zwischen meine Lippen und zwingt sie erneut für seinen Schwanz auf. »Jetzt werde ich deinen Mund ficken.«

Mit der anderen Hand umfasst er meinen Hinterkopf. Dann fängt er an, zuzustoßen. Ich kann nicht saugen. Ich kann nichts machen, außer es hinzunehmen. Er ist so groß, dass mein Kiefer schmerzt. Sein Schwanz füllt mich bis zu meiner Kehle aus. Ich würge, aber er macht einfach weiter.

»Du wirst es dir zweimal überlegen, bevor du den nächsten Kerl reizt, nicht wahr?« Jonah stößt noch fester zu, während er an meinem Haar zieht. »Wenn dich ein Kerl das nächste Mal nett behandelt, wirst du wissen, wie du dich zu benehmen hast.«

Gerade als ich denke, dass ich das nicht eine Sekunde länger aushalte, zieht er sich zurück. Während ich noch nach Luft schnappe, zerrt Jonah mich bereits an meinen Haaren hoch. Einmal mehr stehe ich auf zittrigen Beinen vor ihm. Mein starkes Make-up muss über mein ganzes Gesicht verschmiert sein.

Mit einer Hand umfasst er meine Brust und drückt so fest zu, dass ich aufschreie. Dann greift er unter mein Kleid und in meine Unterhose. Jonah rammt seine Finger in mich. Die Berührung soll erniedrigend und verletzend sein.

»Dachtest du, du wärst zu gut, um mit mir ins Bett zu gehen?« Sein Lächeln war nie grimmiger. »Dann bekommst du eben kein verdammtes Bett.«

Er stößt mich so heftig rückwärts, dass ich fast hinfalle. Ich taumele gegen den Schreibtisch, und Jonah drückt meine Schultern nach unten, sodass ich mit dem Oberkörper flach auf der Tischfläche liege. Das Holz unter meinem Rücken ist hart. Mit beiden Händen packt er mein Kleid und reißt es fast in zwei Hälften. Pinkfarbener Stoff gleitet an beiden Seiten meines Körpers hinunter und entblößt mich für seinen verächtlichen Blick.

Er braucht nur eine Hand, um mir auch noch die Unterhose vom Leib zu reißen.

Jonah geht so schnell vor, dass ich erst merke, dass er ein Kondom übergezogen hat, als er damit fertig ist. Mit den Händen drückt er meine Knie auseinander. Und dann stößt die Spitze seines Schwanzes gegen mich. Mir wird klar, dass er mich damit reizt. Mir noch mehr Angst macht. Mich dazu bringt, ihn zu wollen.

»Das hast du jetzt davon, du Schlampe«, flüstert er. Dann stößt er mit brutaler Härte in mich hinein.

Oh Scheiße. *Scheiße.* Er ist so groß – gewaltig –, dass er mich entzweireißt. Der Schmerz ist größer als die Lust, und ich drücke gegen seine Schultern, ohne auch nur das Geringste zu bewirken. Jonah packt einfach meine Hände und presst sie auf den Schreibtisch.

Silber. Das Wort blitzt erneut in meinem Kopf auf, und beinahe spreche ich es aus. Aber in diesem Augenblick verdrängt die Lust den Schmerz. Jonahs Schwanz fühlt sich so gut in mir an. Er füllt mich vollkommen aus und lässt alles andere auf der Welt in den Hintergrund treten.

Er fängt an, sich zu bewegen – zuerst ganz langsam. Er will mich immer noch reizen. Ich spreize die Beine sogar noch weiter. Mein ganzer Körper ergibt sich ihm. Jonah hat Besitz von mir ergriffen.

Er wird mit jeder Sekunde schneller. »Du hast bekommen, was du verdienst, nicht wahr?«, keucht er. »Sag es mir.«

»Ich … ich habe bekommen, was ich verdiene.« Meine Stimme klingt benommen, betrunken, als wäre sie nicht meine eigene.

»Dank mir dafür, dass ich dir eine Lektion erteilt habe.«

»… Danke …«

Jonah lacht. Es klingt wie ein Triumph. Dann lässt er alle Zurückhaltung fallen.

Ich schreie erneut auf, als er anfängt, hart, schnell und brutal in mich hineinzustoßen. Der Schreibtisch unter mir wackelt bei jedem Stoß. Meine Brüste schwanken vor und zurück, und er starrt mit unverhohlener Befriedigung auf sie hinunter. Das Klatschen seines Körpers gegen meinen ist ebenso laut wie wild.

Der Druck und die Lust bauen sich mit jedem weiteren Stoß in mir auf. Je mehr Jonah mir wehtut und mich demütigt, desto besser wird es. Ich drücke fest gegen seine Hände. Nicht weil ich denke, dass ich ihn dazu bringen kann, mich vom Schreibtisch runterzulassen, sondern weil mich der Kampf sogar noch stärker erregt.

Das hier. Das hier ist genau das, wovon ich immer geträumt habe. Zu dieser Fantasie habe ich mich jahrelang selbst befriedigt. Ein Mann, der mich für sich beansprucht, mich wie ein Tier benutzt, genau wie Jonah mich jetzt gerade benutzt. Er stößt immer fester in mich hinein …

Ein Keuchen, Schwindel und alles explodiert. Und dann ist von mir nichts mehr übrig. Es gibt nur noch den Orgasmus, der mich überkommt. Ich spanne mich um ihn herum an und bäume mich unwillkürlich auf, um seinen Stößen entgegenzukommen, während die Welt um mich herum schwarz wird.

Es ist noch nie so gut gewesen. Noch nie. Jonah Marks hat gerade dafür gesorgt, dass ich heftiger gekommen bin als je zuvor in meinem Leben.

Als ich ganz benommen vor Lust auf den Schreibtisch zurücksacke, wird Jonah sogar noch schneller – so schnell, dass sich kein Mann lange zurückhalten könnte. Und das tut er auch nicht. Innerhalb von Sekunden schreit er auf. Seine Augen sind fest geschlossen, und seine Finger graben sich ins weiche Fleisch meiner Arme. Seine Haut ist ebenso erhitzt und verschwitzt wie meine. Er stößt noch ein letztes Mal zu, so tief, dass er komplett in mir vergraben ist. Dann erstarrt er.

Für ein paar Sekunden verharren wir in dieser Position, atmen schwer und sind kaum in der Lage, uns zu bewegen. Schließlich zieht sich Jonah aus mir zurück, zerrt mich vom Schreibtisch herunter und wirft mich aufs Bett. Als wäre ich etwas, mit dem er fertig ist und das er nun wegschmeißt. Ich höre, wie er sich schwer auf den Schreibtischstuhl sinken lässt, aber ich drehe mich nicht herum, um ihn anzusehen. Ich liege einfach nur ausgestreckt und vollkommen erledigt auf den Laken.

Ich war immer überzeugt, dass dies der Augenblick sein müsste, in dem ich anfangen würde, es zu bereuen, falls ich meine Vergewaltigungsfantasie jemals so ausleben könnte, wie ich es wollte. Mein Stolz würde zurückkehren. Ich würde nicht in der Lage sein zu glauben, dass ich mich so sehr erniedrigt hatte, um zuzulassen, dass mich ein Mann wie seinen Besitz behandelt. Ganz egal, wie gut oder auch nicht der Sex gewesen sein würde, ich dachte immer, dass ich mich so sehr schämen würde, dass es die Sache nicht wert wäre.

Aber ich schäme mich nicht. Ganz und gar nicht. So wund und mitgenommen ich mich auch fühle, es ging mir noch nie besser. Jonah ist genau das, was ich immer wollte.

»Hey«, sagt Jonah. Er ist wieder er selbst. Das Rollenspiel ist vorbei. »Geht es dir gut?«

»Ja.« Ich schaffe es, mich herumzurollen und ihn anzusehen. Die Überreste meines Kleids bedecken meinen Körper nicht einmal ansatzweise, und ich empfinde gegenüber dem Mann, der mich gerade um den Verstand gevögelt hat, eine seltsame Verlegenheit.

Ich verstehe den Impuls. In gewisser Weise haben wir einander gerade zum ersten Mal wirklich wahrgenommen.

»Bist du sicher?« Er lehnt sich vor, achtet aber darauf, mir nicht zu nah zu kommen. Jonah verhält sich mir gegenüber nun so sensibel, wie er vor ein paar Minuten noch brutal war. Ich nicke, und er runzelt die Stirn. »Aber du zitterst.«

»… Ich kann nichts dafür.«

Er steht vom Stuhl auf. Jonah ist fast vollständig bekleidet – sein Hemd hängt locker zu beiden Seiten seiner perfekten muskulösen Brust. Nachdem er das Kondom entsorgt hat, zieht er seine Boxershorts wieder hoch und macht seine Jeans zu. Ich kann nur entspannt und erschöpft daliegen, während ich zuhöre, wie im Bad Wasser läuft. Dann kommt Jonah mit einem Glas in der einen und einem der Hotelbademäntel in der anderen Hand ins Zimmer.

»Komm schon«, murmelt er und hilft mir dabei, mich aufzusetzen. Er hält das Glas vor mich, damit ich einen Schluck Wasser trinken kann. Dann stellt er es auf dem Nachttisch ab. Mit sanften Händen schiebt er die Fetzen meines Kleids von meinen Schultern und legt mir den weichen, weißen Bademantel um.

Ich hätte nie gedacht, dass Jonah so liebevoll sein könnte.

Er streicht eine verirrte Haarsträhne von meiner Wange. »War es das, was du wolltest?«

»Ja.« Zum ersten Mal in meinem ganzen Sexleben muss ich nicht lügen. »Das war genau das, was ich brauchte. Als hättest du meine Gedanken gelesen. Was ist mit dir?«

»Du warst perfekt.«

Seine grauen Augen finden meine. Er lächelt nicht, aber sein Ausdruck wird irgendwie sanfter. Jonah lehnt sich vor. Ich neige den Kopf zurück, damit er meine Lippen küssen kann.

Das hier hat nichts mit dem sengenden, fast schon strafenden Kuss zu tun, den er mir auf der Party gegeben hat. Dieser hier ist weich, sogar zärtlich. Er küsst mich, als wäre ich etwas Zerbrechliches und Kostbares, und das nur wenige Augenblicke, nachdem er mich wie eine Hure behandelt hat.

Ich werde die Widersprüchlichkeit dieses Mannes nie verstehen.

Dann zieht er sich zurück und wird wieder abweisend, einfach so. Er steht auf und macht sich daran, sein Hemd zuzuknöpfen. Es wirkt fast so, als hätte er noch einen Termin.

»Bleibst du heute Nacht hier im Zimmer, oder soll ich dir ein Taxi rufen, das dich nach Hause fährt?« Jonahs Stimme ist geschäftsmäßig. Kühl.

Ich versuche, mich ganz zwanglos zu verhalten. »Ich bleibe hier.«

»Du hattest in der Bar ein paar Drinks. Du solltest etwas essen. Bestell dir einfach etwas beim Zimmerservice und lass es mit auf die Rechnung setzen.«

»Ich dachte immer, dass der Mann einen für gewöhnlich *vor* dem Sex zum Abendessen einlädt.«

Falls Jonah meinen Scherz zur Kenntnis genommen hat, reagiert er nicht darauf. Er steckt sein Hemd in die Hose und wirft einen Blick in den Spiegel, um seine Frisur zu überprüfen. Auf seiner Wange sind ein paar verschmierte Spuren meines Lippenstifts. Meine zerrissene Unterhose liegt zerknüllt auf dem Schreibtisch. Er benutzt den weißen Stofffetzen, um den Lippenstift abzuwischen.

Ich fühle mich getroffen. Aber warum? Jonah und ich hatten eine Abmachung – je weniger wir übereinander wüssten, desto heißer würde der Sex sein. Bislang war er sengend heiß. Das bedeutet, dass es funktioniert haben muss. Er verhält sich so distanziert, und ich sollte das auch tun.

»Danke«, sage ich. Ich wickele den Bademantel fester um mich und lasse mich zurück auf die Kissen sinken. »Das hier hat mir Spaß gemacht.«

Jonah dreht sich zu mir um, und für einen Augenblick wirkt er nicht mehr ganz so steif wie noch vor einem Moment. »Mir auch.«

Mein Körper ist immer noch erschöpft, aber ich muss ihm diese eine Frage stellen. »Bedeutet das, dass wir uns noch mal treffen werden?«

»Du bekommst einfach nicht genug, was?« Er hält nur ganz kurz inne. »Ich melde mich bei dir.«

Damit verlässt er das Zimmer. Ich bleibe allein zurück mit meinem zerrissenen Kleid, meinem wunden Körper und den Nachwirkungen des aufregendsten Abenteuers, das ich jemals erlebt habe.

Ich dachte, dass das Wochenende voller Reuegefühle sein würde. Stattdessen ist es das beste, das ich seit ewig langer Zeit hatte. Der Zimmerservice bringt mir an diesem Abend ein ausgezeichnetes Steak und am nächsten Morgen ein sogar noch besseres Omelett. Als ich zurück nach Hause fahre, singe ich die Lieder im Radio lauthals mit. Nachdem ich das zerrissene Kleid und die Unterhose weggeworfen und die vorbereiteten E-Mails für den Notfall gelöscht habe, damit sie nicht versendet werden können, treffe ich mich mit Carmen auf dem Bauernmarkt. Sie bemerkt lediglich einen kleinen blauen Fleck an meinem Arm, den ich mit einem Unfall in meinem Kunstatelier erkläre. An diesem Nachmittag und Abend bin ich sogar in der Lage, ein wenig an meiner Doktorarbeit zu schreiben. Die ablenkenden Fieberträume von Jonahs Händen auf meinem Körper sind zumindest für den Moment in den Hintergrund getreten. Ich bin vollkommen zufrieden und befriedigt.

Am Sonntagabend gehe ich mit Shay ins Kino. Die Komödie erweist sich als ziemlich dümmlich, aber ich kichere hilflos über jeden dummen Witz. »Was ist denn mit dir los?«, fragt Shay neckend, als wir beim Hinausgehen unsere leeren Popcorntüten wegwerfen.

»Nichts.« Ich zucke mit den Schultern. Mein Lächeln muss sehr selbstzufrieden wirken, aber ich kann nichts dagegen machen. »Ich habe heute einfach gute Laune, das ist alles.« So ist das eben, wenn man den besten Sex seines Lebens hatte.

Die Intensität der Lust, die ich beim Zusammensein mit Jonah empfunden habe, gibt mir Auftrieb. Aber was noch viel wichtiger ist: Ich habe mich meinen Dämonen gestellt. Ich habe mir das genommen, was ich wirklich wollte. All die Jahre über dachte ich, dass mich diese Fantasie verbrennen würde. Stattdessen bin ich unversehrt durchs Feuer gegangen.

Das ist für dich, Anthony. Du hast keine Macht mehr über mich.

Aber ich versuche, nicht zu sehr über Anthony Whedon nachzudenken. Er wird keinen einzigen Tag meines Lebens mehr verderben.

Am Montagmorgen bin ich immer noch wund. Es macht mir aber absolut nichts aus. Ich will bereits wissen, wann Jonah und ich uns wieder unserem Rollenspiel hingeben können.

»Sieh einer an«, sagt Kip, als ich in unser Institutsbüro komme. »Was hat dich so zum Strahlen gebracht?«

Wieso ist er nur so scharfsinnig? Das ist wie eine besondere Gabe. Ich versuche, mich ganz lässig zu geben. »Ich war im Spa und hatte eine Gesichtsbehandlung.«

»Klingt nicht sehr glaubwürdig.« Kips Telefon klingelt und bewahrt mich vor weiteren Fragen.

Ich husche in mein Büro und schreibe schnell eine E-Mail an Jonah.

Betreff: Runde zwei.

Inhalt: Sollten wir bald mal wieder reden? Einen weiteren Abend planen?

Einen Sekundenbruchteil, nachdem ich auf »Senden« geklickt habe, meldet mein Postfach den Eingang einer neuen E-Mail. Die fett formatierte Betreffzeile lautet »Abwesenheitsnotiz«. Ich runzle die Stirn und öffne die Mail. Im automatischen Antworttext steht:

> Dr. Jonah Marks befindet sich derzeit nicht im Büro und kann seine E-Mails nicht abrufen. Wenden Sie sich bitte mit jeglichen Fragen an das Institut für Geowissenschaften.

Zum Glück ist die Telefonnummer einer Sekretärin angegeben. Ich würde nur ungern im Institutsbüro anrufen und Shay in der Leitung haben. Je weniger meine Freunde über meine Verbindung zu Jonah wissen, desto besser.

Ich zögere einen Augenblick, bevor ich die Nummer wähle. Jonah hat schließlich gesagt, dass er sich bei mir melden würde. Das könnte bedeuten, dass er den nächsten Schritt machen will. Allerdings frage ich mich, warum es jetzt noch einen Grund geben sollte, zurückhaltend zu sein. Schließlich entscheide ich, dass ich einfach herausfinden werde, wann er wieder zurück sein wird, egal ob das morgen oder in drei Tagen oder sonst wann der Fall sein wird. Auf diese Weise werde ich mich nicht selbst in den Wahnsinn treiben, indem ich mich immer wieder frage, wann er mich kontaktieren wird. Wenn er zurückkommt, kann er ja wieder die Führung übernehmen. Ich lächle bei dem Gedanken daran, wie gut er darin ist, die Führung zu übernehmen.

Dann verblasst mein Lächeln, denn die Sekretärin im Institut für Geowissenschaften sagt: »Dr. Marks wird für eine ganze Weile nicht an die Universität zurückkehren. Kann Ihnen ein anderer Dozent weiterhelfen?«

»Was meinen Sie mit ›eine ganze Weile‹?«

»Mehrere Wochen, denke ich.«

Wochen? Bevor ich mich zurückhalten kann, platze ich heraus: »Er hat mit keinem Wort erwähnt, dass er wochenlang weg sein würde.«

»Er hat das Institut erst heute Morgen darüber in Kenntnis gesetzt.«

Also ist Jonah ein oder zwei Tage, nachdem wir die intimste sexuelle Fantasie, die man sich vorstellen kann, ausagiert haben, aus der Stadt verschwunden. Er hat die Universität verlassen – seinen Job verlassen –, mich verlassen.

Ich dachte, ich hätte die perfekte Vereinbarung gefunden. Den perfekten Sexpartner. Stattdessen wurde ich abserviert und zurückgelassen.

9

Die ersten paar Tage kann ich es noch immer nicht glauben. Immer wieder öffne ich die E-Mail mit seiner Abwesenheitsnotiz, als würde ich denken, dass dieses Mal etwas anderes darin steht. Es erscheint mir einfach unmöglich. Wie kann man etwas so Intimes miteinander teilen – dieses Maß an Vertrauen verlangen – und dann ohne ein Wort der Erklärung einfach verschwinden?

Ich öffne mich anderen Leuten gegenüber nicht oft. Wie es scheint, Jonah auch nicht. Also hätte ich gedacht, dass ihm das, was wir miteinander geteilt haben – eine *Verbindung*, wie verkorkst auch immer sie sein möge –, mehr bedeuten würde.

Offensichtlich ist das nicht der Fall.

Gegen Ende der Woche bin ich launisch und wütend. Ich sitze stundenlang in meinem beengten Büro, benote gnadenlos Hausarbeiten und drücke so hart mit dem Rotstift auf, dass ich hin und wieder das Papier durchsteche. Niemand spricht mich darauf an, aber Marvin und Keiko scheinen mir mehr Raum zu geben als üblich. Und eines Nachmittags bringt mir Kip einen Latte macchiato und stellt ihn wortlos auf meinem Schreibtisch ab.

Carmen ruft an und will mich mit der Aussicht auf einen Abend voller Tex-Mex-Essen und Bier in Versuchung führen. Doch ich sage ihr, dass mir nicht nach Ausgehen zumute ist. Die gleiche Antwort gebe ich Shay und Arturo, als sie mich zu einem Videoabend bei sich zu Hause einladen, und Geordie, als er versucht, mich zu überreden, ihn zu einer Weinprobe im

Apothecary zu begleiten. Momentan will ich nur in Ruhe gelassen werden und zu Hause bleiben. Ich will meine Wände um mich haben, an denen lauter Bücher stehen, in denen ich mich verlieren kann. Und ich will auf keinen Fall in irgendeiner Weise an Jonah Marks erinnert werden.

Am folgenden Montag ist Doreen aus Florida zurück, und für mich ist die Zeit gekommen, den Tatsachen ins Auge zu blicken – in therapeutischer Hinsicht. Ich verberge nichts vor Doreen. Wenn ich das tun würde, wären die Therapiestunden wohl kaum sinnvoll. Ich beschreibe den Sex zwar nicht in allen Einzelheiten, erläutere aber alles andere: Jonahs dreistes Angebot, die Aushandlung unseres erotischen Abkommens und den Abend selbst. Doreen muss unter Schock stehen, denn sie sagt immer wieder: »Ich verstehe.« Auf diese Weise halten Psychologen ein Gespräch in Gang, ohne darauf einzugehen. Ich habe das Gefühl, dass wir uns damit eine ganze Weile beschäftigen werden.

Zwei Wochen nach meiner Nacht mit Jonah verändert sich alles. Das Gefühl, das ich am wenigsten wollte, schleicht sich in mein Innerstes und legt sich über alles.

Scham.

Ich habe zugelassen, dass ein mir fast völlig fremder Mann so tut, als würde er mich vergewaltigen. Ich habe etwas ausagiert, das so entsetzlich und gewalttätig ist, dass es die Leben mancher Menschen zerstört. Ich sollte es wissen. Jonah ist mit dem unanständigsten Angebot, das man sich vorstellen kann, an mich herangetreten. Und doch befand ich mich innerhalb einer Woche in einem Hotelzimmer und war ihm ausgeliefert.

Eine Verbindung – habe ich wirklich geglaubt, dass wir so etwas hätten? Nun kommt mir unsere Begegnung nur noch wie ein kranker Witz vor. Vielleicht ist das Jonahs Masche. Er findet heraus, was Frauen wollen, auf welche Fantasien sie stehen, und benutzt sie dann, um bedingungslosen Sex zu haben. Dann verschwindet er und sucht nach seinem nächsten Zielobjekt.

(Es fällt mir schwer, das tatsächlich zu glauben. Was immer Jonah sonst noch sein mag, ich denke nicht, dass er jemand ist, der Frauen ausnutzt. Aber in letzter Zeit traue ich meinem Urteilsvermögen nicht mehr.)

Davon abgesehen, so unverschämt Jonahs Verhalten auch sein mag und so wütend ich auch auf ihn bin … noch wütender bin ich auf mich selbst. Für jemanden, der einen Großteil seines Lebens damit verbracht hat, auf der Hut zu sein, habe ich ziemlich schnell nachgegeben, als ich mit der richtigen Versuchung konfrontiert wurde. Und diese Versuchung ist abstoßend und falsch. Ich hätte gegen sie ankämpfen sollen, anstatt mich ihr sofort hinzugeben.

Jede Erinnerung, die ich an diese Nacht mit Jonah habe, verändert sich in meinem Kopf. Zuerst erschien alles so perfekt. So befreiend. So verdammt heiß.

Jetzt kann ich nur noch daran denken, wie sehr ich mich blamiert habe.

Etwa drei Wochen später beschließe ich endlich, mit dem Trübsalblasen aufzuhören. Ich muss zurück in die Realität. Eines Morgens nehme ich noch einen zusätzlichen Latte macchiato für Kip mit, um mich bei ihm zu revanchieren. »Wie ich sehe, hat dein böser Zwilling sich endlich vom Acker gemacht«, sagt er zwischen zwei Schlucken.

»Ja, sie hat das Teilnutzungsrecht an einer Ferienwohnung in den Florida Keys. Sie versucht, sie so gut wie möglich zu nutzen.«

»Ein Glück, dass wir sie los sind.« Er lächelt. »Willkommen zurück, mein Schatz.«

Und vielleicht ist es tatsächlich so einfach. Ich gehe mit erhobenem Haupt weiter. Niemand außer mir, Jonah und Doreen wird jemals erfahren, was in jener Nacht passiert ist, also könnte ich so tun, als wäre das alles nur ein wirklich verstörender feuchter Traum gewesen. Das würde es irgendwie leichter machen.

Am Samstagabend gehe ich sogar aus.

»Ach komm schon. Die Sonne geht schon fast unter«, sagt Geordie, als er zur Brücke hinausschaut. »Wann fangen die endlich an?«

»Geduld«, erwidert Carmen zwischen zwei Schlucken von ihrem Wein. Wir sitzen am grasbewachsenen Seeufer. In der offenen Kühlbox in der Mitte unserer Decke befindet sich eine Flasche Wein. Es ist der perfekte Aussichtspunkt für die beste kostenlose Vorführung in der ganzen Stadt. Sie beginnt immer gegen Einbruch der Dunkelheit, aber den genauen Augenblick kann man nie vorhersagen.

Das Weinglas in meiner Hand ist kühl. Der Sauvignon blanc schimmert im Kerzenlicht. Ich trage eine graue Leggins, eine lange luftige Bluse und mehr Schmuck als normalerweise. Das hier fühlt sich wie ein besonderer Anlass an, auch wenn ich Carmen und Geordie nicht erklären kann, warum das so ist. Aber ich muss es auch nicht erklären. Ich kann einfach den Augenblick genießen.

»Also, wie war dein Treffen mir Dr. Ji?«, frage ich Carmen. Das Absolventenprogramm für Mathematik unterscheidet sich – verständlicherweise – drastisch von denen der anderen Institute, und ich habe immer noch nicht ganz verstanden, wie es funktioniert. Ich weiß nur, dass Dr. Ji eine Menge zu sagen hat, wenn es darum geht, ob Carmen ihren Doktor machen darf.

Sie verschränkt die Arme vor der Brust und zupft mit den Fingern am Ärmel ihrer Bluse. Wenn Carmen an ihrer Kleidung herumspielt, ist das immer ein sicheres Zeichen dafür, dass sie nervös ist. »Ganz gut, denke ich. Er ist so schwer zu durchschauen.«

»Aber deine Arbeit ist überzeugend.« Nicht dass ich großartig Ahnung von höherer Mathematik hätte. Aber ich kenne Carmen und weiß, wie gründlich und intelligent sie ist. Sie würde niemals eine Arbeit einreichen, die weniger als erstklassig ist.

»Die Arbeit muss mehr als überzeugend sein«, sagt Carmen. »Sie muss brillant sein.«

»Du musst doch keine Fields-Medaille gewinnen, um deinen Doktortitel zu erhalten«, meldet sich Geordie zu Wort. Als Carmen ihn anstarrt, lacht er. »Ja, ein paar von uns Mathebanausen wissen, was die Fields-Medaille ist.«

Ich habe keine Ahnung, was das ist, aber das spielt auch keine Rolle. »Komm schon«, sage ich zu ihr. »Du schaffst das. Das tust du doch immer.«

Carmen zögert. In diesem Augenblick kippt Geordie schnell seinen Wein hinunter und deutet auf die Brücke. »Es geht los!«

Zuerst sehen wir nur ein paar schwarze Gestalten, die nach oben flattern. Dann folgen ein paar mehr. Dann ein Dutzend. Und dann erhebt sich eine gewaltige Welle. Dunkel und chaotisch wirbelt sie herum wie ein Tornado, während sie vom Fluss aus in die Luft aufsteigt. Sie ist mindestens dreißig Meter hoch, dreht sich spiralförmig nach außen und wird mit jeder Sekunde breiter.

Geordie erhebt sein Glas. »Auf die Fledermäuse.«

»Auf die Fledermäuse«, wiederholen Carmen und ich und stoßen mit unseren Plastikweingläsern an.

Vor Jahren, als die Brücke über den Lake Austin gebaut wurde, war niemandem klar, dass irgendetwas an dem Bauwerk eine große Anziehungskraft auf Fledermäuse ausüben würde. Jetzt lebt dort eine der größten Fledermauskolonien der Welt.

Manchmal regnet bei ihrem nächtlichen Flug von der Brücke massenhaft Guano auf unvorsichtige Zuschauer herab. (Wir sitzen aus gutem Grund unter einem schattigen Baum mit breiten Blättern.) Aber trotzdem lieben alle die Fledermäuse. Zum einen vertilgen sie die Moskitos, die einen ansonsten den ganzen Sommer über plagen würden, was definitiv ein Dienst an der Allgemeinheit ist. Doch in erster Linie sind sie einfach nur ein Teil all der bizarren Dinge, die den Charakter der Stadt ausmachen, und ein weiterer Grund für unseren inoffiziellen Slogan »Austin soll schräg bleiben«.

Ich wünsche mir immer, ich könnte Libby die Fledermäuse zeigen. Sie würde sie lieben. Aber dafür wäre ein Familienbesuch in Austin notwendig, was bedeutet, dass es vermutlich nie dazu kommen wird.

Die Fledermäuse verteilen sich, um auf ihre nächtliche Jagd zu gehen. Geordie erzählt uns eine lustige Geschichte über einen Gerichtsfall, bei dem aus irgendeinem Grund rechtsverbindlich erklärt wurde, dass es in dem Haus, um das es ging, spukt. Als ich meinen Wein ausgetrunken habe, fühlt es sich tatsächlich wie ein guter Abend an.

»Danke fürs Nachhausefahren. Ich weiß, dass es lästig ist. Erinnert sich noch irgendwer, warum ich mich entschlossen habe, auf der anderen Seite des Sees zu wohnen?«, fragt Geordie, als wir über den Bürgersteig gehen.

»Ach komm schon, so schlimm ist es doch gar nicht«, erwidere ich. Ich habe die Schlüssel in der Hand und bin froh, dass ich diejenige bin, die fährt. Nach einem Glas Wein gefolgt von einem Abendessen kann ich mich noch problemlos hinters Steuer setzen. Geordie hatte drei Gläser und schwankt beim Gehen schon ein wenig. »Um diese Uhrzeit kann ich euch in …«

Ich habe am Uferbereich geparkt. Als wir auf mein Auto zugehen, sehe ich plötzlich jemanden, der offenbar einen nächtlichen Abstecher zum Geldautomaten gemacht hat.

Es ist Jonah Marks.

»… einer halben Stunde nach Hause bringen«, beende ich den Satz mechanisch. Es ist fast so, als hätte meine Stimme beschlossen, unabhängig von meinem Gehirn zu funktionieren.

Er trägt eine Jeans, die sich eng an seinen Hintern schmiegt und seine kräftigen Oberschenkel betont. Sein weißes T-Shirt hat einen V-Ausschnitt, der einen großzügigen Blick auf seine Brust gewährt. Durch den Stoff sieht man jede Muskelerhebung, und der Anblick erinnert mich daran, wie stark er ist. Wie ich mich ihm vollkommen ausgeliefert habe.

Ich halte mitten im Gehen inne. Geordie stolpert gegen mich. Er lacht und sagt etwas, das ich nicht einmal höre. Das Geräusch veranlasst Jonah, den Kopf zu drehen, und er sieht mich ebenfalls.

Er lächelt. Er *lächelt* mich an, als ob nie etwas gewesen wäre. Als ob er froh wäre, mich zu sehen.

Aber nur für einen Moment.

Ich erwidere das Lächeln nicht, und Jonah versteift sich. In seinen grauen Augen braut sich ein Sturm zusammen, und er wendet sich ab und marschiert ohne ein Wort an uns vorbei.

»Erde an Vivienne«, sagt Geordie lachend. »Alles in Ordnung?«

»… ja. Alles gut.«

»Bist du sicher, dass du fahren solltest?« Carmen wirft mir einen besorgten Blick zu und schaut dann Jonah hinterher. »Ist das nicht dieser Dozent, den Shay zu meiner Party eingeladen hat?«

Diese Frage werde ich auf keinen Fall beantworten. »Es geht mir gut. Lasst uns losfahren, okay?« Ich will so weit wie möglich weg von diesem Ort – von Jonah.

»Wie konnte er so tun, als wäre nichts gewesen? Ich meine, hat es ihm so wenig bedeutet? War es für ihn so belanglos?«

Doreen hebt die Hände, um mir zu bedeuten, dass ich innehalten soll. »Ich möchte, dass Sie ganz tief Luft holen, okay? Halten Sie einfach inne. Nur für einen Moment.«

Mir wird klar, dass ich seit Beginn der Sitzung vor fünfzehn Minuten nicht aufgehört habe, mich in Rage zu reden. Meine Wangen sind heiß vor aufgestauter Wut und Verlegenheit. Also zwinge ich mich dazu, mich auf dem Sofa zurückzulehnen. Entspannung ist nicht angesagt, aber zumindest kann ich mich beruhigen.

Als ich mir sicher bin, dass ich wieder ein wenig vernünftiger sprechen kann, sage ich: »Ich weiß, dass Sie das, was ich mit Jonah getan habe, nicht gutheißen. Sie denken vermutlich, dass ich das verdiene. Dass ich einfach so abserviert werde.«

»Hey.« Sie beugt sich vor. Die in Türkis- und Brauntönen gehaltene Steinnusskette, die sie trägt, baumelt an ihrem Hals. »Es steht mir nicht zu, ein Urteil über Ihr Leben zu fällen. Sie dürfen Ihre eigenen Entscheidungen treffen, Vivienne. Ich versuche lediglich, Ihnen dabei zu helfen, die Dinge klarer zu sehen.«

»Ich habe zugelassen, dass ein fast völlig Fremder so tut, als würde er mich vergewaltigen. Sie können mir nicht erzählen, dass das nicht vollkommen krank ist.«

»Schätzchen, ich verbringe jeden Tag unzählige Stunden damit, mir kranke Geschichten anzuhören. Sie schaffen es nicht mal unter die besten zehn. Alles klar?«

Ich muss unwillkürlich lachen. Obwohl ich vermute, dass Doreen lügt – ein Vergewaltigungsrollenspiel mit einem Kerl, den man praktisch nicht kennt, muss mindestens unter die besten fünf kommen –, wird mir klar, was sie mir mitteilen will: Ich soll aufhören, mich selbst zu quälen.

Das Schlimmste in den vergangenen drei Wochen war nicht Jonahs Zurückweisung. Es war der Hass auf mich selbst. Vielleicht will Doreen erreichen, dass ich das begreife.

»Ihn zu sehen hat Sie aufgewühlt«, bemerkt sie.

»Ja.«

»Aber Sie sind schon seit Jahren an der UT, ohne ihm dort jemals über den Weg gelaufen zu sein. Also gibt es keinen Grund zu der Annahme, dass das in Zukunft ein Problem darstellen wird.«

Nun, als ich darüber nachdenke, komme ich zu dem Schluss, dass Jonah und ich uns vor unserer Begegnung schon mehrere Male über den Weg gelaufen sein müssen. Vielleicht sind wir auf dem Campus aneinander vorbeigegangen oder am selben Nachmittag bei Whole Foods gewesen. Obwohl ich mir kaum vorstellen kann, dass ich einen Kerl wie Jonah nicht jederzeit und überall bemerkt hätte, liege ich damit vielleicht falsch.

Vielleicht werde ich ihn von nun an ständig sehen.

»Ich will noch mal mit ihm reden«, sage ich.

»Was wollen Sie ihm sagen?«

»Ich will ihn nur nach dem Grund fragen.«

»Meiner Erfahrung nach sind die Antworten auf derartige Fragen nur selten befriedigend.«

Jonah könnte sagen, dass er mich nicht genug wollte, um das zu wiederholen. Dass ich ihn in dieser Nacht enttäuscht hätte. Oder er könnte jemand anders kennengelernt haben, jemanden, den er mehr will als mich. Aber ich muss immer wieder an den Ausdruck in seinen Augen denken, als er mich zum ersten Mal erkannt hat. Und ich denke dauernd an sein Lächeln.

Und daran, wie er gelacht hat in dieser Nacht, während er immer tiefer in mich hineingestoßen und mich für sich beansprucht hat.

»Es gibt durchaus triftige Gründe, warum er abgetaucht sein könnte«, sage ich. Dies ist das erste Mal, dass ich es mir selbst gegenüber eingestehe. Wie üblich bringt Doreen mich dazu, die Wahrheit zu erkennen. »Ich war besorgt, dass die Fantasie zu … intensiv gewesen sein könnte, zu viel. Für mich war sie es nicht, aber vielleicht war sie es für ihn.«

Die dunkle, mächtige Gestalt, zu der er in dieser Nacht geworden ist – als er mich auf so brutale Weise beherrscht hat –, könnte Jonah Angst eingejagt haben. Vielleicht befürchtet er, dass das ganz tief im Inneren sein wahres Ich ist.

Davor sollte ich auch Angst haben.

»Er könnte seine eigenen Grenzen haben«, stimmt Doreen zu. »Könnte es nicht sein, dass sein Verhalten eine Reaktion auf die Fantasie und den Platz, den sie in seinem Leben einnimmt, ist, und nicht seine Reaktion auf Sie?«

Ich nicke, weil ich weiß, dass es so sein könnte. Trotzdem bin ich mir sicher, dass das nicht die ganze Geschichte ist.

In Jonahs Kopf geht noch etwas anderes vor. Etwas, das ich nicht einmal erahnen kann. Und ich will wissen, was es ist.

Am Nachmittag mache ich mich auf den Weg zum Campus. Die Vordiplomstudenten müssen am Mittwoch einen Essay abgeben, was bedeutet, dass mein E-Mail-Postfach vor Verlängerungsanfragen fast überquellen wird – ganz zu schweigen von den angeblichen Todesfällen einer statistisch unwahrscheinlichen Anzahl von Großmüttern. Als ich das Büro betrete, ist Kip am Telefon und führt Verhandlungen, bei denen es um einen neuen Kopierer für unser Institut zu gehen scheint. Er winkt mir kurz zu – seine Fingernägel sind heute brombeerfarben lackiert –, und ich erwidere die Geste, bevor ich in meinem beengten kleinen Büro verschwinde. Wenigstens habe ich es für eine Weile für mich allein. Ich logge mich in meinen

Universitäts-E-Mail-Account ein, um mir einige der erwarteten Ausreden und ein paar Campusankündigungen anzusehen.

Und dann entdecke ich plötzlich eine E-Mail von Jonah.

Die Betreffzeile lautet: Runde zwei.

Er beantwortet die E-Mail, die ich ihm vor drei Wochen geschickt habe, als ob nie etwas passiert wäre.

Seine Antwort besteht nur aus vier Wörtern: Was hat sich geändert?

Er will also wissen, was sich in dem Zeitraum zwischen dem Absenden der E-Mail und unserer Begegnung am Samstag geändert hat. So viel ist mir klar. Aber ansonsten verstehe ich gar nichts.

Ich weiß, wozu Doreen mir raten würde. Wozu Carmen und Shay mir raten würden, wenn ich einer von ihnen hiervon erzählen würde. Jeder geistig gesunde, vernünftige Mensch würde sagen: *Schreib zurück, teile ihm mit, dass du es dir anders überlegt hast, und belass es dabei.*

Lass es bleiben.

Meine Finger tippen die Nachricht auf der Tastatur, und ich klicke auf »Senden«, bevor ich es mir anders überlegen kann. Meine Antwort lautet: Wir müssen reden.

Ich weiß nicht, was als Nächstes passiert. Aber ich werde Jonah Marks wiedersehen.

10

Drei Tage später sitze ich kurz nach Sonnenuntergang wieder in derselben Weinbar, in der Jonah und ich uns für unsere ersten »Verhandlungen« getroffen haben. Ich schätze, das hier ist Runde zwei.

Heute Abend ist die Stimmung in der Bar allerdings weniger sinnlich, sondern eher chaotisch. An diesem Wochenende findet ein Heimspiel statt, was bedeutet, dass die Footballfans der Longhorns und Alumni der UT bereits in die Stadt schwärmen. Dieses Mal habe ich nichts Besonderes angezogen. Ich trage dasselbe hellbraune Kleid, das ich an diesem Morgen angezogen habe. Trotzdem fühle ich mich zu schick gekleidet, weil ich von einem Meer aus orangefarbenen T-Shirts und Footballtrikots umgeben bin. Es ist, als wäre man in einer Fantadose gefangen.

Irgendwie spüre ich den Augenblick, in dem Jonah hereinkommt. Ich drehe den Kopf in seine Richtung, bevor er ganz durch die Tür getreten ist. Sein Hemd und seine Jeans sind schwarz, und sein Blick ist aufmerksam, als er ihn auf mich richtet. Er lächelt nicht, als er näher kommt und sich dabei wie ein Messer seinen Weg durch die Masse aus ausgelassenen Footballfans bahnt.

»So können wir nicht reden«, sagt er, als er mich erreicht.

»Dir auch hallo.«

Aber Jonah hat recht. Hier eine intime Unterhaltung zu führen ist unmöglich. Wir müssten schreien, um einander verständig zu machen. Das wäre keine gute Idee. »Ich glaube, hier gibt es im hinteren Bereich eine Veranda.«

Und so ist es. Natürlich ist auch die Veranda überfüllt – aber es ist nicht allzu schlimm, und hier sind die Unterhaltungen und das Gelächter um uns herum wenigstens nicht ohrenbetäubend laut. Ich kann sogar die leise im Hintergrund spielende spanische Gitarrenmusik hören. Die Hitze, die nach Einbruch der Dunkelheit immer noch in der Luft hängt, umfängt mich. Meine Haut ist bereits feucht, und ein paar Haarsträhnen, die sich aus meinem Pferdeschwanz gelöst haben, kleben an meinem Nacken.

Jonah streckt eine Hand nach mir aus, als wollte er meinen Arm umfassen, aber ich lasse mich nicht von ihm führen. Ich sehe schließlich, wo wir hinwollen – in die einzige leere Ecke. Bunte Lichterketten schwanken über uns in der Brise hin und her, als wir uns gemeinsam auf den Weg machen. Wir erreichen einen kleinen dunklen Durchgang in der Nähe der Hintertür, die in die Gasse hinausführt. Als ich stehen bleibe, hält Jonah ebenfalls inne. Zwischen uns liegen immer noch ein paar Schritte.

»Lass mich meine Frage wiederholen«, sagt er. »Was hat sich geändert?«

»Du bist ohne ein Wort verschwunden! Das hat sich geändert. Was gibt es da zu fragen?«

Ich kann sehen, wie sich die Muskeln in seinen Schultern und seinem Kiefer anspannen. Er ist so muskelbepackt und aggressiv männlich, dass ich zuerst denke, dass er sich kaum davon abhalten kann, mich zusammenzustauchen. Doch seine Stimme ist ruhig, nicht wütend. »Mir war nicht klar, dass wir uns gegenseitig über unsere täglichen Pläne auf dem Laufenden halten müssen.«

»Ich habe keine stündlichen Berichte verlangt. Du warst *wo-*

chenlang weg, und du hast mir nicht einmal gesagt, dass du irgendwo hinwolltest.«.

»Es ging schließlich darum, dass wir Fremde bleiben. Oder? Wir wollten es … unverbindlich halten.«

Etwas an der Art, wie er dieses Wort sagt – *unverbindlich* –, lässt mir den Atem stocken. So wütend ich auch auf Jonah bin, ich kann nicht vergessen, was seine Berührung bei mir auslöst.

Ich kann nicht aufhören, ihn zu wollen.

Jonah spürt meine Schwäche offenbar. Ein langsames Lächeln breitet sich auf seinem Gesicht aus. Es ist fast ein hämisches Grinsen. »Du kannst es ordentlich, sauber und sicher haben. Du kannst es zahm haben. Oder du kannst das haben, was du wirklich willst. Aber du kannst nicht beides haben, Vivienne. Und ich denke, wir wissen beide, für was du dich entscheiden wirst.«

Irgendwie habe ich immer noch einen kleinen Rest Stolz in mir. »Wo warst du, dass du mir drei Wochen lang nicht mal eine E-Mail oder eine SMS schicken oder anrufen konntest?«

»In der Antarktis.«

Arroganter Fatzke. Ich könnte ihn ohrfeigen. Dann wird mir klar, dass er es vollkommen ernst meint.

»In der Antarktis?«, wiederhole ich.

»Ja.« Dann wird seine Miene ein wenig sanfter, weniger wild … menschlicher. »Nun ja, hauptsächlich in Patagonien. Ich war in Punta Arenas in Chile stationiert. Aber von dort aus war ich in der Lage, ein Flugzeug nach Süden zu chartern, um ein paar Luftaufnahmen zu machen.«

»Von der Antarktis.«

Jonah lächelt, und dieses Mal ist es kein hämisches Grinsen. »Wir haben unter der antarktischen Eisdecke vor ein paar Jahren einen inaktiven Vulkan entdeckt. Ich bin Forschungsdozent – ich unterrichte nur etwa alle zwei Jahre einen Kurs.

In erster Linie analysiere ich Funde aus der ganzen Welt, und manchmal sammle ich auch selbst Daten. Wie jeder andere Wissenschaftler. Und meine Daten finden sich eben in der Nähe von Verwerfungslinien und Vulkanen.«

Der einzige Ort auf der ganzen Welt, der komplett von allem anderen abgeschnitten ist. Dort war er. Ich streiche eine weitere lose Haarsträhne hinter mein Ohr. »Ich muss zugeben, das ist … eine ziemlich passable Entschuldigung.«

Er lehnt sich gegen die nahe gelegene Ziegelwand und betrachtet mich. Nach einer ganzen Weile sagt er: »Ich hätte dich darüber informieren sollen.«

»Nein, nein, du hast recht. Ich bin nicht deine feste Freundin, und du bist nicht mein fester Freund. Du schuldest mir keine Erklärungen.«

»Nein, das tue ich nicht. Aber ich schulde es dir, dich zu beschützen. Nach dieser Nacht warst du verletzlich. Das hätte mir klar sein müssen.«

Und einfach so ist Jonah plötzlich nicht mehr die distanzierte Gestalt, die mich voller Verachtung abweist. Er ist einmal mehr der Mann, der mich fragt, wie er dafür sorgen kann, dass ich mich sicher fühle, der Mann, der mir nach dem Sex ein Glas Wasser gebracht und mich so unglaublich zärtlich geküsst hat. »Du hast mein Vertrauen nicht missbraucht«, sage ich. »Wir hatten nur … ein Kommunikationsproblem.«

»Das werden wir ändern müssen«, erwidert Jonah. »Außerdem hatte ich keine Ahnung, dass du es schon so bald noch mal wollen würdest. Diese E-Mail kam nicht mal zweiundsiebzig Stunden, nachdem ich dich in dem Hotel allein gelassen hatte.«

Mein verletzter Stolz befindet sich noch im Heilungsprozess, also werde ich ihm das nicht so einfach durchgehen lassen. »Wolltest du es nicht auch?«

Er lacht leise und rau. Genauso hat er gelacht, als er in mir war und den Triumph genossen hat, mich niedergezwungen zu haben. Feuchtigkeit breitet sich zwischen meinen Beinen aus, und ich will seine Berührung so sehr, dass ich ganz schwach werde.

»Ich habe jede Nacht an dich gedacht«, murmelt Jonah. »Und an den meisten Tagen. Ich träume davon, wie ich dir dieses Kleid vom Leib reiße. Wenn ich die Augen schließe, sehe ich, wie du danach ausgesehen hast. Zerstört. Und ich will dich mehr als alles auf der Welt noch mal so zerstören.«

So viel dazu, dass Jonah »seine Grenzen hat«.

Vielleicht sollte ich mich in diesem Augenblick machtvoll fühlen, als mir klar wird, dass ich ihn ebenso in einen Rausch versetze wie er mich. Stattdessen muss ich mich darauf konzentrieren, nicht zu zittern. Ich stütze mich mit der Hand an dem Zaun hinter mir ab, der die Grenze zwischen diesem lauten, hell erleuchteten Ort und den dunkleren Gassen der Stadt dahinter markiert.

In diesem Moment taucht ein besonders dienstbeflissenes Exemplar des Bedienpersonals auf. »Was darf ich Ihnen beiden heute Abend bringen?«

»Was immer die Dame möchte.« Jonahs Blick trifft auf meinen und er lächelt. »Sie hat die Wahl.«

Das ist nicht fair, Jonah. »Wir haben uns noch nicht entschieden«, bringe ich irgendwie hervor.

Eine Sekunde später sind wir wieder allein, und Jonah zieht eine Augenbraue hoch. »Das bedeutet nur, dass er zurückkommen wird.«

»Wenn ich ihm gesagt hätte, dass wir heute Abend nichts trinken wollen, hätte er uns gebeten zu gehen.« Manchmal fällt es mir schwer, mich daran zu erinnern, dass das hier eigentlich eine Bar ist und nicht nur ein Treffpunkt für unanständige Angebote.

»Vielleicht sollten wir tatsächlich gehen«, murmelt Jonah. »Haben wir nicht etwas Besseres zu tun?«

Heute Abend? Jetzt? Das kann er nicht ernst meinen. Wir müssen diese Nächte im Voraus planen. Vernünftig und sicher.

Aber das, was zwischen uns passiert, ist ganz und gar nicht sicher.

»Wir … wir können das nicht tun«, stammele ich. »Ich will, dass wir uns auf einen Zeitpunkt, eine Nacht einigen, aber nicht jetzt …«

»Was wäre, wenn ich einfach bestimmen würde, dass es jetzt sein soll?«

Jonah tritt einen Schritt vor. Mit einer Hand packt er mein Kinn und hält mein Gesicht fest, während er sich näher heranlehnt. Er ist so groß, dass er regelrecht über mir aufragt. Der Lärm um uns herum scheint zu verstummen.

Doch als seine Augen auf meine treffen, weiß ich eins mit Sicherheit. Wenn ich das Wort *Silber* sage, wird das hier sofort enden.

Ich sage es nicht.

»Ich könnte dich in diese Gasse drängen«, flüstert er. »Sie ist nur ein paar Meter entfernt. Fünf Schritte, und wir befinden uns in der Dunkelheit, wo dich niemand sehen und mich niemand aufhalten kann.

»Ich würde schreien.«

Jonahs Augen verfinstern sich. Es gefällt ihm, wenn ich mitspiele. »Das würde ich verhindern«, sagt er und legt zwei Finger auf meine Lippen. »Ich könnte dir den Mund zuhalten, während ich dich gegen die Wand drücke. Damit hätte ich noch eine Hand frei. Also könnte ich unter dein hübsches kleines Kleid greifen und deine Unterhose herunterziehen.«

Ich stehe vollkommen unter dem Bann seiner Worte. Seine leise Stimme ist wie ein Schlafmittel, das mich einlullt. »Ich hätte solche Angst«, flüstere ich. Meine Lippen streifen seine Finger. »Zu viel Angst, um zu schreien oder mich zu wehren.«

Er atmet ruckartig aus, als ob ich ihn geschlagen hätte. Dirty Talk macht ihn also auch an. »Ich wäre in der Lage, meinen Schwanz rauszuholen. Er ist deinetwegen bereits ganz hart. Ich müsste nur deine Schenkel auseinanderschieben, eins deiner Beine anheben …«

»Ich könnte dich nicht aufhalten.«

»Aber du würdest mich zurückdrängen.«

»Das würde ich. Aber ich wäre nicht stark genug, um dir zu entkommen. Ich wäre hilflos.«

»Und du würdest die ganze Zeit versuchen, dich zu wehren, während ich dich ficke.«

»Ja.«

Mittlerweile schwirrt mir der Kopf. Wenn Jonah mich tatsächlich in diese Gasse zerrt, ist mir die Menschenmenge ganz in der Nähe egal. Mir ist egal, wie schamlos es wäre. Ich gehöre ihm.

Doch stattdessen lehnt sich Jonah langsam zurück und holt tief Luft. Sein wissendes Lächeln kehrt zurück. »Wir werden uns bald für eine Nacht entscheiden. Sehr bald.«

Er reizt mich bis zum Äußersten und geht dann einfach weg? Ein kurzer Blick nach unten verrät mir, dass Jonah ebenso erregt ist wie ich, so sehr, dass es unanständig von ihm wäre, sich so in der Öffentlichkeit zu zeigen. »Wir … du und ich werden nicht …?«

Jonah schüttelt den Kopf. »Nicht heute Abend.«

»Oh, du verdammter Mistkerl.« Aber ich lächle, als ich es sage.

»Das ist ein besonderes Vergnügen für dich.« Er zieht sein Hemd aus der Hose. Nun habe ich ihn schon zum zweiten Mal dazu gebracht, dass er seine Erektion in der Öffentlichkeit verbergen muss. Ich sollte anfangen, Kerben in mein Lippenstiftetui zu machen, so wie Pat Benatar es in einem ihrer Lieder beschreibt. »Ich habe dir drei Wochen voller unnötiger Verwirrung zugemutet. Also mache ich das jetzt mit ein paar Tagen Ungewissheit gut.«

Ungewissheit als Vergnügen? Ja. Nun, da ich weiß, wie gut Jonah und ich zusammen funktionieren, wird mich die Vorfreude in den Wahnsinn treiben.

(Meine Scham ist in Jonahs Anwesenheit zu einem Schatten verblasst, aber sie ist immer noch da. Und sie lauert.)

Der Kellner taucht wieder auf. Er zieht eine Augenbraue hoch und erwartet eifrig unsere Getränkebestellung. Ich will ihn erneut wegschicken, aber Jonah sagt: »Ein Glas Pinot noir für die Dame.« Er wirft einen Zwanziger auf das Tablett des Kellners, und sofort verschwindet der Kerl und lässt uns einmal mehr allein.

»Danke«, sage ich. »Aber willst du denn nichts?« Ich könnte die ganze Nacht hierbleiben und seinem Dirty Talk lauschen.

Stattdessen sagt Jonah: »Ich muss gehen.«

»Machst du Witze?«

»Nein.«

Ich will fragen, warum er geht, und ich spüre, dass Jonah es mir vielleicht verraten würde, aber damit würde ich eine Grenze überschreiten. Wir müssen hinsichtlich unserer Erwartungen und Grenzen vollkommen offen sein. Und was ist mit unserem Leben? Das teilen wir nicht. Ansonsten würden wir einander nicht mehr fremd sein. Die Fantasie würde nicht mehr das sein, was wir haben wollen. Sie würde zu etwas werden, das …

Ich weiß nicht, zu was sie werden würde, und ich will es auch nicht wissen. Das ist die Abmachung, und daran halten wir uns.

»Dann wirst du also den Abend auswählen?«, frage ich.

Jonah nickt. »Und dieses Mal darfst du den Ort aussuchen. Die Stimmung. Wenn ich dich anrufe, sagst du mir, was du willst. Sei deutlich. Denn sobald wir uns treffen …«

»… hast du wieder die absolute Kontrolle.«

Langsam hebt er seine Hand an meinen Mund. Mit dem Daumen fährt er sanft über meinen Mundwinkel. Dann zieht er sich zurück. »Auf Wiedersehen, Vivienne.«

Nachdem er gegangen ist, kehre ich zu dem Lärm und Trubel der Bar zurück, um mich auf den nächstbesten leeren Stuhl zu setzen. Mein Herz rast immer noch, und ich habe das Gefühl, nicht länger stehen zu können. Wie konnte ich so schnell von Misstrauen und Kränkung zu freudiger Erregung übergehen? Jonah ist derjenige, der mich in diesen Zustand versetzt hat.

Jonah löst bei mir so viele interessante Emotionen aus, denke ich und lache in mich hinein.

Mittlerweile ist der Himmel dunkel geworden, und die Hitze ist zu einer angenehmen Wärme abgeflaut. Der Kellner schafft es, mich zu finden. Der Rotwein, den Jonah für mich ausgewählt hat, schmeckt erdig und schwer. Ich gönne mir den Genuss, mich noch etwa eine halbe Stunde lang auf der Veranda aufzuhalten und das Glas halb leer zu trinken. Einmal kommt ein Kerl in der Hoffnung vorbei, mich anbaggern zu können, doch ich winke ab. Zum Glück ist er ein Gentleman, der ein Nein als Antwort akzeptieren kann. Ich will hier nur sitzen und in den Erinnerungen an Jonahs Berührungen und Worte schwelgen. Und in der Aussicht auf das, was noch kommen wird.

Mein Handy vibriert in meiner Tasche. Wer schreibt mir denn jetzt eine SMS? Vielleicht ist es Jonah, der fest entschlossen ist, mich die ganze Nacht über erregt zu halten. Ich wette, im Schreiben von schmutzigen SMS ist er ebenso gut wie in allem anderen.

Ein verschlagenes Lächeln breitet sich auf meinem Gesicht aus, als ich das Handy aus der Tasche fische. Wie sich herausstellt, ist es keine SMS, sondern nur eine Mailboxnachricht. Der Name des Absenders leuchtet auf dem kleinen Bildschirm auf. Mein Lächeln verblasst.

Und die ganze Scham kehrt schlagartig zurück.

11

»Du gehst nicht dran. Welche Überraschung.« Chloes Stimme ist scharf und pointiert. Ihre Worte könnten Diamanten zerschneiden. »Ich habe Liz im *Art for Art's Sake* getroffen. Stell dir meine Überraschung vor, als sie sagte, du hättest vor nicht mal zwei Monaten das Wochenende bei ihr verbracht.«

Ich verziehe das Gesicht. Liz gibt mir normalerweise Rückendeckung. Meine Schwester muss sie unvorbereitet erwischt haben.

Chloes Mailboxnachricht geht weiter. »Weißt du, ich kann dich nicht bitten, eine bessere Tochter oder sogar eine bessere Schwester zu sein, da dich das offensichtlich nicht tangiert. Aber ich wünschte, du könntest eine bessere Tante sein. Libby liebt ihre Tante Vivienne und fragt die ganze Zeit nach dir. Sie malt Bilder für dich und bringt mich dazu, sie dir zu schicken, obwohl ich mir sicher bin, dass du sie einfach in den Müll wirfst. Vielleicht verstehst du die Gefühle von Kindern nicht, da du keine eigenen hast. Aber wenn sie dir irgendetwas bedeuten würde, hättest du zumindest versucht, deine Nichte zu besuchen, als du in der Stadt warst.«

Die Tür meines Kühlschranks ist voll mit Libbys Bildern. Ich habe jedes einzelne behalten. Ihr Foto steht gerahmt auf meinem Nachttisch und lächelt mich an. An meinem letzten Geburtstag hat Libby angerufen und mir auf meiner Mailbox etwas vorgesungen. Die Nachricht habe ich nie gelöscht. Ich höre sie mir an, wenn ich traurig bin.

Aber ich habe sie nicht besucht, als ich im August in New

Orleans war. Denn Libby zu besuchen bedeutet, auch den Rest meiner Familie zu besuchen.

»Ich stelle dir ein Ultimatum«, sagt Chloe. »Wir erwarten dich an Thanksgiving. In meinem Haus. Ich werde kochen. Du musst nur auftauchen. Denkst du, dass du wenigstens das hinbekommst?« Nach einem kurzen Schweigen fügt sie hinzu: »Ein Rückruf ist nicht nötig. Komm einfach zu Thanksgiving nach Hause, und wir tun so, als wäre das nie passiert. Wenn du nicht kommst, hat meine Tochter, soweit es mich betrifft, keine Tante mehr. Denn ich werde dich vor Libby nicht mehr entschuldigen, kein einziges Mal mehr. Wenn sie fragt, wo du bist, werde ich mir etwas anderes ausdenken müssen, das ich ihr erzählen kann. Natürlich nicht die Wahrheit. Das wäre zu schmerzhaft. Einfach etwas, das ihr klarmacht, dass Tante Vivienne nicht länger zur Familie gehört. Ich sehe dich im November.«

Sie muss so froh gewesen sein, als der Anruf sofort auf die Mailbox umgeleitet wurde. Statt einer direkten Auseinandersetzung konnte sie einen Befehl aussprechen: Thanksgiving oder Verbannung. Chloe zieht es vor, Konfrontationen in Monologform abzuhalten. Von Angesicht zu Angesicht oder auch nur per Telefon? Das kann man bei ihr vergessen. Jeder in meiner Familie ist ein Meister der verhüllten Drohung, der grausamen Andeutung, des passiv-aggressiven Drehens des Messers, das tödlicher ist als jeder Stich.

Ich habe die letzten fünf Jahre damit verbracht zu lernen, wie man direkter mit Menschen umgeht. Gesünder. Ich werde immer besser darin. Aber wenn es um meine Eltern oder meine Schwester geht, ist es, als würde der ganze Fortschritt sich einfach in Luft auflösen. Wann immer ich bei ihnen bin, versinke ich innerhalb von Minuten in der trotzigen Dysfunktion, die die Familie Charles ausmacht.

Libby hat etwas Besseres verdient. Etwas Besseres als unsere Unehrlichkeit, etwas Besseres als meine Vernachlässigung.

Und das Schlimmste ist, dass ich unter Chloes Wut und der Kälte in ihrer Stimme echten Schmerz wahrnehme. Chloe und ich haben uns als Kinder immer gut verstanden. Sie ist fünf Jahre älter als ich, und ich hielt sie immer für das klügste und bezauberndste Wesen auf der ganzen Welt. Wir saßen vor dem Badezimmerspiegel, und sie brachte mir bei, wie man Mascara aufträgt. Sie hielt immer meine Hand, wenn wir an einem heißen Sommertag in der Schlange für Sno-balls anstanden. Chloe hat mich nie geärgert oder unterdrückt. Ich wusste, dass ich eine gute große Schwester hatte.

Aber wir waren nie wirklich Vertraute. Dafür lagen wir altersmäßig zu weit auseinander. Und ich bezweifle, das Chloe mich je so bewunderte wie ich sie. Trotzdem waren wir Schwestern. Spielgefährtinnen. Freundinnen. Sie versteht nicht, was sich verändert hat.

Aber ich verstehe es.

Anthony hat alles verändert.

In jenem März war ich vierzehn. Ich war gerade meine Zahnspange losgeworden. Meine Brüste fingen endlich mit ein wenig Verspätung an zu wachsen. Kurz vor Weihnachten war ich gerade zum ersten Mal geküsst worden (von Javier, einem Austauschschüler aus Barcelona, was in Bezug auf erste Küsse ziemlich beeindruckend war). Als ich in den Spiegel schaute, sah ich nicht länger das unbeholfene Mädchen. Ich konnte die Frau erkennen, zu der ich werden würde.

Nicht dass ich im Vergleich zu Chloe etwas Besonderes war. Bis zum heutigen Tag übertrifft sie mich mit ihrem strahlenden Aussehen wie die Sonne den Mond. Sie ist ein paar Zentimeter größer, schon allein dadurch wirkt sie anmutiger. Ihr

Haar ist eine Nuance heller, sodass es weniger braun, sondern eher blond aussieht. Während meine Augen diesen undefinierbaren Haselnusston haben, der irgendwo zwischen braun, grün und golden liegt, sind ihre von einem reinen durchdringenden Grün. Ohne jeden Zweifel: Chloe ist die Schönheit der Familie.

Aber irgendwann wurde mir endlich klar, dass mich das nicht automatisch hässlich machte. Absolut nicht. Ich fing an, vor dem Spiegel mehr mit meinem Haar herumzuexperimentieren und Chloes Schminklektionen mehr Aufmerksamkeit zu schenken. Ich betrachtete mein hübsches Aussehen als ein Werkzeug, das ich benutzen konnte, um zu bekommen, was ich wollte.

(Das ist echt verkorkst, oder? Willkommen in der Welt, wie meine Mutter sie sieht.)

Dann brachte Chloe in diesem März in den Ferien ihren ersten richtigen Freund mit nach Hause. Sie war so stolz auf ihn, und ich konnte es ihr nicht verübeln. Anthony Whedon war nicht besonders groß – eher von durchschnittlicher Größe, nicht mehr und nicht weniger –, aber er war *muskulös*. Wie sich herausstellte, was er Mitglied der Lacrosse-Mannschaft an der Sewanee-Universität. Er trug die typische Kleidung eines Mannes aus den Südstaaten – Kakihose und Polohemd –, aber sie saß an seinem Körper, als wäre sie extra für ihn maßgeschneidert worden. Er hatte sandfarbenes Haar, ein Grübchen im Kinn und Lippen, die für einen Mann fast unanständig voll waren. Anthony konnte jedes Mädchen haben, das er wollte. Und er wollte eindeutig Chloe.

Sein Arm lag immer an ihrer Taille. Seine Augen waren immer auf ihr Gesicht gerichtet. Für mich hatte kein Prominentenpaar je glamouröser ausgesehen.

Und Anthony behandelte mich auch nicht wie die nervige

kleine Schwester. »Kommen Sie schon, Mrs C.«, sagte er zu meiner Mutter. »Wir gehen nur auf ein paar Paprikaringe ins *Frankie & Johnny's*. Es ist nicht so, als würden wir Vivienne mit einem gefälschten Ausweis ins *Tipitina's* mitschleppen.«

»Also ich weiß nicht«, sagte meine Mom, aber sie lächelte. Wenn Anthony mich von sich überzeugt hatte, dann hatte er meine Mutter regelrecht *erobert*. Obwohl ich ehrlich gesagt glaube, dass sie schon von ihm begeistert war, als sie herausfand, dass die Whedons eine der wohlhabendsten Familien in ganz Tennessee waren. »Wollt ihr zwei nicht ein wenig Zeit für euch haben?«

»Ach, es macht uns nichts aus, sie mitzunehmen«, erwiderte Anthony. »Wir werden sicher Spaß haben. Und Vivienne kann mir alle Geheimnisse ihrer großen Schwester verraten.«

»Hör auf damit.« Chloe schubste ihn, aber sie lachte.

In dieser Woche verbrachte ich Zeit mit ihnen, wann immer sich die Gelegenheit dazu bot. Manchmal ging ich Chloe auf die Nerven – aber Anthony schien meine Anwesenheit nie zu stören. Chloe blieb auch nie lange mürrisch. Ich wusste, dass das hauptsächlich daran lag, dass sich Anthony jede Nacht in ihr Zimmer schlich.

Doch am letzten Abend ihres Besuchs fühlte sich Chloe nicht gut. Sie hatte den ganzen Tag über Kopfschmerzen gehabt, und gegen zwanzig Uhr verkündete sie, dass sie ins Bett gehen würde. »Um zu schlafen«, sagte sie mit einer Betonung, die nur für Anthony gedacht war. Die Botschaft lautete: Heute Nacht wird sich zwischen uns nichts abspielen. Ich verbarg ein Grinsen hinter meiner Hand.

»Kein Problem«, sagte Anthony leichthin. »Vivienne und ich können bis zum Sonnenaufgang Filme schauen.« Auf irgendeinem Kabelkanal lief *Titanic*. Obwohl ich mich sehr erwachsen fühlte, weil ich bis nach Mitternacht mit einem Jungen vom

College herumhängen durfte, konzentrierte ich mich in erster Linie auf den Film. Damals war ich total in Leonardo DiCaprio verknallt.

Anthony redete jedoch die ganze Zeit über mit mir. »Ich kann nicht glauben, dass du noch keinen Freund hast.«

»Ich hatte gewissermaßen mal einen.« Ich ging davon aus, dass Javiers Kuss auf der Party zählte. »Aber jetzt nicht mehr.«

»Wie kommt es, dass ein hübsches Mädchen wie du nicht massenhaft die Herzen der Männer dort draußen bricht?«

Ich fühlte mich so geschmeichelt. Ich wurde rot und sagte: »Ich weiß nicht. Mit Jungs zu reden ist schwer. Ich weiß nie, was ich sagen soll. Ich weiß nicht, was Jungs mögen.«

Er lachte. »So kompliziert sind wir nicht, glaub mir.«

Es war nicht so, dass ich in ihn verknallt gewesen wäre. Anthony schien so unumstößlich zu Chloe zu gehören wie Ken zu Barbie. Aber mir hatte noch nie zuvor jemand gesagt, ich sei hübsch, schon gar nicht ein Typ vom College. Ich war nicht geschminkt und trug nur eine alte Leggins und ein viel zu großes T-Shirt von meinem Dad.

Ich fühlte mich noch ein paar Stunden länger schön. Erwachsen. Bereit für die Welt.

Dann – um kurz nach Mitternacht, in meinem eigenen Zuhause, während meine Eltern und meine Schwester oben schliefen – vergewaltigte Anthony mich auf der Wohnzimmercouch.

Es passierte, kurz nachdem Rose im Film aus dem Rettungsboot zurück aufs Schiff gesprungen war. Während ich immer noch auf den Bildschirm konzentriert war, rückte Anthony näher an mich heran. Seine Hände wanderten zu meiner Taille. Ich war unschuldig genug, um zu glauben, dass er mich kitzeln wollte. Als ich lachte und versuchte, ihn wegzuschubsen, drückte Anthony mich nach unten, bis er auf mir saß.

Als er mein T-Shirt hochschob, war ich tatsächlich davon überzeugt, dass es ein Versehen war. Ich schrie auf und versuchte, es wieder herunterzuziehen. Doch Anthony presste eine Hand auf meinen Mund und zerrte das T-Shirt sogar noch höher, sodass meine Brüste vollkommen unbedeckt waren. »Schhhh«, raunte er an meiner Wange. »Du willst doch nicht, dass sie uns erwischen, oder?«

Uns erwischen. Als ob irgendetwas davon meine Idee gewesen wäre. Aber er hatte mir Angst gemacht. Wenn Mom oder Chloe hereinkämen, würden sie denken, dass ich mit Anthony zusammen sein wollte. Sie würden mich halb nackt mit einem Jungen sehen, und das bedeutete, dass ich etwas Falsches getan hatte. Nein, ich wollte nicht, dass sie uns erwischten. Also sagte ich nichts, selbst dann nicht, als Anthony seine Hand von meinem Mund nahm und sie in meine Leggins schob.

»Willst du wissen, wie du alle Jungs dazu bringst, dich zu mögen?«, murmelte er, während er meine Leggins herunterzog. Ich war noch nie zuvor in Anwesenheit eines Jungen nackt gewesen. Nicht mal annähernd. »Ich werde es dir zeigen.«

Er zog mir die Leggins von einem Bein, sodass sie an meinem anderen Knöchel baumelte, während Anthony meine Oberschenkel auseinanderzwang. Erst dann erkannte mein gelähmter Verstand, was da vor sich ging, und es schien zu spät zu sein, um etwas zu sagen. Warum ich das dachte? Wie ich glauben konnte, dass es jemals zu spät war, um zu schreien oder ihn zu schlagen oder einfach Nein zu sagen?

Ich weiß es nicht. Aber ich war davon überzeugt.

Also lag ich gelähmt vor Angst und Verwirrung da, während er sich einen Weg zwischen meine Beine bahnte. Er bedachte mich mit seinem besten »Guter alter Südstaatenjunge«-Lächeln. »Braves Mädchen«, sagte er. Dann stieß er in mich hinein.

Es tat weh. Nicht so sehr, wie ein paar der Mädchen in der Schule behauptet hatten, aber trotzdem. Ich ballte die Hände neben meinem Körper so fest zu Fäusten, dass ich am nächsten Morgen rote Druckstellen auf den Handflächen hatte. Ich fing an zu weinen. Ich dachte, wenn Anthony das hören würde, würde er vielleicht aufhören. Aber das tat er nicht.

Damals schien es ewig zu dauern – Anthony lag keuchend und schwer auf mir. Er war ein zwanzig Jahre alter Kerl, vermutlich dauerte es nicht mal drei Minuten. Aber es fühlte sich an, als würde es niemals enden. Während ich zur Wohnzimmerdecke hinaufstarrte, verschwand der Deckenventilator hinter einem Tränenschleier. Als die Tränen aus meinen Augenwinkeln liefen, klärte sich meine Sicht für einen kurzen Moment. Dann verschwamm alles wieder.

Schließlich wurde Anthony langsamer und gab diese Laute von sich, die mir fast Angst machten – und er zog sich aus mir zurück. Ich hatte noch nie einen erigierten Penis gesehen, nicht mal, als er seinen in mich hineingesteckt hatte. Als er auf meinem Bauch kam und ich das seltsame Zucken und Pulsieren des Schwanzes und das weiße Zeug sah, das sich überall auf meiner Haut verteilte, erschrak ich mich zu Tode. Es kam mir wie das Ekelhafteste und Schrecklichste vor, was ein Mensch jemals tun konnte.

»So.« Anthony lächelte. »Siehst du, wenn ein Kerl auf dir kommt, kannst du nicht schwanger werden. Ich wette, du bist froh, dass ich das getan habe, was?«

Ich nickte. Natürlich machte mich nichts an diesem Ereignis *froh*. Aber ich konnte nur an den Schrecken einer möglichen Schwangerschaft denken. Dann würden alle Bescheid wissen, und ich wollte nicht, dass irgendjemand davon wusste.

Anthony schnappte sich eine der Papierservietten, die wir zuvor beim Essen der Snacks benutzt hatten, und wischte das

Zeug von meinem Bauch, als ob es Limo wäre, die er auf dem Wohnzimmertisch verschüttet hatte. Dann setzte er sich auf, zog seine Hose hoch und zupfte sein Hemd zurecht. Ich zog mein T-Shirt wieder runter. Es war lang genug, um meine Hüften zu bedecken. Sosehr ich meine Unterwäsche und die Leggins wieder anziehen wollte, sah ich einfach keine Möglichkeit, das zu tun, ohne ihm zu viel von mir zu zeigen. Und ich befürchtete, dass er dann vielleicht wieder von vorne anfangen würde.

»Du bist ein sehr hübsches Mädchen, Vivienne. Und jetzt weißt du es.« Anthony grinste, als hätten wir eine tolle Zeit miteinander verbracht. Für ihn war das vermutlich auch so. »Das ist unser kleines Geheimnis, okay?«

Ich nickte stumm.

Er zwinkerte mir zu. »Keine Sorge. Ich werde es Chloe nicht erzählen. Ich will schließlich keinen Zickenkrieg auslösen.«

Dann drehte er sich um und schaute den Rest von *Titanic*. Ich saß am anderen Ende der Couch zusammengekauert da, bis der komplette Nachspann gelaufen war. Meine Leggins hing immer noch an einem meiner Knöchel. Als Anthony aufstand, um ins Bett zu gehen, verwuschelte er mein Haar, als ob ich eine niedliche kleine Göre wäre. Er lehnte sich dicht an mich heran, und ich zuckte zusammen, als mir sein heißer Atem ins Gesicht schlug und er noch einmal flüsterte: »Braves Mädchen.«

Es dauerte etwa eine weitere Stunde, bis ich es wagte, nach oben in mein Zimmer zu gehen. Als ich auf Zehenspitzen an dem Gästezimmer vorbeischlich, in dem Anthony schlief, hatte ich Angst, dass er herauskommen und mich hineinzerren würde. Ich schloss meine Zimmertür ab und setzte mich zitternd auf meine Bettdecke. In meinem Kopf wiederholten sich immer und immer wieder die letzten Worte, die Anthony zu mir gesagt hatte, bis sie die einzigen Worte zu sein schienen, die ich kannte.

Braves Mädchen.

Ich wünschte, ich könnte behaupten, dass zu diesem Zeitpunkt wenigstens das Schlimmste vorbei war. Aber das war es nicht.

Das Schlimmste passierte am nächsten Morgen.

Meine Mom rief mich immer wieder zum Frühstück nach unten. »Willst du dich nicht von Chloe und Anthony verabschieden, bevor sie zurück zum College fahren?« Selbst als mein Vater mir befahl, meinen Hintern nach unten zu bewegen, selbst nachdem ich hörte, wie Anthonys Auto gestartet wurde und rückwärts aus unserer Ausfahrt fuhr, blieb ich im Bett und hielt die Decke bis zum Hals hochgezogen.

Kurz vor dem Mittagessen kam Mom dann schließlich in mein Zimmer. »Also wirklich, Vivienne, was ist denn nur in dich gefahren?«

Ich vertraute meiner Mutter nicht viel an. Sie vermittelte immer den Eindruck, dass ihre Probleme größer – und wichtiger – als die der anderen waren und dass es selbstsüchtig war, wenn man auch nur andeutete, dass sie sich auch noch um jemand anders Sorgen machen sollte. Nach wie vor hasste ich die Vorstellung, dass irgendjemand erfuhr, was Anthony getan hatte. Aber an diesem Tag fühlte ich mich so schrecklich. Ich war zwischen den Beinen ganz wund, und ich hatte nicht gewusst, dass so etwas jemals passieren konnte. Ich brauchte ganz dringend eine Umarmung. Also streckte ich mich nach der Rettungsleine aus. »Mom?«

Sie hatte die Hände in die Hüften gestemmt. »Was ist los?«

»Gestern Nacht … ist etwas mit Anthony passiert.«

Sie runzelte die Stirn. »Was meinst du?«

An diesem Tag kam mir das Wort »Vergewaltigung« nicht in den Sinn. Vergewaltigungen geschahen in dunklen Gassen. Die Opfer waren Frauen, die kurze Röcke trugen und nicht aufpassten. Vergewaltiger trugen schwarz und hatten Messer bei sich. Ich hatte mit einem Jungen auf der Couch gesessen, der gleich danach *Titanic* zu Ende geschaut hatte. Also kam es mir so vor, als könnte es gar keine Vergewaltigung gewesen sein. Aber trotzdem war es nicht richtig, das wusste ich.

Mit zitternder Stimme sagte ich: »Anthony hat mich … Er hat etwas Falsches getan.« Das reichte nicht. »Er hat mich gezwungen, Sex mit ihm zu haben.«

Mom starrte mich ein paar Sekunden lang an und dann … lachte sie. »Sei nicht albern.«

»Was?«

»Etwas Derartiges ist nie passiert.«

»Aber es ist passiert.«

»Anthony Whedon ist ein netter Junge«, sagte sie und fing an, Kleidungsstücke aufzuheben, die ich auf dem Boden liegen gelassen hatte. »Er würde das niemandem antun, schon gar nicht der kleinen Schwester seiner Freundin.«

Ich hatte gewusst, dass sie mich womöglich nicht in den Arm nehmen und trösten würde. Das ist nicht ihr Stil. Aber ich war ganz und gar nicht darauf vorbereitet, dass sie mir nicht im Geringsten glauben würde. »Er hat meine Leggins runtergezogen. Mom, das hat er wirklich gemacht.«

Sie sah mich an, als wollte sie sagen: *Für wie dumm hältst du mich eigentlich?* »Meinst du nicht, wir hätten dich schreien gehört? Ihr wart doch unten im Wohnzimmer. Ich bin wegen der Musik aus dem Fernseher dreimal aufgewacht.«

»Aber ich habe nicht geschrien.«

»Nun, da hast du es. Wenn du wirklich in Schwierigkeiten gewesen wärst, hättest du geschrien.«

Sie hatte recht. Ich hatte nicht geschrien. War dann alles meine Schuld gewesen? Vielleicht war Anthony verwirrt gewesen und hatte gedacht, dass es mir gefiel. Ich hatte geweint, aber vielleicht weinten viele Mädchen bei ihrem ersten Mal. Wenn ich geschrien hätte, hätte er aufgehört. Ich kam mir so dumm vor, weil ich nicht geschrien hatte.

»Ich hatte Angst«, sagte ich schließlich.

»Vor Anthony. Dem Jungen, der dich zusammen mit deiner großen Schwester mit zum Rock N Bowl genommen hat.« Moms ganzer Körper war nun angespannt. So wurde sie immer, wenn sie kurz davorstand, die Geduld zu verlieren und mich anzukeifen. Ich hatte meine gesamte Kindheit damit verbracht, dafür zu sorgen, dass meine Mutter mich nicht ankeifte. »Du schwärmst für ihn, nicht wahr? Und du bist wütend, weil er Chloe mag und nicht dich. Also denkst du dir Lügengeschichten aus, um ihn in Schwierigkeiten zu bringen. Das ist nicht sehr nett, Vivienne. Das solltest du eigentlich wissen.«

Ich wollte weiter mit ihr diskutieren, aber wenn ich das täte, würde das Gekeife losgehen. Manchmal drängte sie mich in eine Ecke und keifte fünfzehn oder zwanzig Minuten lang ohne Pause. Wenn es dann vorbei war, fühlte ich mich immer, als wäre ich verprügelt worden. Ich wusste, dass ich das an diesem Morgen nicht ertragen konnte. Also sagte ich nichts.

»Und jetzt beweg deinen Hintern und räum dein Zimmer auf.« Sie warf meine ganze Schmutzwäsche aufs Bett – eigentlich eher auf mich. »Und mach auch die Wäsche, wenn du schon dabei bist. Du bist schließlich alt genug, um im Haushalt zu helfen.«

Ich stand auf. Ich räumte mein Zimmer auf. Und ich wusch zwei Maschinen Wäsche. Die ganze Zeit über fühlte ich mich, als hätte mir Anthony alles genommen, was ich je gewesen war.

Als wäre ich eine ausgehöhlte, verbrauchte Hülle, die man zurückgelassen hatte.

Eine Woche später schickte mir Chloe eine E-Mail.

> Anthony hat mir übrigens alles über deine kleine Aktion erzählt, die du in der letzten Nacht, die wir bei euch waren, abgezogen hast. Mit meinem Freund zu flirten ist NICHT IN ORDNUNG. Du bist nur ein Kind, also hat er es natürlich nicht ernst genommen. Aber ich als deine Schwester nehme es sehr ernst, wenn du versuchst, meinen Freund anzubaggern.
> Anthony meint, junge Mädchen seien eben schwärmerisch veranlagt, deswegen sollten wir es auf sich beruhen lassen. Ich bin bereit, das zu tun. Wir können die ganze Sache von diesem Tag an vergessen. Aber mach so etwas ja nicht noch mal.

Chloe glaubte Anthony. Meine große Schwester, die mich schon mein ganzes Leben lang kannte und eigentlich wissen sollte, was für ein Mensch ich war, glaubte Anthony bedingungslos, selbst wenn er ihr eine so schändliche Lüge auftischte.

Bis ich die E-Mail erhielt, hatte ich darüber nachgedacht, es meinem Vater zu erzählen. Danach hatte ich zu viel Angst. Ich dachte, wenn ich es ihm auch noch erzählte, würden sie mich alle drei hassen – meine ganze Familie –, und das war mehr, als ich ertragen konnte.

Während der schrecklichen Depression, die ich in diesem Frühling und Sommer durchmachte, wurde mir etwas Entscheidendes klar. Anthony hatte, was mich betraf, gelogen. Das bedeutete, dass Anthony Angst vor dem hatte, was ich erzählen würde. Also hatte er die ganze Zeit über gewusst, dass ich keinen Sex mit ihm haben wollte. All die armseligen Ausreden, die ich mir für ihn überlegt hatte, brachen in sich zusammen, und ich wusste, wie wertlos und klein er in Wahrheit war.

Sobald ich mich darauf konzentrieren konnte, ihn zu hassen, hörte ich auf, mich selbst zu hassen. Aber das war, bevor ich erkannte, was für tiefe Wunden er in meiner Seele hinterlassen hatte.

Heutzutage hasse ich mich nicht mehr dafür, dass ich vergewaltigt wurde. Ich hasse mich dafür, dass ich das Ganze noch einmal durchspielen will.

»Ma'am?« Der Kellner beugt sich näher zu mir hin, und mir wird klar, dass ich mehrere Minuten lang vollkommen reglos mit dem Weinglas in der Hand dagesessen habe. »Geht es Ihnen gut?«

»Ja. Ja, es geht mir gut.«

Er kauft es mir nicht ab. »Sollen wir Ihnen ein Taxi rufen?«

»Ich habe nicht viel getrunken.« Mein Glas ist immer noch halb voll. »Ist schon okay. Ich mache mich auf den Heimweg.«

Auf der Fahrt nach Hause bin ich immer noch ein wenig benommen. Doreen und ich haben sehr hart an diesen Erinnerungen gearbeitet. Mit ihrer Hilfe habe ich versucht, Wege zu finden, mit ihnen umzugehen, ohne jedes Mal wie gelähmt zu sein. Ohne vollkommen zu erstarren. Mittlerweile gelingt mir das meistens.

Aber der heutige Abend hat mich ganz an den Anfang zurückgeworfen.

12

Als ich nach dem Treffen in der Weinbar zu Hause ankomme, werfe ich meine Handtasche auf den Tisch und ziehe auf dem Weg zum Bett meine Schuhe aus. Ich lasse mich auf meine Steppdecke fallen und vergrabe mein Gesicht in den Kissen. Die bloße Erinnerung an diese Nacht mit Anthony hat mich vollkommen erschöpft. Mein Magen zieht sich zusammen, als ob ich seekrank wäre, und ich habe nicht mal den Willen, meine Klamotten auszuziehen.

Okay. Doreen sagte, beim nächsten Mal, wenn mich diese Erinnerungen überwältigen würden, sollte ich meine Reaktionen aufschreiben. Alles, was ich gefühlt habe, alles, was ich gedacht habe. Dann könnten wir es später gemeinsam in einer Sitzung analysieren.

Ich stütze mich auf einen Ellbogen und suche nach meinem iPad. Wie ich dachte, liegt es neben dem Bett. Als ich über den Bildschirm wische, um das Tablet zu aktivieren, sehe ich, dass ich eine neue E-Mail habe – und sie ist von Jonah.

> Wollte nur sagen, dass ich froh bin, dass wir heute Abend alles geklärt haben. Freue mich schon auf nächstes Mal. –J

Nächstes Mal. Das nächste Mal, wenn ich zulasse, dass Jonah so tut, als würde er mich vergewaltigen, weil mich das anmacht.

Ich brauchte eine Weile, um zu erkennen, wie gründlich

mich Anthony verkorkst hatte. Nach der Vergewaltigung hörte ich auf zu masturbieren. Komplett. Ich wollte nicht an Jungenkörper denken, wenn der einzige, den ich je in erregtem Zustand gesehen hatte, meinem Vergewaltiger gehörte. Als ich später anfing, Sex mit meinem Freund Derek zu haben, kamen die Erinnerungen an diese Nacht wieder hoch – jedes einzelne Mal. Es war, als läge Anthony wieder auf mir, als wäre er wieder in mir, als würde er meine Person erneut auf einen bloßen Körper reduzieren.

Aber mein Freund war ein guter Kerl. Er hatte keine Ahnung, was mit mir nicht stimmte und warum ich Sex nicht so sehr genießen konnte, wie er es tat. Also gab er sein Bestes. Er leckte mich, fingerte mich, nahm mich in jeder Stellung, die er kannte, und auch in ein paar, die er meiner Meinung nach extra für mich erfand. Viele Männer werden im Bett nie so großzügig, wie Derek es mit siebzehn war. Seine heutige Frau kann sich glücklich schätzen.

Stück für Stück erwachte mein Körper für die Freuden der Berührung. Aber jedes einzelne Mal dachte ich auch an Anthony. Nacht für Nacht, Streicheleinheit für Streicheleinheit wurden Erregung und meine Vergewaltigung miteinander verwoben. Mein Verstand machte aus den Gegensätzen Gefährten. Ich konnte sie nicht mehr voneinander trennen.

Als Derek es endlich schaffte, mich kommen zu lassen, erinnerte ich mich an eine Hand, die auf meinen Mund gepresst war, damit ich nicht schreien konnte. Und der Orgasmus – mein erster in drei Jahren – fühlte sich so verdammt gut an, dass mir egal war, wie krank meine Fantasie war. Ich wollte nur, dass es noch mal passierte.

Falls Derek es seltsam fand, dass ich ihn bat, meine Hände festzuhalten oder an meinen Haaren zu ziehen, hat er nie etwas gesagt. Wie die meisten Teenager war er einfach nur begeistert, dass ich endlich Gefallen daran fand. Auch wenn ich mich jedes Mal schuldig fühlte, wenn ich mich selbst befriedigte und mir dabei vorstellte, dass mich jemand zum Sex zwang, hörte ich nicht damit auf. Die einzige Möglichkeit, wie ich mich unter Kontrolle halten konnte, war, mich zu weigern, weiterhin an Anthony zu denken. Stattdessen dachte ich mir neue Szenarien aus, neue Arten der Gewalt – ob nun brutal oder trügerisch. Die Bandbreite reichte von bösartigen Szenen, in denen ich gefesselt und geknebelt wurde, bis hin zu ganz gewöhnlichen Sachen, wie der Vorstellung, dass mich ein Kerl ausnutzt, während ich zu betrunken bin, um mich zu wehren. Die Fantasien wurden immer ausführlicher, während ich lernte, wie ich mich am besten befriedigte und wie ich einem Mann beibrachte, was er tun musste, um mich zum Höhepunkt zu bringen.

Und hier stehe ich nun mit meinen fünfundzwanzig Jahren und kann nur kommen, wenn ich mir vorstelle, vergewaltigt zu werden.

Ob man es glaubt oder nicht, ich bin nicht die Einzige. Nach dem, was Doreen mir erzählt, und einigen Psychologiebüchern zufolge haben auch andere Opfer Vergewaltigungsfantasien. Nein, das ist nicht die übliche Reaktion. Aber es ist auch nichts Ungewöhnliches. Vielleicht sollte ich mich deswegen besser fühlen. Aber das tue ich nicht.

Wenigstens habe ich mittlerweile akzeptiert, dass ich so bin – dass ich das Bedürfnis habe, in diese Dunkelheit abzutauchen, um meine geheimsten und verbotensten Wünsche für mich einzufordern. Und ich habe den Mann gefunden, der bereit ist, mich dorthin zu begleiten.

Ich weiß jetzt schon, dass ich den Schmerz, den Chloes Wut mir bereitet, ebenso verspüren werde wie die Last dieser alten Erinnerungen, bis ich wieder mit Jonah zusammen bin. Dann werde ich wieder an einem Ort sein, an dem mir nichts etwas anhaben kann – weder Schmerz noch Erinnerungen noch sonst etwas, das mich zurückhält. Und Jonah kann mich an diesen Ort bringen.

»Gott, ich vermisse Kaffee«, sagt Shay und starrt mit traurigen Welpenaugen auf meinen extragroßen Moccacino.

»Es gibt durchaus Schwangere, die Koffein trinken«, erwidere ich, als wir uns den letzten freien Tisch im Campuscafé schnappen. »Ich bin mir sicher, dass ich schon mal welche dabei beobachtet habe.«

Doch Shay schüttelt den Kopf. »Ich hatte ganz am Anfang ein paar Schmierblutungen. Wie sich herausstellte, war es nichts Schlimmes, aber danach hat mir Dr. Campbell geraten, komplett auf Koffein zu verzichten. Ärztliche Anweisung also.«

»Sieh es mal positiv. Du musst nur noch weitere neun Wochen durchhalten.«

Shays Gesicht erstrahlt auf eine Weise, die nichts mit den Altweibergeschichten über Schwangerschaft, sondern allein mit Glückseligkeit zu tun hat. »Vor Weihnachten. Ich kann es kaum erwarten, dass das Baby sein erstes Weihnachtsfest erlebt.«

»Und wir werden ihn oder sie alle total verhätscheln«, verspreche ich. Shay und Arturo haben sich dagegen entschieden, das Geschlecht des Babys vor der Geburt zu erfahren. Sie wollen sich überraschen lassen. Ich selbst denke, dass man am Tag der Geburt ohnehin von einem solchen Gefühlschaos überrollt wird, dass die »Überraschung« dabei vollkommen untergeht, aber es ist ihre Entscheidung.

Wir beide geben ein seltsames Paar ab, schätze ich. Ich bin für eine Institutsbesprechung an diesem Nachmittag gekleidet – Bleistiftrock, karamellfarbene Seidenbluse und hohe Absätze –, während Shay ein farbenfroh gemustertes Schwangerschaftshängerchen aus den Siebzigern trägt, das sie in einem Secondhand-Laden gekauft haben muss, und ihrem burgunderroten Haar ein paar blaue Strähnen hinzugefügt hat. Aber sie wollte sich in unserer gemeinsamen Freistunde mit mir treffen und … Nun ja, seit Chloes Nachricht habe ich versucht, nicht zu viel Zeit allein zu verbringen. Ich nutze sie ohnehin nur zum Grübeln.

Dann kommt mir ein angenehmerer Gedanke. »Hey, wir müssen bald eine Babyparty für dich abhalten, nicht wahr?«

Aus irgendeinem Grund bringt dieser Vorschlag Shays Lächeln zum Erlöschen. »Ja. Schätze schon.«

»Hey. Was ist los?«

»Es ist nur …« Shay kaut auf ihrer Unterlippe herum. Sie umklammert ihre Wasserflasche mit beiden Händen und schaut sie an statt mich. »Meine ganze Familie ist in Perth, und sie sind nicht unbedingt begeistert von all dem …«

Ihre Tochter ist nach Amerika gegangen, um dort zu studieren, und hat ihnen dann über Skype mitgeteilt, dass sie einen Mann heiraten wird, den sie nie kennengelernt haben, der nicht älter ist als sie und mit dem sie ein Kind bekommt. Sosehr ich Arturo liebe und sosehr ich an seine Beziehung mit Shay glaube, kann ich doch verstehen, warum die Gillespies das nicht allzu freudig aufgenommen haben.

»… also dachte ich, dass meine Familie hier vor Ort die Party geben würde.« Sie starrt ein wenig verloren auf die Tischplatte und wirkt ganz und gar nicht wie die normalerweise so temperamentvolle Shay. »Ich dachte, Carmen würde sich darum kümmern. Aber sie hat kein Wort darüber verloren.«

»Ich bin sicher, sie hat es nur vergessen.« Tatsächlich bin ich mir da absolut nicht sicher, aber das zu sagen macht es auch nicht besser. »Sie hat in letzter Zeit so viel mit ihrer Arbeit zu tun.«

»Du weißt, dass sie mich nicht mag.«

»Sie mag dich!« Shay nicht zu mögen wäre so, als würde man Sauerstoff nicht mögen. Es ist unmöglich. »Sie macht sich nur Sorgen, weil sich Arturo so jung schon familiär bindet, vor allem bevor ihr beiden euren Abschluss gemacht habt.«

»Wir können das schaffen. Wenn ich das nicht glauben würde, hätte ich das hier nie …« Shay kann den Satz nicht zu Ende sprechen. Sie liebt das Baby bereits zu sehr, um die Worte auch nur auszusprechen.

»Ich glaube auch an euch. Carmen ist einfach nur ein wenig schwerer zu überzeugen. Sie ist ein Zahlenmensch, vergiss das nicht. Die haben es nicht so mit unlogischen Gefühlen. Die bevorzugen Fakten.« Ich lehne mich vor und hoffe, dass ich zu Shay durchdringe. »Selbst wenn Carmen ihre Zweifel hat, wird sie trotzdem immer für euch da sein. Das weißt du, oder?«

Shay nickt, aber ich kann sehen, dass sie nicht überzeugt ist. Sie so zu sehen ist, als würde man dabei zusehen, wie ein Löwenzahn verwelkt.

Also verspreche ich: »Ich werde die Babyparty organisieren, weil ich auch zur Familie gehöre. Und versuch ja nicht, mir das auszureden.«

»Das würde ich niemals tun.« Ihr Lächeln kehrt langsam zurück. »Ja, du gehörst zur Familie.«

»Carmen wird sich auch daran beteiligen. Du wirst schon sehen.«

»Ich hoffe, du hast recht. Man sollte nur meinen …« Shay hält inne und setzt dann erneut an. »Man sollte meinen, Carmen müsste sich mehr darüber freuen, dass sie bald Tante wird. Warst du nicht aufgeregt, als du erfahren hast, dass Libby unterwegs war?«

Libby, die ich seit Ostern nicht mehr gesehen habe. Libby, die mich angebettelt hat, ihr langes goldenes Haar zu flechten. Ich habe ihr Gänseblümchen in die Zöpfe gesteckt, und sie hielt das für die tollste Sache überhaupt.

»Tatsächlich waren meine Gefühle kompliziert.« Ich sage das nur, weil ich weiß, dass Shay klar ist, dass ich meiner Familie nicht nahestehe, und sie nicht nach den Gründen dafür bohrt. »Aber ich liebe sie mehr als jeden anderen Menschen auf der Welt.«

Ich liebe Libby so sehr, und doch sehe ich sie nie.

Shay und ich müssen wieder zurück in unsere jeweiligen Institute, also trinke ich schnell den Rest meines Moccacinos. Sie ist wieder so fröhlich wie eh und je, während ich darum kämpfen muss, mein Lächeln aufrechtzuerhalten. Sobald wir uns voneinander getrennt haben, gebe ich es auf. Die Welt um mich herum scheint zu verschwimmen. Ich bin in meinen eigenen reuevollen Gedanken gefangen.

In Gedanken höre ich, wie Libby in dieser Mailboxnachricht singt, die ich gespeichert habe. *Happy birthday, Tante Vivi* …

Tränen verschleiern meine Sicht. Vordiplomstudenten schwirren in einem Meer aus Pferdeschwänzen, Rucksäcken und Gelächter um mich herum, aber ich fühle mich einsam. Ich bahne mir blind meinen Weg durch die Menge, bis ich jemanden »Vivienne?« rufen höre.

Es ist Jonah.

Zwischen den bunten T-Shirts und Jacken der Studenten um uns herum steht Jonah allein da. In seinem strahlend weißen Hemd und der dunklen Jeans sticht er aus der Masse heraus. Er ist der Einzige, der stillsteht, der Einzige, der mich ansieht. Der Einzige, der weiß, wer ich bin. Obwohl er nicht näher kommt, suchen seine grauen Augen meine. Ich weiß, dass Jonah meinen Namen nicht gerufen hat, um einfach nur Hallo zu sagen. Er hat ihn gerufen, weil er sehen kann, dass ich aufgewühlt bin.

Ich versuche mich an einem Lächeln und scheitere kläglich. »Zum Kaffee geht es da lang«, sage ich und deute auf die Starbucks-Filiale, die sein Ziel sein muss. »Wir reden später.«

Jonah nickt. Ich wende mich von ihm ab, um in Richtung Kunstinstitut zu gehen. Für die Strecke brauche ich etwa sieben Minuten. Also habe ich sieben Minuten, um mich zusammenzureißen. Wenn ich bei der Besprechung auftauche, muss ich ruhig sein. Selbstsicher. Souverän. Ich darf auf keinen Fall ich selbst sein.

Die Institutsbesprechung verläuft gut.

Wie ich schon sagte, ich bin ziemlich gut darin, Dinge vorzutäuschen.

Es ist Abend.

Ursprünglich hatte ich geplant, mit Carmen und ein paar ihrer Freunde aus dem Mathematikinstitut Sushi essen zu gehen, aber ich sage ihr per SMS ab. Schlimmste Kopfschmerzen aller Zeiten, tippe ich und lüge ohne schlechtes Gewissen. Sie würde es ohnehin nicht verstehen.

Sosehr ich Carmen liebe und so nah wir uns auch stehen, habe ich ihr doch nie von der Vergewaltigung erzählt. Ich habe auch Geordie oder Derek oder irgendeinem meiner anderen Freunde nie davon erzählt. Das einzige Mal, dass ich einem Menschen, den ich liebe, die Wahrheit über das erzählt habe, was Anthony mir angetan hat, ist gründlich schiefgegangen.

Ich bin zu angespannt und abgelenkt, um Essays zu benoten. Für eine Weile versuche ich, Filme bei Netflix zu schauen, aber keiner davon kann meine Aufmerksamkeit lange fesseln. Schließlich lasse ich meinen Frust an der Hausarbeit aus. Schon bald riecht mein kleines Heim nach Putzmittel mit Zitronenduft. Mit gelben Gummihandschuhen an den Händen spüle ich das ganze Geschirr, schrubbe beide Spülbecken, die

Toilette, die Badewanne und sogar die Fugen zwischen den Kacheln. Wenn ich fertig bin, wird dieses Haus makellos sein.

Gerade als ich mir mit einem Arm den Schweiß von der Stirn wischen will, klingelt mein Handy. Es ist der allgemeine Klingelton. Ich streife die Gummihandschuhe ab, um das Gespräch entgegenzunehmen. Vermutlich ist es einer der anderen Tutoren, aber wenn es ein weiterer automatisierter Anruf für eine Wahlkampagne ist, schwöre ich, dass ich für nichts garantieren kann. »Hallo?«

Eine Pause folgt. Dann: »Hi, Vivienne.«

Es ist die letzte Person, mit der ich heute Abend gerechnet hätte.

Es ist Jonah.

13

Ich dachte, Jonah würde nur aus zwei Gründen anrufen: entweder um mich über eine kurzfristige Änderung unserer Pläne zu informieren – oder um neue Pläne für ein weiteres unserer Spiele zu machen.

Aber nun stehe ich hier um fast dreiundzwanzig Uhr und höre Jonah zu, der … besorgt klingt.

»Ich wollte nur mal nachhören, wie es dir geht. Als wir uns heute zufällig über den Weg gelaufen sind, sahst du …« Seine Stimme verliert sich. Wie seltsam es ist, jemanden, der so selbstsicher und stoisch wie Jonah Marks ist, so unsicher klingen zu hören. »Du sahst nicht gut aus.«

Was soll ich darauf erwidern? Das ist eine schlechte Angewohnheit von mir. Ich versuche einzuschätzen, was die Leute hören wollen, statt ihnen einfach die Wahrheit zu sagen. Aber ich habe keine Ahnung, was Jonah hören will.

»Mir ist klar, dass ich gerade meine Grenzen überschreite«, fährt Jonah fort und klingt nun wieder mehr wie er selbst. »Trotzdem, wenn ich irgendwie mit der Grund dafür sein sollte, dass du heute so aufgewühlt warst – wenn das, was wir tun, für dich zu einem Problem wird –, dann sag es einfach. Ich kann das immer noch abblasen oder eine Weile warten. Ich möchte nicht an etwas beteiligt sein, das dich verstört.«

Was schon irrwitzig ist. Seit ich Jonah zum ersten Mal gesehen habe, ist mein Leben nur noch verstörend gewesen.

Aber das bedeutet nicht, dass ich die Sache beenden will.

»Mit uns ist alles in Ordnung«, sage ich. »Das, was mich heute so aufgewühlt hat, hatte nichts mit dir zu tun. Da kannst du ganz sicher sein.«

»Okay. Das ist gut.« Zu meiner Überraschung legt Jonah nicht sofort auf. »Geht es dir gut?«

»Ja und nein.«

Wir verfallen beide in Schweigen. Vielleicht hat Jonah Angst, dass ich anfangen werde, ihm mein Herz auszuschütten. Meine Geheimnisse mit ihm zu teilen. Ich habe nicht die Absicht, das zu tun. Diese Art von Intimität darf nicht Teil unseres Arrangements sein.

Trotzdem bleibt er in der Leitung. Er gibt mir die Gelegenheit – oder, was wahrscheinlicher ist, findet keine höfliche Methode, um das Gespräch zu beenden.

Als Jonah schließlich etwas sagt, klingt er wieder gefasst. Stark. Seine Stimme reicht aus, um von Kopf bis Fuß Hitze durch meinen Körper zu jagen. Ich spüre sie gleichermaßen in meinen Wangen und zwischen meinen Beinen. »Soll ich jetzt auflegen?«

Ich sehne mich nach dieser Stabilität, dieser Stärke. Aber es ist noch mehr als das: Ich sehne mich nach *ihm*.

»Nein«, sage ich mit leiser Stimme.

»Worüber willst du reden?« Er ist vorsichtig, aber gewillt.

Mein Bett ist nur wenige Schritte entfernt. Ich lasse mich darauf nieder und lege mich auf die Kissen. »Egal. Lenk mich einfach ab.«

»Du meinst nicht die übliche Ablenkung.«

Ich frage mich, wie Telefonsex mit Jonah sein würde. Seine Art zu sprechen hat etwas an sich – und das liegt nicht nur an seiner hypnotisierenden Stimme. Jedes einzelne Wort scheint wohlüberlegt zu sein. Richtig bemessen. Er gibt nichts preis, was er nicht preisgeben will. In seine Worte schleichen sich keine Emotionen, es sei denn, er lässt es zu. Die Absolutheit seiner Kontrolle, seine Befehlsgewalt über sich selbst … Das alles ist nun, da ich die Intensität kenne, die er nur mit Mühe zurückhält, sogar noch berauschender. Und es erinnert mich daran, wie verdammt unglaublich es sich angefühlt hat, als er die Kontrolle über mich übernommen hat.

Telefonsex mit Jonah könnte *fantastisch* sein.

Aber ich rieche immer noch nach Putzmitteln und trage mein schmuddeligstes Longhorns-T-Shirt und fühle mich in etwa so sexy wie Jabba der Hutte. Wenn ich in Stimmung kommen soll, brauche ich einen Moment.

»Nicht das Übliche … noch nicht«, sage ich leise.

»Interessant.« Ich kann mir sein verwegenes Lächeln vorstellen, als er das sagt. »Also, was hättest du gern als Vorspiel?«

Mir fällt auf, dass Jonah nichts freiwillig preisgibt. Wir werden nicht über unser Privatleben oder unsere Gefühle reden – das würde gegen unsere Abmachung verstoßen, einander so fremd wie möglich zu bleiben. Also brauche ich ein vollkommen neutrales Thema. Ich sage das Erste, was mir in den Sinn kommt. »Erzähl mit von der Antarktis.«

»Du willst über einen Ort reden, an dem es nicht regnet, wo es kaum Leben gibt und wo die Temperaturen sehr weit unter dem Gefrierpunkt liegen können? Ich hätte nicht gedacht, dass das deiner Vorstellung von Vorspiel entspricht.«

»Ich meinte nur …« Ich muss innehalten, während ich mir das T-Shirt über den Kopf ziehe. »Ich werde diesen Ort vermutlich nie zu sehen bekommen.«

»Du musst dich nicht für dein Interesse entschuldigen. Ich wollte dich nur ein wenig aufziehen.« Jonah macht eine Pause, und mir wird klar, dass er nach den richtigen Worten sucht. »Die Antarktis ist … brutal. Aber schön. Wie nichts anderes auf der Welt.«

Ich lehne mich auf meinem Bett zurück. Obenrum bin ich nun nackt. Ich trage nur noch meine Unterhose, und der Schweiß auf meiner Haut könnte durchaus einen ganz anderen Ursprung als das Putzen haben. »Mit brutal meinst du die Kälte, oder?«

»Die Kälte und die Fallwinde – das sind die Winde, die über den Boden wehen und den ganzen Schnee wegfegen.«

»Ich dachte, die Antarktis wäre vollständig mit Schnee bedeckt.«

»Das gilt für manche Bereiche. Aber ein Großteil des Kontinents besteht aus Wüste. Es ist der trostloseste Ort auf der ganzen Welt.«

»Und warum bezeichnest du ihn dann als schön?«

Jonah überlegt eine ganze Weile lang, bevor er antwortet. »Schwäche kann dort nicht überleben. Die Menschen dort leben mit so wenigen Besitztümern wie nur möglich und müssen ständig ums Überleben kämpfen. Sogar die Luft ist reiner. Das Sonnenlicht kann fast blendend sein. Es ist der einzige Ort auf der Welt, der über diese Reinheit verfügt. Deswegen bezeichne ich ihn als schön.«

Für Jonah ist Wildheit also Schönheit. Das kann ich problemlos glauben. »Was noch?«, frage ich.

»Die Aurora australis, schätze ich. Die ist schön.«

Davon habe ich schon mal gehört. »Das ist so was wie das Nordlicht, nur eben im Süden, richtig?«

»Richtig. Sie färbt den Himmel grün und golden ein, und das Licht umfängt einen.«

Ich hätte niemals gedacht, dass Jonah ein Mensch sein könnte, der sich von etwas so Poetischem verzaubern lässt. Aber vielleicht ist die Aurora australis ja wirklich ganz außergewöhnlich. So außergewöhnlich, dass selbst ein aus Stein gemeißelter Mann bei dem Anblick bewegt wäre.

Aber ich weiß, dass Jonah nicht aus Stein gemeißelt ist. Bis zu diesem Augenblick war mir allerdings nicht klar, dass ich das wusste.

Wie viel erfahre ich über ihn, während wir dieses Gespräch führen? Und wie viel erfährt er über mich?

Dann fühle ich mich plötzlich unbehaglich – aus dem Gleichgewicht gebracht und unsicher in jeglicher Hinsicht. Ich befinde mich in einem Tal zwischen Erregung und Angst. Und genau dort will ich mit Jonah sein.

»Vielleicht sollten wir Pläne machen«, sage ich. »Fürs nächste Mal.«

Falls mein Themenwechsel Jonah überrascht, lässt er es sich nicht anmerken. Aber als er antwortet, ist seine Stimme ein tiefes Schnurren, das fast schon als Knurren durchgeht. »Was immer du willst. Solange es bald stattfindet.«

»Wie bald?«

»Sobald ich dich haben kann.«

Ich hole tief Luft. Meine Brustwarzen sind bereits hart und ziehen sich noch stärker zusammen, während ich hier fast nackt und allein auf meinem Bett liege.

Er will, dass ich ihm ein Szenario beschreibe. Es ist nicht so, dass ich nicht wüsste, was ich von ihm will. Aber die Liste ist so lang, dass ich kaum weiß, wo ich anfangen soll.

Außerdem sollte Jonah die Kontrolle haben. Wenn ich das mache, liefere ich mich ihm vollkommen aus.

»Wenn du dir vorstellst, wie du mich nimmst«, flüstere ich, »wie ist das?«

»Da gibt es so viele Möglichkeiten. Verschiedene Stellungen, verschiedene Geschwindigkeiten. Manchmal werde ich langsamer, um dich für immer unter mir zu begraben. Manchmal werde ich schneller, bis ich dich mit meinen Stößen um den Verstand bringe.«

Oh Gott. Ich winde mich auf meiner Bettdecke. Meine Unterhose ist bereits ein wenig feucht. »Ja«, sage ich.

Jonah macht weiter. »Manchmal denke ich an die Nacht unserer ersten Begegnung. Damals habe ich mich für die Dinge, die ich mit dir machen wollte, gehasst, aber ich wollte sie trotzdem tun. Ich wollte dich.«

»Ich wollte dich auch. Ich wollte, dass du … dass du mich dazu zwingst, dir zu danken, oder mich einfach auf den Rücksitz drängst.« Diese Fantasien haben mich in dieser Nacht so sehr gequält. Jetzt sind sie Öl für das Feuer, das in mir lodert. »Also lass uns das machen.«

»Das willst du beim nächsten Mal? Du willst unsere erste Begegnung so ausagieren, wie wir sie wirklich gewollt hätten?« Jonah gefällt die Idee, das spüre ich. »Wann immer du willst.«

Plötzlich wird das Pulsieren zwischen meinen Beinen so heftig, dass ich für einen Augenblick glaube, auf der Stelle kommen zu müssen. »Heute Nacht.«

Nach einer kurzen Stille fragt Jonah: »Jetzt?«

Ich setze mich im Bett auf. »Jetzt.«

»Wir werden dreißig Minuten brauchen.« Er klingt ungeduldig. Sogar eine halbe Stunde ist zu lang. »Triff mich … im Zilker Park. Auf dem Columbus Drive hinter der ersten Abzweigung. Und zieh wieder dieses kurze Sommerkleid an.«

Werde ich das wirklich tun? Um kurz vor Mitternacht in die Dunkelheit hinausfahren, um mich Jonah auszuliefern?

»Ja«, sage ich und lege ohne ein weiteres Wort auf. Schließlich war das kein Abschied.

Ich dusche mich schnell, damit ich bei unserem Treffen nicht nach Putzmittel rieche. Meine Haare kämme ich kurz durch. Dann verschwende ich ein paar wertvolle Momente vor meinem Schmuckkästchen mit dem Versuch, mich daran zu erinnern, welche Ohrringe ich an jenem Abend getragen habe.

Letztendlich schnappe ich mir einfach ein Paar einfache silberne Ohrstecker. Das rote Sommerkleid ist sauber, und da ich auf einen BH verzichte, weiß ich den weichen Baumwollstoff mehr zu schätzen als je zuvor. Eine Unterhose ist vermutlich Zeitverschwendung, aber ich wette, Jonah träumt davon, sie mir vom Leib zu reißen. Als ich Jonah begegnete, trug ich ganz einfache Sandalen, aber heute Nacht ziehe ich wahnsinnig hohe Stilettos an. Dann eile ich zu meinem Civic und fahre zu dem Treffpunkt.

An einem Wochentag sind sogar die Straßen von Austin um diese Uhrzeit fast leer. In der Innenstadt ist sicher noch einiges los – aber hier draußen nicht. Die Lichter der Stadt sind aufgrund der vielen Bäume des Parks nicht zu sehen. Ich biege mit meinem Auto von der Hauptstraße auf den Seitenstreifen aus Schotter ab.

Hier wird vermutlich niemand vorbeifahren. Falls doch, werden wir in der Lage sein, die Scheinwerfer früh genug zu erkennen, um dafür zu sorgen, dass niemand etwas sieht und … die falschen Schlüsse zieht. Jonah hat den Ort gut ausgewählt.

Ich steige aus dem Auto. Trockenes Gras knistert unter meinen High Heels. Die Scheinwerfer stellen die einzige Lichtquelle in unmittelbarer Nähe dar. Die Septembernacht ist so sinnlich wie der Juli, und die Gesänge der Zikaden werden wellenartig lauter, leiser und dann wieder lauter. Es ist das Geräusch der Hitze selbst, das Geräusch des Sommers, der einem gnadenlos zu Leibe rückt.

Als ich Jonah das letzte Mal in einer solchen Situation getroffen habe, hatte ich einen platten Reifen. Ihn jetzt zu durchlöchern würde ein wenig zu weit gehen. Eine allgemeine Autopanne dürfte ausreichen.

Dann sehe ich, wie in der Ferne ein Auto hinter meinem auftaucht. Zuerst werde ich ganz aufgeregt – und dann denke ich:

Was, wenn es nicht Jonah ist? Was, wenn eine andere Person – ein anderer Mann – an mir vorbeifährt und mich mit einer vermeintlichen Panne hilflos am Straßenrand stehen sieht?

Alle Gefahren, denen ich mich in jener ersten Nacht gestellt habe, erwachen in meinem Kopf wieder zum Leben. Das Adrenalin pumpt durch meinen Körper, und plötzlich verspüre ich mehr Angst als Erregung.

Ich gehe ein paar Schritte näher an die Autotür heran – auf diese Weise kann ich innerhalb von Sekunden einsteigen und davonfahren, falls es nötig sein sollte. Dann stehe ich da, atme schnell und flach und versuche, die Form des näher kommenden Autos zu erkennen.

Es ist eine niedrige, dunkle und lang gestreckte Limousine und sieht aus wie etwas, das ein Geheimagent fahren würde. Also ist es doch Jonah.

Der Rausch der Angst vermischt sich mit meiner Erleichterung und meiner Lust. Dieser Hauch von Schrecken wird alles real genug machen.

Ich atme tief ein und aus. Ich muss mich nicht länger unter Kontrolle halten.

Ich werde mich Jonah ausliefern, und alles andere – die Dinge, die mir Sorgen machen, die mich heimsuchen, *alles* – wird verschwinden. Und Jonah wird das Einzige sein, was übrig bleibt.

14

Er steigt langsam aus dem Auto und lässt mich warten.

Bevor Jonah mich auch nur anschaut, wandert sein Blick prüfend über die Umgebung. Er hält Ausschau nach jemandem, der uns sehen könnte – jemandem, der ihn aufhalten könnte. Aber hier ist niemand.

Er trägt eine Cargohose und ein olivgrünes T-Shirt. Beide Kleidungsstücke sind ein wenig lockerer geschnitten als seine übliche Garderobe. Trotzdem zeichnet sich sein muskulöser Körper immer noch ab. Er sieht so schroff und ungeschliffen wie immer aus.

Endlich treffen Jonahs Augen auf meine, und er macht einen Schritt auf mich zu. Das Scheinwerferlicht betont die Umrisse seines Körpers. Er zieht eine Augenbraue hoch. »Probleme?«

Seine Stimme ist bereits tief und heiser. Wie die eines Mannes, der bis zum Anschlag in einer Frau steckt und kurz vor dem Höhepunkt steht. Die Heftigkeit seines Verlangens drückt sich mir entgegen wie Sommerhitze. Mein Puls flattert so unfassbar schnell wie die Flügel eines Kolibris. Ich hebe mein Kinn. »Sieht so aus.«

»Warten Sie«, sagt Jonah und geht an mir vorbei. »Ich will mir das mal ansehen.«

Er legt seine Hand auf die Seite meines Civics. Ich erwarte, dass er einfach irgendein unspezifisches Problem verkündet, aber nein. Er geht einmal um das ganze Auto herum und untersucht es dabei ausgiebig. Mein Gott, er schaut sich wirklich das Auto an, als hätte ich tatsächlich eine Panne.

Zuerst amüsiert mich das – wird er sich nun auch noch die Mühe machen, noch mal meinen Reifen zu wechseln? Dann begreife ich. Jonah geht voll und ganz in dieser Rolle auf. In unserem Spiel. Wenn er sich darauf einlässt, kann ihn nichts in die Realität zurückholen – mit Ausnahme des Wortes *Silber*. Sofern ich es nicht sage, wird Jonah einfach nur ein Fremder bleiben, dem ich ausgeliefert bin. Er wird die perfekte Verkörperung jeder dunklen Fantasie sein, die ich je gehabt habe.

Ich bleibe stumm.

Die warme Brise zerrt am Saum meines roten Sommerkleids, während ich Jonah beobachte. »Sieht aus, als bräuchten Sie Hilfe«, sagt er.

»Ich könnte sicher eine helfende Hand gebrauchen.« Normalerweise ist mein Südstaatenakzent nicht besonders stark ausgeprägt, aber jetzt merke ich, wie er deutlicher hervortritt.

Jonah gefällt meine gedehnte Sprechweise. Das verraten mir seine Augen, die ein wenig dunkler werden, während er mich mustert. »Wir sollten reden.«

»Reden?«

»Darüber, wie wir das hier angehen werden.« Er nickt in Richtung meines Autos. »Hier muss eine Menge erledigt werden, wenn Sie bald wieder unterwegs sein wollen. Und die Reparatur wird nicht billig.«

Solange ich das Wort *Silber* nicht sage, ist das hier echt. Ich bin hier draußen gestrandet, allein mit diesem Mann, der so groß und stark ist, dass er mich problemlos überwältigen könnte. Und er ist meine einzige Chance, hier rauszukommen – also muss ich alles tun, was er verlangt.

Alles.

»Ich …« Meine Stimme zittert vor Vorfreude und Angst. »Ich habe nicht viel.«

»Aber natürlich nicht.« Jonah senkt den Blick auf meine

Brüste, die dank des tief ausgeschnittenen Sommerkleids kaum verdeckt sind.

Ich erröte so heftig, dass er es vermutlich trotz der schlechten Lichtverhältnisse sehen kann. »Ich meine, ich habe meine Handtasche nicht dabei.«

»Keinen Führerschein? Kein Handy? Kein Bargeld? Das ist keine gute Idee.«

»Ich schätze nicht.«

»Keine Sorge«, schnurrt Jonah und kommt näher. »Ich helfe Ihnen.«

Wenn wir nur sicher sein könnten, dass in nächster Zeit niemand über diesen Abschnitt der Straße fahren wird. Dann könnte er mich auf die Motorhaube werfen, mir das Kleid vom Leib reißen und mich so hart und gnadenlos nehmen, wie er es beim ersten Mal getan hat. Meine Knie werden weich, und ich muss mich mit einer Hand an der Autotür festhalten. Ich beiße mir auf die Unterlippe und flüstere: »Ich könnte Ihnen meine Nummer geben. Sie können mich morgen anrufen, dann zahle ich Ihnen, was immer Sie wollen.«

»Ich will Ihr Geld nicht.« Er nickt in Richtung des Autos. »Steigen Sie ein. Lassen Sie uns reden.«

Langsam – als würde es mir widerstreben – gehe ich auf Jonahs dunkle Limousine zu. Meine rechte Hand zittert, als ich sie nach dem Griff der Beifahrertür ausstrecke. Doch Jonah tritt an mir vorbei, um stattdessen die Tür zum Rücksitz zu öffnen. Ich zögere, und mir stockt der Atem, bevor ich einsteige.

Einer Menge Typen scheint ihr Auto entweder zu viel oder gar nichts zu bedeuten. Entweder haben sie Sportwagen oder renovierte Oldtimer und langweilen einen mit ihrem Gerede über Pferdestärken und Beschleunigung – oder sie haben vollkommen normale Autos, die immer mit leeren Fast-Food-Tüten oder Werbeprospekten zugemüllt sind, und sagen einem, dass man diese Limodose auf dem Boden einfach aus dem Weg treten soll. Beide Szenarien sind nicht attraktiv.

Jonahs Limousine ist lang, geschmeidig und auf elegante Weise unpersönlich. Die Sitze sind mit cremefarbenem Leder bezogen. Es riecht, als wäre er erst heute Morgen damit vom Hof des Händlers gefahren. Das Innere verrät nichts darüber, was für eine Art von Person Jonah Marks sein könnte. Ich rutsche bis ans andere Ende durch und schiebe den Saum meines Kleids unter meine Beine, während Jonah hinter mir einsteigt.

Er schlägt die Tür zu. Die Deckenbeleuchtung geht aus. Nun spendet nur noch das sanfte blaue Glühen seines Satellitenradios Licht.

Jonah betrachtet mich einen Moment lang. Zweifellos beobachtet er, wie sich meine Brust hebt und senkt und wie sehr ich bereits zittere. Er lässt mich mehrere Atemzüge lang warten, bevor er sagt: »Zieh deine Schuhe aus. Mach es dir bequem.«

Ich gehorche und lasse die High Heels von meinen Füßen gleiten. Gleichzeitig sage ich: »Ich will nicht in Ihrem Auto bleiben.«

»Du willst doch nach Hause kommen, oder nicht?«

»Ich … ich weiß Ihre Hilfe zu schätzen …«

»Ich werde dir helfen, aber du musst dafür auch mir helfen. Verstehst du? Und du kannst ruhig ›du‹ zu mir sagen. Wir sind hier doch unter uns.«

Das ist … sanfter als bei unserem ersten Mal. Kein Akt wütender Brutalität. Stattdessen benutzt Jonah Nötigung. Er bringt mich in eine Lage, in der ich Ja sage, weil ich das Gefühl habe, dass es keinen Ausweg gibt, wenn ich Nein sage. Stück für Stück drängt er mich näher an eine Grenze heran, und dann wird er mich darüber hinwegzerren. Das ist eine vollkommen andere Art des Zwangs, aber trotzdem ein Zwang.

Und es macht mich ebenso sehr an.

Jonah fährt mit einer Fingerspitze über meine nackte Schulter. Ich erschaudere und weiche zurück. Er schnalzt mit der Zunge und lächelt. »So schüchtern. So benimmt man sich aber nicht gegenüber jemandem, der versucht, nett zu einem zu sein.«

»Ich wollte nicht … Tut mir leid.«

»Schon gut. Du wirst auch nett zu mir sein. Komm. Gib mir deine Hand.«

Er schließt die Finger um mein Handgelenk. Sein Griff ist so hart, wie sein Tonfall weich ist. Er führt meine Hand zu seinem Schritt hinunter und drückt meine Handfläche gegen seinen Schwanz.

Gott, er ist so *groß*. Das weiß ich natürlich noch vom letzten Mal – das könnte ich nie vergessen –, aber seine Länge lässt mich trotzdem staunen. Sein Schwanz zuckt unter meiner Berührung ganz leicht und drängt sich deutlich sichtbar gegen den dünnen Stoff von Jonahs Cargohose. Er fängt an, meine Hand vor und zurück zu bewegen. Es sind nur ganz kleine, langsame Streichelbewegungen.

»Siehst du?« Jonah grinst mich mit offenem Mund an. Er ist so stolz darauf, dass er mich in diese Situation gebracht hat. »Ich wusste, du kannst nett sein, wenn du nur willst.«

Wenn das hier echt wäre, was würde ich dann jetzt sagen? Was würde ich tun? »Ich will nur nach Hause«, flüstere ich.

»Du wirst nach Hause kommen. Aber das hat keine Eile. Ich mag dich, wenn du nett bist.«

»Sonst nichts?« Mittlerweile zittere ich am ganzen Leib. »Nur meine Hand?«

»Du könntest noch mehr mit deinen Händen machen. Warum zeigst du es mir nicht? Vielleicht sind deine Hände alles, was ich brauche, wenn du dich genug anstrengst.«

Jonah nimmt seine Hand von meiner und drückt sie nicht länger gegen seine Erektion. Er will, dass ich ihm mehr gebe – um zu verhandeln, in der Hoffnung, dass er nicht mehr als einen Handjob verlangen wird. Also muss ich ihm den besten Handjob verpassen, den ich zustande bringe.

Meine Finger zittern, als ich unbeholfen seinen Hosenstall aufknöpfe. Dann greife ich in seine Boxershorts und ziehe seinen langen Schwanz heraus. Zaghaft lege ich meine Hand darum. Meine Belohnung sind die ersten Tropfen Präejakulat, die sowohl die Eichel als auch meine Finger benetzen.

»Komm schon.« Jonah klingt nun nicht länger so gönnerhaft beschwichtigend. Ungeduld schwingt in jedem Wort mit. »Das kannst du doch besser.«

Ich fange an, ihn ernsthaft zu bearbeiten. Immer wieder verstärke und lockere ich meinen Griff, während ich meine Faust an seinem Schwanz entlang auf und ab bewege. Dann fange ich an, zusätzlich mein Handgelenk einzusetzen. Er fühlt sich an meiner Handfläche ganz heiß an und so hart, dass es ihm wehtun muss.

»Ich will es feuchter«, sagt Jonah. »Leck dir über die Handfläche.«

Das tue ich hastig, bevor ich mich wieder meiner Aufgabe widme. Mir haben schon Männer gesagt, dass ich in diesem Teil recht gut bin – also fange ich damit an, Jonah das zu geben, was ich auch einem gewöhnlichen Liebhaber geben würde. Drehen, greifen, streichen und die kleine Erhebung in der Nähe der Eichel reizen.

Er atmet keuchend aus und lässt den Kopf zurücksinken. »Genügt das?«, flüstere ich.

»Feuchter.« Aber als ich meine Hand erneut an mein Gesicht hebe, schüttelt er den Kopf. »Benutz deinen Mund.«

»… aber … du hast gesagt …«

»Ich habe gesagt, dass du nett zu mir sein wirst, wenn du meine Hilfe willst. Du willst meine Hilfe doch, oder? Oder willst du die ganze Nacht lang hier draußen bleiben? Jemand könnte anhalten, und vielleicht ist dieser jemand nicht so freundlich zu dir, wie ich es bin.«

Ich frage mich, ob Jonah beide Rollen spielen wird. Ob er davonfahren und mich hier zurücklassen wird – um dann nach ein paar Minuten als der wilde Angreifer zurückzukehren, den er nun ins Spiel bringt, um mir zu drohen.

Stattdessen streckt er eine Hand aus, als wollte er mein Gesicht streicheln. Dann packt er ohne Vorwarnung mein Haar und ballt die Hand zur Faust. Sein selbstzufriedenes Lächeln ist verschwunden. »Spiel mit«, befiehlt er. Das ist eine Warnung.

Ich beuge mich vor, bis sein gewaltiger Schwanz direkt vor meinem Gesicht ist. Mit einer Hand hat Jonah immer noch mein Haar gepackt. Ich öffne die Lippen und nehme ihn in mich auf. Ich muss den Mund sehr weit aufreißen.

Präejakulat sammelt sich in meinem Mund und beschmiert meine Lippen, die um seinen Schwanz gedehnt sind. Der salzige Geschmack trifft warm auf meine Zunge. Ich fange an zu saugen – zuerst ganz sanft und langsam. Dann zieht Jonah fest genug an meinem Haar, um mir wehzutun. Er will, dass ich härter für meine Freiheit arbeite, für meine Chance, nach Hause zu kommen.

Also tue ich es. Ich setze meine Zunge ein, umkreise und lecke ihn und bewege den Kopf auf und ab. Mit einer Hand umfasse ich die Wurzel seines Schwanzes, damit ich ihn im Tempo meiner Bewegungen wichsen kann. Das klebrige Zeug, dass nun aus meinen Mundwinkeln läuft, verrät mir, dass es ihm gefällt – dass er sich dem Höhepunkt nähert.

Doch dann knurrt Jonah plötzlich: »Verdammt, halt still. *Sofort.*«

Ich verharre reglos. Nun packt er auch noch mit der anderen Hand mein Haar und drückt meinen Kopf nach unten. Er zwingt sich so tief in meine Kehle, dass ich würge.

Er lacht leise. »Ja. Genau so. Jetzt gibst du es mir endlich.«

Jonah übernimmt die Kontrolle. Mit den Händen führt er mich. Manchmal schiebt er nur die Spitze seines Schwanzes in meinen Mund, an der ich dann so gut sauge, wie ich kann. Dann drückt er mich wieder nach unten und zwingt mich, ihn bis zum Anschlag in mich aufzunehmen.

»Es gefällt mir, wenn du anfängst zu würgen«, flüstert er. »Dann wird deine Kehle ganz eng. Das lässt mich daran denken, wie eng deine Muschi sein muss.«

Ich wimmere, doch der Laut wird durch seinen Schwanz in meinem Mund gedämpft.

»Bist du zwischen deinen Beinen so eng? Na?« Jonah zerrt meinen Kopf hoch und schaut mir in die Augen, während ich huste und mir mit dem Handrücken über die Lippen wische. »Bist du es?«

Meine Stimme ist heiser geworden. »Bitte … Ich bin schon … Du hast gesagt, dass du das hier willst …«

»Ich habe nie gesagt, dass das alles ist, was ich will. Willst du nicht nett zu mir sein? Willst du mir nicht zeigen, wie dankbar du bist, dass ich dein Auto reparieren und dich nach Hause schicken werde? Oder soll ich dich hierlassen? Siehst du? Ich wusste, dass du das nicht willst.« Jonah umfasst meine Brust durch den dünnen roten Baumwollstoff des Sommerkleids. Mit dem Daumen umkreist er die harte Brustwarze und grinst. »Und jetzt zieh deine Unterhose aus.«

Mit zitternden Händen greife ich unter mein Kleid, um aus meiner Unterhose zu schlüpfen. Jonah legt die Hände um mich – nicht um mich zu umarmen, sondern um den Reißverschluss an der Rückseite meines Kleids ein Stück aufzuziehen. Nachdem ich die Unterhose auf den Boden des Autos fallen gelassen habe, zieht Jonah den oberen Teil meines Kleids herunter und legt meine Brüste komplett frei. Er umfasst sie mit beiden Händen und drückt fest genug, um mich an den Rand des Schmerzes zu bringen. Als ich zurückweiche, wird sein Lächeln grausam.

»Du hältst doch noch mehr aus als das, oder? Ich wette, das kannst du.« Er drückt mich nach unten, bis ich auf dem Rücken liege. Die Limousine ist so breit, dass ich mich fast einmal der Länge nach ausstrecken kann. »Und jetzt spreiz die Beine.«

»Bitte …«

»Na los!« Die Härte in seiner Stimme soll mir Angst machen. Mich zu Tode erschrecken. Die unausgesprochenen Worte lauten: Sonst wirst du es bereuen.

Ich lasse mein linkes Bein zur Seite fallen und spreize die Oberschenkel. Jonah positioniert sich zwischen meinen Beinen und drückt mein rechtes Knie so weit nach oben, dass es fast meine Brust berührt.

Jonah holt ein Kondom aus der Tasche seiner Cargohose, die fast von seiner Hüfte gerutscht ist. Sein Schwanz steht vor wie ein Messer. »Siehst du, wie nett ich zu dir bin?«, flüstert er, während er das Kondom überzieht. »Ich muss keins von diesen Dingern benutzen. Ich könnte dich einfach ohne eins ficken. Aber ich bin ein netter Kerl.«

Ich stütze mich mit einem Arm an der Rückenlehne ab. Ich liege hilflos und mit gespreizten Beinen vor ihm. Jonah ist so groß, so stark – selbst wenn ich es versuchen würde, könnte ich ihn nicht von mir wegdrücken.

»Du hast echt Glück, was?«, sagt Jonah. Dann spüre ich den harten Druck seines Schwanzes zwischen meinen Beinen.

Ich beiße mir auf die Unterlippe, als er in mich eindringt – Stück für Stück, bis es brennt. Er dehnt mich weit und zwingt mich regelrecht auf.

»So ist es richtig«, flüstert er, während er bis zum Anschlag in mir versinkt. »Ganz genau so.« Dann stößt er heftiger zu, füllt mich komplett aus, und ich schreie auf. Der Laut entlockt ihm ein Lächeln, und er bewegt seine Hüfte zurück, damit er seinen Schwanz erneut in mich hineinrammen kann. Ich wünschte, ich könnte sehen, wie er in mich hineingleitet, aber ich kann es nicht. Die zerknitterten roten Falten meines Sommerkleids sind im Weg. Ich kann nichts sehen, sondern lediglich fühlen.

Jonah macht nun absichtlich mit fast grausamer Langsamkeit weiter. Dann beschleunigt er das Tempo, ohne wirklich schnell zu werden. Jedes Mal zieht er sich fast vollständig aus mir zurück, um dann wieder tief und hart hineinzustoßen. Jedes Mal muss ich nach Luft ringen. Ich bin zwischen Lust und Schmerz gefangen, weil ich innerlich brenne und mich nach ihm verzehre. Ich taumele am Rand eines Orgasmus, aber er stößt einfach nicht schnell genug zu, um mich kommen zu lassen. Er zieht die Sache in die Länge, weil er seine Macht über mich auskosten will. Jonah will mir zeigen, wie hilflos ich bin. Was immer er mir antut, muss ich hinnehmen.

Mit jedem Stoß beugt er sich tiefer über mich, bis wir uns so nah sind, dass ich seinen heißen Atem auf meiner Haut spüren kann. Er leckt über meine Brustwarze und dann öffnet er den Mund und saugt daran. Es dauert nur einen Augenblick lang an, aber es reicht aus, um von Kopf bis Fuß eine Welle der Lust durch meinen Körper rauschen zu lassen.

Ich bin kurz davor. Ich bin so kurz davor.

»Ich kann das die ganze Nacht lang machen«, keucht Jonah. Erneut stößt er so hart zu, dass ich mich in den Sitz kralle und meine Fingernägel in den Lederbezug bohre. »Wir können so langsam und hart weitermachen, bis du nicht einmal mehr laufen kannst. Oder willst du, dass ich dich schneller und härter ficke, damit ich dein Auto repariere und dich nach Hause fahren lasse? Was ist dir lieber?«

»Bitte … bringen wir es einfach hinter uns, bitte bring es zu Ende.«

»Du musst es sagen. Ich will, dass du es sagst.« Jonah packt das Handgelenk meiner freien Hand und hält sie über meinem Kopf fest. Er wird sich nehmen, was immer er will. Mich dazu zu bringen, darum zu betteln, ist für ihn nur eine weitere Methode, um zu beweisen, dass er die volle Kontrolle hat. »Willst du zurück in dein Auto und nach Hause fahren? Dann sag es mir. Sag mir, dass ich dich so hart ficken soll, wie ich kann.«

Die bloßen Worte bringen mich wieder an den Abgrund der Lust. Ich bin benommen und kraftlos, vollkommen hilflos. Meine Stimme ist kaum mehr als ein Flüstern, als ich sage: »Fick mich, so hart du kannst.«

Jonah rammt seinen Schwanz bis zum Anschlag in mich hinein. Er packt meine Hüften, hält mich fest und stößt immer wieder zu. Jeder Stoß ist genauso brutal wie der letzte. Ich schreie auf – ein langer Schrei, den ich nicht kontrollieren kann –, als all mein Blut schlagartig zwischen meine Beine rast. Das Gefühl wirbelt und rauscht durch meinen Körper. Und dann wird mein Aufschrei zu einem Kreischen, als ich komme. Mein Kopf dreht sich im Rausch purer Ekstase, und ich winde mich unter ihm, während sich jeder Muskel meines Körpers der Heftigkeit des Orgasmus ergibt.

Er weiß, was er mit mir gemacht hat. Doch Jonah sagt nur:

»Ich gebe dir nur, worum du gebeten hast.« Dann wird er schneller, und die einzigen Laute sind seine schweren Atemzüge, mein Wimmern und das nasse Klatschen unserer Körper. Mittlerweile bin ich schlaff, und mir ist schwindelig. Ich bin ein vollkommen passiver Körper, den er benutzen kann.

Also benutzt er mich. Jonah hebt mein Becken ein wenig an, damit er sogar noch tiefer in mich hineinstoßen kann – ich hätte nicht gedacht, dass das möglich wäre –, und dann verzieht er das Gesicht. Ein einziges Mal gleitet er langsamer in mich, dann erstarrt er komplett. Er schließt die Augen, und sein Mund klappt auf. Dann bohren sich seine Finger in mein Fleisch, und ein Schauer fährt durch seinen Körper.

Ich weiß jetzt schon, dass ich es liebe, zuzusehen, wie er kommt.

Nachdem er ein paarmal scharf eingeatmet hat, zieht sich Jonah aus mir zurück. »Zieh dich an«, sagt er grob. »Und steig in dein Auto. Ich werde sehen, was ich tun kann.«

Ich ziehe die Vorderseite meines Sommerkleids hoch und mache mir nicht die Mühe, den Reißverschluss zuzuziehen. Dann taste ich auf dem Boden des Autos herum und finde meine Unterhose, die immer noch feucht ist. Ich schlüpfe ohne Probleme in die roten High Heels, aber meine Beine sind wackelig, als ich aus Jonahs Wagen steige und zu meinem eigenen gehe.

Wie hatte ich jemals denken können, dass ein erneutes Treffen nicht so gut wie das erste Mal werden könnte? In gewisser Weise war die heutige Nacht sogar noch besser. Jonah weiß, wie mein Verstand funktioniert. Ich muss ihm nichts erklären. Er weiß, wie er der dunkle, gefährliche Mann aus meinen Fantasien sein kann. Wie viele verschiedene Szenarien könnte er ausagieren?

Ich will sie *alle*.

Ich lasse mich in mein Auto gleiten und schließe die Tür. Dann lehne ich mich vor, stütze meine Stirn gegen das Lenkrad und versuche, zu Atem zu kommen. Ich bin entkräftet und völlig erledigt. Beim nächsten Mal sollte ich für später eine gekühlte Flasche Wasser mitbringen.

Aber das nächste Mal könnte überall stattfinden …

Die Beifahrertür geht auf, und Jonah steigt ein. Zuerst denke ich, dass er das Rollenspiel zu Ende bringen und mir sagen will, dass er mein Auto repariert hat, damit ich nach Hause fahren kann. Stattdessen streicht er sanft eine lockige Haarsträhne aus meinem verschwitzen Gesicht.

»Geht es dir gut?«

Ich nicke. »Das war … unglaublich.«

»Ja. Das war es.«

»Es ist so, als … als hättest du in dieser Nacht, in der wir uns zum ersten Mal begegnet sind, meine Gedanken gelesen. Du hast alles getan, was ich mir erträumt habe.«

»Und du hast sogar noch perfekter nachgegeben, als ich zu hoffen gewagt habe.« Jonah streicht mit der Hand über meine nackte Schulter. Es ist die Liebkosung eines Liebhabers. »Gott, du hast keine Ahnung, wie gut sich das anfühlt. Wie du bei meiner ersten Berührung gezittert hast …«

Meine Angst – meine vorgetäuschte Angst – macht ihn an. Sollte das nicht ausreichen, um mir tatsächlich Angst vor ihm zu machen? Aber ich sehne mich nach wie vor nach ihm. Jonah bringt mich nicht nur an meine Grenzen, sondern darüber hinaus, und genau das will ich.

Ich neige den Kopf zur Seite und lächle ihn an. »Machst du jetzt keine weiteren Ausflüge zum Südpol mehr?«

Jonah lacht. Es ist das erste natürliche, ungezwungene Lachen, das ich von ihm höre. »Nein. Momentan sind keine geplant.«

»Also müssen wir bis zum nächsten Mal nicht wieder einen Monat warten?«

»Ich habe nicht vor, auch nur ansatzweise so lange zu warten.« Der Blick seiner hellen Augen wandert zum lose sitzenden Oberteil meines Sommerkleids, als würde er es mir am liebsten sofort wieder vom Leib reißen. »Was willst du beim nächsten Mal? Wo willst du es? Wann?«

Das, was ich von Jonah will, ist endlos. Wir könnten ein Jahr lang jede Nacht Sex miteinander haben, und trotzdem wären in meinem Kopf immer noch Fantasien übrig, die er mir erfüllen könnte.

Doch bei der Fantasie an sich geht es darum, die Kontrolle zu verlieren. Und Jonah kennt mich so gut – oder seine Sehnsüchte entsprechen meinen so sehr –, dass ich ihm keine Anweisungen geben muss. Ich muss mich ihm nur voll und ganz ausliefern.

Wie kann ich seine Fantasien am besten erfüllen? Indem ich ihm ein Höchstmaß an Kontrolle gewähre. Ein Höchstmaß an Macht.

»Beim nächsten Mal«, flüstere ich, »… überrasch mich.«

»Du meinst … ich soll dich einfach finden, wenn du es nicht erwartest. Dich nehmen, wo du dich gerade aufhältst.«

»Und wie immer du es willst.«

Jonah sagt nicht Ja. Stattdessen lehnt er sich vor und küsst mich. Es ist ein intensiver Kuss voller Verlangen, der mir verrät, dass ich ihn schon wieder erregt habe.

Unsere Münder trennen sich. »Gute Nacht, Vivienne«, flüstert er.

Ich würde ihm auch eine gute Nacht wünschen, aber er ist bereits aus dem Auto gestiegen. Er schlägt die Tür zu und entlässt mich wieder in mein angeblich normales Leben.

Aber ich fühle mich nicht einsam oder abgewiesen. Ich fange an, die Regeln zu lernen. Außerdem kann ich nicht aufhören zu lächeln, und der Grund dafür ist sowohl Zufriedenheit als auch Vorfreude.

Wenn er mich das nächste Mal findet, wird es so *verdammt gut* sein.

15

Obwohl ich weniger als fünf Stunden geschlafen habe, fühle ich mich beim Aufwachen erholt. Voller Energie. Bereit für alles. Schwache Blutergüsse an meinen Hüften erinnern mich daran, wie Jonah mich festgehalten hat, aber sie tun nicht weh. Ich streiche mit der Hand darüber und lächle.

Als ich zum Auto gehe, fällt mir die Abmachung ein, die Jonah und ich getroffen haben. Er könnte mich jederzeit überfallen – jeden Augenblick …

Aber seien wir mal realistisch. An diesem Morgen wird es nicht passieren. Er schläft hoffentlich noch tief und fest und hat dabei ein Lächeln auf den Lippen. Ich werde diese Energie nutzen, um zu arbeiten.

Ich gönne mir einen kleinen Umweg zum Drive-in-Schalter des Sorrento's, wo ich mir einen Milchkaffee hole. Dann fahre ich direkt ins nahe gelegene Atelier, wo ich den Großteil meiner Kunst erschaffe. Obwohl ich studiere, um Kuratorin und Kunsthistorikerin zu werden, bedeutet das nicht, dass ich keine Ambitionen habe, eigene Werke zu kreieren. Es ist schon zu lange her, dass ich mir gestattet habe, mich in meiner Schaffenskraft zu verlieren. (Fragen Sie mich nicht, wie es kommt, dass das Kunststudium Studenten daran hindert, tatsächlich Kunst zu erschaffen, aber manchmal ist das so.)

Normalerweise teile ich mir das Atelier mit mehreren anderen Kunststudenten, darunter auch meine Tutorenkollegen aus dem Institut. Allerdings bevorzugen es die meisten, abends statt morgens dort zu arbeiten, also habe ich das Atelier heute um diese Uhrzeit ganz für mich allein. Mein ausgeblichenes Chambray-Hemd aus dem Secondhandladen hängt an einem Haken in der Nähe meines Arbeitsplatzes. Ich ziehe es über meine Kleidung und mache mich ans Werk.

Ich stelle Radierungen her. Obwohl es dafür viele verschiedene Methoden gibt und ich mit den meisten davon experimentiert habe, basieren sie alle auf dem gleichen Prinzip. Man fängt immer mit einer Metallplatte an. Diese Platte grundiert man mit einem wachsartigen, säurebeständigen Material. Dann schnitzt man das Muster oder Bild, das man haben möchte, bis aufs Metall in das Wachs. Und zum Schluss gießt man die Säure darüber. Die Säure frisst sich in das Metall und prägt die Linien, die man hineingeschnitzt hat, für die Ewigkeit. Wenn man die Platte dann mit Farbe behandelt, entsteht eine Schablone, die man immer wieder benutzen kann, um das Bild zu drucken. Jedes einzelne Kunstwerk ist identisch und doch einzigartig, und es verblasst nie, egal wie oft man es reproduziert.

Heute stelle ich Drucke her. Obwohl ich im Rahmen meiner Abschlussarbeit schon zahlreiche Radierungen hergestellt habe, bedeutet mir diese hier ganz besonders viel. Es ist das Bild von Männerhänden, die sanft eine Taube halten. Jede Linie sieht tatsächlich exakt genau so aus, wie ich sie mir vorgestellt habe, als ich das Bild ins Wachs geschnitzt habe. Das hofft man natürlich jedes Mal, aber ein perfektes Ergebnis ist seltener, als man denken würde. Außerdem fängt das Bild ein Thema ein, das ich in meiner Arbeit gern zum Ausdruck bringe: die Gegenüberstellung von Stärke und Zerbrechlichkeit.

Ich erinnere mich daran, wie mir Jonah sanft das Haar aus dem Gesicht gestrichen hat, bevor er mich gezwungen hat, seinen Schwanz tief in den Mund zu nehmen. Meine Zerbrechlichkeit, seine Stärke.

Und doch hat er diese gehetzte, heimgesuchte Seite an sich – und auch in mir gibt es eine starke Seite, die Jonah spüren muss. Ansonsten würde er mir nie zutrauen, mit dieser Fantasie umzugehen.

Sein Anruf gestern Nacht hat mir verraten, wie wichtig es Jonah ist, dass ich mit dieser Sache zurechtkomme …

Ich halte inne. Mit Tusche zu arbeiten, während man abgelenkt ist, ist keine gute Idee.

Und Jonah Marks ist eine verdammt große Ablenkung.

Da ich heute keinen Kurs unterrichten muss, gehe ich erst am Nachmittag ins Büro. Ich mache mir nicht die Mühe, mich umzuziehen. Stattdessen ziehe ich einfach das Chambray-Arbeitshemd aus und mache mich in meiner dunklen Jeans und dem apfelgrünen Wickeltop auf den Weg zum Campus. Als ich durch die Tür trete, befindet sich Kip gerade in einem intensiven Telefonat mit jemandem bei FedEx. Es geht um das Paket eines Dozenten, das abhandengekommen ist. Aber er zieht eine Augenbraue hoch, als er mich sieht. In Kip-Sprache bedeutet das: *Wir müssen reden.*

Ich frage mich, mit was für Tratsch er diesmal aufwartet. Vielleicht hat Keikos Freund ihr endlich einen Heiratsantrag gemacht. Er hat es jedenfalls lange genug immer wieder angedeutet. Was immer es ist, Kip wird über alle pikanten Details informiert sein.

In meinem Institutspostfach warten keine Nachrichten auf mich, also lasse ich mich auf meinen klapprigen Schreibtischstuhl fallen und gehe meine beruflichen E-Mails durch. Zwischen der Flut an Essays, die die Studenten in letzter Minute eingereicht haben, und den üblichen Campusankündigungen springt mir eine Betreffzeile sofort ins Auge. Denn es handelt sich um eine Nachricht von Jonah. Ich setze mich aufrecht hin und klicke sie an.

Vivienne,
dein Vorschlag von gestern Nacht hat mir gefallen. Ich konnte stundenlang an nichts anderes denken. Ich habe es mir in allen Einzelheiten ausgemalt, und das hat mich die halbe Nacht lang wachgehalten.

Meine Zehen spannen sich in meinen Halbschuhen an, und ich atme geräuschvoll aus. Ich stelle mir vor, wie Jonah in seinem Bett liegt, die Hand um seinen Schwanz gelegt hat und bei dem Gedanken, mich bald erneut zu besitzen, schon ganz erregt ist. Und bei dieser Vorstellung wird mir sehr warm.

Keine Sorge, ich werde dich überraschen. Aber wir müssen ein paar Grundregeln festlegen. Du solltest wissen, dass ich mich dir nicht in einer Situation nähern werde, in der du normalerweise um deine Sicherheit besorgt sein könntest. Ich werde auch nicht versuchen, in dein Haus einzubrechen. Du solltest immer bereit sein, dich zu schützen, und das wirst du nicht sein, wenn du davon ausgehst, dass jeder, der dich beobachtet oder dir folgt, automatisch ich sein muss.

Jonah kennt mich nicht gut genug, um zu wissen, dass ich immer bereit bin, mich zu schützen. Ich bin immer wachsam. Trotzdem gefällt mir, dass er selbst in der wahnhaften Hitze unseres gemeinsamen Fiebers an meine Sicherheit denkt.

In gewisser Weise hat Jonah immer die Kontrolle.

Ich verspreche, dass das nächste Mal nicht wieder erst in drei Wochen stattfinden wird. Aber das ist alles, was du erfährst – fürs Erste.
Jonah

PS: Ich denke nicht, dass tatsächlich jemand den E-Mail-Verkehr auf dem Campus überwacht, aber vielleicht sollten wir trotzdem auf unsere privaten E-Mail-Adressen umsteigen. Nur für alle Fälle. Daran hätte ich schon früher denken sollen.

Danach folgt direkt seine E-Mail-Adresse. Das PS lässt mich schmunzeln. Ich klicke auf Antworten.

Jonah,
keine Sorge. Ich werde auf alles vorbereitet sein.
Vivienne

Und hinter meinen Namen schreibe ich in Klammern meine private E-Mail-Adresse. Ich habe kaum auf »Senden« geklickt, da erscheint eine weitere neue Nachricht in meinem Postfach – aber sie ist von Kip.

V, mein Schatz, die Pflicht ruft. Ich werde für den Rest des Tages im Büro des Schatzmeisters sein …

Was in aller Welt könnte er im Büro des Schatzmeisters wollen? Ich habe keine Ahnung, aber so ein Gefühl, dass am Ende dieses Arbeitstages ein weiterer Mitarbeiter der Universität Kip einen Gefallen schulden wird.

… aber wir müssen unbedingt reden. Hast du nach Feierabend Zeit? Falls ja, komm gegen siebzehn Uhr dreißig ins Sigmund's. Das erste Bier geht auf mich. Sehen wir uns dort?
K

Zuerst will ich ablehnen. Ich muss mich heute Abend mit diesen Essays beschäftigen. Sie versprechen, entsetzlich schlecht zu sein, und je länger ich die Korrekturen aufschiebe, desto länger wird diese Aufgabe wie eine dicke graue Regenwolke über mir schweben. Aber es gibt noch einen anderen Grund – ich will mit meinen Gedanken alleine sein. Mit meinen Erinnerungen an Jonah, angefangen bei der wilden Art, auf die er mich gestern Nacht für sich beansprucht hat, bis hin zu den dunklen Versprechen, die er in der heutigen E-Mail angedeutet hat.

Aber nein. Ich war noch nie eine dieser Frauen, die den Rest ihres Lebens absagen, sobald in ihrem Leben ein neuer Kerl auftaucht. Und jetzt ist nicht der Zeitpunkt, damit anzufangen. Wenn Kip mich bittet, ihn in einer Bar zu treffen, in die wir hin und wieder ganz gerne gehen, dann sollte ich vermutlich darauf eingehen.

Also mache ich mich nach ein paar Stunden voller Korrekturen auf den Weg ins Sigmund's.

Wie so ziemlich überall in Austin ist die Atmosphäre auch in dieser Bar ungezwungen und ein bisschen ausgeflippt. Diverse Graffitikünstler waren aufgefordert worden, die Wände im Inneren mit grellbunten Farben zu bemalen, und unter dem Glas der Tischplatten befinden sich kitschige alte Werbeanzeigen aus den Sechzigern und Siebzigern. Ich lasse mich auf einen Barhocker an einem Tisch gleiten, an dem mich von der Werbeanzeige für ein Haarshampoo das Bild einer Frau mit einer perfekt frisierten blonden Mähne anstrahlt.

Kip stolziert nur wenige Augenblicke später auf mich zu. Er trägt einen knallbunten Schal um den Hals. »Du hast es geschafft. Und du siehst auch noch umwerfend aus.«

»Danke.« Ich neige den Kopf zur Seite, damit Kip mir zur Begrüßung einen Schmatzer auf die Wange geben kann. »Du siehst auch nicht übel aus.«

Er berührt den Schal an seinem Hals. »Dieses alte Ding? Freut mich, dass er dir gefällt. Bist du nicht froh, dass es langsam etwas kühler wird? Endlich können wir wieder mehrere Lagen Kleidung tragen und unsere Outfits mit Accessoires aufpeppen, wie Gott es gewollt hat.«

In Austin bedeutet »etwas kühler« Temperaturen um die fünfzehn Grad. Dann holt man die Jacken und Schals ganz hinten aus den Schränken hervor und zeigt sich damit wieder auf der Straße. Ich lächle ihn an und erwidere: »Ich glaube, du hast etwas davon gesagt, dass du den ersten Drink bezahlen würdest, oder?«

»Was willst du?«

»Ein Corona mit Limette. Und danke.«

Ich denke, so was wie das hier habe ich gebraucht. Ein wenig Zeit zum Relaxen mit einem Freund und etwas Ablenkung von meinem extrem unkonventionellen Sexleben. Deswegen bin ich auch so überrascht, als Kip mit unseren Drinks zurückkehrt, meinen vor mich hinstellt und sagt: »Lass uns über diesen Dozenten namens Jonah Marks reden.«

Obwohl ich mein Bier nicht vor Schreck quer über den Tisch spucke, bin ich nah dran. »Wie bitte?«

»Bestimmten Quellen zufolge sollst du letztens offenbar völlig aufgelöst vor dem Starbucks auf dem Campus gestanden haben – und Dr. Marks schien das sehr interessant zu finden.«

»Das stimmt nicht.« Vielleicht wird Kip von dem Thema ablassen, aber ich bezweifle es. Ich versuche es mit einer Ablenkung. »Und was meinst du mit Quellen? Kontrollierst du etwa auch die Baristas?«

»Auf diesem Campus passiert nichts, das mir nicht früher oder später zu Ohren kommt. Mein Auge sieht alles.«

Ich stöhne genervt auf. »Du bist wie Sauron im *Herr der Ringe*.«

»Nur mit weniger mächtigen Klunkern. Also, raus mit der Sprache, Liebes.«

»Da gibt es nichts zu erzählen«, lüge ich und wechsle dann zur Wahrheit. »Ich gehe nicht mit Jonah aus.«

»Aber du spielst mit dem Gedanken?« Kip nickt, als ob er diese Antwort erwartet hätte. Er zieht eine hellbraune Aktenmappe aus seiner knallbunten Umhängetasche. »Gut, dass ich so frei war, dieses Dossier zusammenzustellen.«

»Ein Dossier? Kip, das ist so was von übertrieben.«

»Man wird nicht der Sauron der UT Autin, indem man halbe Sachen macht.« Er schiebt mir die Aktenmappe rüber, sodass sie das falsche Lächeln der Frau auf der Shampoowerbung bedeckt. »Voilà: die vielen Geheimnisse des Jonah Marks.«

Geheimnisse? Was meint Kip damit?

Nein. Jonah und ich müssen einander vertrauen. Er hat sein Wort nicht gebrochen und auch keine Nachforschungen über mein Leben angestellt. Also werde ich das umgekehrt auch nicht tun. »Ich weiß nicht, wo du immer diese schmutzigen Geheimnisse ausgräbst, aber ich bin nicht daran interessiert, in privaten Dingen über jemanden herumzuschnüffeln.«

»Das hier ist wohl kaum privat«, schnaubt Kip. »Fast alles davon stammt von CNN. Und ein bisschen auch von Wikipedia.«

»… warum sollte Jonah Marks auf CNN sein?« Wurde er dort vielleicht als Experte für Erdbeben interviewt? Aber Kip würde sich nicht die Mühe machen, mir so etwas zu zeigen.

»Es geht weniger um den Mann selbst als vielmehr um seine Familie. Ich vermute, dir war bislang nicht klar, dass Jonah zu der Familie Marks aus Chicago gehört, oder?« Als ich Kip verständnislos anstarre, fügt er hinzu: »Die Familie, der Redgrave House gehört?«

»Ich habe keine Ahnung, wovon du redest.«

»Wirfst du nicht manchmal einmal einen flüchtigen Blick auf

die Klatschzeitungen, wenn du im Supermarkt an der Kasse anstehst? Egal. Ich verschaffe dir einen schnellen Überblick.« Kip blättert durch die Seiten, die er für mich ausgedruckt hat, und präsentiert mir schließlich das Bild eines viktorianischen Hauses, das sich mitten zwischen Hochhäusern befindet. Trotzdem wirkt es nicht deplatziert. Das Haus strahlt eine Art dunklen Glanz und eine Macht aus, die selbst auf diesem schlecht kopierten Foto zu erkennen sind. Steinfliesen bedecken die Außenwände, und die große Tür wird von gewaltigen Statuen flankiert, die ein Stockwerk hoch sind. Die Figuren wurden so gemeißelt, dass es den Anschein erweckt, als würden sie mit aller Kraft das Gewicht des riesigen Bogens zwischen ihnen halten.

»Das stammt aus dem Nationalen Verzeichnis historischer Stätten«, erklärt Kip. »Das Haus war Schauplatz einiger der pikantesten Ereignisse in der Geschichte Chicagos. Dank der wilden und wechselvollen Familiengeschichte der Marks. Und es ist das Haus, in dem unser geschätzter Herr Dozent seine Kindheit verbrachte.«

Jetzt, da ich darüber nachdenke, fällt mir ein, dass ich tatsächlich schon einmal von Redgrave House gehört habe – vermutlich in irgendeiner Fernsehsendung über bemerkenswerte Architektur. In Chicago muss allein ein Grundstück von der Größe, das sich so nah am Stadtzentrum befindet, über zehn Millionen wert sein. Da Jonahs Familie das Haus nie verkauft hat, dürfte sie über ein entsprechendes Vermögen verfügen.

Es ist nicht so, als ob mir nicht klar gewesen wäre, dass Jonah gut situiert ist. Er fährt ein schickes Auto, gibt großzügige Trinkgelder und kleidet sich besser als jeder andere heterosexuelle Mann, dem ich je begegnet bin. Aber nichts an seinen Besitztümern oder seinem Verhalten hat je darauf hingedeutet, dass er *so* reich ist. War er eins dieser hochnäsigen Privatschulkinder, die schon vor dem fünfzehnten Lebensjahr von

Anspruchsdenken geprägt waren? Sicher nicht. Irgendwie ist es Jonah trotz all des Reichtums und der Privilegien gelungen, sich einen Sinn für Prioritäten zu bewahren. Und er hat sich für ein anspruchsvolles Studiengebiet entschieden, statt einfach von seinem Treuhandfonds zu leben, was Charakterstärke beweist.

»Okay«, sage ich und täusche dabei deutlich mehr Lässigkeit vor, als ich verspüre. »Jonah entstammt also einer reichen Familie. Was spielt das für eine Rolle?«

Kip schiebt mir noch mehr Papiere hin. »Das Geld spielt keine Rolle, es sei denn, du bist darauf aus, reich zu heiraten. In diesem Fall bist du auf dem richtigen Weg. Aber so eine Frau bist du nicht. Du willst den klassischen anständigen Kerl, nicht wahr?«

Das ist eine rhetorische Frage. Vor ein paar Monaten hätte ich sie mit Ja beantwortet. Aber Jonah hat mir gezeigt, dass ich es durchaus auch ein wenig unanständig mag.

»Natürlich zählt unser Herr Dozent nicht zu meinen engen Freunden. Zweifellos kennst du ihn schon sehr viel besser als ich, also will ich kein Urteil über ihn fällen. Und vielleicht hat er ja all seine Probleme hinter sich gelassen. Denn der Mann hat Probleme, oder etwa nicht?«

Gott sei Dank ist es hier drinnen so dunkel, dass Kip nicht sehen kann, wie rot ich werde. »Ähm, die haben wir alle.«

»Aber nicht solche.« Kip deutet auf den Artikel vor mir, und ich reiße die Augen auf, als ich die Überschrift lese.

HALE: MEINE FRAU IST EINE GEFAHR FÜR SICH SELBST UND ANDERE

Zuerst verstehe ich es nicht. »Ist das nicht … dieser Carter Hale?« Ich kenne ihn von den Titelseiten diverser Wirtschaftszeitschriften. Ihm gehören einige Luxushotelketten, aber ich kann mich nicht erinnern, welche. Und in letzter Zeit war seine Familie in die Klatschspalten geraten, aber inwiefern spielt das hierbei eine Rolle?

Kip beantwortet meine unausgesprochene Frage: »Carter Hale ist Jonah Marks' Stiefvater.«

Was bedeutet, dass die Frau in der Schlagzeile Jonahs Mutter ist.

Das ist Jonahs Leben. Das geht mich nichts an – und Kip auch nicht. Ich funkele ihn böse an. »Warum gräbst du das alles aus?«

»Erstens: Auf einen Link auf der CNN-Homepage zu klicken, zählt wohl kaum als ›ausgraben‹. Zweitens: Die Leute haben ein Recht darauf zu wissen, ob sie sich auf irgendwelchen Mist einlassen, der stark nach einer ernsthaften griechischen Tragödie klingt. Und drittens: Was Klatsch anbelangt, ist das hier echt *guter Stoff*. Besser als alles, was Kim und Kanye seit einer ganzen Weile geliefert haben.«

»Kip ...«

»Jetzt lies doch einfach mal den Artikel, ja?«

Ich bin versucht, das Blatt von mir wegzuschieben und ihm zu sagen, wohin er sich den Artikel stecken kann. Aber das hier lief auf CNN. In den überregionalen Nachrichten. Jonah könnte davon ausgehen, dass ich es ohnehin schon weiß.

Muss ich nicht so viel wie möglich über diesen Mann wissen, dem ich so viel Vertrauen entgegengebracht habe?

Der Hotelmagnat Carter Maddox Hale hat dem Gericht von Cook County heute über seine Anwälte mitteilen lassen, dass seine Ehefrau, die Erbin Lorena Marks Hale, eine Zwangseinweisung erhalten soll, da sie eine Gefahr für sich selbst und andere darstellt.

Die Aussage, die heute vor Gericht gemacht wurde, legt einen Vorfall vom Februar dieses Jahres offen, bei dem Mrs Hale ihren Ehemann angeblich über einen Zeitraum von zwei Stunden mit einer Handfeuerwaffe bedroht haben soll. Dabei soll sie gedroht haben, erst ihn und dann sich selbst zu töten. Wegen Depressionen hatte sich Mrs Hale zuvor in stationärer Behandlung in einer Einrichtung für psychisch Kranke befunden. Mr Hale behauptet außerdem, dass sie in den vergangenen Jahren zahlreiche Todesdrohungen gegen Menschen in ihrem unmittelbaren Umfeld ausgesprochen habe.

Mrs Hales Anwälte leugnen den Vorfall im Februar allerdings und weisen darauf hin, dass Mr Hale weder damals noch zu irgendeinem anderen Zeitpunkt der Ehe die Polizei eingeschaltet hat. Da es keine Beweise für Mrs Hales Verstöße gibt, halten Rechtsexperten es für unwahrscheinlich, dass ein Richter sie gegen ihren Willen einweisen wird.

Während der Kampf vor Gericht weitergeht, lebt das Paar weiterhin zusammen in seinem berühmten Anwesen Redgrave House in der Nähe des Stadtzentrums von Chicago. Allerdings sollen die Eheleute Berichten zufolge mittlerweile getrennte Stockwerke bewohnen.

Sowohl Mrs Hales Rechtsbeistände als auch die Anwälte, die ihre Kinder aus ihrer ersten Ehe mit Alexander Marks für sie engagiert haben, argumentieren, dass Mr Hale nicht aus Sorge um die Gesundheit seiner Frau handelt, sondern in der Absicht, die alleinige rechtliche Kontrolle über den beträchtlichen finanziellen Besitz der Familie zu erlangen. Dazu gehören Mr Hales Hotelketten, Mrs Hales geerbtes Vermögen sowie ein erheblicher Anteil an Oceanic-Airlines-*Aktien. Alexander Marks, Mrs Hales erster Ehemann und der Vater ihrer beiden erwachsenen Kinder, war 1975 Mitbegründer von* Oceanic Airlines. *Nach seinem Tod im Jahr 1988 erbte sie eine Beteiligung an der Fluggesellschaft.*

Mr Hales erwachsene Kinder aus erster Ehe haben bislang keine rechtlichen Schritte unternommen und auch keine öffentliche Stellungnahme abgegeben.

Unter dem Artikel befinden sich die üblichen Kommentare, die der Abschaum der Gesellschaft hinterlassen hat, bis hin zu der abstrusen Unterstellung, dass Obama Schuld an der Situation trägt. Das interessiert mich weniger als die Fotos, die neben dem Text abgedruckt sind. Das erste zeigt Carter und Lorena Hale in glücklicheren Zeiten, Seite an Seite bei einer Museumsgala – er im Smoking, sie in einem opulent bestickten Abendblazer. Er hat den Arm um ihre Schultern gelegt und hält ein Glas Champagner in der Hand.

Auf dem zweiten Bild ist Jonah zu sehen.

Für diese Aufnahme hat niemand posiert. Jonah verlässt das Gerichtsgebäude und weigert sich entschieden, in Richtung der Reporterschar zu blicken, die sich rund um die Treppe versammelt hat. Neben ihm sind noch zwei weitere Leute – eine Frau mit langem dunklem Haar, die ich sofort als seine Schwester erkenne, und ein Mann mit hellem Haar und breiten Schultern, der Jonah kein bisschen ähnlich sieht, aber trotzdem zur Familie zu gehören scheint. Den Mänteln und Schals nach zu urteilen muss das Foto nicht lange nach dem »mutmaßlichen Vorfall im Februar« aufgenommen worden sein.

»Du kannst mir nicht erzählen, dass das nicht alles irgendwie merkwürdig ist.«

»Und du kannst mir nicht erzählen, dass uns das irgendwas angeht«, erwidere ich. Trotzdem grübele ich bereits über all diese schmutzigen Details nach und schiebe die einzelnen Aspekte hin und her, als wäre Jonahs Psyche ein Zauberwürfel, den ich lösen könnte.

Ich habe mich schon gefragt, was Jonahs Fantasie ausgelöst

haben könnte. Er betont immer wieder, dass er nie im Leben tatsächlich eine Frau vergewaltigen würde, und ich glaube ihm. Er hat sich mir und allen anderen Frauen gegenüber stets ausgesprochen fürsorglich verhalten. Und trotzdem ist er auf die Vorstellung einer Vergewaltigung fixiert, darauf, sich einer Frau trotz all ihrer Proteste aufzudrängen. Ich habe die Lust in seinen Augen gesehen, als er mir die Klamotten vom Leib riss. Ich habe gesehen, wie er in mir gekommen ist, während er mich gewaltsam festgehalten hat.

Vielleicht … vielleicht ist er mit einer gewalttätigen Mutter aufgewachsen. Meine Mom hat sich oft falsch verhalten, das habe ich am eigenen Leib erfahren, aber sie hat mich nie geschlagen. Und ich habe nie auch nur für eine Sekunde gedacht, dass sie das je tun würde. Wie viel schlimmer wäre es gewesen, wenn sie mit einer Waffe herumgefuchtelt und tatsächlich gedroht hätte, mich umzubringen? Das Entsetzen und den Schmerz, den das auslösen muss, kann ich mir kaum vorstellen. Nach einem solchen Erlebnis muss man das Gefühl haben, dass es auf der ganzen Welt keinen sicheren Ort mehr gibt.

Also hegt Jonah vielleicht tief in seinem Inneren diese Wut auf Frauen. Aber anstatt sich zu einem frauenfeindlichen Arschloch zu entwickeln, hat er seine Wut in eine verdrehte sexuelle Fantasie umgewandelt. Er gleicht die Machtlosigkeit, die er als Junge empfunden hat, aus, indem er sich vorstellt, dass er die totale Kontrolle über das Objekt seiner Begierde hat.

»Deine Neugierde ist geweckt«, sagt Kip. »Ich wusste, dass du so reagieren würdest. Ich hole uns noch eine Runde, ja?« Bevor ich ablehnen kann, ist er bereits aufgestanden und auf dem Weg zur Theke.

Da ich ohnehin schon bis zum Hals in dieser Sache drinstecke, kann ich mich ebenso gut näher damit beschäftigen. Also blättere ich die anderen Artikel in Kips Aktenmappe durch.

Allerdings handeln nur sehr wenige von Jonahs Familie. Und die, in denen es um sie geht, stammen hauptsächlich aus einer Zeit vor dem Rechtsstreit um Mrs Hales geistige Gesundheit oder die Firmenkontrolle – was auch immer nun der eigentliche Gegenstand der Auseinandersetzung war. Stattdessen sehe ich Hochglanzartikel aus Klatschzeitschriften über Hales Spenden für wohltätige Zwecke, einen Artikel im *Architectural Digest* über die Renovierung von Redgrave House und ähnliche Berichte. In einem Artikel wird Jonah als »Leichtathlet« bezeichnet, was mir nie in den Sinn gekommen wäre. Leichathleten wirken immer so hager. Jonahs Körper würde besser zu einem Schwimmer oder einem Taucher passen – drahtig, aber kraftvoll.

Die älteren Artikel drehen sich fast ausschließlich um Redgrave House und die scheinbar endlose Zahl an sonderbaren Personen, die im Laufe der Jahrhunderte darin gelebt haben. Selbstmordpakte, Sexskandale, ein angeblicher Spuk: Was immer man sich vorstellen kann, ist dort passiert. Dies ist vermutlich das berühmteste Haus der Welt, in dem niemand *jemals* würde wohnen wollen.

Das reicht, beschließe ich. Das Ganze riecht für meinen Geschmack zu sehr nach Herumschnüffelei, als dass ich mich dabei noch wohlfühlen könnte. Das Zeug von CNN mag ja noch angehen – aber der Rest ist nichts weiter als eine aus dem Ruder gelaufene Google-Suche. Jonah hat meine Privatsphäre respektiert, und ich schäme mich, dass ich seine nicht respektiert habe.

Nun würde ich gerne gehen und die zweite Runde sausen lassen, aber Kip flirtet gerade intensiv mit dem Barkeeper. Als er mir mein zweites Corona hinstellt, erfahre ich, dass dieser sexy Barkeeper Ryan heißt und die interessanteste Person ist, die Kip jemals getroffen hat, also *muss* ich bleiben, um Kip einen Grund zu geben, noch ein wenig in der Bar herumzuhängen. Ich starre Kip entgeistert an, aber was soll's. Ich seufze und trinke ganz langsam mein Bier. Ihr Paarungstanz dauert noch eine halbe Stunde, bis es Kip endlich gelingt, die Telefonnummer des Typs zu bekommen.

So wie er sich benimmt, als wir die Bar verlassen, könnte man meinen, dass Kip gerade einen olympischen Zehnkampf gewonnen hätte. »Komm schon, Ryan ist heiß. Sengend heiß. Radioaktiv. Und jetzt habe ich seine Nummer in meinem Handy. Normalerweise müsste ich mich auf Grindr richtig anstrengen, um so weit zu kommen.«

»Stimmt. Ryan ist umwerfend.« Er ist nicht wirklich mein Typ – klein und muskulös, wie viele Bodybuilder es sind –, aber das ist auch nicht weiter von Belang, da ich auch nicht Ryans Typ bin.

Kip schmollt. »Warum feierst du meinen Augenblick des Triumphs nicht?«

Und das ist das Stichwort, auf das ich gewartet habe. »Weil ich versuche, mich nicht in das Liebesleben meiner Freunde einzumischen. Im Gegensatz zu gewissen anderen Leuten.«

»Ich habe mich nicht *eingemischt*. Ich habe lediglich dafür gesorgt, dass du informiert bist.«

»Woher hast du überhaupt gewusst, dass ich … dass ich mit Jonah Marks ausgegangen bin? Was auch immer deine Baristaquelle gesehen hat, es war nicht das, wonach es aussah, also …

»Ich habe noch andere Verbindungen, wie du wissen solltest.« Kips Allwissenheit ist eins der großen Campusgeheimnisse. »In diesem Fall hat eine der Geowissenschaftsstudentinnen erwähnt, dass sie euch beide auf Carmens letzter Party sehr nah beieinander stehen gesehen hat.«

Dann hat also doch jemand meinen Kuss mit Jonah mitbekommen. »Kip …«

»Leugne es bitte nicht, Vivienne. Das ist so ermüdend. Erzähl mir einfach, was dich daran reizt, diesen speziellen Eisklotz aufzutauen.«

Eis? Vielleicht an der Oberfläche. Aber darunter besteht Jonah aus reinem Feuer. Nicht dass ich das Kip gegenüber je erwähnen würde. »Es ist nichts Ernstes, okay? Können wir es dabei belassen? Da Shay und ich uns so nahestehen und Jonah gewissermaßen einer ihrer Chefs ist, würde ich das lieber nicht an die große Glocke hängen. Das könnte unangenehm werden, verstehst du?«

Ich sehe ihm an, dass er mir nicht wirklich glaubt, aber er stellt keine weiteren Fragen mehr. »Schön, schön. Dein kleines Abenteuer mit Jonah Marks wird nur eins der vielen Geheimnisse sein, die ich bewahre. Wenigstens hast du endlich die Freuden des Gelegenheitssex für dich entdeckt.«

Ich zucke unverbindlich mit den Schultern. Jonah und ich führen keine Beziehung miteinander – aber als »Gelegenheitssex« würde ich unsere Abmachung auch nicht bezeichnen. »Warum hast du dieses ganze Zeug überhaupt ausgegraben? Nur weil es Tratsch ist?« Kips alles umfassende Neugier hat dazu geführt, dass er seine Nase in Dinge gesteckt hat, die ihn nichts angehen. Aber ich hatte noch nie zuvor das Gefühl, dass er jemandem gegenüber so voreingenommen eingestellt war. Meine Verbindung zu Jonah scheint ihn misstrauisch zu machen.

»Weil Jonah Marks ein kalter Mann ist«, sagt Kip. »Und ein harter Mann. Er schließt nicht leicht Freundschaften, wenn überhaupt. Das ist nicht unbedingt der richtige Typ Mann für dich.«

»Seit wann weißt du, welche Männer mein Typ sind und welche nicht?«, frage ich.

»Ich weiß nur, dass du jemanden brauchst, der sanft mit dir

umgehen kann.« Er seufzt. »Weil du ein ernsthaftes Problem mit Konflikten hast.«

»Nein, habe ich nicht …«

»Lügnerin!«, bezichtigt mich Kip triumphierend. »Du kannst es nicht ertragen, wenn man sich bei Institutsbesprechungen streitet. Es sieht dann immer so aus, als wolltest du dich am liebsten unter dem Tisch verkriechen. Du bist kein Schwächling. Aber wenn du mal für dich selbst einstehen musst, dann tust du es per E-Mail, wenn es eben geht. Du klärst solche Dinge nur selten übers Telefon und *nie* von Angesicht zu Angesicht. Wenn Professor Prasanna anfängt, sich lautstark über etwas aufzuregen, das sie gerade auf die Palme bringt, *zuckst du zusammen*. Du zuckst körperlich zusammen, als ob dir diese ein Meter fünfzig große Frau über sechzig etwas antun könnte.«

Mir war bislang nicht klar, dass ich all das tue, aber es stimmt. Kip sieht mehr, als ich dachte.

Er spricht weiter, und sein Tonfall wird sanfter. »Geordie Hilton mag ein Säufer sein, aber wenigstens war er immer freundlich. Ich glaube, du bist jemand, der Freundlichkeit braucht. Und ich weiß nicht, ob Jonah Marks der Mann ist, der sie dir geben kann.«

Was ich von Jonah brauche, hat nichts mit Freundlichkeit zu tun. Die einzige Grausamkeit, die er mir entgegenbringt, ist die Sorte, nach der ich mich sehne.

»Es ist nichts Ernstes«, wiederhole ich einfach.

»Schön, meinetwegen.«

Die Innenstadt von Austin ist heute Abend ruhiger als gewöhnlich. Vielleicht treibt der erste kühle Abend die Leute in ihre Häuser, wo sie dann ganz hinten in ihren Schränken nach Pullovern und Jacken suchen. Oder vielleicht befindet sich ein paar Blocks weiter ein aufregenderer Ort, an dem man sein kann. Was immer es ist, Kip und ich haben diesen Straßenabschnitt ganz für uns, und unsere Schritte hallen leise von den hohen Gebäuden um uns herum wider. Die untergehende Sonne taucht das schlammfarbene Texas State Capitol in ein sanftes Rotbraun.

»Hey«, sage ich leise. »Du musst nicht auf mich aufpassen – aber ich weiß den Gedanken trotzdem zu schätzen.«

»Ich denke immer an dich, Vivienne. Außer wenn ich an meinen neuen zukünftigen Ehemann Ryan denke.«

Lachend bringe ich ihn dazu, mir mehr von Ryans zahlreichen Vorzügen zu erzählen. Innerlich bin ich allerdings zutiefst und unerwartet gerührt. Kip ist Weltmeister im Einmischen und Klatschverbreiten – aber letztendlich will er sich nur um seine Freunde kümmern. Und in dieser Welt ein wenig Freundlichkeit für uns finden.

16

Am nächsten Tag beginnt die Spannung.

Ich habe gut geschlafen, weil ich nun weiß, dass Jonah nicht in mein Haus kommen wird. Aber von dem Moment an, in dem ich am nächsten Morgen in mein Auto steige, ist jede Sekunde mit Spannung aufgeladen.

Wird er auf dem Rücksitz lauern? Im Treppenhaus des Kunstinstituts? Oder wird er vielleicht in dem Flur stehen, der zu den Toiletten in meinem Lieblingsrestaurant führt? Jonah könnte mir jederzeit überall auflauern.

Manchmal versuche ich herauszufinden, was er vorhat. Wenn er mich nicht verfolgt und nicht in mein Haus kommt, wie wird es dann passieren? Ich habe nicht die geringste Ahnung, was Jonah plant.

Natürlich geht es bei der ganzen Sache genau darum. Ich werde nicht wissen, was Jonah mit mir machen wird, bis er es tut.

Manchmal wird meine Neugier geweckt, wenn ich am Computer sitze. Es wäre so einfach, nach »Carter Hale Jonah Marks Chicago« zu suchen. Wenn ich das täte, würden sich mir noch weitere Kapitel über Jonahs komplizierte private Vergangenheit offenbaren.

Dann wären wir keine Fremden mehr. Wir haben uns versprochen, Fremde zu bleiben. Also suche ich nicht danach.

»Bist du sicher, dass dieses Kleid gut aussieht?«, fragt Carmen nun schon zum vierten Mal, seit wir ihr Haus verlassen haben.

»Du siehst *toll* aus. Rot ist genau deine Farbe. Komm schon.« Ich nehme ihre Hand und zerre sie zu der Benefizveranstaltung.

Das riesige Theater ist dem Anlass entsprechend geschmückt worden. Die Dekoration ist spärlich, aber elegant, wie bei den meisten Wohltätigkeitsveranstaltungen. In jeder Ecke stehen große Pflanzen, die die örtliche Baumschule gespendet hat, und von der Decke baumeln funkelnde Lichterketten. Hinter den Bartheken stehen die üblichen Studenten in weißen Hemden und schwarzen Westen, um die Gäste zu bedienen. (Hätte ich kein Stipendium erhalten, könnte ich eine von ihnen sein.) Ein Rednerpult mit Mikrofon steht für die diversen Reden vor den roten Samtvorhängen auf der Bühne bereit.

Wir sind spät dran, weil Carmen noch bis zum Hals in ihren Matheunterlagen steckte, als ich kam, um sie abzuholen, also ist die Gala bereits in vollem Gange. Geordie muss die ganze Zeit über auf uns gewartet haben, denn er winkt sofort und bahnt sich seinen Weg durch die elegant gekleidete Menge in unsere Richtung.

Der heutige Cocktailempfang kommt dem Zentrum für öffentliches Recht zugute, für das Geordie manchmal ehrenamtlich arbeitet. Die Bewohner von Austin sind fast immer leger gekleidet – aber wenn sich die Gelegenheit ergibt, sich in Schale zu werfen, sind sie sofort dabei. Carmens Etuikleid aus rotem Satin bringt ihre Kurven perfekt zur Geltung und passt hervorragend zum Dresscode der Party: Cocktailkleider für die Damen, maßgeschneiderte Anzüge für die Herren.

Ich bin ein wenig zu schick angezogen. Aber ich komme aus New Orleans, was bedeutet, dass ich im Frühling normalerweise ein oder zwei Mardi-Gras-Bälle besuche. Und das wiederum bedeutet, dass ich eine der wenigen Frauen bin, die unbedingt ein bodenlanges Abendkleid besitzen müssen. Dieses hier ist eher schlicht gehalten – smaragdgrüne Seide, Spaghettiträger, an der Taille eng und unten weiter geschnitten. Der untere Teil besteht aus einem weichen fließenden Rock. Ich liebe dieses Kleid, und es nur zweimal im Jahr anzuziehen kommt mir wie eine Vergeudung vor. Der heutige Abend schien ein toller Vorwand zu sein, es zu tragen. Allerdings habe ich bereits ein paar böse Blicke von Frauen erhalten, die zu denken scheinen, dass es meine Absicht ist, sie auszustechen. Oder was auch immer.

»Da seid ihr ja!« Geordie hält ein Plastikglas mit einer bernsteinfarbenen Flüssigkeit in der einen Hand und benutzt den anderen Arm, um erst mich und dann Carmen zu umarmen. Sein Atem riecht ganz leicht nach Alkohol, als seine Lippen meine Wange streifen. »Ich habe mich schon gefragt, wann die beiden schönsten Frauen in Austin endlich eintreffen werden.«

Carmen lacht. »Gib mir Bescheid, wenn sie da sind.« Geordie schüttelt ungläubig den Kopf, als ob er sich fragen würde, wie ihr nicht klar sein kann, wie umwerfend sie ist. Eins muss ich diesem Mann lassen: Er ist ein erstklassiger Charmeur.

»Also, was machen wir jetzt?«, will ich wissen. »Herumlaufen, darüber reden, wie großartig es ist, wenn Anwälte unentgeltlich für einen guten Zweck arbeiten, den Gratiswein trinken?« Nachdem man fünfzig Mäuse für eine Eintrittskarte zu einer Benefizgala verlangt hat, verzichtet man darauf, für die Getränke an der Bar Geld zu wollen.

»So sieht es aus«, sagt Geordie. »Wir mischen uns unter die Leute. Wir knüpfen Kontakte, und den Gratiswein vernachlässigen wir definitiv nicht. Und gibt es ja noch die stille Auktion! Dein Druck ist die Hauptattraktion, Vivienne.«

Das bezweifle ich. So stolz ich auch auf die Radierung mit der Taube bin, werden die meisten Bietenden sicher eher ein Auge auf die Luxus-Spa-Pakete, die Geschenkgutscheine für

Nobelboutiquen, die Logenplätze für Footballspiele und den anderen üblichen Kram geworfen haben. Trotzdem ist es nett von Geordie, das zu sagen.

Wie sich herausstellt, schmeckt der Gratiswein, als *sollte* er gratis sein, also lasse ich das Glas nach ein paar Schlucken stehen. Stattdessen unterhalte ich mich mit ein paar von Geordies Freunden von der Jurafakultät und sehe mir die diversen Kunstwerke und Geschenkgutscheine an, die für die stille Auktion ausgestellt sind. Mein Druck wurde gut sichtbar platziert – *Danke, Geordie* –, und für einen Augenblick versuche ich, ihn wie jemand zu sehen, der ihn zum ersten Mal betrachtet. Würde man die kräftigen Linien und die weichen Rundungen beachten? Die Schatten und das Licht? Man müsste schon sehr nah herangehen, um zu bemerken, dass die Tinte, die ich benutzt habe, nicht schwarz, sondern mitternachtsblau ist.

Ich bemühe mich, nicht übermäßig zufrieden mit mir selbst zu sein, als ich sehe, dass mein Druck bereits ein paar Gebote erhalten hat. Aber ich schaue nicht zu genau auf das Klemmbrett vor der Kunstausstellung, denn nichts wäre demotivierender, als zu sehen, dass jemand fünf Dollar auf meine Arbeit geboten hat. Ich sollte lieber die Party genießen. Eine Smooth-Jazz-Band spielt am anderen Ende des Raums, wodurch das Gemurmel der Menge von leisen Klavier- und Bassklängen untermalt wird.

Als ich mir auf der Toilette die Hände wasche, steht eine Frau vor dem Spiegel und trägt frischen tiefroten Lippenstift auf. Das Rot bringt ihr Lächeln zum Strahlen, als sie mich sieht. »Ich wollte es Ihnen schon den ganzen Abend sagen«, spricht sie mich an. »Das ist ein fabelhaftes Kleid.«

»Danke. Ihres auch.« Die weißen Pailletten stellen einen funkelnden Kontrast zu ihrer dunkelbraunen Haut dar, und der hohe Saum gibt den Blick auf ihre langen, umwerfenden Beine frei. »Oh Gott, ich wünschte, ich könnte Ihre Frisur tragen. Sie sehen fantastisch aus.«

Sie lacht. Ihre natürlichen Locken sind sehr kurz geschnitten, sodass sie fast an der Kopfhaut anliegen. Das wirkt feminin und kühn zugleich. »Probieren Sie es doch einfach mal aus. Vielleicht gefällt es Ihnen.«

Wenn ich jemals in Versuchung geraten sollte, einen Kurzhaarschnitt zu tragen, dann ganz sicher nicht heute Abend. Denn ausnahmsweise benimmt sich mein Haar mal. Ich habe es mit ein paar Strassklammern zu einer wirren Hochfrisur zusammengesteckt. Ich stecke eine verirrte Strähne zurück an ihren Platz und mache mich dann auf den Weg durch den langen Gang, der zurück zum vorderen Bereich des Theaters führt. Vielleicht werde ich auf diese Steppdecke bieten, die ich gesehen …

»Hey«, sagt dieser Kerl, an dessen Namen ich mich nicht wirklich erinnern kann. Er ist einer von Geordies Freunden … Albert? Alphonse? Zum Glück versucht er nicht, eine Unterhaltung zu beginnen. »Da hat jemand nach Ihnen gesucht – ich soll Ihnen sagen, dass Sie hinter der Bühne erwartet werden.«

Er muss Carmen meinen. »Oh, okay. Danke.«

Was könnte passiert sein? Wenn Carmen mitten auf einer großen Party einen Moment unter vier Augen braucht, muss irgendetwas sie aufgewühlt haben. Ich kann mir allerdings nicht vorstellen, was das sein könnte. Mit Sicherheit geht es nicht um Shays Babyparty.

Eine Seitentür scheint mir ein wahrscheinlicher Weg hinter die Bühne zu sein. Ich gehe hindurch und stelle fest, dass ich recht habe – ein paar Stufen führen hinauf auf die Holzbühne, wo einige zurückgelassene Requisiten herumstehen: ein Metallstuhl, ein Tisch, ein paar Wasserflaschen, die man vergessen hat zu entsorgen. Aber Carmen sehe ich nicht.

Ich steige die Stufen hinauf und frage mich, ob sie auf der anderen Seite der Bühne wartet …

… und eine Hand legt sich fest um meinen Ellbogen.

Der erste Schreck sorgt dafür, dass ich mich losreißen will und in meinen High Heels stolpere. Dann erkenne ich, wer mich gepackt hat.

Jonah legt seine andere Hand über meinen Mund. Er zieht mich dicht zu sich heran, starrt mit seinen grauen Augen in meine und flüstert: »Nicht schreien.«

Das tiefe, fordernde Knurren in seiner Stimme jagt mir einen Schauer über den Rücken. Selbst wenn ich nicht wüsste, dass ich das hier augenblicklich beenden könnte, würde ich wahrscheinlich zu verblüfft und eingeschüchtert sein, um um Hilfe zu schreien. Sein Griff wird fester – und das macht mich nur noch mehr an. Er hat mich einmal mehr an die Grenze zwischen Angst und Erregung gebracht.

Und Jonah wird mich so lange dort behalten, wie es ihm gefällt.

Er zerrt mich zum hinteren Bereich der Bühne, weiter weg vom Gang und von den anderen Gästen, von denen ihn jemand sehen und aufhalten könnte. Wir sind weit hinter dem roten Samtvorhang, hinter dem die Geräusche des Empfangs, das Gelächter und die Musik gedämpft erklingen. Hier auf dieser Seite gibt es nur mich und Jonah.

Er wirbelt mich herum und drückt mich gegen die rückwärtige Wand.

Jonah steht jetzt hinter mir, hält meine Arme mit beiden Händen fest und flüstert in mein Ohr: »Du bewegst dich nicht. Du redest nicht. Hast du mich verstanden?«

»Ja …«

Er presst sich mit seinem gesamten Körper gegen meinen Rücken, während er mit einer Hand mein Gesicht bedeckt.

Seine Finger bohren sich in meine Wange. »Nein, nein, *nein*. Wenn du es noch mal falsch machst, wird es dir leidtun. *Du sollst dich nicht bewegen. Du sollst nicht reden.* Ich will keinen Mucks von dir hören. Hast du mich verstanden?« Ich bringe ein Nicken zustande, und Jonah lacht leise. »Na also.«

Als er mich loslässt, bleibe ich reglos an der Wand stehen. Der Putz unter meinen zitternden Händen und meiner heißen Wange fühlt sich kalt an. Jonah gibt angesichts meines Gehorsams einen zufriedenen Laut von sich.

Seine Hände gleiten an meinen Schulterblättern entlang nach außen und dann gerade weit genug nach unten, dass er mit seinen Fingern über die Seiten meiner Brüste streichen kann. Aber als ihm klar wird, dass ich einen trägerlosen BH trage, verliert er das Interesse. Stattdessen streicht er über meine Seiten, über die Vertiefungen an meiner Taille und über die Rundungen meiner Hüften. Mit einer Fingerspitze zupft er neckend am Bund meiner Unterhose, der sich ganz schwach durch mein Kleid drückt. Selbst durch den dünnen Stoff gelingt es ihm, das Höschen ein wenig nach unten zu ziehen. Dann fängt er langsam an, den langen Rock des Kleids hochzuziehen. Das Rascheln der Seide ist abgesehen von unseren Atemzügen das einzige vernehmbare Geräusch.

Als meine Beine und mein Hintern entblößt sind, spüre ich den glatten Stoff von Jonahs Hose an meiner Haut. Er greift um mich herum, um seine Finger von vorne in meine Unterhose zu schieben, wo er sie scherenförmig knapp über meine Klitoris legt.

Lust durchströmt mich, und ich keuche auf. Jonah presst mich erneut gegen die Wand, und nun kann ich seinen langen harten Schwanz an meinem Hintern spüren. Er drückt sich gegen den Wollstoff seines Anzugs. »Das gefällt dir, nicht wahr?«, flüstert Jonah. »Ich wusste, dass es dir gefallen würde. Das konnte ich sehen. Weil du unter deinem schicken Kleid nichts anderes bist als eine Hure.« Seine Finger massieren weiter und beschreiben langsame feste Kreise, die sich spiralförmig einen Weg in mein Innerstes bahnen, bis mir schwindlig wird. »Ich werde dir beweisen, was für eine Hure du bist.«

Mein Atem geht jetzt hektisch und flach. Jonah weiß genau, wie man eine Frau berühren muss – wo man zugreifen und wie schnell man werden muss. Das gesamte Blut in meinem Körper rauscht zwischen meine Beine, während er mich immer heißer auf ihn macht.

»Nur eine Hure würde mich das hier tun lassen«, flüstert Jonah, als ich anfange zu keuchen. Mittlerweile ist das Gefühl fast überwältigend. »Du willst es jetzt, nicht wahr? Ich wusste, dass ich dich dazu bringen könnte, es zu wollen.«

Wärme durchströmt mich in wellenartigen Schüben. Mein ganzer Körper spannt sich an. Ich stehe kurz vor dem Höhepunkt.

Ich spüre Jonahs heißen Atem auf einer Seite meines Gesichts. »Keine Sorge. Du wirst es bekommen.«

Im selben Augenblick wird er schneller, drückt fester, und ich komme. Mein Orgasmus überrollt mich. Er ist lang und heftig und gut. Ich versuche, keinen Laut von mir zu geben, aber ein leiser Schrei entkommt meinen Lippen.

»Ich habe dir doch gesagt, dass du verdammt noch mal still sein sollst«, knurrt er.

Er packt die Seiten meiner Unterhose und zerreißt den Stoff. Ich spüre, wie die Fetzen herunterfallen, während Jonah grob meinen Oberschenkel zur Seite zieht und meine Beine spreizt.

»Halt dein Kleid fest«, befielt er und drückt mir den Stoff in die Hand. »Ich will dich ansehen. Zeig mir deinen nackten Arsch, wie eine Hure wie du das tut.« Also stehe ich da, umklammere die Seide mit meinen Fingern und präsentiere mich ihm wie etwas, bei dem er gerade entscheiden will, ob er es kaufen soll oder nicht. Ich höre, wie er erst seinen Gürtel und dann seinen Reißverschluss öffnet. Dann folgt das Rascheln einer Kondomverpackung, die geöffnet wird. »Ich bin noch nicht mit dir fertig. Und wenn ich auch nur das kleinste Wimmern höre, bekommst du es doppelt so hart zu spüren.«

Stumm frage ich mich, ob ich lieber still sein soll – oder ob ich herausfinden will, wie hart Jonah es mir an diesem Abend besorgen kann.

Jonah muss eine Hand um die Wurzel seines Schwanzes gelegt haben, denn er fährt mit der Eichel über meine Pospalte und reibt sie auf und ab. Dann spüre ich, wie er von hinten mit den Fingern in mich eindringt, bis er bis zu den Knöcheln in mir steckt. Er schiebt sie rein und raus und genießt das dabei entstehende schmatzende Geräusch offenbar, bevor er seine Hand wieder zurückzieht.

»So feucht«, flüstert er. Er legt eine Hand um meine Kehle. Seine Finger sind noch warm und klebrig. »Ich wusste, dass du es wolltest.«

Und damit dringt er mit einer heftigen, ruckartigen Bewegung in mich ein.

Mein ganzer Körper spannt sich an. Jonahs Breite und Länge dehnt mich, prüft mich und brennt in mir. Sein Griff um meine Kehle wird fester. Nicht fest genug, um mir die Luft abzuschnüren, aber fest genug, um die Drohung anzudeuten. Jonah hält mich an Ort und Stelle und fängt an, sich mit langen, harten Stößen in mir zu bewegen. Mein Körper erholt sich immer noch von den Nachwirkungen des ersten Orgasmus, als mich der erneute Druck von Jonahs Schwanz in meinem Inneren innerhalb weniger Sekunden an den Rand des zweiten bringt. Ich bin zwar sehr reaktionsfreudig, aber ich bin noch nie in so kurzer Zeit zweimal hintereinander gekommen. Doch Jonah wird mir das ermöglichen.

Von der Stelle, an der er mich an die Wand drückt, sodass mein Gesicht gegen den Putz gepresst wird, kann ich unsere Schatten sehen, die die wenigen Deckenlampen verschwommen auf den Boden werfen. Unsere Formen sind in die Länge gezogen. Während Jonah immer schneller in mich hineinstößt, beobachte ich die wellenförmigen Bewegungen seines Schattens. Ich beobachte, wie er mich dominiert. Mich benutzt.

Direkt hinter dem Vorhang lachen und unterhalten sich Leute. Sie haben keine Ahnung, dass ich nur ein paar Meter von ihnen entfernt an eine Wand gedrückt und gnadenlos rangenommen werde.

Seine Atemzüge sind hektisch geworden. Er verengt den Griff um meine Kehle – dieses Mal unbewusst, denke ich. Jonah steht kurz vor dem Höhepunkt. Wenn ich mit ihm kommen will, brauche ich mehr, und ich weiß, wie ich es bekomme.

Ich fahre mit der Zunge über meine geöffneten Lippen, bevor ich wimmere: »Nein.«

Dieses Mal ist der Würgegriff an meinem Hals echt. Während ich keuchend nach Luft schnappe, knurrt Jonah: »Ich habe dich gewarnt.«

Er wirbelt mich herum, wodurch ich erneut nach Luft schnappe. Dann zwingt er mich mit dem Gesicht voran auf den Tisch. Meine Füße bleiben auf dem Boden. Er beugt mich in einem Neunziggradwinkel vor, was bedeutet, dass ich vollkommen entblößt sein werde, wenn er das Unterteil meines Kleids wieder hochzerrt. Dann fängt Jonah an, so hart in mich hineinzustoßen, dass es sich anfühlt, als wollte er mich zerreißen. Vielleicht wird er das auch tun. Der Tisch knarrt und wackelt unter mir. Ich greife nach den Kanten, um mich festzuhalten, während er mit seiner freien Hand erneut meine Kehle packt. Ich kann atmen – gerade so –, aber sein Griff sorgt dafür, dass ich benommen bleibe und mir schwindlig wird. Das verstärkt meine Angst. Jonah nimmt mich mit aller Gewalt, und dann komme ich erneut. Mein Innerstes zieht sich um seinen Schwanz zusammen, während er vollkommen still bleibt. Mein ganzer Körper zittert unter der Kraft des Orgasmus. Es fühlt sich an, als könnte ich weder etwas sehen noch mich bewegen. Wenn ich noch an der Wand stehen statt halb auf diesem Tisch liegen würde, würde ich vermutlich umfallen. Es dauert einen Augenblick, bis ich wieder klar genug denken kann, um zu erkennen, dass Jonah langsamer atmet. Sein Schwanz zuckt einmal in mir, und mir wird klar, dass er gleichzeitig mit mir gekommen ist.

Jonah lässt meinen Hals los, während er sich zurücklehnt. Sanft fährt er mit einem weichen Stück Stoff zwischen meinen Beinen hindurch – wahrscheinlich ein Taschentuch – und säubert mich, bevor er mein Kleid herunterlässt. Ich richte mich auf. Meine Arme zittern. Als Jonah mich dieses Mal zu sich heranzieht, sind seine Hände sanft und seine Berührungen weich. Ich lehne mich gegen seine Brust, lasse den Kopf in den Nacken rollen und atme langsam und tief. Ein dünner Schweißfilm bedeckt meine Haut. Er streicht mir lose Haarsträhnen aus der Stirn.

»Alles in Ordnung?«, flüstert er. Ich werde nie darüber hinwegkommen, wie sehr sich seine Stimme verändert, wenn er von der Fantasie in die Realität wechselt.

»Ja.«

»Hat dir die Überraschung gefallen?«

»Sehr.« Ich schaue zu ihm hoch, damit ich ihm in die Augen sehen kann. Jonah atmet ebenso schwer wie ich, aber sein breites Grinsen spiegelt seinen Triumph wider. Warum auch nicht? Ich würde dieses ganze Arrangement als *die* Definition einer Win-win-Situation bezeichnen.

Wir finden einen Mülleimer für das Kondom und die Überreste meiner Unterhose. Dann bringen wir unsere Kleidung wieder in Ordnung. Als er damit fertig ist, streicht er die grüne Seide meines Kleids mit den Fingern glatt. »Ich hoffe, ich habe dein Kleid nicht ruiniert.«

Dieser Mann, der eben noch so getan hat, als würde er mich würgen und vergewaltigen, befürchtet nur wenige Minuten später, er könnte mein Kleid zerknittert haben. »Alles in Ordnung«, sage ich, obwohl ich, wenn ich ehrlich bin, finde, dass es schon ein wenig knittrig ist. Aber das wird niemanden interessieren, und wenigstens ist es nicht nass. »Dir muss klar gewesen sein, dass ich wegen Geordie herkommen würde.«

»Nein, mir war nicht klar, dass dein Exfreund eine so große Rolle in deinem Leben spielt.« In den Worten liegt eine gewisse Schärfe, aber Jonah spricht weiter. »Ich habe dich auf der anderen Seite des Raums gesehen. Du hast so schön ausgesehen – dieses Kleid, das so eng an deiner Brust und deinem Hintern anlag, und sogar an dieser hübschen kleinen ...«

Er lässt die Finger zwischen meine Beine gleiten, drückt sanft zu und reibt mit einem Knöchel über meine Klitoris. Ich schließe die Augen und wünsche mir, er könnte mich jetzt sofort auf der Stelle noch einmal nehmen.

Aber das wird er nicht tun. Das Spiel hört für ihn stets auf, sobald wir fertig sind. Was wäre, wenn ich ihn irgendwann bitten würde, mich noch länger für sich zu beanspruchen? Mich eine ganze Nacht lang gefangen zu nehmen?

Jonah muss sehen, wie erregt ich noch immer bin, aber er zieht die Hand weg. »Ich sah dich und wusste, dass es heute Abend passieren musste. Ich tat mein Bestes, um außer Sichtweite zu bleiben, bis sich eine Gelegenheit für mich ergab.«

Das hier war improvisiert? Verdammt, er ist wirklich gut. »Was hattest du denn eigentlich geplant?«

Er schüttelt den Kopf, als wäre ich ein ungezogenes Mädchen. »Das wirst du herausfinden, wenn es so weit ist.«

»Du darfst dir das nächste Szenario aussuchen«, flüstere ich. »Wird es eine weitere Überraschung sein?«

»Das weiß ich noch nicht.« Jonah lehnt sich dichter an mich heran und umfasst mein Gesicht mit beiden Händen. Unsere Lippen berühren sich sanft, als er sagt: »Aber bei einer Sache bin ich mir jetzt schon sicher: Beim nächsten Mal werde ich in deinem Mund kommen.«

Gott, ja. Jetzt gerade will ich ihn so sehr in meinem Mund spüren, dass ich Mühe habe, mich nicht auf die Knie sinken zu lassen. Stattdessen nicke ich und akzeptiere wortlos sowohl diese Ankündigung als auch alles andere, was er je mit mir tun will.

»Perfekt«, murmelt er. Dann küsst er mich. Es ist ein flüchtiger Kuss, aber unsere Münder sind dabei geöffnet und für eine Sekunde berühren sich unsere Zungen.

Doch dann tritt Jonah zurück, dreht sich um und verlässt die Bühne. Ich bleibe allein zurück.

Sobald ich das Gefühl habe, wieder gerade laufen zu können, reiße ich mich zusammen. Ich entdecke einen Teil der Campuszeitung und werfe ihn in den Mülleimer, damit der Hausmeister, oder wer auch immer hier sauber macht, beim Anblick von Jonahs Kondom und meiner zerrissenen Unterhose keinen Schreck bekommt. Die grüne Seide meines Kleids wird nicht durch kleine feuchte Flecken verunstaltet. Hat Jonah Blutergüsse an meiner Kehle hinterlassen? Ich bezweifle es – und selbst wenn, würden sie sich jetzt noch nicht zeigen. Also muss ich lediglich ein paarmal tief Luft holen und zurück zur Party gehen.

Carmen und Geordie unterhalten sich ganz in der Nähe. Geordie entdeckt mich sofort und winkt. Ich gehe in ihre Richtung, aber ich kann nicht anders, als im Raum nach Jonah Ausschau zu halten. Vermutlich wird er nach dieser Sache nicht mehr lange bleiben.

Und tatsächlich erhasche ich einen Blick auf Jonah, der am Ausgang steht und die Tür weit aufdrückt, um hinauszugehen. Aber er hält die Tür noch einige Sekunden lang für jemanden auf …

Ich erkenne die Frau in dem weißen Kleid, mit der ich mich kurz auf der Toilette unterhalten habe. Sie strahlt Jonah an, der einen Arm um ihre Schultern legt, während sie Seite an Seite nach draußen gehen.

Sie war nicht nur jemand, zu dem er höflich war.

Diese Frau war Jonahs *Begleitung*.

17

Jonah hat sie *angelächelt*.

Das ist der Teil, der mich wurmt. Jonah Marks wirkt auf die meisten anderen Leute, denen er begegnet, kalt und sogar abweisend. Ich habe eine andere Seite von ihm gesehen – heißer als jedes Feuer –, aber selbst wenn er seine Hände an meinem Körper hat, selbst wenn er in mir ist, ist sein Lächeln hart und grimmig.

Das Lächeln, das er der Frau in dem weißen Kleid geschenkt hat, war so warm, dass sie nicht bloß eine Bekannte sein kann. Sie ist jemand, der ihm sehr viel bedeutet.

Und trotzdem hat er Sex mit mir.

Ich habe ihn nie gefragt, ob er sich noch mit einer anderen Frau trifft. Es schien auf der Hand zu liegen, dass dies nicht der Fall ist. Doch nun werden ein paar Sätze, die er bei unserer Begegnung auf Carmens Party gesagt hat, in meiner Erinnerung immer lauter. Es ging darum, dass er das, was wir tun, auch mit anderen Frauen probiert hat und dass es nie funktioniert hat. *Sie wollten nicht, dass es zu grob wurde. Ich denke, Sie wollen genau das.*

In diesem Moment hätte ich fragen sollen, ob es noch jemand anders in seinem Leben gibt. Vielleicht hatte die geheimnisvolle Frau in Weiß seine spezielle Fantasie bereits abgelehnt. Betrügt er sie mit mir, weil sie ihm nicht geben kann oder will, was er wirklich braucht?

Das ist keine Entschuldigung, selbst wenn das wahr sein sollte. Aber ich kann nicht aufhören, mich das zu fragen.

Mir ist klar, dass ich voreilige Schlüsse ziehe. Es gibt keine Garantie, dass die Frau, die ich gesehen habe, Jonahs Freundin war oder dass sich die beiden in irgendeiner Art von fester Beziehung befinden. Ich könnte dieses Lächeln falsch gedeutet haben. Möglicherweise ist sie nur eine schöne Frau, mit der er an diesem einen Abend ausgegangen ist.

Aber selbst das ist zu viel für mich.

Am nächsten Morgen schicke ich Jonah eine SMS: Wir müssen so schnell wie möglich reden.

Im Gegensatz zu mir versteht Jonah die Regeln, an die man sich halten muss, um einander fremd zu bleiben. Er fragt nicht, warum, sondern nennt mir einfach eine Uhrzeit und einen Ort. Also gehe ich direkt nach dem Mittagessen über einen der quadratischen Plätze auf dem Campus auf eine Bank zu, auf der Jonah sitzt und auf mich wartet.

Selbst aus der Ferne erkenne ich ihn. Wir sind von Studenten umgeben, die hier in Sweatshirts und Schlabberhosen herumlümmeln. Jonah trägt eine graue Hose und ein schwarzes Hemd. Es ist keine ausgefallene Kleidung, aber sie macht trotzdem deutlich, dass er kein Junge mehr ist. Er ist ein Mann.

Ich trage eine Jeans, ein T-Shirt und einen Schal um den Hals – er sieht lässig aus, soll aber die schwachen Blutergüsse verbergen, die Jonahs Hand an meiner Kehle hinterlassen hat. Trotzdem sieht er mich an, als wäre ich die attraktivste Frau auf der Welt.

Selbst jetzt versetzt er mich regelrecht in einen Rausch. Daran wird sich wohl nie etwas ändern.

Er steht von der Bank auf, als ich auf ihn zugehe. Es ist eine altmodische, fast schon ritterliche Geste, die mich auf eine Weise berührt, die ich nicht beschreiben kann. Als wir uns gemeinsam setzen, fragt er: »Ist alles in Ordnung?«

»Nein.« Ich hole tief Luft. »Jonah, ich kann das nicht mehr. Dich treffen. Unsere … Szenarien ausagieren. Das muss aufhören.«

Zuerst sagt er nichts. Sein Ausdruck bleibt kühl. Hat er sich so gut unter Kontrolle? Wird er einfach aufstehen und davongehen, als ob das alles nie gewesen wäre?

Aber wie auch sonst sollte es enden?

Endlich spricht Jonah. »Du warst nicht unzufrieden mit … dem, was ich auf der Benefizveranstaltung gemacht habe.«

»Nein.« Gott, nein. Wenn ich daran denke, wie er seine Finger in meine Unterhose geschoben hat, will ich alles zurücknehmen, was ich gesagt habe, ihn am Kragen packen und ihn für einen Quickie im Treppenhaus in das nächstbeste Gebäude zerren. Es wäre so sengend heiß wie jedes Mal, wenn Jonah seine Hände auf meine Haut legt.

Und ich würde das Unvermeidliche damit nur hinauszögern.

Ich hole erneut tief Luft. »Es geht hier nicht darum, dass du etwas falsch gemacht hast. Okay? Du hast all deine Versprechen gehalten. Du hast mir in Momenten, in denen es bestimmt kein anderer Mann vermocht hätte, ein Gefühl von Sicherheit gegeben. Und du hast …« Meine Stimme bricht. Verdammt. Ich reiße mich zusammen. »Du hast etwas in mir gesehen, das ich immer gehasst habe, und dank dir habe ich mich eine Weile lang nicht mehr so sehr dafür geschämt. Also danke ich dir dafür. Und für den Sex. Für den Sex will ich dir definitiv auch danken.«

Mein schiefes Lächeln täuscht ihn keine Sekunde lang. Jonah lehnt sich vor und streckt seine Hand aus, als ob er meine Schulter berühren wollte, legt sie aber stattdessen auf der Rückenlehne der Bank ab. »Vivienne, was ist los?«

Das ist normalerweise der Moment, in dem ich einknicke.

Der Moment, in dem ich den sanftesten, leichtesten Ausweg für alle Beteiligten wähle, damit wir alle ohne verletzte Gefühle und ungelöste Konflikte aus der Nummer herauskommen.

Ich habe das immer als rücksichtsvolles Verhalten angesehen, als Möglichkeit, das Gleichgewicht zu wahren. Doreen behauptet, es sei Unaufrichtigkeit, und fragt mich immer, was passieren würde, wenn ich nur ein einziges Mal in meinem Leben einfach die hässliche Wahrheit aussprechen und die Reaktion darauf in Kauf nehmen würde.

Jonah kennt bereits eine meiner hässlicheren Wahrheiten. Also was soll's?

»Ich dachte, ich könnte Sex ohne eine Beziehung haben, ohne Verpflichtungen«, sage ich. »Das habe ich während des Studiums so gemacht, wie alle anderen auch. Vermutlich könnte ich es mit jemand anders wieder machen. Aber du und ich … Das ist keine normale Situation. Nicht nur wegen, du weißt schon, der Fantasie …« Ich schaue mich um, aber in unserer Nähe befinden sich nur wenige Studenten und sie alle tragen entweder Kopfhörer oder sind voll und ganz mit ihrem Handy beschäftigt. »Es ist komplizierter als das.«

»Unser Arrangement ist einfach«, sagt er tonlos. »Wir haben sehr genau besprochen, wie das Ganze ablaufen würde und wie wir damit umzugehen hatten.«

»Es geht nicht um die Logistik.« Ich schaue zu einem blassgrauen Himmel hinauf, wie man ihn immer dann sieht, wenn die Wolken den gesamten Himmel erobert haben. *Die Wahrheit. Sag ihm einfach die Wahrheit.* »Jonah, jedes Mal wenn wir zusammen sind, ist es für mich mehr als Sex. Jedes Mal gebe ich mich dir vollkommen hin. Ich überlasse dir die totale Kontrolle und vertraue dir bedingungslos.«

»Ich habe dieses Vertrauen doch nicht ausgenutzt, oder?«

Ich schüttele den Kopf und antworte: »Nein. Aber verstehst du denn nicht? Ich habe nicht einfach nur Sex mit dir, Jonah. Ich offenbare dir meine *Seele*. Und danach sind wir einander wieder so gut wie fremd. Diese Trennung macht mich fertig, und ich glaube nicht, dass ich das noch länger ertragen kann.«

Trotz all unserer Regeln und Vereinbarungen habe ich angefangen, Gefühle für Jonah zu entwickeln. Ich bin eifersüchtig auf andere Frauen, die er berühren könnte. Ich will nicht nur seinen Körper, sondern auch sein Herz. Und das bedeutet, dass ich zu viel will. Was wiederum bedeutet, dass ich die Sache umgehend beenden muss.

Jonahs graue Augen werden kalt. Die Stahlwand, die er zwischen sich selbst und dem Rest der Welt aufrechterhält, trennt nun auch uns. »Wenn du so empfindest.«

Das tue ich nicht. Ich fühle mich zu diesem Mann immer noch auf eine Art und Weise hingezogen, die ich noch nie zuvor bei jemandem verspürt habe. Solange ich davon ausgegangen bin, dass diese Verbindung rein sexueller Natur ist, habe ich die Macht, die er über mich hat, genossen.

Doch nun will ich mehr von Jonah, und ich habe keine Ahnung, was »mehr« sein könnte. Ich weiß nur, dass es nicht das ist, was wir beide vereinbart haben, als diese Sache mit uns angefangen hat.

Herrgott, ich werde gleich in Tränen ausbrechen. Aber nicht hier draußen auf dem Platz. Nicht vor Jonah. Für diese Art von Ehrlichkeit fehlt mir die Kraft. Ich kann nicht mehr. Also stehe ich auf. »Das hier hat wirklich nichts mit dir zu tun, okay? Du warst … meine ultimative Fantasie. Danke, dass du sie für mich wahr gemacht hast.«

Dann gehe ich davon. Ich drehe mich nicht um. Aber ich höre nicht auf zu hoffen, dass er meinen Namen rufen oder mir hinterherlaufen wird, um meinen Arm zu packen und mich davon abzuhalten, ihn zu verlassen.

Er tut es nicht.

»Geht es dir gut?«, fragt Arturo an diesem Abend, als wir vor unserem Lieblingsimbisswagen herumhängen.

»Sicher.« Ich kratze mit den Schuhen über den Schotter unter der roten Picknickbank. Überall um uns herum essen Leute in Gruppen die besten Fischtacos der Stadt aus kleinen Plastikschälchen. Um zu verhindern, dass die braunen Papierservietten im leichten Wind davonfliegen, haben sie ihre Becher daraufgestellt. Shay ist zu dem Wagen auf der anderen Seite des Platzes gegangen, um uns zum Nachtisch ein paar Churros zu holen. Ganz in der Nähe hüpft ein Stärling auf unseren Tisch zu und legt den Kopf schief. Er scheint zu hoffen, dass wir ein bisschen Essen fallen lassen, das er dann stibitzen kann. Über uns erstrecken sich Lichterketten mit kitschigen bunten Glühbirnen im Stil der Siebziger zwischen den Wagen und dem großen Baum in der Nähe der Straße.

Arturo wirft mir einen Blick zu. »Das war das emotionsloseste ›Sicher‹, das ich seit Langem gehört habe.«

»Es geht mir gut. Wirklich. Ich … habe nur einen schlechten Tag.«

Zweifellos weiß Arturo es besser, aber er weiß auch, wann er es gut sein lassen muss. »Die haben wir alle manchmal. Weißt du, was solche Tage besser macht? Tacos. Also mach dich an die Arbeit, Mädchen.«

»Ich denke, ich würde den heutigen Tag lieber mit Churros versüßen«, erwidere ich, weil ich sehe, wie Shay zurück an unseren Tisch kommt. Doch dann wird mir klar, dass sie keine Churros mitgebracht hat. Sie hat eine Hand auf die Stirn gelegt und geht sehr langsam.

Arturo springt sofort auf und streckt eine Hand aus, um sie zu stützen. »Ist dir schon wieder schwindlig?«

»Ja.« Ihr Lächeln ist schwach und unsicher. »Wisst ihr, ich brauche nicht unbedingt einen Nachtisch. Können wir einfach nach Hause gehen?«

»Natürlich, Schatz«, erwidert Arturo. Ich will ihnen sagen, dass das für mich auch kein Problem ist, doch in diesem Augenblick schaue ich nach unten.

Und ich sehe die roten Blutstropfen auf Shays weißen Tennisschuhen.

»Shay …« Ich stehe auf und stütze sie auf der anderen Seite. »Flipp jetzt nicht aus, aber …«

»Oh mein Gott.« Jetzt hat sie es auch gesehen, und während wir nach unten starren, fällt ein weiterer Blutstropfen auf den Schotter. Und dann noch einer.

»Wir fahren ins Krankenhaus«, sagt Arturo. »Nicht bewegen, okay? Ich komme mit dem Auto bis hierher. Kümmerst du dich so lange um sie, Vivienne?«

»Ja, natürlich, geh!« Als Arturo zum Auto läuft, drücke ich Shays Hand. »Du solltest dich lieber setzen.«

»Es geht mir gut«, sagt sie schwach, als ob nichts Besonderes wäre. Mir wird klar, dass sie kurz vor einem Schock steht. Also lege ich meine Arme um sie und halte sie fest und aufrecht, bis Arturo kommt. Er sitzt bereits im Auto, also bleibe ich mit Shay besser stehen, damit wir sie so schnell wie möglich ins Auto verfrachten und losfahren können. Shays Kopf ruht an meiner Schulter. Ihre Stirn ist kühl und klamm.

Ich habe Angst, zumindest denke ich das, bis ich nach unten schaue und sehe, wie sich der Blutfleck auf ihrem weißen Rock ausbreitet und mit jeder Sekunde größer wird. In diesem Moment wird mir klar, wie viel Angst ich wirklich haben kann.

»Kann Dr. Campbell bitte kommen?«, fleht Shay, als die Krankenpfleger ihre Trage durch den Krankenhausflur schieben. Arturo und ich eilen neben ihnen her. Er ist fest entschlossen, bei ihr zu bleiben, bis sie ihn mit Gewalt von ihr wegreißen, und ich will dabei sein, wenn es so weit ist. »Kommt das Baby?«

»Jeden Moment wird ein Geburtshelfer hier sein«, sagt eine Schwester in gelber Krankenhauskleidung.

»Aber ich will meine eigene Ärztin …« Shays Stimme ist so schwach. Es klingt, als könnte sie jeden Augenblick das Bewusstsein verlieren.

Als sie sie in ein Zimmer bringen und einen Fetalherzmonitor an ihrem Bauch befestigen, greift Arturo nach ihrer Hand. »Alles kommt wieder in Ordnung«, sagt er. »Das muss es einfach.«

Bitte, bete ich zu einem Gott, an den ich zwar glaube, mit dem ich aber selten spreche. *Bitte lass Shay wieder gesund werden. Bitte lass das Baby leben.*

Ich werde in dem Moment nach draußen geschoben, in dem die Gynäkologin in den Raum gerannt kommt. Bevor die Tür zugeht, höre ich Arturo noch rufen: »Dr. Campbell!« Also hatte Shays Ärztin ohnehin gerade Dienst. Vielleicht ist das der Beweis dafür, dass Gott doch seine schützende Hand über das Baby hält. Oder vielleicht ist es auch einfach nur reines Glück. Wie dem auch sei, ich bin froh darüber.

In den nächsten paar Stunden habe ich zwei Aufgaben. Die erste besteht darin, im Wartezimmer zu sitzen und zu versuchen, nicht zu weinen. Die zweite – und weitaus schlimmere – besteht darin, Carmen anzurufen und ihr zu erzählen, was passiert ist. Zehn Minuten nachdem ich aufgelegt habe, trifft Carmen im Krankenhaus ein. Sie trägt die ausgeblichene Jeans und das alte T-Shirt, beides Kleidungsstücke, die sie nur dann anzieht, wenn sie an ihrer Doktorarbeit sitzt. Als sie sich neben mich setzt, umarme ich sie fest. Jetzt können wir nur noch durchhalten und warten.

»Sie denken, dass ich nicht will, dass sie das Baby bekommen, und wenn sie es verlieren …«, flüstert Carmen.

»Sie werden es nicht verlieren. Und du wirst eine tolle Tía Carmen. Warte nur ab. Hey, willst du mir dabei helfen, die Babyparty zu organisieren? Das würde Shay gefallen.«

Carmen nickt langsam. Also fange ich an, von Geschenken und Partyspielen und Cupcakes und allem anderen zu reden, was man für eine Babyparty brauchen könnte. Und ich hoffe, dass das ganze Pink und Gelb und Babyblau die Erinnerung an das rote Blut wegwaschen wird.

Endlich kommt Arturo ins Wartezimmer. Er wirkt erschöpft und blass – aber nicht am Boden zerstört. »Es geht ihr gut.«

»*Dios mío.*« Carmen springt auf und umarmt ihren Bruder. Er erwidert die Umarmung, so fest er kann. »Was ist passiert?«

»Irgendetwas stimmt nicht mit der Plazenta – sie müssen sie unter Beobachtung halten, aber für den Moment ist alles in Ordnung. Shay darf sogar bald schon wieder nach Hause.« Er lächelt schief. »Und dem Baby geht es bestens.«

Carmen fängt noch heftiger an zu weinen, und auch über Arturos Wangen laufen Tränen. Ich mag zwar so etwas wie eine adoptierte Schwester der beiden sein, aber mir ist klar, dass ich mich manchmal einfach zurückziehen und ihnen eine Minute für sich geben muss.

Ich gehe in den Flur und spreche die nächstbeste Krankenschwester an. »Darf Shay Gillespie-Ortiz bereits Besuch empfangen?«

Die Antwort kommt von jemandem direkt hinter mir. »Momentan noch nicht.«

Ich drehe mich um und sehe die Geburtshelferin. Es handelt sich um eine junge Frau in einem langen weißen Arztkittel. Auf ihrem Namensschild steht: Dr. Rosalind Campbell. Sie lächelt, was als Einziges eine Rolle spielen sollte. Aber so ist es nicht.

Ich habe diese Frau schon einmal gesehen. Damals trug sie ebenfalls Weiß. Ich sah sie am Abend der Benefizgala. Zuerst haben wir uns gegenseitig Komplimente über unsere Kleider gemacht – und dann hat sie die Veranstaltung Arm in Arm mit Jonah verlassen.

18

Zuerst kann ich nur denken: *Natürlich* ist sie Ärztin. Rosalind Campbell, die Frau in Jonahs Leben, ist umwerfend schön, hat einen tadellosen Kleidergeschmack, ist freundlich zu Fremden *und* praktizierende Ärztin. Könnte sie nicht wenigstens eine Warze oder so etwas haben?

Aber meine Sorge um Shay und das Baby blendet meine Engherzigkeit schnell aus. »Arturo hat gesagt, dass etwas mit ihrer Plazenta nicht stimmt – ist es was Ernstes? Muss sie im Krankenhaus bleiben?«

Rosalind legt für einen Moment eine Hand auf meine Schulter, während sie mich taktvoll ein Stück vom Patientenbereich wegführt. »Mir ist klar, dass Sie eine enge Freundin sind, aber persönliche Informationen über die Patientin darf ich ausschließlich an Familienmitglieder weitergeben. Wenn Sie allerdings ganz allgemein etwas über die Placenta praevia wissen wollen, kann ich Ihnen erklären, was das bedeutet. Man spricht davon, wenn die Plazenta komplett oder zu einem großen Teil im unteren Bereich der Gebärmutter angesiedelt ist. In der späteren Phase einer Schwangerschaft kann die Plazenta dann gegen die sich ausbreitende Gebärmutter reiben, was wiederum zu Blutungen führen kann. Dieser Zustand kommt in unterschiedlichen Schweregraden vor. Manche Mütter benötigen umgehend einen Kaiserschnitt, andere können wir ambulant überwachen.«

Arturo hat bereits gesagt, dass Shay bald nach Hause darf, also muss es sich in ihrem Fall um die weniger gefährliche Variante handeln. Ich atme erleichtert aus. »Das zu wissen ist sehr hilfreich. Vielen Dank.«

»Gern geschehen«, sagt Rosalind. »Und … verzeihen Sie, aber kenne ich Sie? Ich werde das Gefühl nicht los, dass wir uns schon mal begegnet sind.«

»Ähm. Ja.« *Bis vor Kurzem habe ich noch gewalttätige Sexfantasien mit Ihrem Freund ausgelebt.* »Wir sind uns zufällig bei der Benefizveranstaltung des Zentrums für öffentliches Recht über den Weg gelaufen. Auf der Toilette. Wir haben uns gegenseitig um unsere Kleider beneidet.«

Sofort leuchten Rosalinds Augen auf. »Dieses fantastische Kleid aus grüner Seide. Natürlich! Wussten Sie, dass ich online nach so einem gesucht habe? Bislang allerdings ohne Erfolg.« Sie streckt mir höflich ihre Hand entgegen. »Rosalind Campbell.«

Während wir uns die Hände schütteln, sage ich: »Vivienne Charles.«

Rosalinds Lächeln wird noch breiter, und sie drückt meine Hand ganz leicht und auf seltsam verschwörerische Weise. »Oh, dann sind *Sie* also Jonahs Vivienne.«

Sie weiß, wer ich bin. Sie ist nicht wütend. Sie nennt mich *Jonahs Vivienne*. »Verzeihung?«

»Ich bin diejenige, die ihn sich an jenem Abend als Begleitung gekrallt hat.« Rosalind zuckt mit den Schultern und lächelt. »Ich hoffe, das hat Ihnen nichts ausgemacht. Wie schade, dass wir einander nicht zusammen über den Weg gelaufen sind. Dann hätten wir uns unter weniger stressigen Umständen kennenlernen können.«

Rosalind war Jonahs Begleitung, aber sie weiß, dass Jonah und ich zusammen gewesen sind, und es stört sie nicht, und ich verstehe gerade nicht das Geringste. »Wir müssen reden. Haben Sie eine Minute?«

Obwohl meine Frage Rosalind zu überraschen scheint, nickt sie. »Klar.«

Sie führt mich in ein nahe gelegenes Untersuchungszimmer, das gerade leer steht und auf den nächsten Patienten wartet. Rosalind schließt die Tür hinter uns, und ich setze mich – vielleicht aus Gewohnheit – auf die Untersuchungsliege, während sie auf dem Arztstuhl Platz nimmt. Es sieht so aus, als wäre ich hier, um mich von ihr untersuchen zu lassen.

»Also gut«, sagt Rosalind. »Worum geht es hier? Sie sehen nicht so aus, als wollten Sie mir erzählen, wo Sie Ihr Kleid gekauft haben.«

»Es geht um Jonah …«

»Oh nein.« Sie hebt eine Hand, um meine nächsten Worte abzuwehren. »Ich gebe niemandem Ratschläge in Liebesdingen. Das hat noch nie geholfen.«

»Das meinte ich nicht. Es ist nur … Jonah hat Ihnen offensichtlich von mir erzählt, aber Sie hat er mir gegenüber nie erwähnt. Ich habe Sie nie mit ihm gesehen, bis Sie beide die Benefizveranstaltung zusammen verlassen haben und … Ich schätze, ich verstehe Ihre Beziehung zueinander nicht ganz.«

Sie reißt die Augen auf. »Um Himmels willen, nein! Jonah und ich sind *Freunde*. Das ist alles.«

»Nur Freunde?« Meine Stimme klingt skeptischer, als ich es beabsichtigt hatte. Es fällt mir schwer, mir vorzustellen, dass irgendeine Frau in Jonahs Nähe sein kann und ihm nicht die Klamotten vom Leib reißen will.

Rosalind lächelt wieder. »Ich bin zufällig sehr in eine der besten Köchinnen der Stadt verliebt – und zu meinem Glück ist sie nicht eifersüchtig.«

Köchin. Sie. Tja, das erklärt, warum Rosalind nichts von Jonah will.

»Candace und ich leben nun schon seit über einem Jahr zusammen«, fährt Rosalind fort. »Aber wenn man mit einer Köchin liiert ist, besteht der Nachteil darin, dass sie an mehreren Abenden in der Woche nicht verfügbar ist. Und da sich Babys nicht an Terminpläne halten, sind meine Arbeitszeiten auch recht unvorhersehbar. Deswegen sitze ich an einigen meiner seltenen freien Abende, an denen ich gerne ins Kino oder auf eine Party gehen würde, allein zu Hause. Und manchmal rekrutiere ich dann Jonah, damit er mich begleitet.«

»Verstehe«, sage ich. »Und jetzt komme ich mir ziemlich dämlich vor.«

Rosalind lacht, aber es klingt nicht unfreundlich. »Schon gut. Ich hoffe, ich habe keinen Streit unter Liebenden verursacht.«

»Nicht wirklich.«

Vielleicht sollte ich froh sein. Jonah hat keine feste Freundin. Er hat mich nicht benutzt, um jemanden zu betrügen oder Sex mit jemand anders zu haben oder sonst etwas in der Art.

Aber Jonahs Verhalten ist hier nicht das Problem. Das Problem ist meine Eifersucht.

Der Neid und die Angst, die ich empfunden habe, als ich Jonah und Rosalind zusammen gesehen habe, hat mir eine Wahrheit vor Augen geführt, die ich leugnen wollte: Ich will mehr von Jonah. Mehr als Sex, mehr als diese verdrehte Fantasie, die uns beide gefangen hält. Ich habe keine Ahnung, was »mehr« für uns bedeuten könnte.

Vermutlich nichts. Jonah hat von Anfang an sehr deutlich gemacht, dass er nicht auf der Suche nach einer Romanze ist.

Und es erschreckt mich, dass ich derartige Gefühle für einen Mann hege, der so tut, als würde er mich vergewaltigen.

»Ich bin kein bisschen überrascht, dass er Ihnen noch nichts von mir erzählt, geschweige denn mich Ihnen vorgestellt hat«, sagt Rosalind. »Jonah ist einer der reserviertesten Menschen, denen ich je begegnet bin.«

Ich nicke, denn nun erkenne ich, wie stabil diese Stahlwände um ihn herum tatsächlich sind.

»Wenn Sie dann jetzt beruhigt sind, sollte ich mich wieder an die Arbeit machen.« Sie steht auf und geht zur Tür, doch bevor sie sie öffnet, hält sie noch einmal inne. »Eine Sache noch …«

»… ja?«

»Jonah redet so gut wie nie über sein Privatleben. Aber über Sie hat er gesprochen.«

Mein leichtsinniges Herz schmerzt und erwärmt sich im selben Augenblick. »Was hat er gesagt?«

»Sehr wenig. Ihren Namen, dass Sie jemand sind, mit dem er sich trifft. Tatsächlich hat er erst heute wieder von Ihnen gesprochen, als wir uns für ein schnelles Abendessen verabredet haben. Er war besorgt, er könnte Sie verärgert haben. Das ist alles«, sagt Rosalind. »Und das sind mehr Informationen, als er mir in den vier Jahren, die ich nun schon mit ihm befreundet bin, über irgendeine andere Frau in seinem Leben mitgeteilt hat. Was immer sonst noch vor sich geht – Sie bedeuten ihm sehr viel.« Rosalind schenkt mir ein schiefes Lächeln. »Falls *ich* also der Grund für Ihre Verärgerung war, dann müssen Sie sich keine Sorgen mehr machen, in Ordnung?«

Ich will ihr glauben. Ich will es so sehr. Momentan könnte ich mich dazu bringen, alles zu glauben, wenn es bedeuten würde, dass ich zu Jonah zurückkehren könnte.

»Auf Wiedersehen, Vivienne«, sagt Rosalind nun deutlich lockerer. »Ich bin sicher, wir sehen uns bald wieder, auf die eine oder andere Art.«

Dann ist sie fort, und ich sitze für ein paar lange Minuten im Untersuchungszimmer und verspüre einen Schmerz, den kein Medikament lindern kann.

Sobald ich mich zusammengerissen habe, kehre ich ins Wartezimmer zurück. Arturo und Carmen sind immer noch in Tränen aufgelöst, aber nach ein paar weiteren Umarmungen und einer Menge Taschentüchern geht Arturo zu Shay zurück. Carmen und ich machen uns unterdessen auf den Weg zu einem Notfalleinkauf beim Discounter.

»Sie wird Socken brauchen«, sagt Carmen und schiebt den roten Einkaufswagen in Richtung Damenabteilung. »Weiche, flauschige Socken, damit ihre Füße nicht kalt werden. Und könnten wir ihr ein Umstandsnachthemd kaufen oder muss sie die ganze Zeit über dieses dämliche Krankenhaushemd tragen? Vermutlich, ja. Tja, braucht sie vielleicht Kissen? Vielleicht sind die Kissen im Krankenhaus schlecht. Außerdem mag doch jeder zusätzliche Kissen.«

»Ganz ruhig, okay?« Wenn ich Sie nicht aufhalte, wird sie noch den halben Laden leer kaufen. »Shay hat nur um ein paar Snacks und etwas Neues zum Lesen gebeten. Lass uns das einfach schnell besorgen und zurückfahren, bevor die Besuchszeit vorbei ist.«

Carmen sieht aus, als würde sie jeden Moment wieder zu weinen anfangen. »Ich will mich nur um sie kümmern.«

»Ich weiß. Und Shay weiß das auch, okay?« Ich umarme Carmen kurz.

Sie ist nicht überzeugt. »Ich habe mich ganz schön tief reingeritten.«

»Nun … Ja. Aber das kannst du nicht mit Panikkäufen wiedergutmachen. Wir sollten Shay und Arturo einfach eine Weile lang zuhören und dann auf das eingehen, was sie sagen.«

Schließlich nickt Carmen. »Aber ich finde trotzdem, dass Socken eine gute Idee sind.«

»Ja, das sind sie, nicht wahr?« Also kaufen wir auch noch mehrere Paar Socken.

Unser Besuch bei Shay fällt notgedrungen recht kurz aus. Die Besuchszeit nähert sich dem Ende, und Shay ist eindeutig müde und mitgenommen. Carmen plappert immer weiter von dem Zeug, das wir gekauft haben, während wir die Müsliriegel und Becher mit Apfelmus so platzieren, dass sie alles in Reichweite hat. Arturo hält die ganze Zeit über Shays Hand.

Als ich an diesem Abend nach Hause fahre, muss ich pausenlos daran denken, wie Arturo und Shay sich an den Händen gehalten haben. Heute mussten sich die beiden gemeinsam einer unfassbaren Mischung aus Angst und Schmerz stellen. Arturo hat sich für Shay zusammengerissen, obwohl er selbst kurz vor einer Panikattacke gestanden haben muss. Und später im Krankenzimmer hat Shay sogar in ihrem völlig erschöpften Zustand irgendwie noch die Kraft aufgebracht, auch Arturo zu trösten.

Ihr Alter spielt keine Rolle. Was auch immer Menschen ein Leben lang aneinander bindet – die Art von Liebe, die es einem ermöglicht, zum Wohl eines anderen über sich selbst hinauszuwachsen –, Shay und Arturo haben es.

Und ich? Ich habe komplizierte Gefühle für einen komplizierten Mann. Rosalind sagt, dass ein paar dieser Gefühle erwidert werden könnten – aber Jonah hat ihr lediglich meinen Namen verraten.

Als ich mein Haus durch die Vordertür betrete, stoße ich einen erleichterten Seufzer aus. Selbst die Stille klingt süß. Mein kleines Heim hat sich nie mehr nach einer heimeligen Zuflucht vor dem Rest der Welt angefühlt. Ich sollte die Vorlesungen für nächste Woche vorbereiten, lasse heute Abend jedoch jegliche konstruktive Arbeit außen vor. Meine Nerven liegen blank. Ich werde mir ein T-Shirt und Leggins anziehen, mir zum Abendessen etwas Suppe warm machen und die nächsten paar Stunden zusammengekuschelt auf dem Sofa verbringen, wo ich einmal mehr einen Roman von Agatha Christie verschlingen werde. Vielleicht kann ich dann einschlafen.

Ich schlüpfe in meine Leggins und werfe mir das T-Shirt über, als mir plötzlich klar wird, wie lange ich nicht mehr auf mein Handy geschaut habe. Momentan könnte mir nichts gleichgültiger sein als die Beantwortung von E-Mails, die mit meinem Job zu tun haben – aber ich sollte die Lautlosfunktion wieder abstellen, falls Carmen oder Arturo im Laufe der Nacht anrufen. Also tue ich das und überfliege schnell die eingegangenen Mails, um zu sehen, ob es irgendwas Wichtiges gibt, das ich sofort beantworten sollte.

Und dabei entdecke ich eine Nachricht von Jonah.

Die Betreffzeile lautet lediglich: An meiner Wand.

Was soll das bedeuten? Ich öffne die E-Mail – die eine angehängte Datei enthält –, und die erste Zeile lautet: Sieh es dir an.

Ich kann mir nicht vorstellen, was Jonah mir da geschickt haben könnte. Mein erster Gedanke ist, dass er sein Wort gebrochen hat – dass er uns doch heimlich beim Sex aufgenommen hat –, aber nein. Das würde er nicht tun. Aber was ist es dann? Jonah ist zum Glück nicht der Typ, der Frauen Fotos von seinem besten Stück schickt.

Also klicke ich auf den Anhang und schnappe nach Luft.

Das Foto zeigt eine ansonsten nackte Ziegelwand, an der die Radierung hängt, die ich der Benefizveranstaltung gespendet habe. Sie befindet sich bereits in einem einfachen dunklen Zinnrahmen, der die Linien und Schattierungen der Radierung hervorhebt. Die starken Hände halten zärtlich die kleine Taube – brachiale Kraft, die sich der Sicherheit und dem Schutz eines zerbrechlichen Wesens verschrieben hat.

Mir gefiel die Radierung schon immer. Natürlich, denn ich habe sie ja schließlich erschaffen. Aber sie jetzt in Jonahs Besitz zu sehen berührt mich auf eine Art und Weise, die ich niemals erwartet hätte. Das Bild bedeutet mir nun sogar noch mehr als zuvor – weil es etwas in Jonahs Herz zum Vorschein gebracht hat.

Der Rest von Jonahs E-Mail lautet folgendermaßen:

Das ist mir bei der Auktion direkt ins Auge gefallen. Stell dir vor, wie ich mich gefühlt habe, als ich nach dem Namen des Künstlers gesucht habe und den deinen dort fand. Ich habe ein Gebot abgegeben, das hoch genug war, um alle weiteren potenziellen Bieter abzuschrecken – mit Erfolg, wie man sieht.

Du bist unglaublich talentiert, Vivienne. Diese Seite von dir durfte ich nie sehen. Jedes Mal, wenn ich diese Radierung betrachte, muss ich daran denken, wie viel ich nie über dich erfahren habe.

Ich werde dich nicht bitten, unser Arrangement fortzusetzen. Ich war immer damit einverstanden, dass alles enden würde, sobald du Einhalt gebietest, und ich habe vor, mein Wort zu halten. Du bist sicher vor mir, Vivienne. Das warst du immer.

Solltest du jemals das Bedürfnis haben, mit mir zu reden, weißt du, wie du mich kontaktieren kannst.

Jonah

Wenn ich auch nur ein einziges weiteres Mal mit ihm rede, werden wir wieder von vorne anfangen. Es wird keine Woche dauern, bis er mich wieder in seinem Bann hat. In meinem Kopf flüstert seine raue Stimme: *Beim nächsten Mal werde ich in deinem Mund kommen.*

Das will er nach wie vor. Er denkt immer noch darüber nach. Er kann das hier schreiben, sich dieses zarte Gemälde ansehen und trotzdem davon träumen, eine Frau auf die Knie zu zwingen und ihren Mund zu schänden.

Wie können diese beiden Seiten von ihm nebeneinander existieren? Wie kann ich mich nach Jonah sehnen, während ich weiterhin Angst vor der Dunkelheit in seinem Inneren habe?

Doreen würde jetzt fragen, warum ich überhaupt die E-Mail gelesen habe. Der gesunde Menschenverstand würde das ebenfalls fragen. Ich habe die Sache beendet und dabei meine Würde bewahrt – oder was davon noch übrig ist, nachdem ich zugelassen habe, dass mich Jonah in seinem Auto um den Verstand vögelt. Zwischen uns ist alles geklärt. Niemandes Gefühle wurden verletzt. Es gibt keine weiteren Komplikationen.

Das Beste wäre, ihm nicht zu antworten, weder jetzt noch irgendwann.

Ich klicke auf »Antworten«.

19

Eins meiner Lieblingsrestaurants in der Stadt ist das Elizabeth Street Cafe. Eigentlich bekommt man dort vietnamesische Gerichte, aber es ist viel mehr als nur das. Die Kellnerinnen tragen alle geblümte Baumwollkleider, während sie einem Klassiker wie Pho Ga oder lokale Varianten traditioneller Speisen wie eine Schale Reisnudeln mit einem Ranch Flank Steak servieren.

Man kann dort ausgezeichnet essen. Außerdem gibt es dort Tische im Außenbereich, die recht weit auseinanderstehen. Wenn man also beim Abendessen eine private Unterhaltung führen möchte, bei der niemand mithören sollte, ist dieses Restaurant der ideale Ort.

Deswegen habe ich Jonah gebeten, sich hier mit mir zu treffen.

Ich bin ein wenig zu früh dran, und er kommt ein paar Minuten zu spät. Obwohl wir beide lächeln, als er sich zu mir an den Tisch setzt, fühle ich mich befangen. Ich weiß, wie ich mit diesem Mann zu verhandeln, wie ich mich ihm hingzugeben habe. Nun muss ich herausfinden, wie ich eine ganz normale Unterhaltung mit ihm führen kann. Das könnte sich als der schwierigste Teil herausstellen.

Der kleine Tisch, den ich gewählt habe, befindet sich am hinteren Ende des Außenbereichs, was uns die größtmögliche Privatsphäre ermöglicht. Wir sehen wie ganz normale Gäste aus – wir tragen beide Jeans und langärmelige T-Shirts, meins ist weiß, seins schwarz. Normalerweise weisen Jonahs Wangen ein paar Bartstoppeln auf, aber heute Abend ist er glatt rasiert. Mir wird klar, dass er das für mich getan hat.

»Ich bin froh, dass du mir diese Mail geschrieben hast«, sagt er anstelle einer Begrüßung.

»Geht mir auch so.« Jonahs E-Mail hat die Situation für mich verändert. Ich will ihm das sagen, finde aber nicht die richtigen Worte. Er schweigt ebenfalls, wirkt jedoch vollkommen gelassen und entspannt. Was man von mir nicht behaupten kann.

Das Schweigen breitet sich zwischen uns aus, bis ich es vor lauter Unsicherheit mit einem Lachen versuche. »Gar nicht so leicht zu wissen, wo man anfangen soll.«

»Wir hatten nicht viel Gelegenheit für Small Talk.«

Ich lache erneut, dieses Mal ist es echt, und werde mit einem kleinen Lächeln belohnt. »Nein. Hatten wir nicht.« Okay, irgendwo müssen wir anfangen, also können wir auch gleich zur Sache kommen. »Freut mich, dass dir die Radierung gefällt.«

»Sie ist außergewöhnlich.« Jonah sagt es nicht, als würde er versuchen, sich bei mir einzuschmeicheln. Es klingt eher so, als würde er ein Kunstwerk in einem Museum beschreiben. Als ob es nicht seine Meinung, sondern eine objektive Tatsache wäre. »Es ist … detailgenau. Komplex. Ich kann mir nur vorstellen, wie viele Stunden Arbeit es dich gekostet hat. Und trotzdem fühlt sich das Bild nicht steif oder unpersönlich an. Stattdessen ist es, als ob … als ob du einen ganz bestimmten Moment eingefangen hättest.«

Ich habe schon überschwänglicheres Lob erhalten, auch von Kerlen, die versucht haben, mich ins Bett zu bekommen. Aber nichts davon hat mir mehr geschmeichelt, als Jonahs Worte es gerade getan haben. »Danke«, sage ich und schiebe mir eine lose Haarsträhne hinters Ohr. »Hast du wirklich darauf geboten, bevor du gesehen hast, dass es von mir ist?«

»Genau genommen nicht, denn ich habe das Namensschild

gelesen, bevor ich mein Gebot abgegeben habe. Aber ich hatte vor, darauf zu bieten, sobald ich es vom anderen Ende des Raums aus gesehen hatte.« Selbst in dieser eher ungezwungenen Umgebung bleibt sein Lächeln grimmig. »Ich hätte mein Gebot sogar früher abgegeben, wenn ich nicht erst dich gesehen hätte. Danach war ich … abgelenkt.«

Wir beide vereint, von dem roten Samtvorhang vor der Welt verborgen, Jonah ganz tief in mir – die Erinnerungen lassen mich erröten. Nichts leichter als sich ablenken zu lassen und das nächste Mal zu planen.

Aber das wäre nur ein weiterer Versuch, der harten Wahrheit auszuweichen. Ich sollte es besser einfach loswerden. »An diesem Abend auf der Benefizveranstaltung habe ich dich mit einer Frau gesehen, die ich für deine Begleitung hielt.«

»Was?« Offenbar hat Rosalind nicht mit Jonah über unsere Unterhaltung gesprochen. Sie muss es ernst gemeint haben, als sie sagte, dass sie sich nicht in das Liebesleben ihrer Freunde einmischen würde. »Nein, nein. Ich war mit einer Freundin da.«

»Das ist mir jetzt klar. Selbst als ich sie zum ersten Mal sah, wusste ich, dass sie nicht zwangsläufig jemand sein musste, mit dem du eine romantische Beziehung hast oder an dem du interessiert bist. Es spielte einfach keine Rolle.« Es laut auszusprechen fällt mir unglaublich schwer. »Unsere Abmachung lautete, dass es bei uns nur um Sex geht. Du und ich sollten mehr oder weniger Fremde bleiben. Also hätte es mir egal sein müssen, ob es noch jemand anders in deinem Leben gibt. Ich meine – ich will niemanden hintergehen und ich gebe mich nicht mit Kerlen ab, die ihre Partnerinnen betrügen würden. Aber das war nicht der Aspekt, der mir so unter die Haut gegangen ist. Ich war *eifersüchtig*. Ich wollte nicht, dass sich eine andere Frau in deiner Nähe aufhält. So einfach ist das.«

Jonah schweigt eine ganze Weile lang. Dann sagt er: »Dein Ex war da. Geordie, heißt er so?«

»Ja.« Ich bin überrascht, dass Jonah das weiß. »Zwischen uns läuft nichts mehr. Und das wird es auch nie wieder.«

»Ich weiß. Aber als ich dich in seiner Nähe gesehen habe und wusste, dass er dich gehabt hat – dass er öfter mit dir geschlafen hat als ich, dass er es dir mit seinem Mund besorgt hat und dass du für ihn gekommen bist –, da wollte ich mit der Faust durch die Wand schlagen.«

Das sollte mich bei Weitem nicht so sehr erregen, wie es das tut.

»Normalerweise bin ich nicht der besitzergreifende Typ«, fährt Jonah fort. Obwohl er immer noch ruhig wirkt, kann ich nun die Unsicherheit ganz tief in seinen grauen Augen sehen. »Aber in deinem Fall bin ich eifersüchtig auf jeden, der dich je berührt hat.«

Sollte das ein deutliches Warnsignal sein? Vielleicht. Aber als ich ihn mit Rosalind gesehen habe und noch nicht die Wahrheit über sie kannte, hat es mich wahnsinnig gemacht.

Ich kann Jonah keine irrationale Eifersucht vorwerfen, wenn ich mich selbst nicht davon freisprechen kann.

»Wir haben außerhalb unserer … Spiele nicht viel miteinander geredet«, sagt er. »Wir haben uns beide an die Regeln gehalten. Also sollte ich mich dir nicht nah fühlen. Nicht *so* nah.«

Nach einem langen Augenblick erwidere ich: »Eigentlich weißt du nur eine wichtige Sache über mich. Aber diese *eine Sache*, die du weißt, ist die intimste und privateste Sache, die ich je mit jemandem geteilt habe. Deswegen habe ich gesagt, dass ich dir jedes Mal meine Seele offenbart habe. Deswegen fühlt sich diese Beziehung an wie …«

Wie was? Ich habe keine Worte dafür … Oder ich fürchte mich davor, sie auszusprechen. Vielleicht fürchtet sich Jonah auch. Er sagt nichts, aber er nickt. Ich rede mir ein, dass sein Verständnis ausreicht.

»Du bist die einzige Frau, die je wirklich begriffen hat, was mir diese Fantasie gibt.« Jonah begegnet meinem Blick ruhiger, als ich seinem begegnen konnte. »Ich dachte immer, dass jede Frau, die das begreift …«

»Angst haben würde?«

Jonah nickt wieder, auch wenn ich mir plötzlich sicher bin, dass das absolut nicht das ist, was er sagen wollte. Aber er fährt fort. »Ich denke, wir haben beide ein paar Vermutungen über den anderen angestellt, die nicht den Tatsachen entsprechen. Aber du hast recht. Zu tun, was wir getan haben, zu teilen, was wir geteilt haben – damit haben wir mehr preisgegeben, als wir geplant hatten. Also fühlen wir uns nun stärker aneinander gebunden, als wir es jemals wollten.«

Ich bin an ihn gebunden. Ja. Das ist es. Auch wenn ich mich immer noch frage, was für eine Art Mann Jonah ist – auch wenn mich die Ursprünge seiner Fantasie nach wie vor verwirren und nervös machen –, bin ich tatsächlich an Jonah Marks gebunden.

Und was immer geschehen mag, er ist auch an mich gebunden.

»Wie machen wir jetzt weiter?«, flüstere ich.

Wieder blitzt sein grimmiges Lächeln auf. »Du willst immer noch spielen?«

»Ja.« Ich habe nach wie vor eintausend verbotene, unerfüllte Träume in meinem Kopf. Ich habe noch nie etwas so sehr gewollt.

»Dann müssen wir wieder bei null anfangen.«

»Was bedeutet das?«

Jonahs Lächeln verändert sich und wird zu einem Grinsen. »Ich schätze, wir werden unsere erste Verabredung haben.«

»Erste Verabredung?« Jetzt? Nachdem wir es bereits wie die Tiere miteinander getrieben haben? So absurd es auch sein mag, die Idee verzaubert mich, und mir wird klar, dass ich sein Grinsen erwidere. »Meinst du heute Abend?«

»Nein.« Die Vorstellung scheint ihn regelrecht zu beleidigen. »Wir werden einen ganzen Abend daraus machen. Wir werden uns unterhalten und durch die Stadt spazieren und …«

»Uns wie normale Leute verhalten.«

Er nickt. »Falls wir das können.«

Ich fange an zu lachen. Jonah lacht nicht, aber er lächelt mich an, und ich weiß, dass wir es tatsächlich versuchen werden.

Es ist alles ein herrlicher Spaß, bis man die Entscheidungen, die man im Leben trifft, seiner Seelenklempnerin erklären muss.

»Zu sagen, dass ich diesbezüglich gemischte Gefühle habe«, beginnt Doreen, »wäre eine Untertreibung.«

»Sie sollen kein Urteil über mein Leben fällen. Das tun Therapeuten nicht, richtig? Sie hören zu.«

Doreen wirft mir einen Blick zu. »Hatten wir je eine traditionelle Beziehung zwischen Patientin und Therapeutin?«

»Nein«, räume ich ein.

»Und ich bezweifle, dass wir jetzt damit anfangen werden. Außerdem habe ich Ihnen auch schon zuvor meine Meinung gesagt, wenn Sie sie hören wollten. Wenn Sie sich bezüglich Ihrer Entscheidung nicht unsicher wären, hätten Sie nicht gefragt.«

Sie hat gerade die Blase aus Leichtfertigkeit durchstochen, in der ich seit meinem Gespräch mit Jonah vor zwei Abenden geschwebt bin. Alle Bedenken, die ich hatte – und immer noch habe –, werden mir einmal mehr klar.

»Ich muss zugeben«, sagt sie, »dass ich befürchtet hatte, Ihre Treffen mit Jonah würden sich als zerstörerisch herausstellen, doch das ist nicht der Fall. Die Scham, die Sie wegen Ihrer Vergewaltigungsfantasie mit sich herumgetragen haben, hat sich ein wenig verringert. Sowohl er als auch Sie haben Vorsichtsmaßnahmen getroffen, um Ihre Sicherheit zu gewährleisten. Ich würde sagen, das ist ein Idealfall. Aber Ihnen muss klar sein, was Sie jetzt tun – Sie verschmelzen Ihr Fantasieleben mit Ihrem Gefühlsleben. Und das macht das Ganze etwa tausendmal komplizierter.«

»Was soll daran so anders sein?«, blaffe ich.

»Sagen Sie es mir.«

Ich hasse es, wenn Doreen mich dazu zwingt, meine Fragen selbst zu beantworten. Hauptsächlich deswegen, weil ich die Antworten normalerweise kenne. Aber es sind Antworten, die mir nicht gefallen. Ich druckse für eine Weile auf dem Sofa herum, schiebe die Ärmel meiner weißen Strickjacke hoch und winde meine Füße unter meinen Körper. Aber ich kann die Antwort nicht lange hinauszögern. »Ich frage mich immer noch, was für eine Art Mann derart intensive Fantasien über Vergewaltigungen hat. Wenn wir unsere Spiele spielen, weiß er genau, was mir Angst machen würde. Er weiß, wie er Grausamkeit ausübt. Er hat *sehr viel* darüber nachgedacht.«

»Das sind berechtigte Bedenken.«

»Wie kann ich ihn dafür verurteilen, wenn ich ebenfalls Vergewaltigungsfantasien habe?«

»Sie wissen, warum Sie so darauf fixiert sind. Seinen Grund dafür kennen Sie nicht.«

Ich will Doreen von meinen Theorien über seine Familie erzählen – über seine Wut auf seine Mutter und die Möglichkeit, dass ihm ihr Verhalten ihm gegenüber etwas über Gewalt beigebracht hat. Doch ich schweige. Doreen würde ohnehin nur sagen, dass das lediglich eine Theorie ist, für die es nicht die geringsten Beweise gibt. Und damit hätte sie recht.

»Haben Sie je darüber nachgedacht, Jonah die Wahrheit über Ihre Vergewaltigung zu erzählen?«, fragt Doreen nun sanfter.

»Nein.« Das Wort klingt schärfer als beabsichtigt.

»Abgesehen von Ihrer Mutter und mir haben Sie es immer noch niemandem erzählt, nicht wahr?«

Ich schüttele den Kopf. »Nein, niemandem.«

Jahre nach dem Erlebnis hatte ich einmal versucht, Chloe die Wahrheit über diese Nacht zu erzählen. Aber sie brachte mich zum Schweigen, bevor ich ihr überhaupt die ganze Geschichte schildern konnte. Sie sagte mir, ich sei schon immer eifersüchtig auf sie gewesen, und wollte wissen, ob ich auch versucht hätte, einen ihrer anderen Freunde anzubaggern. Das war nicht unbedingt ein Moment, der in die Ruhmeshalle schwesterlicher Bande eingehen würde. Also weiß Chloe bis heute nichts davon. »Sich weigern, es zu glauben« ist das Gleiche wie »nichts davon wissen«, oder? Für meine Schwester mochte das durchaus gelten.

»Es ist Ihr Geheimnis. Ein Teil Ihres Lebens, den Sie mit anderen teilen oder eben nicht teilen können, ganz wie Sie es für richtig halten. Wenn Sie es nicht wollen, müssen Sie niemals jemandem davon erzählen.« Doreen hat noch nie versucht, in mir Scham hervorzurufen, weil ich über den Vorfall schweige. Und dafür bin ich ihr zutiefst dankbar. Manchmal sehe ich im Fernsehen oder im Internet mutige Vergewaltigungsopfer, die sich tapfer ahnungslosen Kommentatoren oder bösartigen Trollen stellen, um über ihre Erfahrungen zu sprechen. Meiner Bewunderung für sie steht dann stets meine eigene Feigheit gegenüber. »Aber es vor Jonah geheim zu halten«, fährt Doreen fort, »ihm diese Art von Macht zu geben, ohne dass er weiß, wie tief Ihre Wunden sind …«

»Bislang bin ich gut damit zurechtgekommen«, sage ich. Was der Wahrheit entspricht.

Aber bislang haben Jonah und ich »sanftere« Spiele gespielt. Spiele, bei denen ich mir problemlos jederzeit neue Geltung verschaffen konnte. Doch ich will mehr von ihm als das. Ich will, dass er mich fesselt. Ich will, dass er mit mir kämpft und mich besiegt.

Ich will, dass er mich *besitzt*.

Als sich der Sex zwischen Jonah und mir als so verdammt unglaublich herausstellte, dachte ich, dass Anthonys Macht über mich vielleicht endgültig gebrochen wäre. Aber was, wenn ich die Bombe nur noch tiefer in mir vergraben habe? Wenn Jonah und ich uns weiter in meine dunkelsten Fantasien hineingraben, könnten wir näher an die Zündschnur gelangen.

»Ihr Kontakt mit Jonah hat bislang gut funktioniert, weil Sie Grenzen aufgestellt haben«, sagt Doreen. »Aber was passiert ohne diese Grenzen?«

»Ich weiß es nicht«, gebe ich zu, recke dabei aber mein Kinn. »Ich schätze, ich werde es herausfinden.«

»Komm schon«, mault Shay am Donnerstagnachmittag, während Carmen um sie herumwuselt. »Dr. Campbell hat mir Bettruhe verordnet. Ich trage keinen Streckverband.«

»Trotzdem, je näher du alles um dich hast, desto besser.« Carmen tritt einen Schritt zurück, um ihr Werk zu bewundern. Es besteht aus einem Halbkreis aus Fernbedienungen, Zeitschriften und Snacks, und all das um Shays Platz im Bett angeordnet. »Der Akku des iPads ist bei hundert Prozent, aber das Ladegerät liegt hier auf dem Nachttisch, falls du es brauchst. Und hier ist mein Netflix-Passwort! Damit kannst du alle Filme sehen, die du willst. Hättest du gern etwas Ginger Ale? Oder vielleicht lieber etwas Apfelsaft?«

Shay wirft mir einen leicht hilflosen Blick zu, und ich unterdrücke ein Kichern. Zuerst hat Carmen ihr nicht annähernd genug Aufmerksamkeit entgegengebracht, und nun überschüttet sie Shay geradzu damit. Langfristig gesehen ist das wohl gut so, denke ich. Shay kann keinen Zweifel mehr daran hegen, wie wichtig sie Carmen ist. Aber momentan geht Carmen uns beiden auf die Nerven.

Ich packe Carmen an den Schultern. »Viel Spaß mit Netflix«, sage ich. »Und gib uns Bescheid, falls du noch etwas brauchst. Carmen und ich müssen jetzt arbeiten.«

»Aber morgen kommen wir wieder!«, verspricht Carmen. »Sobald unsere letzten Kurse vorbei sind!«

Sieht so aus, als könnte ich es nicht länger hinauszögern. »Ich kann leider nicht.«

Carmen sieht mich so entsetzt an, als hätte ich gerade Bambis Mutter erschossen. Shay lächelt einfach nur. »Hast du eine heiße Verabredung?«

Sie scherzt bloß. Aber warum musste sie sich unbedingt *diesen* Scherz aussuchen? »Nun, ja.«

»Wirklich? Und das hast du uns vorenthalten!« Shay wird zusehends munter. Sie freut sich für mich – und ist vermutlich froh, nicht länger im Mittelpunkt des Interesses zu stehen. »Wer ist der Mann? Jemand, den wir kennen?«

»Tja, du kennst ihn, Shay. Und ich schätze, du könntest ihn auf deiner Party kennengelernt haben, Carmen. Erinnerst du dich an Jonah Marks? Er ist einer der Dozenten für Geowissenschaften.«

Carmen mag derzeit durch Shays Zustand abgelenkt sein, aber dank ihres scharfen Verstands vergisst sie nie auch nur ein einziges Detail. »Der Typ mit den tollen Armen.«

Ich muss lachen. »Die sind ziemlich gut, ja.«

Shay starrt mich unterdessen an, als ob ich plötzlich angefangen hätte, Kisuaheli zu sprechen. »Jonah … Marks«, wiederholt sie. »Derselbe, den ich kenne.«

»Der einzig Wahre.« Wenn ich über ihn spreche, fühle ich mich so schüchtern, als ob ich meine allerersten Verabredung überhaupt hätte. »Weißt du noch, wie ich dir erzählt habe, dass Jonah mir bei meiner Autopanne geholfen hat? Tja, wir haben uns auf der Party ein wenig unterhalten – und dann sind wir einander noch mal auf der Wohltätigkeitsveranstaltung für Geordies Organisation über den Weg gelaufen – und morgen Abend gehen wir zusammen essen.«

Jedes einzelne Wort davon war die Wahrheit. Nur eben nicht die ganze Wahrheit.

»Okay. Wow.« Shay blinzelt und reißt sich dann zusammen. »Ich habe nie viel mit ihm geredet, doch wie ich schon sagte, er ist ein ziemlich toller Boss. Aber er ist so *ruhig*. Er redet kaum ein Wort.«

Ich habe bereits das Gefühl, ihn verteidigen zu müssen. »Er ist kein abweisender Mensch. Nur zurückhaltend.«

»Oh, klar, ganz bestimmt«, sagt Shay und nickt hastig. Sie würde nie schlecht über jemanden reden. Ich kann jetzt schon sagen, dass sie versucht, Jonah mit meinen Augen zu sehen. Zum Glück kann sie das nicht.

»Jonah ist ruhig?«, hakt Carmen nach. »Klingt nicht gerade, als wäre er dein Typ.«

Ich zucke mit den Schultern. »Wie sich herausgestellt hat, haben wir eine Menge gemeinsam.«

Sie werden nie erfahren, was das bedeutet. Nun muss ich herausfinden, ob uns das, was Jonah und ich teilen, zusammenbringen kann oder ob es dazu bestimmt ist, uns zu trennen.

20

Jedes Mal sonst, wenn ich mich für Jonah Marks angezogen habe, bestand meine Hauptsorge darin, ob ich Unterwäsche tragen soll.

Heute Abend habe ich neue Prioritäten.

Er hat mich schon in sämtlichen Outfits gesehen – von Geschäftskleidung, die ich beim Unterricht trage, über billige pinkfarbene Kleider bis bin zu einfachen alten T-Shirts und Jeans. Warum probiere ich also den gesamten Inhalt meines Kleiderschranks an, um für heute Abend das perfekte Outfit zu finden?

Das ergibt keinen Sinn. Und doch tue ich es.

Nachdem ich mindestens zehn mögliche Kombinationen anprobiert und wieder verworfen habe, entscheide ich mich für etwas Einfaches: einen schwarzen Faltenrock, eine weiße Bluse mit Knöpfen und gekrempelten Ärmeln, Ballerinas und eine simple Kette um den Hals. Das Outfit ist lässig und salonfähig, aber nicht zu schick und, nun ja, auch nicht zu sexy.

Ich glaube jedenfalls, dass ich darin ganz gut aussehe. Sonst würde ich es nicht tragen. Aber dieses Outfit betont nicht meine Beine, meinen Hintern, meinen Ausschnitt oder Ähnliches. Das hier wird der erste Abend überhaupt sein, den Jonah und ich zusammen verbringen, ohne dass es dabei ausschließlich um Sex geht. Heute Abend werden wir … reden. Irgendwie fühlt sich das beängstigender an als unser Rollenspiel.

Ausnahmsweise bin ich mal früh dran, was bedeutet, dass ich mir irgendwie die Zeit vertreiben muss, ohne dass es so aussieht, als würde ich warten. Also rufe ich Spotify auf und klicke auf meinen Kanal für zeitgenössischen Jazz. Cassandra Wilson fängt sanft an zu singen, und ihre Stimme gleitet über mich wie flüssiges Karamell. Ich lasse mich auf mein weißes Plüschsofa sinken und atme langsam und tief.

Heute Abend werde ich mich ausnahmsweise nicht fragen, wo das hinführt. Ich werde nicht versuchen, unsere sexuellen Fantasien mit unseren Persönlichkeiten in Einklang zu bringen. Und ich werde meine enorme emotionale Last zu Hause lassen.

Heute Abend werde ich herausfinden, was für eine Art Mensch Jonah Marks wirklich ist.

Wegen der Musik höre ich das heranfahrende Auto nicht, also schrecke ich auf, als die Klingel ertönt. Aber das Lied und meine neue Entschlossenheit beruhigen mich, und ich lächle, als ich die Tür öffne. »Hi.«

Jonah nickt nur. Dieser Mann hält nicht viel von überschwänglichen Begrüßungen. Er lächelt auch nicht, aber seine Stimme ist warm, als er sagt: »Du siehst schön aus.«

»Danke.« *Du auch*, will ich hinzufügen, denn so ist es. Er trägt eine einfache schwarze Hose, die trotzdem seine schlanke Taille und die muskulösen Oberschenkel betont. Das mitternachtsblaue Hemd verleiht seinen grauen Augen eine Farbnuance, die etwas weniger an einen stürmischen Himmel erinnert. Und die schwere Platinuhr an seinem Handgelenk ist das erste Anzeichen von echtem Reichtum, das ich je an ihm gesehen habe. Aber Männer verstehen es nie, wenn man sie als schön bezeichnet.

Ich bemerke, wie er an meiner Schulter vorbeischaut. Vielleicht ist er neugierig darauf, wie ich wohne. Oder er sucht nach einer Möglichkeit, eines Nachts von draußen hereinzukommen. »Also, sollen wir gehen?«, ist alles, was er sagt.

Herrgott, dieser Mann hat mir die Klamotten vom Leib gerissen und wir haben es wie Tiere getrieben, aber plötzlich wissen wir beide nicht, was wir sagen sollen. Ich lache unbeholfen, und als Jonah mich daraufhin verwundert ansieht, erkläre ich: »Ich war sogar beim Abschlussball auf der Junior-Highschool gelassener.«

»Geht mir genau so.« Langsam schleicht sich ein Lächeln auf seine Züge. »Hätte ich eine Ansteckblume mitbringen sollen?«

»Beim nächsten Mal. Komm schon, lass uns gehen.«

Wir gehen in ein Restaurant in der Congress Avenue, das nicht weit von meinem Haus entfernt ist. Die meisten italienischen Restaurants haben sich auf Klassiker wie Spaghetti und Pizza versteift, doch hier liegt der Schwerpunkt auf authentischer norditalienischer Küche: gegrilltes Zitronenhuhn, weiße Käsesorten und leichter, spritziger Soave-Wein. Allein der Duft, der hier in der Luft liegt, ist köstlicher als so ziemlich alles, was ich je gegessen habe.

Das gibt Jonah und mir ein Gesprächsthema – für etwa zwanzig Sekunden. Danach sitzen wir einander am Tisch gegenüber und wissen kaum, was wir sagen sollen.

Was, wenn ich diesen Kerl gar nicht mag?, frage ich mich. *Was, wenn wir abgesehen von unseren verkorksten Fantasien nichts gemeinsam haben?*

Gerade als das Schweigen von unangenehm zu armselig überzugehen droht, fragt Jonah: »Was hat dich dazu bewegt, dieses Bild zu malen? Das auf dem Druck, den ich gekauft habe. Der Mann, der die Taube hält.«

»Ich stelle gerne … Gegensätze dar. Dualität. Also suche ich nach Motiven, die diese Gegensätze zum Ausdruck bringen.«

»Die Stärke der Hände«, sagt Jonah. »Und die Zerbrechlichkeit der Taube.«

»Genau.« Sollte ich das fragen? Ach, was soll's? »Du sagtest, die Radierung habe dich bereits fasziniert, bevor du wusstest, dass sie von mir ist. Warum?«

Jonah schweigt so lange, dass ich mich frage, ob er bezüglich seines Interesses an dem Bild gelogen hat. Aber dann wird mir klar, dass er nicht um eine Antwort verlegen ist, sondern nach den richtigen Worten sucht. »Das Bild strahlt so viel Anspannung aus – man kann die Energie spüren, sogar die in den Muskeln. Also dachte ich, er würde die Taube in seinen Händen gefangen halten. Dass er kurz davorstünde, sie zu verletzen. Aber dann wurde mir bewusst, wie vorsichtig er ist – dass sein Griff sanft ist. Er will den Vogel am Leben halten. Die Zeichnung hat mich überrascht, und dieses Überraschungsmoment hat mir gefallen. Ein einfache Darstellung hat letztendlich mehr bedeutet, als ich zuerst dachte.«

»Wow. Danke.« Das darf man jetzt nicht falsch verstehen – es ist nett, wenn Leute einem sagen, dass sie eine Arbeit für schön oder lebensecht oder was auch immer halten. Aber das beste Kompliment, das man einem Künstler machen kann, ist, ihm zu sagen, dass seine Arbeit einen zum *Nachdenken* angeregt hat.

»Wann hast du mit dem Zeichnen angefangen?«

»Nun – ich habe schon immer gerne gezeichnet. Aber die Arbeit, die du gekauft hast, ist keine Zeichnung. Es ist eine Radierung.«

Jonah hat sich im Laufe der Unterhaltung ein wenig entspannt. Das gilt auch für mich. »Was ist der Unterschied?«, fragt er.

Also fange ich an, ihm alles über Radierungen zu erzählen – über den Vorgang, die Materialien und die geschichtlichen Hintergründe. Er ist aufrichtig interessiert, und mit jeder Minute fällt mir das Reden leichter, und so entwickelt unser gemeinsamer Abend plötzlich eine eigene Dynamik.

Jonah ist nicht sehr gesprächig. Seine Erklärung darüber, warum er meine Radierung mag, bleibt die längste Äußerung, die er während des gesamten Abendessens von sich gibt. Aber er ist ein guter Zuhörer. Statt auf die nächste Anekdote hinzuarbeiten, die er mit mir teilen kann, verhält er sich wie jemand, der ernsthaft mehr über meine Arbeit und auch mehr über mich erfahren will.

Natürlich ist er neugierig, rufe ich mir ins Gedächtnis, als wir das Restaurant verlassen. Anstatt zurück zu seinem Auto zu gehen, schlendern wir Seite an Seite die Congress Avenue entlang. Der Mann ist Wissenschaftler. Neugier ist das, was ihn antreibt.

»Genug über mich«, sage ich schließlich, während der Trubel eines Donnerstagabends um uns herum seinen Lauf nimmt – Studenten, die auf dem Weg in die Bars sind, Geschäfte, die um diese Zeit noch geöffnet haben, um die Laufkundschaft auszunutzen, sowie Gitarrenmusik und Trommeln, die aus jedem Club dröhnen. »Was ist mit dir? Was hat dich dazu bewogen, Erdbeben zu studieren?«

»Und Vulkane«, fügt er hinzu.

»Ganz besonders die Vulkane«, sage ich und werde dafür mit einem kleinen Lächeln belohnt.

»Tja, als ich etwa zehn Jahre alt war, sind meine Mutter und mein Stiefvater mit der ganzen Familie nach Hawaii gereist.«

Stiefvater. Das Wort fällt mir sofort auf. Jonah kann keine Erinnerungen an seinen leiblichen Vater haben, und Carter Hale ist schon seit fast dreißig Jahren mit Jonahs Mutter verheiratet. Die meisten Kinder würden in einer solchen Situation dazu übergehen, ihre Stiefväter Dad zu nennen. Aber Jonah nicht.

»Wie die meisten Touristen auf Hawaii machten auch wir einen Ausflug, um uns die Vulkane anzusehen«, fährt er fort.

»Ich hätte damals nie gedacht, dass man so nah an den Lavafluss herangehen könnte. Als ich es dann sah – dieses vor Hitze orange glühende, reine, flüssige Gestein …« Zu meiner Überraschung grinst er. »Ich war zehn, also fand ich es *total cool*.«

Ich lache laut auf. »Danach hast du dir also dein Studiengebiet ausgesucht? Weil es cool war?«

»Jeder Wissenschaftler, der dir etwas anderes erzählt, lügt. Wenn du dein ganzes Leben damit verbringen wirst, etwas zu studieren, muss es dich begeistern. Vulkane und Erdbeben haben mich als Kind begeistert und tun es immer noch. Selbst nach all den Studien und Dissertationen und Monaten, in denen ich nichts anderes als seismografische Messwerte betrachtet habe. Sie versetzen mich immer noch jedes Mal in Aufregung.«

»Hey, es heißt doch immer, dass es sich nicht wie Arbeit anfühlt, wenn man etwas tut, das man liebt«, sage ich.

»Was absoluter Schwachsinn ist.« Als ich eine Augenbraue hochziehe, schleicht sich ein wenig von der Grimmigkeit, die ich so gut kenne, in sein Lächeln. »Wenn man irgendetwas zwölf Stunden am Stück tut – egal was es ist –, dann fühlt es sich auf jeden Fall wie Arbeit an.«

»Okay, da hast du nicht unrecht«, räume ich lachend ein. »Das Atelier ist mein absoluter Lieblingsort, aber es gibt auch Zeiten, in denen ich das Gefühl habe, dass ich durchdrehen werde, wenn ich dort auch nur noch ein einziges Mal hingehe. Trotzdem würde ich lieber durch meine Kunst verrückt werden als durch irgendetwas anderes.«

Jonah nickt. »Das ist genau das, was ich meine.«

»Du darfst also dein ganzes Leben damit verbringen, Lava hinterherzujagen.«

»Und du verbringst deins damit, Kunst zu erschaffen.«

»Ja und nein«, erwidere ich. »Nach meinem Abschluss hoffe

ich, eine Stelle in einem Museum zu bekommen. Ich möchte alte Radierungen erhalten, wichtige Stücke kuratieren und vielleicht sogar jahrhundertealte Originaldruckplatten benutzen, um neue Drucke anzufertigen.«

Er wirft mir einen skeptischen Blick zu. »Du solltest deine eigenen Werke schaffen und dich nicht damit aufhalten, dich um die von anderen zu kümmern.«

»Das eine schließt das andere nicht aus. Ich werde niemals aufhören, eigene Arbeiten anzufertigen. Doch selbst wenn ich die gesamte Kunstwelt in Staunen versetzen würde, wird es Jahre dauern, bis ich mir meinen Lebensunterhalt allein mit meinen Radierungen verdienen kann – falls das überhaupt je passiert. Also werde ich eine Weile lang einem regulären Beruf nachgehen müssen, vermutlich sogar sehr lange. Sollte ich da etwas Langweiliges machen, das mir Tag für Tag ein wenig mehr von meiner Seele raubt? Oder sollte ich mich stattdessen mit ein paar der großartigsten Radierungen aller Zeiten umgeben und anderen Leuten dabei nahebringen, wie fantastisch sie sind?«

Nach einer Weile nickt Jonah. »Wenn du es so darstellst, verstehe ich, was du meinst.«

Dann streift seine Hand meine. Zuerst denke ich, dass er mich beiseitezieht, als wir an einer Gruppe Studenten vorbeigehen, die betrunken über den Bürgersteig torkeln. Nachdem wir sie passiert haben, passt er jedoch seinen Griff an und verschränkt seine Finger mit meinen.

Jonah Marks hat mich heißer und schmutziger rangenommen als jeder andere Mann, mit dem ich je zusammen war – und trotzdem flattert mein Herz wie das eines kleinen Mädchens, als er zum ersten Mal meine Hand hält.

Eine Weile lang schlendern wir an diversen Läden vorbei, hauptsächlich aus dem Bedürfnis heraus, weiterhin Händchen halten zu können. Cowboystiefel gibt es in jeder Farbe und Größe. Heutzutage tragen Studentinnen in Austin sie häufiger als Rancher. Andere Läden bieten mexikanisches Kunsthandwerk an – dicke gewobene Sarapes, kitschige Wrestlermasken aus rotem und goldenem Satin, Behälter voller Perlen, die wie die Totenschädel des *Día de los Muertes* bemalt sind, und mit Flammen gekrönte Zinnherzen.

»Die heißen *milagros*, richtig?«

»Genau.« In der Mitte des Herzens befindet sich ein emailliertes Abbild der Jungfrau Maria. »Die Flamme symbolisiert den Heiligen Geist, der die Herzen berührt und uns dazu bringt, uns zu verändern.«

Jonah wirft mir einen überraschten Blick zu. »Bist du gläubig?«

»Ich denke, man müsste mich wohl am ehesten als ›hoffnungsvolle Agnostikerin‹ bezeichnen.«

»Ich bin weniger hoffnungsvoll. Aber wenn ich solche Dinge hier sehe – die Gefühle, die damit verbunden sind –, werde ich neidisch auf diesen Glauben. Durch die Augen eines Gläubigen muss die Welt ganz anders aussehen.«

Ich *mag* diesen Mann. Sobald man seine kühle Zurückhaltung einmal durchbrochen hat, ist er … einnehmend. Intelligent. Sogar faszinierend. Er mag reserviert sein, aber es ist durchaus möglich, seine Barrieren zu überwinden. Ich habe gerade erst angefangen herauszufinden, wer Jonah, abgesehen von meinem ultimativen Sexualpartner, sonst noch ist. Nun wird mir klar, dass ich alles erfahren will, was es über ihn zu wissen gibt.

Schließlich machen die Läden nach und nach zu, und Jonah fährt mich das kurze Stück bis nach Hause. Wir sprechen nicht. Ich vermute, dass Jonah dieselben Fragen durch den Kopf gehen wie mir, bei denen es in erster Linie darum geht, wie es auf lange Sicht mit uns weitergeht. Können zwei Menschen, die auf einer sinnlichen Ebene durch eine sehr spezifische Fantasie so eng miteinander verbunden sind, auf irgendeine andere Art Sex miteinander haben? Bin ich bereit, das herauszufinden? Nach allem, was Jonah und ich miteinander erlebt haben, fühlt sich die Vorstellung, uns als die Personen, die wir wirklich sind, zu lieben – und nicht in irgendwelchen Rollen, die wir spielen –, seltsamerweise sehr viel intimer und sogar ein wenig beängstigender an.

Doch als Jonah mich zur Tür bringt, bleibt er plötzlich stehen. »Kommst du nicht mit rein?«, frage ich.

»Nicht bei der ersten Verabredung.« Zu meiner Überraschung lässt er dieses grimmige, wissende Grinsen aufblitzen, das mich ganz schwach werden lässt. »Für was für eine Art Mann hältst du mich?«

Ich drücke seine Hand. »Du hast recht. Wir sollten nichts überstürzen.«

»Das wäre nicht angemessen«, murmelt Jonah, während er mich näher zu sich heranzieht. Er fährt mit zwei Fingern über mein Gesicht und wärmt meine Haut mit seiner Berührung.

»Das gehört sich nicht.«

»Absolut nicht.«

»Aber was ist mit Küssen?« Ich neige den Kopf nach hinten und halte ihm mein Gesicht hin. »Küsst du bei der ersten Verabredung?«

»Normalerweise nicht.« Jonah zieht mich in seine Arme. »Aber manchmal mache ich eine Ausnahme.«

Er schmiegt sich an meine Wange und mein Kinn. Dann drückt er meinen Kopf noch ein wenig weiter zurück, damit er mit den Lippen über meine Kehle fahren kann. Ich atme aus – ein Seufzen, das ihn dazu bringt, mich fester zu packen. Ich streichle mit den Fingern über seinen Hinterkopf. Sein kurzes Haar fühlt sich unter meinen Handflächen weich an. Dann wandere ich weiter über seinen Hals und seinen breiten Rücken. Ich könnte dem Körper dieses Mannes stundenlang huldigen. Die kräftigen Muskeln, die ich unter meinen Händen spüre, vermitteln den Eindruck, als wäre er allein dafür geschaffen, Freude oder Schmerz zu verursachen. Vielleicht beides.

Als Jonahs Mund auf meinen trifft, ist die Berührung federleicht. Mein ganzer Körper reagiert – mir wird heiß, ich werde feucht, ich will mehr. Ich öffne meine Lippen, und er küsst mich erneut. Nur die Spitzen unserer Zungen berühren sich, aber es reicht aus, um mich fast um den Verstand zu bringen.

Doch dann zieht er sich zurück. Seine Arme sinken an meine Seiten, und ich weiß, dass er gleich gehen wird. Das ist alles? Ich will ihn schlagen. Ich will ihn noch einmal küssen. Und doch ist das hier perfekt. Bei unserer ersten Verabredung gehen wir mit dem Gefühl auseinander, dass wir mehr wollen.

Jonahs Stimme ist heiser. »Ich habe den Abend genossen.«

»Ich auch.«

»Also können wir das irgendwann wiederholen?«

»Am besten schon bald.«

Er lächelt, lehnt sich vor und küsst mich sanft auf die Wange. »Gute Nacht, Vivienne.«

»Gute Nacht.«

Ich schließe die Tür erst, als er sein Auto anlässt. Sobald ich sie geschlossen und verriegelt habe, gehe ich buchstäblich zu Boden. Mein Lachen klingt euphorisch. Aus einer erotischen Faszination ist Verliebtheit geworden – und ich finde es wunderbar.

Wie lange ist es her, seit ich mich nach einer Verabredung so gut gefühlt habe?

Das war noch nie der Fall. Es sei denn, man zählt diesen

einen Kuss von dem Austauschschüler aus Barcelona mit. Das hier ist ungefähr tausendmal besser.

Ich strahle immer noch, als ich mich ins Bett lege und das Licht ausmache. Es fühlt sich an, als könnte ich sogar im Schlaf lächeln.

Mein Unterbewusstsein hat andere Pläne.

Jemand klopft an meine Tür. »Ich bin müde«, jammere ich. »Ich will nicht zum Frühstück runterkommen.«

Das Klopfen hört nicht auf. Es wird fester und lauter. Es wird zu einem Hämmern.

»Jonah?« Ich setze mich auf und bin nicht überrascht, mich in meinem Kinderzimmer wiederzufinden. Meine Bettdecke ist mit einer Spitzenbordüre versehen. Das Stofflamm namens Woolly Bully, das ich als kleines Kind geliebt habe, sitzt abgewetzt und grau, aber immer noch bezaubernd auf einem Bücherregal. »Was machst du hier?«

Der nächste Schlag gegen die Tür lässt die Wand erzittern, und ich höre jemanden brüllen: »*Lass mich rein!*«

Das war nicht Jonah.

Ich klettere aus dem Bett. In meiner Eile verheddere ich mich in den Laken und falle zu Boden, also versuche ich, zum Schrank zu kriechen. Wenn ich mich im Schrank verstecke, wird er mich nicht finden …

Die Tür zerbricht, Splitter fliegen gegen die Wand. Ich kauere mich in die hintere Ecke des Schranks. Kleider, die auf Bügeln hängen, schwingen gegen meine Schultern und meinen Kopf, und ich denke: *Bitte nicht, bitte nicht, bitte nicht …*

»Du kannst dich nicht vor mir verstecken«, sagt Anthony, als er auf mich zukommt. Seine Faust schließt sich um mein Handgelenk. Mittlerweile schreie ich, aber niemand kann es hören. Niemand hört mich jemals schreien. »Komm schon. Aufs Bett mit dir. Sei ein braves Mädchen.«

»Das werde ich nicht tun«, kreische ich. »*Ich werde nicht …*«

Dann wache ich in meinem eigenen Bett auf und ringe keuchend nach Luft. Mir wird klar, dass ich durch mein eigenes Schreien geweckt wurde.

21

Nach diesem Albtraum kann ich nicht wieder einschlafen. Gegen sechs Uhr gebe ich auf. Wenn ich schon so früh wach sein muss, kann ich meine Zeit ebenso gut im Atelier verbringen.

Carmen schreibt mir gegen acht eine SMS, angeblich nur, um zu hören, was so los ist. Aber ich weiß, dass sie wissen will, wie mein Abend mit Jonah war. Aus diversen Gründen zögere ich die Antwort hinaus. Aber ich habe bereits zugegeben, dass Jonah ein Teil meines Lebens ist. Außerdem kann ich Carmen vielleicht überreden, Kaffee mitzubringen, wenn sie auf einen Sprung im Atelier vorbeikommt.

»Ein Milchkaffee«, verkündet sie, als sie durch die Tür kommt. »Also raus mit der Sprache. War es eine gute oder eine schlechte Verabredung? Ich schätze, es war keine *großartige* Verabredung, da du hier statt bei ihm zu Hause bist.«

»Ach, komm schon. So schnell geht das doch bei mir normalerweise nie.« Jonah passt nicht in die Gleichung. Er ist ein Sonderfall. »Nur schneller als bei dir.«

»Ich kann nichts dafür, dass ich altmodisch bin.«

Carmen lächelt, während sie das sagt, aber sie meint es nur halb scherzhaft. Sie war während der gesamten Highschoolzeit mit demselben Kerl zusammen und dann in den ersten Jahren am College mit einem anderen, also hat sie so gut wie keine Erfahrungen mit Sex außerhalb fester Beziehungen gemacht. Das lag allerdings nicht an einem Mangel an Gelegenheiten: Carmen erhält von Männern mehr Aufmerksamkeit als jede andere Frau, die ich je gekannt habe. Klug wie sie ist, wäre sie wohl die Erste, die zugeben würde, dass sie kein Supermodel ist. Aber sie strahlt Wärme und Fröhlichkeit aus, und das ist attraktiver als alles andere.

»Raus damit«, sagt sie und setzt sich auf den Zeichentisch in einer Ecke. »Was habt ihr unternommen? Ist es dir gelungen, mehr als zwei Wörter aus ihm herauszubekommen?«

»Wir waren essen. Es hat eine Weile gedauert, bis die Unterhaltung in Gang kam, aber dann lief es gut. Besser als gut. Großartig. Jonah ist nicht kalt und unfreundlich. Er ist reserviert, bis er jemanden besser kennenlernt, das ist alles.«

Nicht wirklich. Hinter Jonahs stiller, dunkler Art steckt noch etwas anderes – etwas, das in Redgrave House in Chicago seinen Ursprung hat. Aber über diesen Teil von Jonahs Leben würde ich niemals reden, selbst wenn ich mehr darüber wüsste. Die problematische Beziehung zu seiner Familie geht mich nichts an und Carmen sogar noch weniger.

»Wer hätte das gedacht? Ich schätze, jeder hat wohl so seine verborgenen Tiefen.« Sie pustet ein wenig von dem Cappuccinoschaum zur Seite. »Wann hast du überhaupt angefangen, dich für ihn zu interessieren?«

Ich bin hin- und hergerissen. Carmen ist meine beste Freundin. Ich lüge sie normalerweise nicht an, abgesehen von gelegentlichen kleinen Schwindeleien wie: *Du siehst gut aus, niemand wird bemerken, dass du Kaffee auf deinen Rock gekleckert hat.* Aber wie könnte ich ihr die ganze Wahrheit über diese Sache erklären? Die einzigen zwei Menschen, die das auch nur ansatzweise verstehen können, sind Doreen und Jonah – und selbst diese beiden kennen nicht die ganze Geschichte.

Schließlich entscheide ich, ganz am Anfang zu beginnen und zu sehen, wie weit ich damit komme. »Tja, du erinnerst dich doch, dass Jonah damals meinen platten Reifen für mich gewechselt hat …«

»Es lebe die Ritterlichkeit!«, jodelt Carmen.

Ich erinnere mich daran, wie Jonah mich auf die Knie gezwungen und geknurrt hat: *Sieh mich an, während du meinen Schwanz lutschst.* Selbst diese kurze Erinnerung reicht aus, um mich ganz heiß zu machen. »Dann war er dank Shay auf deiner Party und …« Vielleicht kann ich so auf die Wahrheit zusteuern. »… nachdem Geordie mich auf der Veranda lächerlich gemacht hat, war ich ziemlich fertig. Dann hat Jonah mit mir geredet. Mich abgelenkt.«

»Oh, klar. Arturo hat gesagt, dass Geordie ein bisschen zu ausführlich über eure Beziehung geplaudert hat. Was hat er gesagt?« Carmen reißt die Augen auf. »Hat Geordie etwa über euer Sexleben geredet?«

Verdammt. Ich dachte, das hätte wirklich jeder auf der Party mitbekommen. Deswegen hatte ich mich ja überhaupt erst am anderen Ende des Gartens versteckt. Als so viele Leute gehört hatten, wie sich Geordie betrunken dafür entschuldigt hat, dass er meine Vergewaltigungsfantasie nicht erfüllen konnte – tja, ich dachte, das wäre die Art von Tratsch, die auf einer Party schneller die Runde machen würde als die Sangria. Ich weiß, dass Arturo es mitbekommen hat. Aber offenbar hat niemand Carmen davon erzählt.

Ich sollte dankbar sein. Stattdessen bin ich verärgert. Wenn ihr damals jemand die Wahrheit erzählt hätte, müsste ich ihr jetzt nicht so viel erklären. »Ja, Geordie wurde sehr persönlich, und mir war das ziemlich peinlich«, sage ich.

Carmen zuckt mit den Schultern. »Ihr beiden wart über sechs Monate zusammen. Es ist ja nicht so, als hätte niemand gewusst, dass ihr miteinander geschlafen habt.«

»Darum geht es nicht. Geordies Bemerkungen waren, ähm, spezifischer Natur.«

»Oh mein Gott. Hat er über deinen Körper geredet? Ich

würde *sterben*, wenn mir so was passieren würde.« Sie wirft mir einen Blick zu. »Glaubst du, dass sich Jonah deswegen für dich interessiert hat? Denn das fände ich irgendwie gruselig.«

Ich kann es ihr nicht erzählen. Ich kann es einfach nicht. Carmen ist meilenweit davon entfernt zu begreifen, wovon ich rede, und ich will keine Brücke über die Kluft zwischen ihrer verhältnismäßigen Unschuld und den kranken Spielen schlagen, denen Jonah und ich uns hingegeben haben. Eine Erklärung erscheint mir unmöglich … oder zumindest unangenehm. »Ganz so ist es nicht«, sage ich und weiche ihrem Blick aus. »Jonah wollte nicht, dass ich mich unwohl fühle. Also haben wir uns, ähm, unterhalten, als wir uns zufällig auf der Wohltätigkeitsveranstaltung über den Weg gelaufen sind. Und jetzt rate mal. Bei der stillen Auktion hat er tatsächlich meine Radierung erstanden.«

»Ist nicht wahr! Wirklich?«

Ich lächle. »Es kommt sogar noch besser. Er hat beschlossen, darauf zu bieten, bevor er überhaupt wusste, dass sie von mir ist.«

Dann reden Carmen und ich locker über die Tatsache, dass Jonah Interesse an meiner Kunst zeigt, und wie cool das ist, und dass es außerdem ziemlich heiß ist, wenn ein Kerl um die ganze Welt fliegt, um Vulkane zu erforschen und so weiter. Ich frage sie, ob sie bei ihrem aktuellen Schwarm weitergekommen ist, aber sie behauptet, zu sehr mit ihrer Arbeit beschäftigt zu sein. Ist sie plötzlich schüchtern geworden? Vielleicht bringt dieser spezielle Kerl ihre verlegene Seite zum Vorschein. Unsere Unterhaltung weitet sich auf andere Themen aus und entfernt sich so immer mehr von der dunklen Wahrheit, die ich lieber nicht erzählen möchte.

Doreens Stimme hallt in meinen Erinnerungen wider. *Schenken Sie den Geheimnissen, die Sie bewahren, Beachtung.*

Sie müssen nicht alles mit jedem teilen – aber manchmal sind die Dinge, die man verbirgt, genau die Dinge, die man am wenigsten in seinem Inneren einsperren sollte.

Das Geheimnis, das Jonah und ich teilen, ist anders. Zweifellos gehört es uns allein.

Carmen hat um zehn Uhr einen Kurs, also macht sie sich bald auf den Weg zum Campus. Sie hat nach wie vor keine Ahnung von meinem verkorksten Sexleben. Ich muss mich bald im Institutsbüro blicken lassen, also sollte ich ihr folgen, aber ich verweile noch ein wenig, denn ich bin rastlos und nicht in der Lage, mich zu konzentrieren.

Stattdessen tigere ich im Atelier auf und ab. In Kürze werden andere Leute hier eintrudeln, aber für ein paar weitere Minuten gehört der Raum nur mir allein. Meine Schritte auf dem Betonboden hallen in dem leeren Raum wider. Die Luft riecht nach Farbe. Ich bin von Zeichentischen, einer Töpferscheibe, Staffeleien, Cuttermessern und Tintenfässern umgeben. Ein paar lange Stangen erstrecken sich vom Boden bis zur Decke – ein letzter verbliebener Hinweis auf die Wendeltreppen, die sich hier befanden, als dies noch eine Lagerhalle war. Schildchen aus Kreppband verkünden, dass dieser Pinsel oder jene Leinwand einem der Künstler gehört, der für die Benutzung des Ateliers bezahlt.

Ich wünschte, das Atelier würde mir gehören. Nur mir.

Dann könnte ich Jonah bitten, sich hier mit mir zu treffen.

Er würde mein Arbeitshemd aufreißen. Meinen Mund mit seiner Hand bedecken. Sich gegen mich drücken, sodass ich die Länge und Härte seiner Erektion an meinem Bauch spüren würde. Ich stelle mir vor, wie er die zerfetzten Reste meines Hemds benutzt, um mich an eine der Stangen zu binden. Dabei zieht er den Stoff so fest, dass ich den Druck fast spüren kann. Mein Atem beschleunigt sich, während ich mir vorstelle, wie er eins der Cuttermesser nimmt und mir damit meine Jeans und meine Unterhose vom Körper schneidet. Dann könnte er meine Beine auseinanderzwingen und …

»Hey!«

Erschrocken wirbele ich herum und entdecke Marvin. Er ist Maler und einer meiner Tutorenkollegen aus dem Kunstinstitut. Außerdem ist er derjenige, der mir damals von diesem Atelier erzählt hat. »Oh! Hi. Wie geht's?«

»Gut.« Marvin wirft mir einen Blick zu, während er seine Umhängetasche an einen der Haken an der Wand hängt. »Bist du okay?«

»Klar! Natürlich.«

»Du wirkst ein bisschen erschöpft, das ist alles.«

»Ich habe bis gerade einfach nur hart gearbeitet.« Wow, selbst wenn ich mir Mühe gegeben hätte, hätte das nicht weniger überzeugend klingen können. Hastig greife ich nach meiner Tasche. »Ich muss los. Soll ich für dich irgendwas im Büro erledigen?«

Marvin schüttelt verwirrt den Kopf. »Nein, alles in Ordnung.«

Mal ehrlich, denke ich, als ich zum Campus fahre. *Ich bin mit Jonah ausgegangen. Ich habe meinen Freunden davon erzählt. Wir beide … normalisieren das Ganze.*

Er ist nicht länger mein geheimnisvoller Liebhaber.

Aber den ganzen Tag über kann ich nicht aufhören, an Jonah zu denken. Doch ich denke nicht an die Unterhaltung, die wir geführt haben, und auch nicht an den zärtlichen Kuss vor meiner Haustür. In meinem Kopf überschlagen sich endlose Fantasien und verdrängen jeden anderen Gedanken, den ich habe. Immer und immer wieder stelle ich mir vor, wie er mich so grob und brutal wie möglich nimmt.

Konzentrier dich!, rufe ich mich selbst zur Ordnung, während ich in der Institutsbesprechung sitze, während ich Essays korrigiere, während ich mich mit Geordie am Telefon über das Geburtstagsessen eines gemeinsames Freundes unterhalte. Doch es hilft nichts. Meine erotische Vorstellungskraft hat meinen Verstand übernommen, und in meinem Kopf ist kein Platz mehr für etwas anderes. Selbst als ich als Gastdozentin in dem Kurs über Renaissanceskulpturen zugegen bin, beschäftige ich mich viel zu lange mit dem Dia von Berninis *Apoll und Daphne*. Es ist fast so, als würde ich ihre Angst, seine Lust und den Anblick ihrer Hände, die sich auf der Suche nach einem Ausweg gen Himmel recken, in mich aufsaugen.

Ich will, dass Jonah mich verfolgt. Mich fängt. Ich will es *jetzt*.

Als ich nach dem Unterricht zurück in mein Büro gehe, vibriert mein Handy in meiner Hand. Ich erwarte, dass Geordie mit der letztendlichen Entscheidung für ein Restaurant zurückruft, also schaue ich ausnahmsweise nicht auf das Display, sondern nehme den Anruf einfach mit einem »Hallo« entgegen.

»Oh. Vivienne.« Chloe klingt bestürzt, dass sie nicht meine Mailbox, sondern mich erreicht hat. Mir geht es ganz ähnlich. »Wie geht es dir?«

»Gut. Und dir?«

»Sehr gut, wie es der Zufall will.« Das »Als ob dich das interessieren würde« bleibt unausgesprochen. »Mom hat beschlossen, den Kleiderschrank im ersten Stock loszuwerden. Du weißt schon, der, der mal Tante Mignon gehört hat. Er würde sich einfach perfekt in meinem Gästezimmer machen. Aber da ich schon die letzten paar Erbstücke bekommen habe, wollte ich dich fragen, ob du Interesse daran hast, denn ich will nicht gierig sein.«

Das klingt großzügig, nicht wahr? Natürlich ist Chloe vollkommen klar, dass ich in einem Haus mit zwei Zimmern wohne, das kaum genug Platz für meine Bücher bietet, geschweige denn für mehr Möbel. »Du solltest ihn bekommen«, sage ich. »Außerdem wird der Schrank dann irgendwann Libby gehören.«

»Natürlich. Gut.« Schweigen macht sich breit. Sie will wissen, wie es mit Thanksgiving aussieht, aber sie will mich nicht fragen.

Ich bin dieses ganze Theater so unglaublich leid – aber wenn ich Libby an Thanksgiving nicht besuche, wie lange wird es dann dauern, bis ich sie wiedersehe? Chloe könnte mich nicht ewig von ihr fernhalten, aber sie könnte dafür sorgen, dass wir uns lange Zeit nicht sehen. Also verkneife ich mir ein Seufzen. »Ich habe vor, über die Feiertage nach Hause zu kommen. An Thanksgiving und an Weihnachten.« Der letzte Teil stimmt nur bedingt. Einen Weihnachtstag mit meiner Familie kann ich ertragen. Aber die gesamten Feiertage? Auf gar keinen Fall.

»Es ist gut zu wissen, für wie viele Leute ich planen muss«, sagt sie affektiert. Doch dann fügt sie mit scheinbar echtem Interesse hinzu: »Ich vermute, du bringst niemanden mit, oder? Bist du immer noch mit diesem reizenden Schotten zusammen?«

»Geordie und ich haben beschlossen, dass wir besser als Freunde funktionieren. Aber ich teile ihm gerne mit, dass du ihn als reizend bezeichnet hast. Das wird ihn freuen.« Geordie und Chloe sind sich nur einmal begegnet, aber sie haben sich auf Anhieb ausgezeichnet verstanden. Was auch kein Wunder ist, schließlich versteht sich Geordie mit fast jedem ausgezeichnet.

»Schade, dass ihr zwei euch getrennt habt. Ich fand, dass er zu dir passte. Und sonst hast du niemanden in Aussicht?«

Ich warte ein bisschen zu lange, bis ich antworte: »Ich bringe an Thanksgiving niemanden mit.« Jonah und ich mögen versuchen, eine normale Beziehung zu führen, aber ich bezweifle, dass er der Typ für Festtagsessen mit der Familie ist.

»Klingt, als gäbe es da eine Geschichte«, meint Chloe, aber sie bohrt nicht weiter nach. Das würde zu sehr an eine bedeutungsvolle Unterhaltung erinnern. »Tja, dann denk dran, uns Bescheid zu geben, an welchem Abend du aus Austin herkommst.«

»Das mache ich. Und grüß Libby von mir.«

»Natürlich.« In ihrer Stimme liegt nicht einmal mehr der Hauch von einem Hinweis darauf, dass sie noch vor Kurzem gedroht hat, Libby für immer von mir fernzuhalten. »Danke, dass du wegen des Kleiderschranks so verständnisvoll bist.«

»Keine Ursache«, sage ich und weiß, dass sie es nicht ernst meint.

Damit habe ich gerade ganze drei Minuten lang nicht an Sex mit Jonah Marks gedacht. Aber eine vierte Minute schaffe ich nicht, denn sobald ich meine E-Mails aufrufe, entdecke ich eine Nachricht von Jonah.

Die Betreffzeile lautet: Vollständige Offenlegung.

Mein Puls schlägt schneller, als ich die E-Mail anklicke. Ich frage mich, ob ich gleich eine Art Geständnis lesen werde – die Wahrheit über Jonahs Fantasie, den dunklen Ort, dem sie entstammt, und all seine inneren Geheimnisse. Die Antwort stellt sich als deutlich nüchterner heraus.

Wir haben gesagt, dass wir diese Informationen austauschen würden. Ich fühle mich seltsam dabei, sie dir nach unserem gemeinsamen Abend zu schicken, aber jetzt brauchst du dieses Wissen mehr denn je.

Ich kann nicht aufhören, daran zu denken, wie du küsst.

Mein Herz macht einen kleinen Überschlag, als ich die letzte Zeile lese. Doch es beruhigt sich sofort wieder, als ich den Anhang öffne und einen Laborbericht sehe. Jonah bestätigt mir, dass er keine sexuell übertragbaren Krankheiten hat.

Ah, moderne Liebe.

Tja, ich habe gefragt. Und jetzt muss ich mir meine eigenen Unterlagen besorgen, damit ich sie ihm ebenfalls schicken kann. Dann können wir die Kondome weglassen. Unsere Fantasien können sogar noch hemmungsloser sein – unsere Szenarien spontaner. Wilder.

Ich erinnere mich an das, was er mir am Abend der Wohltätigkeitsveranstaltung zugeflüstert hat. *Beim nächsten Mal werde ich in deinem Mund kommen.*

Das nächste Mal kann nicht schnell genug kommen.

Manchmal besteht Doreens Aufgabe darin, eine Spielverderberin zu sein. Das bedeutet nicht, dass ich es genieße.

»Sie sind hartnäckig«, sage ich während unserer nächsten Sitzung. »Zuerst sagen Sie: Ohhh, fürchten Sie sich, diese Verabredung wird die schlimmste Verabredung in der Geschichte der Verabredungen sein …«

»Sie wissen sehr genau, dass diese Worte nie meinen Mund verlassen haben.« Aber Doreen lacht.

»Nein, aber ich wette, Sie haben sie gedacht. Stattdessen sind Jonah und ich ausgegangen und hatten eine wirklich schöne Zeit! Er ist klug, Doreen. Er ist … einfühlsam und geduldig und interessant.« Ich ziehe meine Knie an meine Brust heran. »Außerdem hat er einen hervorragenden Kunstgeschmack.«

»Das mit dem Kunstgeschmack glaube ich Ihnen«, sagt sie. Doreen besitzt auch eine meiner Radierungen. Ich habe sie ihr letztes Jahr zu Weihnachten geschenkt. Sie hängt in ihrem Eingangsbereich, und ich gehe jedes Mal daran vorbei, wenn ich eine Sitzung habe. »Was den Rest angeht, muss ich mich wohl auf Ihr Wort verlassen. Ich bin froh zu hören, dass er jemand ist, zu dem sie sich auch auf anderen Ebenen hingezogen fühlen – nicht nur auf der körperlichen.«

Mich mit meinem Triumph zu brüsten macht zu viel Spaß, um es nicht noch weiter auszukosten. »Sie sind froh zu hören, dass Sie falschgelegen haben?«

»Nein, ich bin froh zu hören, dass Sie gerade die ehrlichste sexuelle Beziehung Ihres Lebens erfahren.«

Das lässt mich innehalten. So hatte ich das noch gar nicht gesehen – aber sie hat recht. »Jonah weiß, was ich will. Was ich brauche. Und es ist das, was auch er braucht.«

»Fühlen Sie sich wegen der Fantasie immer noch schuldig? Als ob sie etwas Schlechtes ist, für das Sie sich schämen sollten?«

Ich lausche ein paar Sekunden lang ihrer Uhr, die die Stille mit ihrem langsamen Ticktack betont. »Weniger.«

»Weniger bedeutet Ja.«

»Es bedeutet auch weniger.« Ich verändere meine Position auf dem Sofa, damit ich wie eine Erwachsene aufrecht sitze, anstatt mit umschlungenen Knien dazuhocken wie ein kleines Mädchen auf dem Fußboden im Zimmer ihrer besten Freundin. »Die Fantasie fühlt sich anders an, wenn … wenn man sie teilt.«

»Warum glauben Sie dann, dass Sie trotzdem noch ein wenig Scham verspüren?«

Wir gehen das immer wieder durch. Ich bin es so verdammt leid, diese Frage zu beantworten. »Weil mich etwas Schreckliches anmacht. Etwas Kriminelles. Es gibt Frauen – und auch Männer –, die vergewaltigt werden und danach nie wieder Sex haben wollen. Ich weiß nicht, warum das bei mir nicht der Fall war oder warum es das genaue Gegenteil bewirkt hat. Es ist einfach so, und nun … nun macht mich genau das an, wofür ich Anthony hasse.« Ich muss schwer schlucken. »Wenn ich Anthony dafür hasse, dass er mich vergewaltigt hat, in meinem Kopf aber trotzdem immer wieder all diese Vergewaltigungsfantasien durchspiele – und dann Jonah finde und mich mit ihm auf dieses Arrangement einlasse, das wir getroffen haben –, dann sollte ich mich vielleicht auch hassen. Weil ich es mir selbst antue.«

Das ist das erste Mal, dass ich diese Worte ausgesprochen habe. Das erste Mal, dass ich mir überhaupt gestattet habe, sie zu denken. Doreens endlose geduldige Fragen sind endlich zu mir durchgedrungen und haben mich aufgebrochen.

»Zwischen Ihren Fantasien und dem, was Anthony getan hat, besteht ein gewaltiger Unterschied, denn *er hat Sie vergewaltigt*«, sagt Doreen. »Sie haben Ihren Partner in der Fantasie *gewählt* – ob es nun ein Produkt Ihrer Vorstellungskraft oder ein bereitwilliger Liebhaber wie Jonah ist. Anthony haben Sie nicht gewählt. Er hat Ihnen diese Wahl genommen.«

»Ich weiß. Ich weiß.« Mittlerweile füllen Tränen meine Augen.

Das ist Doreens Stichwort, um mir zu sagen, dass ich mich wegen meiner Fantasien nicht selbst zerfleischen soll, aber heute entscheidet sie sich für eine andere Richtung. »Sie haben Jonah immer noch nicht von Ihrer Vergewaltigung erzählt, oder?«

»Gott, nein.«

»Denken Sie, dass es etwas anderes ist, dieses Geheimnis vor Jonah zu bewahren, als es vor anderen zu bewahren?«

»Jonah ist der letzte Mensch, dem ich das erzählen könnte.«

»Und warum ist das so?«

Die Antwort ist offensichtlich, aber Doreen will, dass ich sie laut ausspreche. Schön, meinetwegen. »Ich habe Angst, dass ihn das erregen könnte.«

Doreen lehnt sich auf ihrem Stuhl zurück. »Vivienne, ich will, dass Sie darüber nachdenken, was das über das Vertrauensverhältnis zwischen Ihnen und Jonah aussagt. Sie haben ihm eine Menge Macht über sich gegeben, und bislang hat er sie nicht ausgenutzt. Aber wie groß kann das Vertrauen sein, wenn Sie Angst davor haben, dass ihn der Bericht über Ihre echte Vergewaltigung erregen könnte?«

Ich habe keine Antwort für sie. Die Uhr tickt weiter und misst die Stille.

Diese Worte der Warnung klingen in meinem Geist nach, aber sie sorgen nicht dafür, dass ich Jonah nicht mehr will.

Nein, ich bin sogar noch erregter als zuvor. So verkorkst bin ich.

Aber Doreen hat mich daran erinnert, dass ich auf einer gewissen Ebene – einer, die tiefer als ein nettes Abendessen oder seine Bewunderung meiner Kunst geht – immer noch ein kleines bisschen Angst vor Jonah Marks habe.

Die Angst ist der Grund dafür, dass es sich so gut anfühlt.

Als ich nach Hause komme, geht gerade die Sonne unter. Sobald ich die Tür hinter mir geschlossen und verriegelt habe, rufe ich Jonah an.

»Geht es dir gut?«, fragt er. Er hält immer noch nicht viel von Begrüßungen.

»Ja, bei mir ist alles klar.«

»Geht es um meine E-Mail von vorhin? Vielleicht kam das ein wenig … unvermittelt.«

»Nein, es ist gut, dass du mir die Unterlagen geschickt hast. Ich bin wirklich froh darüber. Meine Unterlagen wirst du auch bald haben, sobald ich dazu komme, sie einzuscannen.« Ich fahre mir mit einer Hand durchs Haar und laufe rastlos auf und ab. »Hast du heute Abend Zeit?«

»… ich könnte es einrichten.«

»Willst du spielen?«

Er weiß, was ich meine. Die lange Stille, die folgt, und die Heiserkeit seiner Stimme, als er schließlich antwortet, verraten es mir.

»Ja.«

Heute Abend werde ich meine Grenzen austesten.

Ich werde prüfen, wie weit ich Jonah Marks vertrauen kann. Und wie weit ich es nicht kann.

22

Es ist einundzwanzig Uhr fünfundvierzig.

Keikos Töpferwaren – die muss ich wegräumen. Zerbrechliche Gegenstände dürfen hier nicht einfach so herumstehen. Nicht heute Abend. *Was ist mit der Lampe? Wenn ich sie in die Mitte des Tischs schiebe, ist das vermutlich okay.*

Ich habe ein leichtes Abendessen aus Toast und Eiern sowie den Pfirsichen, die ich vor ein paar Tagen gekauft habe, zu mir genommen und danach geduscht. Der Saft der Pfirsiche klebte an meinem Kinn und meinen Fingern, während ich unter dem heißen Wasserstrahl stand und mich mit etwas einseifte, das angeblich »extrem feuchtigkeitsspendend« sein soll. Meine Haut fühlt sich auf jeden Fall weich an und riecht nun ganz leicht nach Lavendel.

Ich frage mich, ob Jonah das überhaupt bemerken wird. Vermutlich nicht. Wenn der heutige Abend nach Plan verläuft, sollte seine Aufmerksamkeit auf andere Dinge gerichtet sein.

»Schließ deine Tür um zweiundzwanzig Uhr auf. Nicht früher. Ich will nicht, dass du etwas Unsicheres tust.«

Er beschützt mich, während er plant, mich zu terrorisieren. Das ist das Paradoxon des Jonah Marks.

Fast alles, was während eines Kampfes zerbrechen könnte, habe ich weggeräumt. Was jetzt? Soll ich das Licht an- oder ausschalten? Er wird mich sehen wollen – und ich will ihn sehen –, aber die Dunkelheit würde meine Angst verstärken. Schließlich dimme ich die Leuchtkraft einer der Stehlampen in der hinteren Ecke meines Wohnzimmers, sodass nur noch ein schwacher Schein bernsteinfarbenen Lichts über meinen Schlafzimmerfußboden fällt.

»Ich sollte dich warnen«, sagte ich. »Wenn ich sage, dass ich mich wehren werde, dann meine ich das auch so.«

Jonahs tiefe Stimme jagte mir einen Schauer über den Rücken. »Wehr dich, so viel du willst. Das wird dir nicht viel nützen.«

Mein Haar ist offen. Make-up aufzulegen wäre albern, aber wenn ich wie an jedem gewöhnlichen Abend ins Bett gehen würde, würde ich wahrscheinlich Aknecreme auf meinem Kinn haben. Das sollte ich lieber lassen. Ich entscheide mich für sauber geschrubbte Haut und einen Lippenpflegestift mit Kirscharoma. Meine Schuhe habe ich alle in den Schrank geräumt, anstatt sie wie üblich in einer Reihe in der Nähe meines Betts stehen zu lassen. Mein Tanktop ist apricotfarben. Beim Ausverkauf im Laden fand ich es noch ganz hübsch, aber es passt eigentlich nicht richtig zu meiner restlichen Garderobe. Ich trage es nun schon seit einer Weile als Schlafkleidung. Meine Brustwarzen schimmern gerade so durch den dünnen gerippten Baumwollstoff.

Dazu trage ich eine einfache Baumwollunterhose. Wenn sie zerrissen wird, dann ist das eben so.

Ich sollte vermutlich ein paar Sachen bei der Heilsarmee ersteigern, damit ich etwas habe, bei dem es mir nichts ausmacht, wenn es zerstört wird.

»Wenn ich um zweiundzwanzig Uhr dreißig noch nicht da bin, hat mich etwas aufgehalten. Verschließ deine Tür und warte auf meinen Anruf.«

Noch fünf Minuten bis zweiundzwanzig Uhr. An der Rückseite meiner Schlafzimmertür habe ich ein paar Haken angebracht, an die ich Gürtel, Schals und ähnliche Accessoires hänge. Ich lasse meine Hand über die Schals wandern und fühle die verschiedenen Stoffe an meiner Haut. Dann schließe ich die Finger um einen blassrosafarbenen Baumwollschal. Dieser Schals ist robust genug, um eine grobe Behandlung auszuhalten. Trotzdem ist er dünn genug, um als behelfsmäßiges Seil zu dienen – falls Jonah das will.

Ich werde es wohl herausfinden.

»Erinnerst du dich an die Regeln, die ich dir genannt habe, als wir angefangen haben? Die Dinge, die ich beim ersten Mal nicht wollte?« Ich legte meine Hand auf meine Brust, als ob ich mit der Berührung mein pochendes Herz beruhigen könnte. »Die kannst du als aufgehoben betrachten.«

»Weniger Grenzen.«

»Mmm-hmm.«

»Gut«, knurrte Jonah.

Jetzt ist es zweiundzwanzig Uhr.

Ich gehe fast nie so früh zu Bett, aber heute Abend geht es darum, optimale Voraussetzungen zu schaffen. Also drapiere ich den rosafarbenen Schal über das Fußende meines Betts – eine leichtsinnige Versuchung – und gehe dann in meine Küche. Mittlerweile kann ich meinen Pulsschlag in meiner Kehle, zwischen meinen Beinen und in meinen Fußsolen spüren.

Langsam schließe ich die Tür auf und schiebe den Riegel zurück. Jetzt könnte jeder hereinkommen.

Ich gehe ins Schlafzimmer und schalte die Lampe auf dem Nachttisch aus. Nun fällt nur noch das schwache Licht aus dem Schlafzimmer über den Boden. Eine Menge Leute lassen nachts so viel Licht an, dass sie sich im Dunkeln zurechtfinden können, wenn es nötig sein sollte.

Nun wird Jonah in der Lage sein, seinen Weg zu mir zu finden.

Jede Sekunde ist köstliche Folter. Ich liege auf der Seite und habe die Decke bis zu den Ohren hochgezogen, als ob ich auch nur ansatzweise so tun könnte, als würde ich schlafen. Tatsächlich war ich noch nie im Leben so wach. Jedes Geräusch wirkt in dieser Stille unnatürlich laut – der Wind, der draußen durch die Bäume weht, das ferne Rumpeln eines Lasters auf der Straße, das leise Knarren in den Wänden, das zu jedem alten Haus dazugehört. Ganz sicher werde ich hören, wie Jonahs Auto vorfährt …

Aber nein. Jonahs Limousine stand schon vor zweiundzwanzig Uhr draußen vor meinem Haus. Das weiß ich so sicher, als ob ich sie selbst gesehen hätte. Zweifellos hat er meine Tür von dem Moment an beobachtet, in dem ich sie aufgeschlossen habe, um sicherzustellen, dass niemand anders versucht, ins Haus zu gelangen.

Ein Knarren aus der Küche kommt mir erst ganz normal vor, bis ich ein weiteres höre. Das sind Schritte. Mein ganzer Körper spannt sich auf die bestmögliche Weise an. Er ist jetzt hier.

Sollte ich aufstehen, um nachzusehen? Um ihn im Eingangsbereich zu überraschen? Nein. Dieses Mal soll er mich im Bett vorfinden.

Ich schließe die Augen.

Die Schritte kommen näher. Er trägt weiche Schuhe oder gar keine, denn er bewegt sich so leise, dass ich es wahrscheinlich gar nicht mitbekommen hätte, wenn diese Situation echt wäre. Mittlerweile rauscht Adrenalin durch meinen Körper und lässt all meine Nervenenden entflammen.

Wenn ich jetzt meine Hand zwischen meine Beine schieben würde, würde ich allein durch den bloßen Kontakt sofort kommen und sie nicht mal bewegen müssen, das schwöre ich.

Jetzt sind die Schritte direkt neben mir. Ich spüre, wie sich das Fußende der Matratze nach unten senkt. Es ist das untrügliche Gefühl von jemandem, der sich aufs Bett setzt. Es fällt mir so schwer, die Augen nicht zu öffnen, so schwer, so zu tun …

Seine Hand legt sich fest auf meinen Mund.

Ich öffne schlagartig die Augen und sehe, wie sich Jonah über mich lehnt. Er trägt schwarz, und sein Gesicht erkenne ich fast nicht wieder. Was ich da sehe, erinnert kaum an einen Menschen. Das ist … ein Raubtier.

»*Nicht schreien*«, zischt er.

Ich schreie nicht.

Ich schlage nach ihm.

Meine Hände schließen sich um sein Handgelenk und zerren es von meinem Mund weg. Gleichzeitig ziehe ich beide Knie an meine Brust heran und trete. Meine Füße treffen mit einem dumpfen Aufprall auf Jonahs Brust und befördern ihn vollständig vom Bett.

Sofort krabbele ich hektisch über die Matratze, als ob ich versuchen würde, an mein Handy zu gelangen, das ein paar Meter entfernt in der Ladestation steht. Doch Jonah packt meinen Fußknöchel und zerrt mich zu sich zurück.

»Du hast mir wehgetan.« Er zieht an einem der Träger meines Tanktops, reißt ihn herunter und entblößt eine meiner Brüste. »Dafür wirst du bezahlen.«

»Nein!« Ich drücke meine Hände fest gegen seine Brust, und der Kampf beginnt.

Keine gebrochenen Knochen. Keine sichtbaren Wunden. Das sind die Regeln, auf die wir uns am Anfang geeinigt haben – dauerhafte Regeln, die keiner von uns jemals brechen wird. Aber das bedeutet nicht, dass wir nicht wie wild kämpfen können.

Ich schiebe ihn erneut weg. Dann schlage ich ihm hart ins Gesicht.

Jonah schlägt sofort zurück. Die Kraft reicht aus, um mich nach hinten gegen die Wand taumeln zu lassen. Den Aufprall zu hören und den stechenden Schmerz an meiner Haut zu spüren erschüttert mich – *das ist so echt, so verdammt echt* –, und zum ersten Mal seit unserer ersten gemeinsamen Nacht im Hotel liegt mir das Safeword auf der Zunge. *Silber*.

Ich spreche es nicht aus.

Stattdessen stürme ich in vollem Angriffsmodus auf ihn los. Das hat Jonah nicht erwartet. Das sehe ich daran, wie er nach hinten stolpert. Wir landen beide auf dem Bett. Ich nutze meinen Schwung, um mich über ihn zu rollen, bis ich an der anderen Seite herunterfalle. Jetzt bin ich frei und – verdammt noch mal, werde ich tatsächlich das Telefon erreichen? Ich bin nicht sicher, was ich dann tun soll …

Doch Jonah hat sich bereits wieder aufgerappelt. Er packt meinen Arm und wirft mich mit aller Kraft aufs Bett. Bevor ich irgendwie ausweichen kann, ist er auf mir und drückt meine Arme mit seinen Knien auf die Matratze. Ich versuche, nach ihm zu treten, aber aus diesem Winkel ist das so gut wie unmöglich. Also winde ich mich und drehe mich hin und her, bis Jonah mit einer Hand meine Kehle umfasst.

Ich halte sofort inne.

»Jetzt wirst du dich benehmen.« Er lacht, und der Laut ist so scharf wie die Klinge eines Springmessers. »Du bist nicht so dumm, wie du aussiehst.«

Würde es ihm gefallen, wenn ich bettle? »Lass mich gehen. Bitte.«

»Warum sollte ich das tun?«

»Du … du kannst mein Handy und meinen Laptop haben. Meine Handtasche auch, und ich habe eine Menge Bargeld in meinem Portemonnaie. Nimm es einfach und verschwinde. Ich werde nicht in der Lage sein, die Polizei zu rufen, weil du mein Handy haben wirst. Also kannst du abhauen.«

»Ich werde keine Probleme haben davonzukommen.« Jonah setzt sich rittlings auf mich. Seine Erektion presst sich deutlich sichtbar gegen den Stoff seiner schwarzen Jogginghose. Ich kann seine Hoden auf meinem Bauch spüren. Sie sind fest und bereit. »Aber du entkommst nicht. Du tust, was ich dir sage.«

»Bitte nicht. Bitte.«

»Wirst du mich höflich bitten?« Jonahs Hände finden meine Brüste. Sie sind nun beide entblößt, und er spielt mit ihnen. Erst drückt er sie fest, dann sanft, dann wieder fest. Er zieht kräftig genug an einer Brustwarze, um mir ein Wimmern zu entlocken.

»Was … was willst …?«

»Ich werde dir ein Angebot machen.« Er lehnt sich vor, und mir wird klar, dass er den Schal gesehen hat, den ich für ihn bereitgelegt habe. »Wenn du mir einen blasen kannst, werde ich ihn dir nicht in deine Möse stecken.«

Beim nächsten Mal werde ich in deinem Mund kommen. Genau das will ich. Aber ich will auch richtigen Sex mit ihm haben.

»Nein«, sage ich. »Das werde ich nicht tun, ich werde nicht …«

Jonah wirft sich so fest auf mich, dass ich aufschreie. Mein Schreck ist echt. »Du *hast nicht zu bestimmen*, was du tun wirst und was nicht. So läuft das hier nicht.«

Ich zittere so heftig. Meine Unterhose ist klitschnass. Ich will meine Beine überkreuzen, nur überkreuzen, weil ich befürchte, dass ich allein schon dadurch kommen könnte, dass ich meine Oberschenkel zusammendrücke.

Trotzdem wehre ich mich weiter. Ich winde mich unter ihm und gebärde mich gerade so wild, um ihm einen Fluch zu entlocken, der nach echter Frustration klingt. Dann schnappt sich Jonah den Schal. Ich erwarte, dass er meine Hände fesselt, doch stattdessen wickelt er den Schal um meinen Hals. Mit einer Hand zieht er das Stück Stoff genau über meiner Luftröhre zusammen, während er mich mit der anderen vom Bett zerrt, bis ich auf den Boden purzele.

Ich drücke mich mit den Füßen von ihm weg, doch Jonah zieht mich zu sich zurück und schlägt mir noch einmal ins Gesicht. Der sehr echte Schmerz treibt mir Tränen in die Augen, verstärkt aber auch den Hunger in meinem Inneren. Sein Griff auf den Schal um meinen Hals wird heftiger.

»Wenn du dich wehrst, binde ich den hier fester«, sagt er. »Bist du fertig?«

Ich nicke besiegt. Nun kann ich nur noch auf dem Boden liegen und auf das warten, was Jonah als Nächstes geplant hat.

Seine Wange ist an der Stelle, wo ich ihn geschlagen habe, gerötet. Mein Gesicht muss ebenfalls rot sein.

Während ich keuchend nach Luft schnappe und sich meine entblößten Brüste mit jedem Atemzug heben und senken, fängt Jonah an, meine Nachttischschublade zu durchwühlen. Zu meinem Erstaunen – und zu meiner Verlegenheit – zieht er meinen Dildo heraus.

Mein einziges Sexspielzeug. Es war ein Geschenk von Geordie. Ein- oder zweimal haben wir versucht, ihn zu benutzen, aber mehr als alles andere hat uns das zum Lachen gebracht. Das Ding hat nun schon monatelang ganz hinten in der Schublade gelegen. »Bekommst du nicht genügend Schwänze ab?«, fragt Jonah, als er den Dildo betrachtet. Die Dicke und Länge des pinkfarbenen Silikons würden die meisten Männer einschüchtern. Doch Jonah stellt dieses Spielzeug in den Schatten. »Tja, heute Nacht wirst du einen echten bekommen. Und du wirst ihn bis zum Anschlag in dich aufnehmen.«

»Bitte«, flehe ich. Er mag es, wenn ich flehe. »Bitte nicht.«

»Ich *sagte*, du wirst es tun.«

In diesem Moment zieht er die Vorderseite seiner schwarzen Jogginghose herunter und entblößt seine Erektion. Sie ragt dunkel und vollkommen steif in meine Richtung und verlangt nach Befriedigung.

Er ist sogar noch erregter als ich. Ich hätte nicht gedacht, dass das möglich wäre.

Jonah zwingt eins meiner Beine nach oben, bis mein Knie fast mein Kinn berührt. Nun ist mein Schritt entblößt. Mit einer Hand greift er nach dem feuchten Stoff meiner Unterhose und zerrt ihn beiseite. Er schiebt zwei Finger in mich, und ich wimmere. Dieses Mal wird er sich nicht mit einem Kondom aufhalten. Dies wird das erste Mal sein, dass er vollständig spürt, wie heiß er mich macht und wie sehr er mich erregt.

»Reicht dir das nicht? Willst du einen Schwanz?«

»Nein …«

»Nein? Du willst keinen? Zu dumm, dass ich mich einen Dreck darum schere, was du willst. Also halt verdammt noch mal die Klappe, bevor ich dir das Maul stopfe.«

Jonah senkt sich über mir nach unten und dringt in mich ein.

»Oh Gott«, flüstere ich gegen den Fußboden, während er anfängt zuzustoßen. Obwohl ich versuche, mich abzustützen, rutsche ich durch seine Bewegungen immer weiter auf dem Boden herum. Meine Beine spreizen sich weiter, als ob das meinen Körper irgendwie auf seine enormen Ausmaße vorbereiten könnte. Doch nichts könnte das bewerkstelligen. »Bitte … bitte …«

»Bitte mehr?« Jonah stößt fester zu, und ich schreie auf. »Oder gefällt dir das Angebot, das ich dir gemacht habe, besser? Bist du schon bereit, mir einen zu blasen?«

»Nein …«

»Dann nimm das hier.«

Jonah fängt an, es mir richtig zu besorgen. In diesem Winkel fällt mir eine anständige Stimulation schwerer, aber die Fantasie ist so gut, dass sie mich den Rest des Weges trägt. Und der

Anblick – die Muskeln an Jonahs Bauch und Becken, die sich mit jedem Stoß bewegen, der Fleck aus dunklem Haar über seinem Schwanz, sein vor Ekstase verzerrtes Gesicht …

Innerhalb von Sekunden keuche ich, und nach zwei Minuten stehe ich kurz vor dem Höhepunkt. Als Jonah sogar noch tiefer in mich hineinstößt, staut sich das Gefühl in mir auf. Es wandert von der Stelle zwischen meinen Beinen zu meinem Herzen und von dort zu meinem Gehirn, und ich kann es nicht zurückhalten. Die Welt dreht sich, stellt sich auf den Kopf, und ich komme. Dabei stöhne ich verzweifelt und klammere mich mit meinem Innersten an Jonahs Schwanz.

Er weiß, was er mit mir gemacht hat – das weiß er immer –, aber er fragt: »Bist du jetzt bereit, mir einen zu blasen? Oder soll ich dich noch weiterficken?«

Ich antworte nicht. Dafür habe ich noch nicht wieder genug Luft in der Lunge. Ich liege benommen und mit offenem Mund auf dem Boden.

»Du willst dich nicht entscheiden«, keucht Jonah. »Dann bekommst du eben beides.«

Als er sich aus mir zurückzieht, erwarte ich, dass er seinen Schwanz sofort in meinen Mund steckt. Stattdessen nimmt Jonah den Dildo und schiebt ihn langsam in mich hinein. Ich bin von meinem Orgasmus noch ganz eng und zucke zusammen, als ich das dicke Silikonspielzeug in mir spüre.

»Willst du, dass ich dieses Ding so richtig heftig an dir benutze? Oder bist du bereit, mir einen zu blasen?«

Ich will beides. Aber ich nicke. Ich bin noch immer benommen und nicht länger in der Lage, mich seinem Willen zu widersetzen.

Jonah rollt mich auf den Rücken, und ich bereite mich auf den Blowjob vor, den er haben will. Ich öffne den Mund und befeuchte meine Lippen mit der Zunge. Aber als er sich rittlings auf meine Brust setzt, rückt er nicht näher an mein Gesicht heran. Stattdessen packt er meine Brüste, drückt sie dicht zusammen und schiebt seinen Schwanz zwischen sie. Er ist von seinem Präejakulat und meinem Orgasmus bereits so feucht, dass bei keinem der Stöße Reibung entsteht.

»Hat je zuvor ein Kerl deine Titten gefickt?« Als ich nicht antworte, keucht Jonah: »Sag es mir!«

»Ja.« Das ist die Wahrheit. Derek und Geordie haben das beide gemacht, allerdings nicht, bis sie zum Orgasmus gekommen sind.

Weil ich sie gebeten habe, nicht auf mir zu kommen. Jonah habe ich ebenfalls darum gebeten, das ist eine Regel, die für immer gilt. Bitte komm nicht auf mir und erinnere mich dadurch an Anthony, bitte, bitte.

»Ja?« Das ist nicht das, was Jonah hören wollte. »Du gibst dich wohl jedem hin, was? Dann wird es langsam Zeit, dass du dich auch mir hingibst.«

Er reibt mit den Daumen über meine Brustwaren und stößt schneller zu. Meine Brüste schmerzen von dem Druck, und ich kann nur die geschwollene Spitze seines Schwanzes sehen, die immer und immer wieder auf mich zukommt.

Jonah hält inne – vielleicht kann er seinen Orgasmus gerade noch so zurückhalten. Dann wiegt er sich sehr langsam vor und zurück. Seine Stimme ist jetzt ein heiseres Flüstern, was sie nur noch beängstigender macht. »Du wirst mir jetzt deine Kehle anbieten. Sag es.«

»Das werde ich.«

Er zieht sich zurück, und für einen Augenblick kann ich nur ganz tief Luft holen, da der Druck auf meinen Oberkörper endlich nachlässt. Meine schmerzenden Arme kribbeln, als sie wieder durchblutet werden.

Dann packt Jonah mein Haar, steht auf und zerrt mich auf

die Knie. Als ich sitze, drückt mein Körpergewicht den Dildo tiefer in mich hinein. Es wird sich anfühlen, als würde ich an zwei Stellen gleichzeitig rangenommen werden.

Zweifellos sieht er, wie ich mich aufgrund des ungewohnten Gefühls zwischen meinen Beinen winde. Sein Lächeln wirkt süffisant – selbstzufrieden –, und ich kann nur denken: *Ich habe mich nicht heftig genug gewehrt.*

Meine Augen verengen sich zu Schlitzen. »Fick dich.«

Er starrt mich an. »*Was* hast du gerade zu mir gesagt?«

»Fick dich. Du hältst dich für so tough – mich zu überraschen, während ich schlafe. Aber das bist du nicht. Du bist nichts als ein Blender. Ich habe keine Ahnung, wie dich irgendjemand ertragen kann, du verdammter Feigling.«

Das reicht aus. Ich kann Jonahs Wut spüren, während er mein Haar packt und daran zieht. »Allein dafür wirst du alles schlucken.«

Er tritt vor, sodass sein glänzender Schwanz direkt vor meinen Lippen schwebt.

Seine Stimme ist kaum mehr als ein Flüstern, aber sie zittert vor Zorn. »Und jetzt mach deinen gottverdammten Mund auf.«

Da er seine Faust in meinen Haaren hat, habe ich keine andere Wahl. Ich öffne den Mund, und Jonah schiebt sich in mich hinein.

Dieses Mal wartet er nicht, sondern fängt direkt an, heftig in meinen Mund zu stoßen. Er hält meinen Kopf mit beiden Händen unerbittlich fest, und ich huste und ringe nach Luft, während er erst mit flachen und dann mit tiefen Stößen immer wieder in meinen Mund eindringt. Mein Körper ruckt mit jedem Stoß vor und zurück, und ich spüre, wie sich der Dildo in mir bewegt. Jonah steht kurz vor dem Höhepunkt – so kurz davor, dass ich seinen Schwanz an meiner Zunge pulsieren fühle.

»Willst du, dass das aufhört?« Er klingt atemlos, hat aber

nach wie vor die vollkommene Kontrolle. »Dann blas meinen Schwanz.«

Ich mache mich ans Werk und gebe mein Bestes. Die Hemmungslosigkeit, mit der ich mich ihm widme – die Art, wie ich den salzigen Geschmack auf meiner Zunge genieße –, hat nichts mehr mit der Fantasie des Zwangs zu tun. Aber Jonah ist zu abgelenkt, um das jetzt noch zu bemerken. Seine Atemzüge werden kürzer und hektischer. Jeder einzelne ist fast ein Stöhnen. Langsam lasse ich meine Hüften spiralförmig kreisen und genieße die Dicke des Dildos in meinem Inneren. Und dann trifft er genau die richtige Stelle …

Oh Gott, ich werde schon wieder kommen.

Also bewege ich mich schneller und wiege mein Becken in genau dem richtigen Rhythmus, während ich fühle, wie die Spitze von Jonahs Schwanz zwischen meinen Lippen anschwillt. Lust durchströmt mich von unten nach oben und wird mit jeder Sekunde intensiver …

Mein zweiter Orgasmus ist nicht so stark wie der erste, aber er ist besser. Langsamer. Er durchläuft mich in Wellen und erobert meinen ganzen Körper mit weiß glühender Ekstase. Ich stöhne um Jonahs Schwanz herum, und die Vibration gibt ihm den Rest. Er schreit auf, und dann kommt er und füllt meinen Mund mit Hitze. Schnell schlucke ich alles herunter, jeden Tropfen, obwohl ich es durch die nachhallende Lust, die immer noch durch meinen Körper zuckt, kaum mitbekomme.

Jonah zieht sich aus mir zurück. Sein Schwanz, der immer noch halb steif ist – baumelt vor meinem Gesicht. Ein dünner Faden Sperma läuft an einer Seite aus meinem Mund, und Jonah fängt ihn mit dem Finger auf. »So«, murmelt er, und schon ist die Szene vorbei.

Er hilft mir aufs Bett und bindet den Schal los. Während ich dort liege und meine kribbelnde Kehle reibe, schiebt Jonah sanft meine Oberschenkel auseinander, zieht den Dildo heraus und richtet meine Unterhose. Dann legt er sich ausgestreckt neben mich und zieht mich an seine Brust.

Wir haben einander nach dem Sex noch nie im Bett im Arm gehalten. Das ist etwas so Einfaches, und doch ist es für uns vollkommen neu. Obwohl wir beide mehr oder weniger angezogen sind, ist dieser Augenblick intimer als alles, was ich je mit einem anderen Liebhaber geteilt habe.

»War das in Ordnung?«, flüstert er an meiner Schläfe.

»Ja. Das war unglaublich. War es für dich auch gut?«

»Jedes Mal.« Jonah küsst meine Wange, dann meinen Mund und scheut sich nicht vor dem Geschmack seines eigenen Samens, wie das manche Männer tun. »Du machst mich jedes Mal komplett fertig.«

Ich bin diejenige, die herumgeschubst, zu Boden geworfen und gefesselt wird. Aber ich bin diejenige, die ihn fertigmacht? Für jeden außerhalb dieses Schlafzimmers würde das keinen Sinn ergeben. Es spielt keine Rolle. Jonah und ich verstehen es.

Er umfasst sanft mein Kinn, dreht mein Gesicht zu sich herum und betrachtet mich sorgfältig. »Ich habe dich doch nicht zu fest geschlagen, oder?«

»Nein. Es war genau richtig.« Ich lehne mich weit genug zurück, um ihm einen Blick zuzuwerfen. »Irgendwann einmal will ich noch viel heftiger mit dir kämpfen.«

»Oh ja.« Die schelmische Vorfreude in Jonahs Lächeln lässt sich nicht mit Worten beschreiben. »Vielleicht an einem Abend, an dem wir am nächsten Morgen nicht auf dem Campus sein müssen.«

»Das würde gehen.«

Die Benommenheit nach dem Orgasmus hat angefangen, Besitz von mir zu ergreifen. Wenn ich nur einmal komme, kann ich noch eine ganze Weile lang wach bleiben – aber nach dem zweiten Höhepunkt macht sich die Müdigkeit schnell bemerkbar. Ich gähne an Jonahs Brust, und er drückt mich fester an sich.

»Willst du, dass ich bleibe?«, fragt er.

Das würden die meisten Leute in dieser Situation machen. Wir gehen zusammen aus. Wir hatten gerade Sex. Wir liegen erschöpft und zutiefst befriedigt in meinem Bett. Was wäre natürlicher als seine Frage, ob er die Nacht hier verbringen kann?

Und doch kann ich das nicht.

»Dieses Mal nicht.« Ich stütze mich auf einen Ellbogen. »Hiernach … hiernach geht das einfach nicht.«

Jonah ist enttäuscht, das ist offensichtlich, aber er nimmt es gelassen hin. »Das verstehe ich. Es wird eine Weile dauern, bis wir … bis wir beide Seiten unserer Beziehung in Einklang gebracht haben.«

»Genau.« Ich fühle mich erleichterter, als ich es sollte. »Macht es dir wirklich nichts aus?«

Er schüttelt den Kopf und schaut zu mir hinunter. »Du hast mir so viel Vertrauen entgegengebracht, Vivienne. Mehr als jede andere Frau es je getan hat. Du entscheidet, wie viel Zeit du in dieser Angelegenheit brauchst. Immer. In Ordnung?«

»In Ordnung.« Und in diesem Augenblick mag ich Jonah so sehr, dass ich ihn beinahe bitte, doch zu bleiben.

Aber ich tu es nicht.

Er lässt die Tür ins Schloss fallen, und ich höre sein Auto davonfahren, während mich unermesslich tiefer Schlaf überkommt.

23

Vielleicht ist es keine große Sache, dass ich Jonah nicht gebeten habe, nach der ersten Nacht, die wir in meinem Haus Sex hatten, zu bleiben. Aber die Tatsache, dass es das erste Mal war, seit wir einander eingestanden haben, dass wir uns etwas bedeuten könnten – seit mir klar geworden ist, dass Jonah ein Mann ist, für den ich sehr viel empfinden könnte …

Das fühlt sich wichtig an.

Normalerweise wäre das ein Gedanke, den ich mit Doreen teilen würde. Vielleicht mache ich das am Montag. Aber ich weiß jetzt schon, wohin das führen wird. Doreen wird mir eine Menge wichtiger Fragen stellen, die mir klarmachen sollen, was ich bereits weiß: Wenn ich eine ernsthafte Beziehung mit Jonah haben will – eine ehrliche Beziehung –, muss ich ihm die ganze Wahrheit über meine Vergewaltigungsfantasie erzählen. Ich muss ihm erklären, was für eine extreme Fixierung sie für mich darstellt, wie schmutzig ich mich deswegen manchmal fühle, und am schlimmsten von allem, was mit Anthony passiert ist.

Ich bin noch nicht bereit, über irgendetwas davon zu reden. Ich denke nicht, dass ich jemals bereit sein werde, über Anthony zu reden.

Also muss ich diese Last vorerst mit mir herumtragen und hoffen, dass Jonah nicht zu sehr gekränkt war, als ich ihn gebeten habe zu gehen.

Das wird er vermutlich auch nicht sein. Ich habe das Gefühl, dass Jonah hin und wieder ganz gerne vor verschlossenen Türen steht, weil es ihm Freude bereitet, sie aufzutreten.

Als ich mein Auto am nächsten Morgen in der Nähe des Campus abstelle und wie üblich einen Blick auf mein Telefon werfe, bevor ich aussteige, entdecke ich eine SMS von Jonah: Ruf mich an, sobald du Gelegenheit dazu hast.

Anstatt in mein Büro zu gehen, setze ich mich auf die nächstbeste Metallbank. Ich finde es immer noch seltsam, Jonah in meiner Kontaktliste zu haben. Die Vorstellung, dass er ein Kerl ist, den ich mitten am Tag anrufe wie jede andere wichtige Person in meinem Leben, ist gewöhnungsbedürftig.

Jonah geht sofort dran. »Vivienne.«

Immer noch keine Begrüßung. »Ja. Was ist los?«

»Ich habe einen Anruf erhalten und wurde gebeten, als Berater vor Ort auf einer Hochseeölbohrplattform im Nordatlantik vor der schottischen Küste zu fungieren.«

»Wow. So was macht man persönlich?«

»Nicht zwangsläufig. Aber sie haben angeboten, mich dort rauszufliegen, und Schottland gehört zu den Orten, die ich besuche, wann immer ich kann. Ich werde heute Abend abreisen.«

Jonah geht wieder fort. Ich bin froh, dass er mir Bescheid gegeben hat. Der Gedanke, ohne ihn zu sein, selbst wenn es nur ein paar Tage sind, versetzt mir einen Stich. Und trotzdem bin ich ein wenig erschrocken, dass ich ihn bereits die ganze Zeit über um mich haben will. »Danke, dass du mir Bescheid sagst. Wie lange wirst du weg sein?«

»Etwa anderthalb Wochen. Meinst du, du könntest frei bekommen?«

»Moment. Was?«

»Ich habe gefragt, ob du gerne mit mir kommen würdest.«

»Nach *Schottland*?«

»Auf eine Insel direkt vor der Küste der Highlands.« Jonah tut so, als hätte er mich gerade ins Kino eingeladen. »Mir ist klar, dass du ein paar Tage brauchen würdest, um alles zu organisieren und dich mir anzuschließen – und ich werde arbeiten –, aber wir hätten ein wenig Zeit für uns, weit weg von alldem hier.«

Ich weiß nicht, was ich sagen soll. »Tut mir leid, du hast mich überrascht. Ernsthaft, du willst, dass ich mich in ein paar Tagen auf der anderen Seite des Atlantiks mit dir treffe?«

»Auf der Isle of Skye. Das ist ein wunderschöner Ort, Vivienne. Rau und wild. Nicht jeder weiß diese Gegend zu schätzen, aber ich vermute, du schon.«

»Aber … ein Transatlantikflug …«

»Das übernehme ich«, sagt Jonah. »Ich habe die nötigen Flugmeilen.«

Die solltest du nicht für mich verschwenden, sage ich beinahe. Doch dann fällt mir wieder dieser eine Zeitungsartikel über seine Familie ein, den ich gelesen habe. Sein Vater war einer der Gründer von *Oceanic Airlines*. Jonah ist nicht nur reich, er kann vermutlich auch Freiflüge für sich oder seine Freunde organisieren, wann immer er will.

Dadurch wirkt seine Einladung deutlich weniger protzig. Trotzdem ist das für uns beide ein großer Schritt.

Ich lache überrascht auf. »Du weißt wirklich, wie man bei der zweiten Verabredung noch eins draufsetzt.«

»Mir ist klar, dass das ungewöhnlich ist. Aber ich wollte es nicht versäumen zu fragen.«

Das Ganze ist natürlich unmöglich. Ich muss einen Kurs unterrichten, ich muss eine Dissertation schreiben, ich muss mich um Shay kümmern …

Aber ein unbekümmertes Flüstern in meinem Kopf antwortet: *Du hast schon bei so vielen Gelegenheiten sowohl Marvin als auch Keiko beim Unterricht vertreten. Sie schulden dir eine ganze Menge. Und deine Dissertation solltest du ohnehin bald mal deinem Promotionsbetreuer geben, damit er einen vorläufigen Blick darauf werfen kann. Shays Baby kommt erst in einem knappen Monat zur Welt. Arturo und Carmen kümmern sich gut um sie … und Rosalind auch …*

Und irgendwie sage ich plötzlich: »Lass mich mal sehen, ob ich ein paar Termine verschieben kann.«

»Dann kommst du also mit?« Jonah klingt überrascht, aber auf positive Weise.

»Wenn ich es einrichten kann.«

In seiner Stimme liegt eine wissende, arrogante Sicherheit, die mich wütend machen sollte. Stattdessen bringt sie meinen ganzen Körper zum Kribbeln. »Das kannst du.«

»Wir werden sehen!«

Fünf Minuten später betrete ich das Institutsbüro. Kip wirft mir von seinem Computer aus einen Blick mit hochgezogener Augenbraue zu. »Sieh an, sieh an. Wie ich höre, machst du in letzter Zeit die Stadt unsicher.«

»Wie bitte?«

»Ein Freund von mir, der in der Gegend als Kellner arbeitet, hat dich und Jonah Marks am Wochenende über die Congress Avenue schlendern sehen. Ihr habt wohl wie zwei Turteltauben gewirkt, zumindest für Marks' Verhältnisse, was bedeutet, dass er deine Anwesenheit zu schätzen wusste.«

Hat er überall Spione? Der »Campus-Sauron«-Vergleich fühlt sich langsam ein bisschen zu treffend an. »Ja, wir waren zusammen essen.«

»Wenn er dich gut behandelt, ziehe ich meine früheren Einwände zurück«, sagt Kip, während er so schnell etwas tippt, dass seine orangefarbenen Fingernägel förmlich über die Computertastatur fliegen. »Aber du sollst wissen, dass er es bereuen wird, wenn er dir das Herz bricht.«

Von jedem anderen hätte das wie verbales Säbelrasseln geklungen – die Drohung irgendeines Kerls, Jonah bewusstlos zu schlagen, obwohl derjenige sehr gut weiß, dass dieser Kampf niemals stattfinden wird. Aber bei Kip? Bei Kip bedeutet das, dass sich Jonah ganz schnell in einem kleineren Büro wiederfinden könnte, nicht mehr auf dem Campus parken dürfte und weiß der Himmel, was noch alles. Könnte Kip Jonahs Chance auf eine Anstellung auf Lebenszeit gefährden? Ich würde es ihm durchaus zutrauen. »Hey. Jonah war toll, okay? Es besteht kein Grund, in den Vernichtungsmodus zu wechseln.«

»Noch nicht«, erwidert Kip genüsslich. »Er bleibt unter Beobachtung. Führt er dich bald wieder aus? Ich werde euch im Auge behalten.«

Memo an mich: Ich darf für unsere »Spiele« niemals einen Ort wählen, an dem ich Kip über den Weg laufen könnte. »Tatsächlich will er mich nach Schottland mitnehmen. Kannst du mir dabei helfen, nächste Woche freizubekommen?«

Ich hätte wirklich mein Handy zücken sollen, bevor ich das gesagt habe, denn der Ausdruck auf Kips Gesicht hätte das beste Vine-Video aller Zeiten abgegeben.

»Moment. Jetzt mal langsam.« Kip klammert sich am Tisch fest, als hätte er Angst umzufallen. »Hast du gesagt, er will dich nach *Schottland* mitnehmen?«

»Er reist heute Abend ab, aber er will, dass ich dort in ein paar Tagen zu ihm stoße. Ich könnte vermutlich am Samstag losfliegen, falls ich jemanden finde, der meine Kurse Anfang nächster Woche für mich übernimmt. Aber die Institutsbesprechung abzusagen und eine Möglichkeit zu finden, meinen Termin bei Dr. McFadden zu verschieben …«

»Du meinst das Schottland, das auf einem anderen Kontinent liegt, auf der anderen Seite des Ozeans?« Kip macht nicht den Eindruck, als würde er sich in absehbarer Zeit von dem Schock erholen.

Ich zucke mit den Schultern. »Mir ist schon klar, dass das für eine zweite Verabredung ein wenig extravagant ist.«

Kip ist einer der wenigen Menschen, die begreifen könnten, dass Jonah und ich eine Verbindung haben, die schon sehr viel länger zurückreicht als bis zu unserem Abend auf der Congress Avenue. Aber er ist zu verblüfft, um es zu bemerken. »Ein wenig? Er will dich in ein fremdes Land entführen, um dir bezaubernde Orte zu zeigen und hemmungslosen Urlaubssex mit dir zu haben …«

Jonah und ich brauchen keinen Urlaub, um hemmungslos zu sein. Ich muss lächeln. »Er reist dorthin, um zu arbeiten, also werde ich vermutlich die meiste Zeit über allein sein. Trotzdem würde ich gerne dorthin fliegen. Kannst du mir dabei helfen?«

»Natürlich kann ich das, Süße. Gib mir nur einen Moment.« Er massiert seinen Nasenrücken und holt ein paarmal tief Luft, als würde er versuchen, nicht in Ohnmacht zu fallen. »Mein Gott. Du hast dir den am schwersten zu fassenden Mann in ganz Texas geschnappt. Den Unbezähmbaren gezähmt. Das ist so, als würde ich mit einem Großwildjäger reden, der den Yeti erledigt hat.«

»Er ist nicht der Yeti!« Mittlerweile lache ich laut.

»Dann ist er George Clooney, und du bist Austins Antwort auf Amal Alamuddin. Aber … das ist ein großer Schritt für euch beide. Er ist doch nicht zu groß, oder?«

»Was meinst du damit? Es ist doch nur ein kurzer Urlaub – der eben ein wenig weiter weg stattfindet als üblich.«

»Manchmal entpuppt sich etwas, das wie Großzügigkeit aussieht, als reine Kontrolle.« Kip redet nun leiser, und etwas in seinem Tonfall verrät mir, dass er aus Erfahrung spricht. Er hat schon mal Andeutungen gemacht, dass es in seiner Vergangenheit eine bedeutsame Liebesaffäre gab, die ein schlechtes Ende genommen hat, aber dies ist das erste Mal, dass er so ins Detail geht. »Du denkst, dass du von dieser romantischen Beziehung mitgerissen wirst, aber in Wahrheit geht es darum, dich von deinem eigenen Leben zu trennen.«

Das trifft in diesem Fall absolut nicht zu, will ich sagen – aber ich kann nicht leugnen, dass Jonah gern die Kontrolle innehat. Ich habe mich schon gefragt, ob die Veränderung unserer Beziehung das Gefühl von Gefahr, das uns beide erregt, verschwinden lassen könnte. Vielleicht hätte ich mich lieber fragen sollen, ob die Gefahr stattdessen echt werden könnte.

Mit Jonah zusammen zu sein stellt ein Risiko dar. Das ist von Anfang an so gewesen. Irgendwann werde ich vielleicht davor zurückschrecken – aber nicht heute.

»Du überreagierst«, sage ich. »Das ist ein Ausflug. Nur ein Ausflug, und zwar einer, den ich liebend gerne unternehmen würde. Komm schon, Kip, lass deine magischen Kräfte wirken.«

Kip schüttelt den Kopf, als ob er ihn auf diese Weise freibekommen will. »Weißt du was, Liebes? Dafür gehe ich sogar in vollen Dumbledore-Modus.«

Es ist nicht weiter überraschend, dass sich kurz darauf alles fügt, genau wie Kip es versprochen hat. Noch an diesem Tag kann ich Jonah per E-Mail schreiben: Ich hoffe, deine Einladung war ernst gemeint, denn ich komme mit.

Und deshalb verbringe ich den Samstagabend schließlich in neuntausend Metern Höhe in einem Flugzeug, das sich zwischen dem Meer und dem Mond bewegt.

Bislang habe ich bei Flugreisen immer in der zweiten Klasse gesessen, also fühlt sich die erste Klasse unwirklich an – eher wie eine Szene aus *Inception* statt wie das echte Leben. Flugbegleiter und Passagiere sprechen mit gedämpften Stimmen, während wir uns auf großen cremefarbenen Sitzen zurücklehnen, die sich in perfekte flache Betten umwandeln lassen. Gratischampagner wird serviert, sobald jemand auch nur eine Hand hebt. Wir bekommen Decken, die weicher als die in meinem Bett zu Hause sind, und Schlafmasken, die sich wie Seide anfühlen. Obwohl ein Transatlantikflug bereits eine lange Reise ist, fühlt es sich auf diese Weise sogar noch gewagter an – als würde man in eine andere Welt reisen.

Ich stürze mich ins Unbekannte und vertraue darauf, dass Jonah mich auffängt.

Durch den Jetlag ist meine Ankunft in Schottland kaum mehr als ein verschwommenes Bild. Das Gleiche gilt für den Fahrer, der mich in die Highlands bringt. Von dort geht es weiter auf eine Fähre und über das Wasser nach Skye. Irgendwie gelingt es mir, wach zu bleiben, bis wir das Bed and Breakfast erreichen, wo mich der freundliche Geschäftsführer in Jonahs Zimmer führt und mir den Schlüssel überreicht, den Jonah dagelassen hat. Dann lasse ich mich auf das Bett fallen und genieße drei Stunden lang ein süßes, perfektes Nickerchen, das sich anfühlt, als wäre ich in den Mutterleib zurückgekehrt.

Als ich die Augen wieder öffne, habe ich das Gefühl, aus einem Winterschlaf erwacht zu sein. Schon sehr lange war mir meine Umgebung nicht mehr so lebhaft bewusst.

Unser Zimmer ist klein und gerade so auf der richtigen Seite der Grenze zwischen »gemütlich« und »kitschig«. Eine blau-grüne Steppdecke bedeckt das Bett. Die Bilder an den Wänden zeigen die Hügel der Highlands, auf denen violettes Heidekraut blüht. Jonahs eckiger Hartschalenkoffer steht in einer Ecke neben meinem fliederfarbenen Seesack. Ich habe seine Sachen gesehen, bevor ich ihn sehe. Es fühlt sich seltsam an, ohne Jonah in seinem Zimmer zu sein. Ich bin in ein komplett anderes Land gereist, um bei ihm zu sein, und doch bleibe ich allein.

Allerdings fühle ich mich nicht einsam. Ich fühle mich wie in einem Traum. All meine anderen Verpflichtungen sind von mir abgefallen. Jede andere Ursache für Anspannung ist verschwunden.

Ich ziehe eine Jeans und einen grauen Pullover an, den ich in Texas oder Louisiana nicht oft in Gebrauch habe. Dann verlasse ich das B&B und werfe einen ersten Blick auf einen wilden, felsigen Küstenabschnitt direkt vor mir. Hinter mir erstrecken sich scheinbar endlose Hügel. Um diese Jahreszeit sind nur noch ein paar armselige Büschel Heidekraut zu sehen, aber die lilafarbenen Blüten sind trotzdem sehr hübsch. Abgesehen von einer kleinen Steinhütte in der Nähe der Anlegestelle ist in alle Richtungen kilometerweit kein weiteres Haus zu sehen. Selbst die nahe gelegene Straße ist zu schmal, um mehr als ein Fahrzeug auf einmal passieren zu lassen. Die Brise, die vom Wasser heranweht, ist kühl, und die Luft riecht salzig. Ein Platschen am Ufer lässt mich nach Fischen Ausschau halten, aber zu meiner Freude entdecke ich stattdessen zwei Otter, die in den Untiefen herumtollen.

Manche Künstler glauben, dass man jeden Tag kreativ sein sollte – schreiben, malen oder was auch immer –, um produktiv zu bleiben. Andere glauben an das Konzept des »Brunnenfüllens«. Das bedeutet, dass man für eine Weile innehält, um neue Eindrücke in sich aufzunehmen, ob das nun ein Buch ist, das man noch nie gelesen hat, eine Aktivität, die man noch nie ausprobiert hat, oder ein Ort, an dem man noch nie zuvor gewesen ist. Die neuen Erfahrungen sinken tief in das eigene Bewusstsein und lenken die Kreativität in neue Richtungen.

Wenn ich nicht bereits an das Brunnenfüllen glauben würde, würde mich die raue, wilde Schönheit dieses Ortes jetzt davon überzeugen.

Ich habe einen Zeichenblock mitgebracht, mit dem ich mir

eigentlich nur die Zeit vertreiben wollte, wenn Jonah arbeiten muss. Nun kann ich es gar nicht erwarten, jede freie Stunde mit Zeichnen zu verbringen. Die zerklüftete Landschaft – die felsige Küste – und sogar die Art und Weise, auf die sich unser B&B an den nächstgelegenen Hügel zu schmiegen scheint: All diese Details will ich für immer festhalten.

Vom Wasser aus höre ich das Geräusch eines Motors und das Schlagen der Wellen gegen Metall. Irgendwie weiß ich, schon bevor ich mich umdrehe, um zu sehen, wie das weiße Boot näher kommt, dass Jonah auf dem Weg zu mir ist. Als ich zur Begrüßung winke, sehe ich, wie er sich herauslehnt – auf diese Entfernung ist er kaum mehr als ein Umriss – und seine Hand hebt.

Ich hätte gedacht, dass sein Auftauchen die traumartige Beschaffenheit dieses Ortes zerstören würde. Stattdessen wirkt es so, als hätte Jonah gerade meinen Traum betreten.

»Was hast du deinen Freunden erzählt?«, will Jonah an diesem Abend beim Essen wissen.

Im Gegensatz zu den meisten B&Bs serviert das, in dem wir wohnen, den ganzen Abend über Essen und Getränke – hauptsächlich wohl für die Fischer, die sich an den beiden anderen Tischen eingefunden haben. Jonah und ich sitzen an einem abgenutzten Holztisch in der Nähe eines prasselnden Feuers und genießen Lammeintopf und dunkles Bier. Das Licht des Feuers erhellt Jonahs harte Gesichtszüge. Manchmal lassen ihn die flackernden Schatten beinahe dämonisch erscheinen. Aber es gibt auch Augenblicke, in denen er einfach nur wunderschön aussieht.

Dies ist einer dieser Augenblicke.

»Ich habe meinen Freunden die Wahrheit erzählt«, antworte ich. »Sie waren überrascht, aber Carmen und Arturo freuen sich für mich. Und Shay … Sie versucht noch zu begreifen, dass du nicht immer so, ähm, distanziert bist, wie du im Büro wirkst.«

»Sie hält mich für kalt.«

»Nein, nein! So ist das nicht.« Shay wäre niemals auf so direkte Weise unfreundlich. »Eins der ersten Dinge, die sie mir über dich erzählt hat, war, dass du der beste Dozent seist, für den man in eurem Institut arbeiten könne.«

Jonah denkt darüber nach und nickt schließlich. Er verbirgt es zwar recht gut, aber ich kann sehen, dass ihm Shays Meinung etwas bedeutet. Ich bezweifle, dass er sich je besonders Mühe gibt, sich bei anderen Leuten beliebt zu machen. Wenn ihm also wichtig ist, was Shay über ihn denkt, dann liegt das daran, dass er erkennt, dass Shay jemand ist, dessen Respekt etwas bedeutet. Mir wiederum verrät das, dass er über eine gute Menschenkenntnis verfügt.

»Was ist mit dir?«, frage ich. »Hast du deinen Freunden erzählt, dass du mich mitnimmst?«

»Die meisten meiner engeren Freunde kenne ich aus dem Studium. Wir kommunizieren nicht täglich miteinander. Aber ich habe es Rosalind erzählt.«

Ich erinnere mich daran, wie sie gelächelt hat, als ihr klar wurde, dass ich »Jonahs Vivienne« bin. Ihr Respekt ist ebenfalls von Bedeutung. »Was hat sie gesagt?«

»Sie sagte, es sei an der Zeit, dass ich ›einen Zahn zulege‹.« Jonah sagt das so ernsthaft, dass ich nicht anders kann, als zu lachen. Langsam lächelt auch er – und doch ist da noch etwas anderes, das ihn misstrauisch bleiben lässt. »Du hast mir nicht erzählt, wie dein Exfreund reagiert hat.«

»Geordie? Er sagte, du würdest ihn schlecht dastehen lassen, weil der schickste Ort, an den er mich je mitgenommen hat, das Ruth's Chris Steak House sei.« Die Erinnerung daran würde mir normalerweise ein Lachen entlocken, aber Jonahs Gesichtsausdruck verbietet mir eine solche Reaktion. Er wird wieder sehr ernst, und ich frage mich, ob die Emotion, die er zurückhält, Wut oder Eifersucht ist. »Dir ist schon klar, dass zwischen mir und Geordie nichts mehr läuft, oder?«

»Das hast du gesagt. Aber ihr verbringt viel Zeit miteinander.«

Das tun wir. Ich war überrascht, wie leicht Geordie und ich in eine platonische Beziehung übergegangen sind. Andererseits … »Das zwischen uns war immer eher eine ›Freundschaft mit gewissen Vorzügen‹ als eine glühend heiße Liebesaffäre«, erkläre ich. »Wir haben es mit der Romantik versucht, aber das hat nicht so wirklich funktioniert, also haben wir uns an das gehalten, was funktioniert. Unsere Freundschaft.«

»Ist ihm das auch klar?«

»Absolut.« Wenn ich ehrlich bin, sah Geordie schon ein wenig wehmütig aus, als ich ihm von dieser Reise und der Tatsache, dass ich mich mit Jonah Marks treffe, erzählt habe – aber mehr war es auch nicht. »Du klingst eifersüchtig.«

»Das bin ich«, bestätigt Jonah. Er sieht mir direkt in die Augen und spricht mit einer Ruhe, ein Gegensatz zu dem ist, was er sagt. »Ich bin auf jeden Mann eifersüchtig, der dich je berührt hat.«

Ihn das nur sagen zu hören treibt mir die Röte ins Gesicht und wärmt meine Seele. Unsere Blicke treffen sich, und ich weiß, dass er am liebsten hier und jetzt über mich herfallen würde. Er würde alles von diesem Tisch fegen, mich darauflegen und mich nehmen …

Aber diese Fantasie können wir nicht hier und jetzt ausleben, es sei denn, wir wollen diesen Fischern die beste Gratispornoshow ihres Lebens bieten.

Jonah redet weiter, als wüsste er nicht, dass ich bereits total scharf auf ihn bin. »Du bist besser darin als ich, mit Exgeliebten befreundet zu bleiben.«

»Und warum, glaubst du, ist das so?«, frage ich leichthin.

An diesem Punkt würden mir die meisten Kerle einen abgedroschenen Vortrag darüber halten, dass man Vergangenes besser vergangen sein lässt. Oder noch schlimmer: Sie würden darüber reden, wie ihre Exfreundinnen »verrückt geworden« sind, was in diesem Zusammenhang fast immer bedeutet, dass die Frauen es zu irgendeinem Zeitpunkt in der Beziehung gewagt haben, ihrem Ärger Ausdruck zu verleihen. Jonah hingegen überlegt eine ganze Weile lang, bevor er antwortet. »Ich tendiere zu … klaren Verhältnissen. Ich halte die verschiedenen Aspekte meines Lebens gern voneinander getrennt. Deswegen will ich meine Exfreundinnen nicht in die Freunde umwandeln, die sie niemals waren. Wenn es vorbei ist, ist es vorbei.«

Das klingt durchaus vernünftig. Ich bin recht gut im Umgang mit Exliebhabern, aber mir ist auch klar, dass meine Methode ungewöhnlich ist. Manche Leute müssen die Türen hinter sich zumachen. Klare Schnitte sind nicht die schlechteste Idee.

Doch dann fügt Jonah leiser hinzu: »Bei dir versuche ich, es anders zu machen.«

Moment? Wenn wir uns trennen?

Nein, natürlich nicht. Jonah hat mich eingeladen, hierher zu ihm nach Schottland zu kommen. Er hat mich in einen anderen Teil seines Lebens gelassen. Ich bin diejenige, für die er sich ändern will.

Er schiebt eine Hand über den Tisch, bis sich unsere Finger berühren. Ich hole tief Luft und schaue ihm in die Augen. Die Intensität des Verlangens, die ich darin sehe – das Bedürfnis, mich nicht bloß im Bett zu besitzen, sondern auf jede nur erdenkliche Weise –, erregt mich. Und sie macht mir Angst. Ich kann nicht sagen, welches Gefühl stärker ist.

In diesem Moment wird mir klar, was der heutige Abend bedeutet. Jonah wird heute Abend kein Szenario ausagieren wollen. Der Sex wird keine Vergewaltigungsfantasie sein. Er wird einfach zwischen uns beiden stattfinden, zwischen mir und ihm als die Personen, die wir sind. Und dabei werden wir sowohl im wahrsten Sinne des Wortes als auch emotional nackt sein.

Entweder werde ich ihm die ganze Zeit über etwas vormachen müssen oder ich muss Jonah die Wahrheit sagen.

Das sollte nicht beängstigender sein als die dunklen Fantasien, die Jonah und ich geteilt haben – aber das ist es. Ja, das ist es.

24

Sobald Jonah und ich unser Zimmer betreten, schließt er die Tür und streckt die Arme nach mir aus. Keiner von uns macht das Licht an.

Ich sinke in Jonahs Umarmung und spüre, wie seine Lippen über meine gleiten. Während er seine Arme um mich schlingt, wird unser Kuss intensiver. Das ist nicht der harte, bestrafende Kuss, den er mir beim ersten Mal gegeben hat, und auch nicht die sanftere Variante, die wir nach dem Sex oder nach unserer ersten Verabredung vor meiner Haustür geteilt haben. Dies ist Verlangen ohne Gewalt. Eine Leidenschaft, die keiner Fantasie entspringt, sondern den Gefühlen, die wir füreinander empfinden.

Jonahs Hände wandern unter den Rand meines Pullovers, und ich spüre, wie er mit den Fingern über mein Kreuz streicht. »Ich habe nie Gelegenheit, dir zu sagen, wie schön du bist«, murmelt er. »Wie sehr ich es liebe, deinen Körper einfach nur zu betrachten. Weißt du, wie verdammt umwerfend du aussiehst?«

»Du bist der Umwerfende von uns beiden.« Das stimmt. Ich bin attraktiv, aber nicht mehr als die meisten anderen Frauen, auf die dieses Attribut zutrifft. Jonah hingegen? Der spielt in einer ganz anderen Liga.

Niemand sonst ist wie du, denke ich, als ich sein Hemd aufknöpfe. Ich halte nur kurz inne, damit er mir meinen Pullover über den Kopf ziehen und ihn beiseitewerfen kann. Die Festigkeit seiner Bauchmuskeln, der eklatante Unterschied zwischen der Breite seiner Schultern und dem schmalen Umfang seiner Taille, selbst diese sturmgrauen Augen – Jonah ist außergewöhnlich. Jeder, der auf Männer steht, würde sich auf unwiderstehliche Weise zu ihm hingezogen fühlen.

Aber sie könnten seine Fantasie nicht mit ihm teilen. Sie könnten ihm im Bett nicht das geben, was er wirklich braucht. Das kann nur ich.

Jonahs Finger finden den Vorderverschluss meines BHs und öffnen ihn, sodass die Spitzenkörbchen zur Seite rutschen und mehr von meinen Brüsten preisgeben. Er schiebt die Träger über die Rundungen meiner Schultern. »Sieh dich nur an«, flüstert er und fängt an, mich zu streicheln. »Dazu kann ich nicht oft genug Gelegenheit haben.«

Ich küsse die Konturen seines Kiefers und seine Kehle. Seine Bartstoppeln fühlen sich an meinen Lippen rau an. »Mmm. Wozu genau?«

»Hierzu.«

Jonah hebt mich gerade hoch genug, um mich auf unser Bett zu werfen. Dann zieht er ungeduldig sein Hemd aus und lässt es zu Boden fallen. Er kommt aufs Bett und positioniert seine Arme und Beine so, dass sie wie ein Käfig um mich herum sind. Seine Küsse auf meiner Haut sind warm, während er sich einen Weg von meinem Hals zu meinen Brüsten bahnt.

Ich seufze, als die Wärme seines Munds und seiner Zunge meine Brustwarze umschließt. Jonah fängt an, daran zu saugen, zu lecken, zu küssen – und er macht immer weiter und verlängert so mein Lustempfinden. Viel zu viele Männer vernachlässigen diesen Teil. Jonah nicht. Als er sich irgendwann meiner anderen Brust widmet, winde ich mich bereits unter ihm. Er fängt an, stärker zu saugen, und tastet mit einer Hand nach dem Knopf meiner Jeans.

»So … verdammt … schön«, murmelt er, als ich ihm dabei

helfe, meine Jeans über meine Hüften zu schieben. Jonah setzt sich auf, um sie mir ganz auszuziehen. Dann bleibt er einfach einen Augenblick lang am Fußende des Betts sitzen und betrachtet mich. Ich liege nackt vor ihm. Meine Brustwarzen sind steif und glänzen feucht, und mein Atem geht schnell. Langsam, ganz langsam drückt er meine Beine auseinander und sieht mich dann sogar noch intensiver an. »Dazu habe ich auch nie Gelegenheit.«

Und dann senkt er seinen Mund auf meine Klitoris.

Oh Gott, er ist gut darin. Wirklich, wirklich gut darin. Jonah verwöhnt mich mit seiner Zunge, umkreist mich und fängt dann an, in einem Rhythmus zu saugen, der mich fast sofort an den Rand eines Orgasmus bringt.

Aber dadurch werde ich nicht kommen.

Das kann ich nur durch die Fantasie erreichen.

Tu einfach so, rede ich mir verzweifelt ein. *Mein ganzer Körper zittert. Tu so, als würde er dich dazu zwingen. Als hätte er dir befohlen, dich hier hinzulegen, damit er tun kann, was immer er will, denn sonst wird er dafür sorgen, dass du es bereust.*

Normalerweise funktioniert das, aber heute Abend kann ich mich nicht überzeugen. Jonahs Gesicht ist zwischen meinen Beinen vergraben – und mir ist klar, dass er vollkommen in der Leidenschaft aufgeht, mich zu schmecken und mir einen Orgasmus zu verschaffen. Die breiten Muskeln seiner Schultern arbeiten unter meinen Knien. Der Anblick ist fast so sexy wie die leichten Bewegungen seines Kopfes. Er gibt mir alles, was er hat. Er bedient mich. Und ich liebe es, wirklich, aber obwohl ich die ganze Zeit über kurz vor einem Orgasmus stehe, kann ich einfach nicht loslassen.

»Ich will dich in mir spüren«, stöhne ich. »Bitte, Jonah, nimm mich.«

Er zieht sich ein Stück zurück, küsst mich noch ein letztes

Mal zwischen die Beine und steht dann vom Bett auf, um seine Jeans loszuwerden. Ich liege ausgestreckt vor ihm und atme schwer. Jonah kann sich gar nicht genug beeilen. Dann ist er wieder über mir. Seine harte Erektion drückt sich sofort gegen meinen Bauch, als wir uns küssen. Ich nehme seinen Schwanz in die Hand und führe ihn nach unten. Jonah schließt vor Lust die Augen, als er spürt, wie feucht ich bin.

»Jetzt«, flüstere ich, und Jonah dringt mit einem langen, langsamen Stoß tief in mich ein.

Ja. Ich biege den Rücken durch und schließe die Augen. Jetzt kann ich mir vorstellen, was immer ich will.

»Du fühlst dich so gut an«, murmelt er. »So verdammt eng. Ich liebe das Gefühl, dich um mich herum zu haben.«

Ihn das alles sagen zu hören sollte mir gefallen. Und in gewisser Weise tut es das auch. Aber seine Komplimente stören die Fantasie, die ich brauche.

Als Jonah anfängt, sich in mir zu bewegen, fülle ich meinen Geist mit Bildern all der Dinge, die wir zuvor gemacht haben. Falls … falls er in dieser ersten Nacht im Hotel, als er mich aufs Bett geworfen hat, das Szenario nicht beendet hätte. Wenn er mich dort festgehalten und mich als Hure und Schlampe bezeichnet hätte, um mich dann erneut seinem Willen zu unterwerfen …

… dann hätte sich das so wie jetzt anfühlen können …

Als ich mich meinem Orgasmus nähere, spannt sich mein ganzer Körper an, und er spürt es. Jonah stößt schneller zu. Als Reaktion auf mein Verhalten. Ich fülle meinen Geist mit der Erinnerung an dieses Hotelzimmer, an die wilde Art, auf die er mich genommen hat. Das war nicht sehr viel anders als jetzt, da er ebenfalls in mir ist. Ich kann nicht mehr denken, nicht mehr sehen. Ich gehöre nur ihm und werde für immer ihm gehören.

Die Welt wird gleißend weiß, als ich mich um ihn herum verkrampfe. Mein Orgasmus ist so heftig, dass ich für einen Augenblick befürchte, das Bewusstsein zu verlieren. Irgendwie schaffe ich es, meinen Lustschrei an Jonahs Schulter zu ersticken. Und ich höre, wie er zufrieden seufzt.

»Vivienne«, stöhnt er, und dann kommt auch er zum Höhepunkt. Lust schießt durch Jonahs zitternden Körper, während er mich fester packt, und für mich gibt es nichts Besseres.

Zumindest sollte es nichts Besseres geben.

Aber ich kann nicht vergessen, dass ich mir trotz allem vorstellen musste, vergewaltigt zu werden, um kommen zu können.

»Endlich«, murmelt er, als wir schließlich erschöpft nebeneinanderliegen. Jonah schmiegt sich von hinten an mich und küsst träge meinen Hals und meine Schultern. »Endlich konnte ich mir die Zeit nehmen, dich zu genießen. Und nun darf ich neben dir schlafen.«

»Ich sollte dich warnen – ich rede manchmal im Schlaf.«

Jonah lacht, und ich spüre die Vibration seines Gelächters an meinem Rücken. »Was sagst du denn dann?«

»Offenbar nichts Verständliches. Es ist nur Gemurmel.«

»Das spielt keine Rolle. Ich könnte selbst während eines Tornados schlafen.«

»Du bist eben der perfekte Mann«, sage ich. Ich meine es scherzhaft, weil ich daran denken muss, wie Geordie immer darüber gemeckert hat, dass ich ihn mit meinem Gerede mitten in der Nacht aufgeweckt habe. Aber sobald die Worte meinen Mund verlassen haben, wird mir klar, wie wahr sie sein könnten.

Manche Männer würden das hören und sofort in Panik verfallen. Jonah küsst einfach meine Halsbeuge und hält mich noch fester.

Ich sollte in diesem Augenblick so glücklich sein. Und das bin ich auch – auf so viele Arten –, aber die dunkle Last des Zweifels tief in mir wiegt schwer. Was auch immer meine sexuelle Beziehung mit Jonah sonst noch gewesen ist, sie war immer komplett und vollkommen ehrlich.

Heute Abend habe ich zum ersten Mal die Wahrheit vor ihm verborgen. Als ich mich der Fantasie ohne sein Wissen hingegeben habe – habe ich ihn in gewisser Weise angelogen.

Aber das Einzige, was schlimmer wäre, als Jonah anzulügen, wäre, ihm die Wahrheit zu sagen.

Der Rest unserer Zeit in Schottland ist so schön und überirdisch wie der Anfang. Jonah verbringt den Großteil der Tage draußen auf dem Wasser und führt an dem nahe gelegenen Stück Meeresboden Messungen durch, für die man mindestens einen Masterabschluss in Seismologie bräuchte, um sie zu verstehen. Ich wandere unterdessen an der Küste entlang und begegne fast nie einem anderen Menschen. Nur hin und wieder taucht ein Lastwagen auf und braust auf dieser einsamen, verlassenen Straße an mir vorbei. Manchmal treffe ich auf Schafe. Eine Schafherde kommt hier am ehesten einer Menge gleich.

Die Landschaft ist sowohl schön als auch eigentümlich. Soweit ich sehen kann, wächst nicht ein einziger Baum. Der Boden ist nur direkt neben dem Wasser flach. Überall sonst wölbt sich das Land und bildet zahllose felsige Hügel. Obwohl niedrige Wolken den Großteil des Himmels bedecken, gerate ich nur ein einziges Mal in einen Regenschauer, und bei dieser Gelegenheit befinde ich mich nah genug am B&B, um schnell nach drinnen zu flüchten. Jeden Tag fülle ich meinen Skizzenblock mit mehr Zeichnungen. Manchmal versuche ich, alles zu zeichnen, was ich sehe. Hauptsächlich konzentriere ich mich jedoch auf kleinere Details – die zarte, verwelkende Heide neben den verwitterten Steinen oder die schlanken dunklen Formen der Otter direkt unter der Wasseroberfläche.

Jeden Abend kehrt Jonah zu mir zurück und wir essen und unterhalten uns in dem kleinen abgedunkelten Speisezimmer des B&B. Er erzählt nie von seiner Kindheit oder von irgendetwas anderem, das wirklich persönlich ist – aber selbst die einfacheren Unterhaltungen, die wir über unsere Lieblingsbücher oder -orte führen, haben ihre Bedeutung. Jonah ist kein Mensch, der sich leicht öffnet, das ist mir klar. Diese kleineren Vertraulichkeiten sind nicht seine Version von Small Talk. Auf diese Weise baut er eine Brücke. Langsam, Schritt für Schritt, Stein für Stein.

Außerdem kann ich nicht ungehalten mit ihm sein, weil er etwas zurückhält, wenn ich es ebenfalls tue.

Wir schlafen jede Nacht miteinander. Jonahs Liebkosungen werden immer zärtlicher und inbrünstiger. Ich genieße jeden Kuss und schwelge in dem Gefühl, dass wir nach und nach lernen, uns zusammen zu bewegen. Endlich darf ich seinen ganzen perfekten Körper sehen und ihm mit meinen Händen und meiner Zunge huldigen.

Aber irgendwann kommt immer der Punkt, an dem ich mir die Vergewaltigung vorstellen muss.

Wenn er mich von hinten nimmt, ist es leichter, mir vorzustellen, dass er mich zwingt, also bitte ich ihn möglichst oft darum. Jonah scheint es zu lieben. Doch selbst wenn er auf mir ist, kann ich die Augen schließen und mich in einer weiteren Fantasie verlieren.

Damit schade ich niemandem, denke ich, bis zu unserem letzten Abend in Schottland.

»Komm her«, murmelt Jonah mitten während des Vorspiels und zieht mich auf sich. »So hatte ich dich noch nicht.«

»Ich dachte, du magst es nicht, wenn die Frau oben ist«, erwidere ich. Das entspricht zwar nicht ganz der Wahrheit, ist aber wenigstens glaubwürdig.

Jonah grinst. »Ich mag dich auf jede nur erdenkliche Weise, auf die ich dich haben kann. Komm schon. Ich will sehen, wie sich dein schöner Körper bewegt.«

Es fühlt sich gut an, mit gespreizten Beinen auf ihm zu sitzen. Es wird sogar noch besser, als ich mich auf seinen steifen Schwanz hinabsinken lasse. Und es ist unglaublich, nach unten zu schauen und zu sehen, wie er in mich hinein- und wieder hinausgleitet. Ich fühle, wie er mit den Händen meine Brüste massiert, während ich mich bewege, und beobachte Jonahs Gesicht. Er lächelt mit offenem Mund, und in seinem Blick liegen Verlangen und Staunen. Ich kontrolliere das Tempo. Ich habe die Macht.

Was es für mich unmöglich macht, einmal mehr in die Fantasie abzutauchen.

Ich mache weiter und reite ihn hart. Meine Brüste hüpfen mit jeder Bewegung, und Jonahs Finger findet meinen Kitzler. Es reicht nicht. Warum kann es nicht ein einziges Mal ausreichen?

»Komm auf mir«, flüstert Jonah.

Ich sollte den Orgasmus einfach vortäuschen. Nach all den Lügen, die ich in dieser Woche gelebt habe, spielt eine weitere auch keine Rolle mehr. Aber meine unausgesprochenen Fantasien waren keine richtigen Lügen. Ich habe nur etwas verschwiegen. Jetzt einen Orgasmus für ihn vorzutäuschen kommt einer Unaufrichtigkeit gleich, zu der ich mich nicht herablassen werde. Nicht bei Jonah. »Ich kann nicht … Nicht so …«

»Was brauchst du?« Er packt meine Hüften ein wenig fester. »Was immer du brauchst, du bekommst es. Ein Wort genügt.«

Er meint es ernst. Das weiß ich. Vielleicht kann ich ihm

zumindest genug vertrauen, um ihn beim Wort zu nehmen. »Schieb mich runter. Nimm mich hart. Wie in unseren Spielen.«

Jonah hält mitten in der Bewegung inne. Seine grauen Augen suchen meine, und ich habe keine Ahnung, was er darin findet. Ich weiß nur, dass sämtliche Wärme aus seiner Miene verschwunden ist. Einmal mehr wird er die unnachgiebige, kontrollierende Gestalt aus meinen dunkelsten Fantasien.

Er dreht mich so schnell herum, dass ich überrascht nach Luft schnappe. Jonah zieht sich aus mir zurück, rollt mich herum, bewegt sich hinter mich und zieht meine Hüften hoch, bis sie auf seine treffen. Er presst mir eine Hand auf den Mund und dringt wieder in mich ein.

Oh Gott, ja. Jonah nimmt mich hart – so hart, dass es fast wehtut –, und der Griff seiner Finger an meinem Gesicht macht die Illusion perfekt. Ich stelle mir vor, wie er erneut in mein Haus einbricht, mich auf diese Art packt und mir sagt, dass ich keine andere Wahl habe, als alles hinzunehmen. Mein Innerstes zieht sich um ihn herum zusammen. Ich weiß, dass er es spüren kann. Ich weiß, dass er einschätzen kann, wie nah er mich bereits an den Höhepunkt gebracht hat.

Jonah ist der Einzige, der mich auf diese Weise kennt. Der einzige Mann, der mich je so genommen hat, wie ich genommen werden wollte.

Mit jedem Stoß wird es besser und besser, bis ich komme und unter seiner Hand aufstöhne. Obwohl ich vor lustvoller Benommenheit bereits ins Schwanken gerate, stößt Jonah noch härter in mich hinein. Er ist fest entschlossen, die Fantasie bis zum Schluss auszuleben.

Dieses Mal ist er still, als er kommt. Lediglich die Art, wie er sich anspannt und dann reglos wird, verrät mir, dass er fertig ist. Jonah zieht sich aus mir zurück, und ich spüre die feuchte Wärme an meinen Schenkeln. Nun, da wir keine Kondome mehr benutzen, ist der Sex mit Jonah deutlich schmutziger. Aber auch heißer. »Das war perfekt«, murmele ich, als ich auf dem Bett zusammenbreche.

»War es das?«

Jonah klingt so … kühl. Ich schaue zu ihm, aber er hat bereits die Augen geschlossen. Nach einem Moment rollt er sich auf die Seite und wendet sich von mir ab.

Es ist fast so, als wäre er wütend auf mich, weil ich die Fantasie haben wollte. Aber das ist absurd. Jonah hat mich noch nie zuvor dafür verurteilt, sie zu wollen, und außerdem liebt er sie auch.

Vielleicht ist der Mann einfach müde. Er hat dich die ganze Woche über ordentlich durchgevögelt. Irgendwann musste er ja mal direkt danach einschlafen.

Das ergibt Sinn. Ich bin auch müde. Und ich weigere mich, weiter darüber nachzudenken.

Aber dies ist die einzige Nacht in Schottland, in der er mich nicht festhält, während ich einschlafe.

»Und Sie haben sich seit Ihrer Rückkehr in die Staaten nicht mehr mit Jonah getroffen?«, fragt Doreen am nächsten Montag, als ich auf ihrem Sofa sitze und gegen den Jetlag ankämpfe.

»Das hätte ich auch nicht erwartet«, erwidere ich. »Ich werde Tage brauchen, um mich durch das Chaos in meinem E-Mail-Postfach zu arbeiten. Und ich bin mir sicher, dass Jonah mindestens ebenso viel zu tun hat, wenn nicht mehr.«

Doreen nickt nur und behält die Hände im Schoß gefaltet. »Hat er Sie angerufen? Haben Sie sich Textnachrichten geschrieben?«

»Er hat mir eine SMS geschrieben, nachdem wir am Flughafen in getrennte Taxis gestiegen sind, um sicherzugehen, dass ich gut nach Hause gekommen bin. Dann habe ich ihm heute Morgen eine E-Mail geschrieben, um ihn zu fragen, ob er mit zu Arturos und Shays Halloweenparty kommen will, und er hat zugesagt.«

»Halloweenparty?« Das entlockt Doreen ein kleines Lächeln. »Ich bin dem Mann zwar noch nie begegnet, aber Jonah Marks kommt mir nicht wie jemand vor, der freiwillig ein Kostüm tragen würde.«

»Ich weiß.« Ich muss ebenfalls grinsen. »Dennoch besteht der nächste natürliche Schritt darin, Jonah meinen Freunden vorzustellen. Nun ja, nicht vorzustellen – sie haben ihn ja alle schon kennengelernt. Aber nun werden wir alle Zeit miteinander verbringen. Und ich muss dafür sorgen, dass sich alle gut verstehen.«

»Und was passiert, wenn das nicht funktioniert?«

»Es wird funktionieren.« Ehrlich gesagt bin ich nicht sicher, wie Jonah auf meine Freunde reagieren wird – vor allem auf Geordie – oder wie sie auf ihn reagieren werden. Aber im Zweifelsfall wird sich Jonah einfach auf seine kühle Höflichkeit besinnen, was selbst im schlimmsten Fall bedeutet, dass alle irgendwie mit ihm zurechtkommen werden. »Hoffentlich werde ich schon etwas mit Jonah und Rosalind unternehmen. Sie scheint echt toll zu sein.«

Doreen ist zu klug, um auf den Themenwechsel einzugehen, den ich gerade angeboten habe. Wie immer bleibt sie ganz bei der Sache. »Also läuft alles gut.«

»Genau.«

»Warum haben Sie mir dann erzählt, dass Sie sich nach dieser letzten Nacht in Schottland unsicher fühlen?«

Ich seufze. »Ich hätte einfach nichts sagen sollen.«

»Vivienne.« Doreens Stimme ist sanft. »Wir haben in den

letzten paar Jahren große Fortschritte gemacht, weil Sie gelernt haben, mir gegenüber vollkommen aufrichtig zu sein. Es wäre schade, diese Offenheit jetzt zu verlieren.«

»Wir verlieren sie nicht«, entgegne ich – was nicht hundertprozentig stimmen kann, wenn ich nicht in der Lage bin, mich ihr gegenüber bezüglich dieser Sache zu öffnen. »Es ist nur so, dass so viele Dinge in meiner Beziehung mit Jonah schwer in Worte zu fassen sind.«

»Er hat sich als vertrauenswürdig erwiesen. Sie verbringen gerne Zeit mit ihm, auch wenn es dabei nicht um Sex geht. Jonah Marks hat sich als interessante und intelligente Person erwiesen.«

Ich nicke.

»Aber Sie haben das Gefühl, dass er in dieser letzten Nacht seltsam reagiert hat, als Sie während des Sex Ihre Wünsche geäußert haben.«

»Ich denke schon. Ich bin nicht sicher.« Doch das bin ich. Etwas an der Stille zwischen uns war – zu leer. »Doch das würde ihn nicht verstören. Nicht nachdem wir diese Fantasie schon auf so viele andere Arten ausgelebt haben.«

»Kommt Ihnen das wie die ganze Wahrheit vor?«

»Nein«, räume ich seufzend ein.

»Was könnte ihn sonst noch stören?« Doreen legt den Kopf schief. »Ich denke, Sie haben da eine Ahnung.«

Sie hat recht, die habe ich. Tatsächlich habe ich das schon die ganze Zeit über gespürt. »Ich schätze, es könnte sein, dass ihm dadurch, dass ich zugegeben habe, was ich wollte, klar geworden ist, dass ich mich auch all die anderen Male, die wir in Schottland Sex miteinander hatten, der Fantasie hingegeben habe. Dass ich so getan habe, als würde er mich zwingen, obwohl er wollte, dass wir uns auf romantischere Weise lieben.«

»Warum könnte ihn das Ihrer Meinung nach stören, wenn er die Fantasie doch teilt?«, fragt sie.

Schließlich spreche ich aus, worauf Doreen schon die ganze Zeit hinauswill. »Jonah wäre nicht wegen der Fantasie wütend. Er wäre wütend, weil ich ihn angelogen habe, denn so sieht er es. Als eine Lüge.«

»Wie sehen *Sie* es?«

Meine Rationalisierungsversuche bezüglich des »Lügens durch Verschweigen« kommen mir jetzt fadenscheinig vor, und ich schäme mich, sie überhaupt laut auszusprechen. »Ich schätze, es war eine Lüge.«

Wie soll ich auch nur anfangen, Jonah die Wahrheit zu erzählen? Wie kann ich die richtigen Worte dafür finden?

Ich weiß nur, dass ich ihm nie die ganze Geschichte erzählen werde. Egal was sonst noch zwischen Jonah und mir passieren wird, ich kann ihm nicht die Wahrheit über meine Vergewaltigung beichten. Ich hasse es, den Namen Anthony auch nur auszusprechen.

Außerdem müsste ich dann herausfinden, wie Jonah reagiert, wenn Vergewaltigung nicht nur eine Fantasie ist. Wenn er sich mit der Tatsache auseinandersetzen muss, dass dieses dunkle, kranke Szenario, das ihn so erregt, etwas ist, das Menschen in der Realität lebenslänglich traumatisiert.

Sobald er das begriffen hätte, würde Jonah entweder anfangen, seine Fantasie zu hassen oder – oder es würde ihn nicht kümmern.

Auf jeden Fall würde es bedeuten, dass Jonah und ich nie wieder unsere Spiele spielen könnten.

Und ich kann sie nicht aufgeben.

25

Warum musste es ausgerechnet Halloween sein?

Ich sitze vor meinem Spiegel, flechte mein Haar und versuche, mir einzureden, dass ich zu jedem Zeitpunkt nervös gewesen wäre, Jonah meinen Freunden vorzustellen. Das ist nun das nächste große Zusammentreffen. Also nehme ich ihn an diesem Abend mit, damit wir mit der ganzen Truppe abhängen können.

Aber Halloween wirkt so … albern. Wie etwas, woran Jonah absolut kein Interesse haben würde.

Andererseits: Ich *mag* Halloween. Je verrückter die Mottoparty, desto besser gefällt sie mir. In diesem Punkt kann ich meine Herkunft aus New Orleans wohl nicht verleugnen. Also kann ich ebenso gut herausfinden, ob Jonah damit klarkommt.

Als ich gerade damit fertig bin, die Schnallen an meinen Mary Janes zu schließen, höre ich, wie Jonahs Limousine vor meinem Haus hält. Ich öffne die Tür, um ihn zu begrüßen, und als ich ihn aus dem Auto steigen sehe, muss ich grinsen. »Du hast ein Kostüm angezogen!«

»Das ist doch der Sinn einer Kostümparty, oder?« Jonah hält inne und wirft einen Blick auf die OP-Kleidung, die er trägt. Die hellblaue, locker sitzende Hose und das dazu passende Oberteil können seinen beeindruckenden Körperbau nicht verbergen. Er sieht genau wie ein Arzt aus. Ein *heißer* Arzt. Die OP-Kappe über seinem dunklen Haar ist das i-Tüpfelchen.

»Ja, wir sollen uns verkleiden. Ich dachte nur nicht, dass du das tatsächlich tun würdest.«

»Rosalind hat die Sachen für mich aus der Wäschekammer des Krankenhauses ausgeliehen.« Er sagt das, als würde es alles erklären. Vermutlich tut es das. Ich kann förmlich hören, wie sie ihm verkündet, dass er nicht in Alltagskleidung auf eine Kostümparty gehen kann, ohne wie ein totaler Spielverderber zu wirken. »Das ist längst nicht so aufwendig wie das, was du anhast.«

»Oh, dieses alte Ding.« Mein Kostüm wurde unter dem Namen »Oktoberfestmädel« verkauft. Es handelt sich um einen kurzen bauschigen Rock, eine schulterfreie Bauernbluse und Kniestrümpfe. Und alles ist an den Rändern mit alpenländischen Stickereien versehen. Meine Zöpfe sind weder lang genug noch blond, aber ich habe die meisten meiner Perücken bei meinen Eltern gelassen, also wird es eben so gehen müssen.

Jonah lacht. »Trägst du das oft?«

»Mindestens ein paarmal im Jahr, seit ich es in meinem ersten Semester auf dem College gekauft habe.«

»Das ist dein Ernst, oder?«

»Wenn ich nicht bereits wüsste, dass du nie in New Orleans gelebt hast, wäre das der ultimative Beweis dafür«, erwidere ich, als wir zu seinem Auto gehen. »Bei Veranstaltungen wie Halloween, Mardi Gras und diversen anderen Mottopartys braucht man immer ein paar Kostüme für den Notfall. Viele Leute dort haben so etwas wie einen Kostümfundus, damit man immer ein Outfit zur Hand hat oder einem Freund aushelfen kann.«

»Hast du auch einen Kostümfundus?«

Ich zucke mit den Schultern. »Nur einen Tropenhelm, ein paar Umhänge, ein paar Perücken, ein Paar Go-Go-Stiefel und das hier.«

»New Orleans«, sagt er, als ob es ein anderer Planet wäre.

Tatsächlich liegt er damit gar nicht mal so falsch. Sein Blick wandert zu dem Dekolleté, das die schulterfreie Bauernbluse enthüllt. »Du siehst übrigens verdammt sexy aus.«

»Danke. Du auch.« Ich muss mich sehr beherrschen, um nicht direkt hier in der Einfahrt seinen Hintern zu begrapschen. Doch ich nehme Rücksicht auf meine Nachbarn und reiße mich zusammen.

Es tut gut, ihn lachen zu hören und sich so ungezwungen mit ihm zu unterhalten. In den Tagen seit unserer Rückkehr ist Jonahs kühles Verhalten geblieben. Er hat mir nur zwei E-Mails geschrieben: eine, um sicherzugehen, dass ich mich wieder gut zu Hause eingelebt habe, und die zweite, um meine Einladung zu Arturos und Shays Party anzunehmen.

Er hatte eine Menge zu tun, rufe ich mir ins Gedächtnis. *Denk dran, wie sehr du die ganze Woche über reinklotzen musstest, um all die Arbeit aufzuholen, die sich in deiner Abwesenheit angesammelt hat.*

Stimmt. Trotzdem werde ich das Gefühl nicht los, dass sich zwischen uns etwas verändert hat, und vielleicht nicht zum Besseren.

Arturo öffnet die Tür in einem roten Uniformhemd aus *Star Trek*. Ich bekomme eine dicke Umarmung, und Jonah bekommt einen Händedruck. Nicht den warmen Heterokerlhändedruck, der eigentlich eine halbe Umarmung ist und den gute Freunde oft teilen. Diese Variante ist nüchterner. Aber Arturos Grinsen gleicht das zweifellos wieder aus. »Freut mich, Sie zu sehen, Jonah. Was trinken Sie?«

»Ich fahre heute Abend«, erwidert er.

»Was bedeutet, dass *ich* ein Glas Wein trinken kann«, verkünde ich sofort.

Arturo lacht. »Kein Bier? Das würde besser zu deinem Kostüm passen.«

»Nur wenn du die Maßkrüge hast, um es standesgemäß zu servieren.« Damit führe ich Jonah zu der Party.

Es sind bereits eine Menge Leute anwesend. Arturo und Shay haben nicht so viel Platz und so viele Möglichkeiten wie Carmen, aber ihre Freunde vertrauen darauf, bei ihnen jede Menge Spaß geboten zu bekommen. (Außerdem lassen die zahllosen Sixpacks und Flaschen, die überall herumstehen, darauf schließen, dass zumindest die Hälfte der anwesenden Gäste etwas zum Getränkevorrat beigetragen hat.) Die Dekoration beschränkt sich auf ein Minimum – am auffälligsten sind die weißen Gardinen vor den Fenstern, die mit »blutigen« Handabdrücken und Messerschnittspuren verziert sind. Aber hier und dort brennen auch ein paar Kerzen, und aus der Stereoanlage dröhnt der Rhythmus lateinamerikanischer Musik. Dann entdecke ich diesen gruseligen Mack, der einen neongrünen Zuhälteranzug inklusive Revers mit Zebrastreifenmuster trägt. Das Kostüm ist so abstoßend wie der Kerl selbst. Carmen hingegen sieht umwerfend aus. Sie trägt einen langen Rock, eine Bauernbluse, einen bestickten Schal in leuchtenden Farben, und ihr dichtes schwarzes Haar ist kunstvoll zu einem Zopf zusammengeflochten und mit Papierblumen geschmückt. Und um ihrem Kostüm den letzten Schliff zu verleihen, hat sie sich eine zusammengewachsene Augenbraue aufgemalt, was sie zu einem perfekten Abbild von Frida Kahlo macht. In einer Ecke entdecke ich Kip, als einer von zwei Typen, die als Punkrocker verkleidet sind. Zu meiner Freude stellt sich der andere Punkrocker als Ryan heraus, der Barkeeper, den Kip vor ein paar Wochen kennengelernt hat. Kip hat wohl keine Zeit verschwendet, nachdem er Ryans Nummer bekommen hat.

Als Arturo uns in Richtung des Barbereichs führt, entdecke ich die Person, deren Anwesenheit auf dieser Party mich im Vorfeld am meisten nervös gemacht hat. Wenigstens liefert mir sein Kostüm einen guten Aufhänger für eine Begrüßung. »Das zählt *nicht* als Kostüm.«

»Da bin ich anderer Meinung«, sagt Geordie. Er ist in vollständiges schottisches Ornat gekleidet: Kilt, Kniestrümpfe mit Bändern, Smokingjackett aus Samt, und vorne an seinem Kilt hängt sogar ein Sporran. Wie jedem echten Schotten gelingt es ihm irgendwie, in einem Rock männlicher auszusehen als in einer Hose. »Ja, in Inverness wäre das die passende Abendgarderobe für jede Hochzeit oder sonstige formelle Veranstaltung. Aber hier in den Staaten? Hier ist es ein Kostüm.«

»Wenn du das sagst.« Ich hole tief Luft. »Geordie, ich glaube, du hast Jonah aus dem Institut für Geowissenschaften schon kennengelernt, oder? Jonah, das ist Geordie Hilton. Er macht hier in Austin seinen Master in Rechtswissenschaften.«

»Freut mich«, sagt Geordie mit gerade so viel Enthusiasmus, um aufrichtig zu wirken.

Jonah nickt. »Vivienne spricht in den höchsten Tönen von Ihnen.«

Geordie lächelt überrascht. »Tatsächlich? Dann ist sie zu freundlich.«

Mit seinem tadellosen Sinn für Timing taucht Arturo mit einem Glas Wein in der einen und einer Dose in der anderen Hand auf. »Der ist für dich, und könnt ihr Shay das Ginger Ale bringen?«

»Das machen wir gerne«, erwidere ich und ergreife die Gelegenheit für einen eleganten Abgang, den Arturo uns somit verschafft hat. »Wir sehen uns später, okay, Geordie?«

Geordie lächelt ein wenig steif und dreht sich dann herum, um sich mehr Wein einzuschenken.

Im Wohnzimmer ihres kleinen Hauses hält Shay vom Sofa aus Hof. Sie liegt dort ganz bequem, während diverse Gäste vorbeikommen, um Hallo zu sagen oder für eine Weile mit ihr zu plaudern. Ihr Gesicht hellt sich auf, als sie Jonah und mich sieht. Oder vielleicht ist es das Ginger Ale. »Sei ehrlich«, beginnt sie, als ich ihr die Dose reiche. »Ist das hier nicht das langweiligste Kostüm aller Zeiten?«

»Ganz und gar nicht«, versichere ich ihr. »Die schwangere Nonne ist ein Klassiker.«

Sie seufzt, als sie sich die schwarze Nonnenhaube aus dem Gesicht schiebt. »Ich wollte als Weihnachtsmann in Frauenkleidung gehen oder vielleicht als Homer Simpson, wenn ich die Maske hätte finden können. Aber letztendlich musste Arturo einfach schnell irgendwas aus dem Kostümladen besorgen. Ach, und hallo, Jonah.«

Er lächelt und wirkt entspannter als bei allen anderen an diesem Abend – mich eingeschlossen. »Wir haben dich im Institut vermisst.«

»Tatsächlich?« Shays Wangen laufen vor Freude rot an. »Manchmal denke ich, dass sie nicht so richtig wissen, was sie mit mir anfangen sollen.«

»Sie reden davon, dir eine Vollzeitstelle zu geben, sobald du bereit dafür bist«, sagt Jonah. »Aber verrate nicht, dass ich dir das erzählt habe.«

»Wirklich?« Shay strahlt sogar noch mehr, als Jonah nickt und sich endlich ein wenig entspannt. Wenigstens eine Person aus meinem Freundeskreis kommt gut mit Jonah zurecht.

Ich beschließe, die Dinge zu beschleunigen. »Wie sich herausgestellt hat, ist Jonah gut mit Dr. Campbell befreundet.«

Shay reißt die Augen auf. »Mit *meiner* Ärztin?«

»Keine Sorge. Rosalind würde nie vertrauliche Informationen über einen Patienten ausplaudern.« Jonah grinst so grimmig wie immer, aber in diesem Augenblick wirkt es ganz und gar nicht einschüchternd. »Allerdings gilt diese Regel nicht für mich. Wenn du also irgendwelche peinlichen Geschichten über *sie* hören willst …«

»Raus damit!« Shay fängt an zu lachen. »Ich muss ihr alles über meinen *Stuhlgang* erzählen. Also muss ich für ausgeglichene Verhältnisse sorgen.«

Jonah zieht eine Grimasse, aber sie ist freundlich. Dann stürzen sie sich in eine Anekdote darüber, dass Rosalind Jonah einst zu einer Bergwanderung überredet und sich dann den Knöchel verstaucht hat, sodass er sie huckepack knapp zehn Kilometer bis zum Auto zurücktragen musste.

Endlich kann auch ich mich entspannen. Ich mische mich unter die Leute, lasse Jonah aber nie zu lange aus den Augen. Er bleibt größtenteils in Shays Nähe. Nach einer Weile stößt Arturo zu ihnen, und während sie sich unterhalten, wird Arturos Lächeln immer breiter. Er gewinnt sie für sich.

»Er ist heißer, als ich ihn in Erinnerung habe«, flüstert Carmen.

»Oh ja«, stimme ich zu.

»Der Sex ist toll, oder? Das kann ich allein anhand seines Aussehens beurteilen.«

»Du hast ja keine Ahnung.«

Geordie bleibt auf Abstand, entfernt sich nie zu weit von der Bar und flirtet mit jedem Mädchen ohne Begleitung, das in seiner Nähe auftaucht. Ich wünschte, er würde sich nicht so unbehaglich fühlen. Aber hey, vielleicht findet er ja jemanden, und dann können wir endlich die letzte Phase unserer Trennung abschließen.

Der einzige unangenehme Moment des Abends ergibt sich, als ich sehe, wie Carmen und Arturo ein paar harsche Worte wechseln. Er runzelt die Stirn, und sie schlingt die Arme um ihren Körper, wie sie es immer tut, wenn sie sich gekränkt fühlt.

Aber ich mische mich nicht ein. Beziehungen zwischen Geschwistern können kompliziert sein.

Ich denke an Chloe und stöhne innerlich auf. *Oh ja, das können sie allerdings.*

Als ich zu Jonah zurückkehre, wirkt er vollkommen entspannt – so wie in Schottland an unseren besten Abenden. Ich setze mich neben ihn in die Nähe von Shays Füßen und drücke einen Kuss auf seine Schulter. »Du scheinst dich zu amüsieren.«

»Könnte man so sagen«, erwidert Jonah, als ob er es selbst nicht ganz glauben könnte. »Du hast gute Freunde. Ich war schon immer der Meinung, dass das viel über jemanden aussagt.«

»So habe ich das noch nie gesehen – aber du hast recht.« Wie könnte man einen Menschen besser beurteilen als anhand der Leute, mit denen er sich umgibt und die ihn am meisten lieben? »Wann werde ich also die Gelegenheit haben, Rosalind näher kennenzulernen?«

»Bald.« Jonah dreht den Kopf, um mich auf die Wange zu küssen. Sein Blick ist sanft, als er mich ansieht, und mir hüpft das Herz in der Brust, als er meine Hand berührt. Zwischen uns ist wieder alles in Ordnung. Vielleicht war es das die ganze Zeit über. Zumindest kann ich aufhören, mir Sorgen zu machen.

»Wir sollten nicht zu lange bleiben«, flüstere ich. »Ich will Shay nicht zu sehr erschöpfen.« Ein schelmisches Lächeln breitet sich auf meinem Gesicht aus. »Ich will *dich* erschöpfen.«

»Zeit zum Aufbruch.« Jonah erhebt sich.

Wir sind fast an der Tür, als ich Kip über den Weg laufe, der sein Haar für diesen Anlass zu einer pinkfarbenen Pseudoirokesenfrisur gestylt hat. Er hat sogar noch mehr getrunken als Geordie, weshalb er nun sowohl Jonah als auch mich ungelenk in die Arme schließt. »Meine Liebsten. Meine äußerst überraschenden Turteltäubchen. Wie geht es euch?«

»Toll.« Behutsam versuche ich mich aus Kips Arm zu befreien. »Aber offenbar nicht so gut wie dir.«

»Er ist ein ganz schöner Leckerbissen, nicht wahr?« Kip wirft Ryan über die Schulter einen koketten Blick zu, und Ryan winkt. »Und das sind Sie ebenfalls, Jonah Marks. Oh, kein Grund, die erschrockene Heteromiene aufzusetzen. Mir ist durchaus klar, dass ich nicht Ihrem Geschmack entspreche.«

Jonah hat eindeutig keine Ahnung, wie er darauf reagieren soll. Ich kann ihm deswegen keinen Vorwurf machen. Schließlich sagt er einfach: »Okay.«

»Ich bin so froh, dass das alles so gut funktioniert! Schottland und der ganze Rest.« Als Kip uns gehen lässt, atme ich erleichtert auf. Doch ich habe mich zu früh gefreut. Denn bevor Kip davontorkelt, sagt er an Jonah gewandt: »Ich hätte mir gar nicht die Mühe machen sollen, euch hinterherzuspionieren.«

Sofort verfinstert sich Jonahs Miene. Ich nehme seine Hand. »Komm schon. Lass uns gehen.«

Doch als wir das Haus verlassen, will Jonah wissen: »Was hat er damit gemeint?«

Ich will antworten, dass ich es nicht weiß – aber das wäre eine zu direkte Lüge. »Kip hat alles Mögliche über dich recherchiert, als ihm klar wurde, dass zwischen uns etwas laufen könnte.«

Jonah bleibt abrupt stehen. »Und woher weißt *du* davon? Hat er dir das später erzählt?«

Jetzt ist es wohl an der Zeit, ein umfassendes Geständnis abzulegen. »Er hat all diese Artikel über deine Familie ausgedruckt und sie mir gezeigt. Ein paar habe ich gelesen. Es war keine große Sache.«

»Wenn es keine große Sache war, warum hast du mir dann nicht davon erzählt?« Seine Augen lodern förmlich.

Im Schlafzimmer mag ich mich Jonah vollkommen unterwerfen, aber im wahren Leben ist das etwas anderes. »Weil es total unangenehm ist! Weil ich dachte, dass du überreagieren könntest – *keine Ahnung*, wie ich auf diese Idee gekommen bin. Du bist also in einem großen Haus aufgewachsen! Wen interessiert das?«

»Das ist nicht alles, was du gelesen hast.«

»Nein. Willst du jetzt wirklich über den Rest reden?«

»Ich will *überhaupt nicht* darüber reden.«

»Warum bist du dann wütend auf mich, weil ich nichts gesagt habe?«

Wir sehen einander sehr lange an. Dann packt Jonah meinen Unterarm fest genug, um blaue Flecken zu verursachen. »Wir gehen zu mir«, sagt er, und seine Stimme ist leise und rau. »Und wir werden spielen.«

Mein ganzer Körper reagiert darauf. Erregung durchströmt mich so heftig, dass ich aufkeuche. »Ja. Lass uns spielen.«

Während der Fahrt sprechen wir kaum ein Wort miteinander, was dazu beiträgt, die angespannte Stimmung aufrechtzuerhalten.

Aber einmal murmelt Jonah: »Du weißt, dass du das Safeword jederzeit benutzen kannst.«

Silber. »Natürlich weiß ich das.«

Dieses Mal wird es *richtig brutal* werden. Momentan will ich ihn so sehr, dass ich es schmecken kann.

Bis jetzt hatte ich keine Ahnung, wo Jonah wohnt. Er fährt uns mitten in die Innenstadt an den Rand des Lake Austin. Ein paar der Hochhäuser hier verfügen über Luxuswohnungen. Das sind Unterkünfte, die sich die meisten Studenten nicht leisten können – und die meisten Dozenten ebenfalls nicht. Ich habe noch nie auch nur einen Fuß in ein solches Gebäude gesetzt. Jonah schnappt sich eine bronzefarbene Karte, die an der Innenseite der Sonnenblende steckt, und verschafft uns damit Zugang zur Tiefgarage, ohne dabei wirklich langsamer zu werden.

Alle Fahrzeuge hier sind Sportwagen und Statussymbole. Jonahs Limousine wirkt im Vergleich zu den ganzen Modellen von Mercedes und Jaguar, die dort stehen, bescheiden. Aber letztendlich ist eine Tiefgarage wie die andere. Sobald wir geparkt haben, gehen wir durch die gleiche dunkle, hallende Betonkonstruktion, die man überall sonst auch finden würde.

Wieder packt er meinen Arm und zerrt mich schneller neben sich her. »Es ist ruhig um diese Uhrzeit. Niemand würde etwas mitbekommen. Soll ich dich gleich hier ficken?«

Es ist Halloween. Die meisten Leute werden unterwegs sein und sich amüsieren – was bedeutet, dass sie zu allen möglichen Uhrzeiten nach Hause kommen können. »Nein. Wir sollten …«

Jonah presst mich so ruckartig gegen den nächstbesten Betonpfeiler, dass ich darum kämpfen muss, nicht das Gleichgewicht zu verlieren. »Ich werde dich hier ficken, wenn ich das will. Das ist nicht deine Entscheidung, oder?«

Das Spiel ist intensiver geworden. Wir erstellen diese Szenarien nach unserer Fantasie, aber echte Wut sollte bei dem, was wir tun, eigentlich nie eine Rolle spielen. Doch dieser Anflug von Wut sorgt nur dafür, dass ich ihn noch mehr will. »Nein«, flüstere ich. »Es ist deine Entscheidung.«

Das scheint Jonah zufriedenzustellen, und er zerrt mich mit sich ins Gebäude.

Er dreht einen Schlüssel, damit wir mit dem Aufzug auf die Penthouseebene fahren können. Als die Türen aufgleiten, kommt dahinter der große, düstere Raum seiner Wohnung zum Vorschein. Jonah ist der einzige Bewohner des obersten Stockwerks.

Also kann ich mich so viel wehren und schreien, wie ich will. Niemand wird mich hören.

»Zieh deine verdammten Sachen aus«, befiehlt Jonah. Er fängt an, sich direkt dort vor den Aufzugstüren die OP-Kleidung vom Leib zu reißen.

Ich gehorche. Die Wohnung ist so dunkel, dass ich nicht viel erkennen kann, abgesehen von der Lichtern der Stadt, die durch das Fenster hereinscheinen. Seine Wohnung ist offenbar riesig, aber nach dem Konzept des offenen Raums entworfen, was bedeutet, dass ich mitten in einem weitläufigen, düsteren Zimmer stehe, das ich nicht kenne. Zitternd ziehe ich meine Schuhe und Strümpfe aus, schiebe den Rock herunter, bis er auf dem Boden landet, und ziehe mir dann die Bluse über den Kopf. Nun stehe ich nur noch in meinem trägerlosen BH und meiner Unterhose da.

Bevor ich auch diese ausziehen kann, tritt Jonah sehr dicht an mich heran, packt mich an beiden Armen und hält mich fest. Er ist vollkommen nackt, und seine Erektion ragt zwischen uns auf. Im gedämpften Licht der Stadt draußen vor den Fenstern erkenne ich gerade so, wie groß er ist, wie muskulös – und wie zwecklos es wäre, mich gegen ihn zu wehren. Und ich erkenne die Wut in seinen Augen.

Heute Nacht ist Jonahs Zorn zum ersten Mal vollkommen echt.

Zweifellos wird er gleich anfangen, mich zu beschimpfen. *Schlampe. Hure. Miststück.* In meinem Kopf kann ich hören, wie seine Stimme diese Worte knurrt.

Aber nein, heute Nacht werde ich herausfinden, dass Jonah vollkommen still wird, wenn er wirklich wütend ist.

Sein Schweigen ist beängstigender als alles, was er je sagen könnte.

Ich pralle mit den Knien auf das Parkett, als er mich zu Boden stößt. Er packt mein Haar grob und fest, um mich an Ort und Stelle zu halten, während er seinen Schwanz in meinen

Mund schiebt. Wenn er langsamer machen würde, könnte ich versuchen, ihm einen zu blasen, aber nichts, was ich tue, genügt Jonah. Er stößt immer wieder erbarmungslos zu und dringt so tief in meinen Mund ein, dass ich huste und nach Luft ringe.

Jonah könnte mir wehtun. Er will *mir wehtun. Sag* Silber *oder schnipse mit den Fingern. Sorg dafür, dass er aufhört.*

Ich tue es nicht.

Die rohe Gewalt, die Jonah auf mich ausübt, lähmt mich. Ich kann nur mit offenem Mund daknien und mich benutzen lassen. Ich wimmere sowohl vor Angst als auch vor Lust. In diesem Moment zieht er seinen Schwanz aus meinem Mund und zerrt mich wieder auf die Füße.

»Jonah …« Aber ich habe keine Ahnung, was ich sagen soll, und er gibt mir auch keine Gelegenheit dazu. Stattdessen stößt er mich vorwärts, bis ich gegen einen niedrigen Gegenstand aus Leder pralle. Eine Bank oder vielleicht eine Ottomane.

Er drückt mich gegen seine Brust und flüstert die ersten Worte, die er seit der Tiefgarage von sich gegeben hat. »Auf die Knie.«

Mittlerweile zittere ich am ganzen Körper. Aber ich tue, was Jonah verlangt. Ich steige auf die Bank, knie mich hin und warte. Alles um mich herum liegt im Dunkeln.

Ich spüre, wie etwas Warmes über meine Arme gleitet – ein Gürtel, erkenne ich, als das Leder stramm gezogen wird. Jonah hat meine Handgelenke auf meinem Rücken zusammengebunden. Er hat mich noch nie zuvor gefesselt. Die plötzliche Angst, die ich verspüre, verstärkt meine Lust nur noch. Mittlerweile sind meine Angst und meine Erregung so übermächtig, dass es sich anfühlt, als ob ich betrunken wäre. Er zerrt an dem Gürtel und bringt mich damit fast aus dem Gleichgewicht. Ich schreie auf. Seine Hand gleitet über die Mitte meines Rückens nach unten. Diese Berührung drückt Besitzanspruch aus.

Jonah besitzt mich jetzt, und er weiß es.

Er übt Druck zwischen meinen Schulterblättern aus, sodass ich beinahe vornüberkippe. Als ich so vornübergebeugt vor ihm hocke, packt er mit einer Hand meine Hüfte und rammt seinen Schwanz in mich.

Jonah nimmt mich mit einer Wildheit, die ich noch nie zuvor erlebt habe. Eine Hand schließt er um den Gürtel, um mich an den Armen in Position zu halten. Mit der anderen Hand lässt er meine Hüfte los, packt mein Haar und zerrt meinen Kopf brutal nach hinten. Jonah stößt immer wieder so schnell und heftig in mich hinein, dass meine Brüste wackeln und mein ganzer Körper zu schwitzen anfängt. Meine Knie und Handgelenke schmerzen – meine Schultern fühlen sich an, als würden sie zu weit nach hinten gezogen –, und doch liebe ich nichts mehr als das Klatschen seines Körpers gegen meinen oder das Gefühl seines Schwanzes, der mich komplett ausfüllt. Jonah lässt seine ganze Wut an mir und in mir aus.

Ja, denke ich, *fick mich. Bestrafe mich. Zwing mich dazu, alles hinzunehmen.*

Lust schwillt in mir an und erreicht ihren Höhepunkt. Die Dunkelheit verfärbt sich rot, und mein Herz hämmert so heftig, dass ich das Blut in meinen Ohren rauschen höre. Abgehackte Schreie kommen über meine Lippen. Selbst wenn ich es wollte, könnte ich sie nicht zurückhalten.

Und dann komme ich in einem blendenden Lustrausch. Zum ersten Mal in meinem Leben muss ich bei einem Orgasmus schreien.

Jonah hört nicht auf. Er wird nicht mal langsamer. Er vögelt mich einfach noch härter, so hart, dass man denken könnte, er will mich zerbrechen. Aber dann kommt er ebenfalls und schreit auf, als er sich tief in meinem Inneren entlädt und dann ganz still wird. Ein paar Sekunden lang verharren wir reglos in dieser Position und sind zu benommen, um uns zu bewegen.

Dann zieht er sich heiß und feucht aus mir zurück. Der Gürtel an meinen Handgelenken wird gelockert und fällt zu Boden. Ich versuche aufzustehen, aber es gelingt mir nicht. Dafür zittere ich immer noch zu heftig. Stattdessen lasse ich mich auf die nahe stehende Couch fallen.

Jonah steht über mir wie ein schwarzer gesichtsloser Schatten. Alles, was ich mir je über die Angst vor diesem Mann eingeredet habe, fällt mir in diesem Moment wieder ein, und ich frage mich, was als Nächstes passieren wird. Wenn er immer noch wütend ist, wenn ihm das, was er gerade mit mir gemacht hat, nicht reicht …

Aber meine Augen gewöhnen sich an die Dunkelheit, und ich sehe eine weiße Fläche an einer nahe gelegenen Ziegelwand. Ein Viereck in einem silbernen Rahmen.

Die Radierung. Die Männerhände, die die Taube halten. Das sehe ich dort.

Und sofort erinnere ich mich daran, dass die Verbindung zwischen uns tiefer reicht als all die kranken Fantasien, die mich an Jonah binden. Zumindest wäre das möglich, wenn wir herausfinden, wie wir das hinbekommen können.

»Hältst du mich fest?«, flüstere ich.

Jonah zögert, setzt sich dann aber neben mich und schließt mich in seine warme Umarmung. Er ist jetzt genauso sanft, wie er vor einer Minute noch grausam war.

Langsam sinkt er mit mir auf das Sofa, und ich schmiege mich an seine Brust. Ich sage nichts mehr und schaue auch nicht in Jonahs Gesicht. Stattdessen starre ich zu der Radierung hin und versuche, trotz der Dunkelheit die Linien der zerbrechlichen Taubenflügel und der starken Männerhände auszumachen.

26

Kaum etwas könnte peinlicher sein, als nach einer solchen Nacht in einem Dirndlkostüm nach Hause zu gehen. Also leiht mir Jonah ein T-Shirt und eine kurze Trainingshose mit einer Kordel am Bund, die ich um meine Taille zusammenziehen kann, damit die Hose nicht rutscht.

Ich erinnere mich fast nicht an den Moment, in dem ich mich von Jonah halb schlafend in sein Schlafzimmer habe tragen lassen. Aber an diesem Morgen bin ich neben ihm in einem riesigen Bett aufgewacht, und seitdem ist er sehr aufmerksam gewesen. Fast schon zu höflich. Das genaue Gegenteil von gestern Nacht.

Während uns Jonah Rührei macht, laufe ich herum und sehe mir seine Wohnung bei Tageslicht an. Sein Schlafzimmer und Bad sind die einzigen geschlossenen Räume. Sie befinden sich in einem von Ziegelwänden umgebenen Bereich in der Mitte des gewaltigen offenen Raums, der den Rest seiner Wohnung bildet. Die Küche besteht aus glänzendem rostfreiem Stahl, aber der in der Nähe aufgestellte Esstisch scheint aus wiederverwertetem Holz gefertigt zu sein. In dieser Umgebung wirkt er rustikal und passt doch irgendwie perfekt zum Rest der Einrichtung. Ich drehe eine Runde und entdecke niedrige Bücherregale unter den breiten Fenstern, die eine Aussicht auf den Lake Austin und den Rest der Stadt bieten. Dieser Bereich mit den niedrigen Ledersofas, einem türkischen Teppich und der Ottomane, an die ich mich erinnere, fungiert als Wohnzimmer. Wie sich herausstellt, ist die Ottomane dunkelrot. Am anderen Ende seiner Wohnung – der Teil, in dem ich schon fast wieder die Küche erreicht habe – ist ein Homeoffice mit lauter Bücherstapeln rund um seinen Computer angesiedelt. Am anderen Ende des Schreibtischs steht ein Seismograf. Alle Linien verlaufen langsam und gleichmäßig – heute gibt es keine Erschütterungen. Ich gehe um ein Laufband herum und lande wieder in der Küche, wo Jonah gerade unser fertiges Frühstück auf Teller verteilt.

Er trägt nur Retroshorts und ein weißes T-Shirt, das so eng und dünn ist, dass er ebenso gut kein Oberteil anhaben könnte. Selbst nach all den Wochen, die wir nun schon Sex miteinander haben, raubt mir der Körper dieses Mannes immer noch den Atem.

Jonah wirft mir von der Seite aus einen Blick zu. »Geht es dir gut?«

»Ja, klar.« Ich trinke einen Schluck von dem Orangensaft, den er in ein elegant geformtes Glas geschüttet hat. »Ich hatte gestern Abend nur ein Glas Wein.«

»Das meinte ich nicht.« Seine Hände finden meine, und ich beobachte, wie er meine Handgelenke betrachtet und nach Schürfmalen durch den Ledergürtel sucht, mit dem er mich letzte Nacht gefesselt hat. Aber ich habe nur einen kleinen blauen Fleck, der kaum größer als eine Fingerspitze ist.

Ich schaue ihm direkt in die Augen. »Wenn du mir zu weit gehst, werde ich es dich wissen lassen.« Nach einem Moment nickt er.

Ich wünschte nur, ich wüsste, wie weit »zu weit« aussehen würde.

Als wir am Tisch sitzen, habe ich einen guten Blick auf meine Radierung, die an der inneren Ziegelwand hängt. Jonah bemerkt, dass ich das Bild betrachte, und lächelt. »Ist das der richtige Platz dafür?«

Das hier ist deine Wohnung, will ich sagen. *Häng es hin, wo immer du willst.* Aber die Wahrheit ist, dass es mich als Künstlerin tatsächlich kümmert, wo meine Arbeiten schließlich landen. »Genau genommen ist der Platz sogar perfekt. Er bietet genug Licht, um das Bild klar erkennen zu können, aber nicht so viel Sonne, dass die Tinte ausbleichen könnte.« Außerdem drückt der Platz Stolz auf das Bild aus, was immer ein gewaltiges Kompliment ist.

Jonah schiebt sein Rührei mit der Gabel auf dem Teller herum. »Ich würde dir gern eine Frage stellen. Du musst aber nicht darauf antworten, wenn du nicht willst.«

»Ähm, okay.«

»Was hast du noch gelesen?« Er kann mir nicht in die Augen sehen. »Von den Artikeln, die Kip dir gegeben hat.«

»Ich habe erfahren, dass du Rennen gelaufen bist. Dass es in deinem Haus angeblich spukt. Und … und ich habe erfahren, dass deine Familie eine schwere Zeit durchmacht.« Das scheint mir die taktvollste Version zu sein, es auszudrücken. Ihm muss klar sein, wie viel ich weiß. Er kann unmöglich ignorieren, wie gierig sich die Presse auf die Probleme seiner Familie stürzt.

Endlich schaut Jonah zu mir auf. Einmal mehr sehe ich einen Hauch dieser tief in seinem Inneren vergrabenen Verletzlichkeit. »Was die Medien berichten – das ist nicht die ganze Geschichte.«

»Davon bin ich auch nie ausgegangen.« Ich lege meine Hand auf Jonahs Unterarm. »Du kannst mir erzählen, was du willst und wann du es willst. Ich werde nicht nachbohren. Ich hätte nicht mal das Zeug lesen sollen, das Kip mir gegeben hat.«

»Nein. Wenn es in der Zeitung steht, ist es allgemein zugängliche Information.«

»Tja, ich habe allerdings nicht tiefer nachgeforscht, und das werde ich auch nicht.«

Er nickt, aber ich kann sehen, dass er mir nicht ganz glaubt. Zuerst bin ich gekränkt – aber dann frage ich mich, ob jemals jemand Jonahs Privatsphäre respektiert hat. Er kann sich nicht vorstellen, dass ihm irgendjemand freiwillig Raum und Intimspähre zugesteht, weil man es ihm zuvor immer verweigert hat. Ich erinnere mich an die Artikel über eine verrückte Mutter – an meine eigenen Theorien über seine Wut auf sie – und verspüre einen Stich im Herzen, als mir klar wird, wie lange Jonah nun schon diese Mauern um sein Herz errichtet hat.

Können sie jemals eingerissen werden?

Nicht von jemandem, der sich hinter seinen eigenen Mauern versteckt.

Wir frühstücken schweigend, wie Liebende, die einander alles und nichts erzählt haben.

Jonah fährt mich nach Hause und küsst mich zärtlich, bevor ich aus dem Auto steige. Zwischen uns ist alles in Ordnung – zumindest so in Ordnung, wie es je war.

Später ist immer noch Zeit, um herauszufinden, was das alles bedeutet. Jetzt brauche ich erst einmal Ruhe.

Ich schlafe noch ein wenig, nehme eine lange, heiße Dusche und ziehe eine Jeans und einen Pullover an. Eine Riesenparty wie die von Arturo und Shay dürfte am nächsten Morgen selbst dann einen freiwilligen Aufräumtrupp benötigen, wenn Shay beim Saubermachen helfen könnte. Aber da sie das nicht kann, denke ich mir: Je früher ich dort ankomme, desto besser. Das Aufräumen wird mich von dem Gefühlschaos zwischen Jonah und mir ablenken.

Als ich vor dem Haus halte, steht Carmens Auto bereits dort. Ich erwarte, damit aufgezogen zu werden, dass ich so lange geschlafen habe – und dann vielleicht damit, bei wem ich so lange geschlafen habe. Also bereite ich mich innerlich auf das Verhör vor.

Auf das, was ich stattdessen vorfinde, bin ich nicht vorbereitet.

Arturo öffnet die Tür, ohne mich auch nur anzusehen. »Was geht dich das an?«

»Bei wem werdet denn ihr sonst einziehen, wenn ihr aus eurem Haus geworfen werdet?« Carmens Stimme ist schrill und streng. Das passt gar nicht zu ihr. »Deswegen geht es mich sehr wohl etwas an!«

»Wir werden nicht aus unserem Haus geworfen!« Arturos Gesicht ist rot angelaufen. Dieser Streit dauert schon eine ganze Weile an.

»Du hast fast hundert Dollar für *Bier* ausgegeben«, sagt Carmen, während sie durchs Wohnzimmer stapft, Dosen aufsammelt und sie in den Müllsack wirft, den sie in einer zur Faust geballten Hand hält. »Ihr bekommt bald ein Baby! Das ist verantwortungslos!«

Die Tatsache, dass Carmen und Arturo mich einfach so reinlassen, während sie einen heftigen Streit haben, macht deutlich, wie nah wir drei uns stehen. Aber das macht es nicht weniger unangenehm für mich. »Ich werde mal nach Shay sehen«, sage ich und eile die Treppe hinauf. Ihr lautes Gezeter verfolgt mich den ganzen Weg dorthin.

Shay sitzt an ein Kissen gelehnt im Bett und hält die neuen Häkelnadeln und das weiche weiße Garn, das ich ihr bei ihrer am Bett abgehaltenen Babyparty ein paar Tage nach meiner Rückkehr aus Schottland geschenkt habe. Aber sie arbeitet nicht mit dem Garn, sondern sitzt einfach nur mit Tränen in den Augen da. Sie versucht zu lächeln, als sie mich sieht, aber es gelingt ihr nicht wirklich. »Das geht jetzt schon mindestens eine halbe Stunde so.« Sie wischt mit dem Handrücken über ihre Wangen. »Ich kann das nicht ertragen.«

»Hey, hey. Alle Geschwister streiten sich manchmal.« Das

stimmt zwar, aber ich fühle mich trotzdem wie eine Lügnerin, als ich es sage. Weder Carmen noch Arturo schreien normalerweise so laut herum, und vor allem schreien sie nicht einander an.

Shay schnieft. »Zuerst war es so, als wäre Carmen wütend auf mich gewesen, weil ich schwanger geworden bin. Und sobald sie das überwunden hatte, fing sie an, sich gegen Arturo zu wenden. Wir haben für eine letzte Party vor der Geburt des Babys gespart! Abgesehen vom Bier haben die Gäste alles mitgebracht! Wir haben doch keinen Fehler gemacht, oder?«

Ich setze mich zu ihr aufs Bett. Trotz der Tatsache, dass sie eine verheiratete Frau ist, die in Kürze Mutter wird, sieht sie gerade so viel jünger aus als ich. Eher wie ein Mädchen als wie eine Erwachsene. »Ihr habt alle Möbel für das Kinderzimmer. Ihr habt bereits ein Sparkonto fürs College eingerichtet, und dieses Kind ist immer noch ein Fötus!«

»Aber wir müssen auch eine Tagesmutter bezahlen – denn ich muss meinen Abschluss machen, sonst werde ich Arturo nur zur Last fallen …« Mittlerweile ist Shay völlig mit den Nerven am Ende.

»Das wird sich alles finden«, verspreche ich ihr. »Okay? Ihr beiden werdet nicht von einer Party aus der Bahn geworfen werden.«

»Ist unten Krieg ausgebrochen?« Überrascht drehe ich mich um und sehe Geordie in der Tür stehen. Er trägt kein Hemd, aber immer noch seinen Kilt. Als das Licht, das durch Shays Schlafzimmerfenster fällt, auf seine Augen trifft, verzieht er das Gesicht. »Außerdem würde ich gerne wissen, ob heute der 1. November ist oder ob ich länger weggetreten war?«

»Du hast gegen zwei Uhr früh das Bewusstsein verloren«, erklärt Shay zwischen Schnieflauten. »Arturo hat dich auf den Boden des Kinderzimmers verfrachtet.«

»Nett von ihm.« Geordie sackt gegen den Türrahmen. Seine Gesichtsfarbe hat einen ungesunden Grünton angenommen. »Ich fürchte, ich könnte kurz davorstehen, mich in eure Toilette übergeben zu müssen.«

Shay deutet mit einer Handbewegung in Richtung Bad. »Nur zu«, sagt sie elendig. »Da habe ich in den vergangenen paar Monaten oft genug reingekotzt. Jetzt sollte mal jemand anders an der Reihe sein.«

Während Geordie Richtung Bad stolpert, höre ich Carmen brüllen: »Doch, du *musst* dich dafür rechtfertigen! Du wirst Vater, Arturo! Du musst dich von jetzt an für alles rechtfertigen, was du tust, wenn es nichts damit zu tun hat, für dieses Baby zu sorgen!«

Ich drücke Shays Hand. »Ich bin hergekommen, um beim Aufräumen zu helfen. Aber wie wäre es, wenn ich stattdessen Carmen aus dem Haus befördern würde?«

»Oh, Gott segne dich.« Shay lässt sich auf ihr Kissen zurücksinken und wird vor Erleichterung ganz schlaff.

Also eile ich nach unten, schnappe mir Carmens Handtasche und deute auf sie. »Du. Ich. Brunch. Jetzt.«

Carmen und Arturo erstarren mitten in ihrem Streit. Der Anblick wäre lustig, wenn ich Shay nicht weinen gesehen hätte. »Wie kannst du in einer Situation wie dieser an Brunch denken?«, bringt Carmen schließlich hervor.

»An einem Morgen am Wochenende? Das ist ziemlich einfach. Komm schon.«

Sie sagt kein Wort, als wir gehen, und schweigt auch auf der Fahrt zum Magnolia Café. Aber während wir draußen in der Schlange warten, murmelt Carmen: »Du hättest mir einfach sagen können, dass ich mich beruhigen soll.«

»Hätte das funktioniert?«

Carmen antwortet nicht. Sie schlingt die Arme nur dichter um den Körper, um sich vor der kühlen Brise zu schützen.

»Weswegen bist du denn so ausgerastet?«

»Es ging darum, dass sie ihr Geld verschwenden …«

»Sie haben *eine einzige Party* gegeben, Carmen. Ansonsten waren sie mit ihrem Geld vorsichtiger, als du oder ich es je gewesen sind.« Arturo ist einer dieser unglaublichen Freaks, die bereits mit achtzehn eine Rentenversicherung abgeschlossen haben. »Das ist doch nicht der eigentliche Grund für deinen Ärger.«

»Woher willst du das wissen? Du kannst nicht meine Gedanken lesen. Du musst dich nicht fragen, wie es wäre, wenn du anfangen müsstest, deinen Bruder und seine Frau und ein Baby finanziell zu unterstützen …«

»Das wird nicht passieren!« Selbst wenn ich nicht so fest an Shay und Arturo glauben würde, ist die Ortiz-Familie nicht gerade arm. Carmens und Arturos Eltern sind nicht steinreich, aber sie wären durchaus in der Lage auszuhelfen, falls das Baby irgendetwas brauchen sollte.

Carmen hat mir nicht mal zugehört. »Du musst dich nicht fragen, ob du aus der Bahn geworfen wirst, weil du keine derartigen Verpflichtungen hast. Du kannst einfach weiter an deiner Doktorarbeit sitzen und ins Atelier gehen. Du wirst es schaffen, egal was passiert. Aber für mich ist das nicht so.«

»Natürlich wirst du es schaffen. Du bist ein Mathegenie.«

»Nein, bin ich nicht.« Ihre Stimme bricht. »In der Highschool war ich wirklich gut. Und zu Beginn des Studiums auch noch. Aber jetzt? An diesem Punkt? Ich hinke hinterher … Ich merke das, und meine Berater sagen, ich muss mich ins Zeug legen, sonst …«

Carmen fängt an zu weinen. Ein paar Leute in der Schlange starren uns an. Tja, dann sollen sie eben starren. Ich umarme sie fest. »Du machst dir keine Sorgen um Arturo. Du machst dir Sorgen um *dich selbst*.«

»Einer von uns muss es schaffen«, flüstert sie, während sie meine Umarmung erwidert. »Und ich denke nicht, dass ich es sein werde.«

Endlich ergibt ihr Verhalten in den vergangenen paar Monaten Sinn. Die ganze Zeit über hat Carmen diese erdrückende Angst verarbeitet, indem sie sie auf ihren Bruder projiziert hat. Zuerst hat sie es Shay übel genommen, dass sie Arturo in so jungen Jahren mit Verantwortung belastet. Und heute Morgen hat sie sich dann gegen Arturo gewandt. Aber in Wahrheit hat sie furchtbare Angst davor, dass sie diejenige sein könnte, die fallen wird, und niemand da sein wird, um sie aufzufangen.

»Hör mir zu, okay? Du wirst das schaffen. Ja, eine Doktorarbeit ist schwierig. Das soll sie auch sein! Aber du warst klug genug, um so weit zu kommen.«

Carmen schüttelt den Kopf. »Ich weiß nicht.«

»Manchmal ist das Leben wie ein Videospiel. Wenn es schwieriger wird und die Hindernisse schwerer zu überwinden sind, bedeutet das nur, dass man ein höheres Level erreicht hat.«

Sie lacht brüchig. »Nur dass ich bei Videospielen echt schlecht bin.«

»Ich weiß.« Carmen hat nicht einmal begriffen, wie man bei *Grand Theft Auto* sein Auto steuert. »Aber in Mathe bist du nicht schlecht. Komm schon. Tief einatmen.«

Doch sie weint noch eine Weile lang weiter und ist immer noch in Tränen aufgelöst, als wir endlich einen Tisch zugewiesen bekommen. Allerdings lautet eine der großen Lebenswahrheiten, dass man jede Situation durch Kaffee verbessern kann. Nach ihrer zweiten Tasse hat sich ihre Stimmung ein wenig aufgehellt – und als ihre Waffeln kommen, ist sie wieder ganz ruhig, zumindest ruhig genug, um meinen relativ leeren Teller zu bemerken. »Hey, warum hast du nichts bestellt?«

»Ich hatte doch Tee und Toast.«

Carmen wirft mir einen skeptischen Blick zu. Zweifellos erinnert sie sich an meine Fähigkeit, einen ganzen Stapel Pfannkuchen zu vernichten.

»Tja«, räume ich ein, »vielleicht hat Jonah mir heute Morgen Frühstück gemacht.«

»Ach ja? Hat er bei dir übernachtet?«

»Ich habe bei ihm übernachtet.«

Carmens Augen sind immer noch rot vom Weinen, aber ich kann sehen, dass sie froh ist, für eine Weile etwas anderes zu haben, worüber sie nachdenken kann. »Du hast bislang nicht viel über diesen Kerl geredet. Als du damals Geordie kennengelernt hast, hast du mir alles erzählt.«

Ich werde niemals in der Lage sein zu erklären, warum ich ihr nicht von Anfang an von Jonah erzählt habe oder warum ein so großer Teil unserer Beziehung geheim bleiben wird. Aber wenn er ein größerer Teil meines Lebens wird, muss ich ein wenig mehr über ihn preisgeben. »Jonah ist ein sehr reservierter Mensch«, sage ich. »Das respektiere ich.«

»*Schön.* Dann sei eben geheimnisvoll. Es spielt keine Rolle, weil diese Beziehung ganz nach einer stürmischen Romanze aussieht. Und du stehst total auf ihn. Ich meine, du bist mit ihm nach Schottland gereist! Wie teuer war dieses kurzfristig besorgte Flugticket eigentlich?«

Die Frage ist nicht ernst gemeint. Sie versucht nur, mir das Eingeständnis zu entlocken, dass ich mich Hals über Kopf in Jonah verliebt habe. Trotzdem könnte dies der richtige Moment sein, um ihr die ganze Wahrheit über die Schottlandreise zu erzählen. »Er hat mir das Ticket besorgt.«

Sie reißt die Augen auf. »Jonah hat dir ein Flugticket nach

Schottland gekauft? Oh mein Gott, Vivienne. Das ist ja der Hammer!«

»Nicht wirklich. Tatsächlich war sein Dad einer der Mitbegründer von *Oceanic Airlines*. Also hat er Einfluss bei der Fluggesellschaft.«

Das hat nicht den Effekt, den ich erwartet habe. Carmen runzelt die Stirn. »Hast du *Oceanic Airlines* gesagt?«

»Ähm, ja. Warum?« Gab es heute einen Absturz oder so was?

Stattdessen sagt Carmen: »Dann … gehört Jonah also zu dieser verkorksten Familie, die ständig Stoff für die Klatschspalten liefert.«

Ich starre sie mit offenem Mund an. »Woher weißt du das?«

»Wenn sein Dad *Oceanic Airlines* gegründet hat und sein Name Jonah Marks lautet, bedeutet das, dass sein Dad Alexander Marks war, richtig?«

»Woher kennst du diese Leute?«

Carmen verzieht das Gesicht. »Aus den üblichen Quellen! Aus der Boulevardpresse, manchmal aus den Nachrichten, aus den Illustrierten im Supermarkt … Ich meine, komm schon, hin und wieder muss man die doch mal lesen, oder? Man hat doch sonst nichts zu tun, während man in der Schlange an der Kasse ansteht.«

»Ich schaue dann immer auf mein Handy und rede mir den Kauf von Schokoriegeln aus wie jeder andere normale Mensch!« Großartig. Jeder auf der *ganzen Welt* achtet mehr auf Klatsch als ich. So viel dazu, Jonahs Geheimnisse zu bewahren. Ich beruhige mich so gut es geht und sage: »Ich denke, Jonah versucht, sich von alldem fernzuhalten.«

»Hat er heute Morgen nicht mal was über seine Mom gesagt?« Carmen verzieht das Gesicht. »Ich wette, er hatte es noch nicht gehört.«

»Hatte was noch nicht gehört?«

Selbst die seriösesten Printmedien drucken reißerische Überschriften für diese Geschichte. Man kann es nur als sensationslüstern beschreiben.

»VERRÜCKTE ERBIN« AUS CHICACO WEGEN ANGRIFF AUF STIEFSOHN VERHAFTET

Jedes Nachrichtenblatt, vom *Wall Street Journal* bis hin zu *OhNoTheyDidn't*, schildert die Ereignisse anders. Ein paar verwackelte Handykameravideos wurden auf YouTube hochgeladen, aber keins davon enthüllt mehr als vage Bewegungen in der Dunkelheit und das Geschrei einer Frau. Soweit ich mir das zusammenreimen kann, hat Jonahs Mutter Redgrave House verlassen – was für sie schon ungewöhnlich ist – und ist ins *Orchid* gegangen, einen Club mit Restaurant in der Innenstadt, der so exklusiv ist, dass sogar ich davon gehört habe. Der Besitzer des *Orchid* stellt sich als Maddox Hale heraus, Jonahs jüngerer Stiefbruder. Als Jonahs Mom Maddox angepöbelt hat, ist es zu einem Streit gekommen, bei dem sie ihn offenbar verletzt hat – allerdings scheint man sich nicht einig zu sein, ob sie Maddox ein Messer durch die Hand gerammt oder ihn nur geschlagen hat oder ob es eine Kombination aus beidem war. Keins der Videos bietet einen guten Blick auf Jonahs Mutter, aber ich höre einen Mann sagen: »Sie weiß nicht, was sie tut. Ist schon gut. Ich will keine Anzeige erstatten.«

Also hätte Maddox die Sache offenbar auf sich beruhen lassen, was immer sie auch getan hat. Die Polizei war da anderer Meinung.

Ich weiß nur mit Sicherheit, dass Jonah innerlich zerrissen sein muss. Und irgendwie ist mir klar, dass er niemals mit einer Menschenseele darüber reden wird – nicht mit Rosalind, nicht mit mir, mit niemandem.

Vielleicht sollte ich ihn anrufen oder zu ihm nach Hause gehen. Nicht um ihn dazu zu bringen, mir alles zu offenbaren, wenn er das nicht will, sondern nur, um bei ihm zu sein.

Doch das fühlt sich irgendwie … übertrieben an. Als wäre das Mitgefühl für seinen Schmerz zu persönlich. Wie können wir uns so nah und doch so fern sein? Ich will den Abgrund zwischen uns überbrücken, aber vielleicht ist das unmöglich.

Den ganzen Tag warte ich darauf, dass er anruft. Ich erwarte nicht, dass Jonah Dampf über den Kummer seiner Familie ablässt, aber er könnte sich an mich wenden, um Gesellschaft zu haben. Um Verständnis zu finden.

An diesem Tag ruft er nicht an. Am nächsten auch nicht. Er schreibt mir auch keine E-Mail.

Welche Höllenqualen Jonah gerade auch durchmachen mag, er scheint fest entschlossen zu sein, es allein zu tun.

27

Am Donnerstag ruft Jonah endlich an, während ich im Supermarkt einkaufe.

Selbst nach fünf Tagen begrüßt er mich nicht. Stattdessen sagt er: »Tut mir leid, ich war … unter dem Radar.«

»Schon okay. Manchmal brauchen wir alle ein wenig Raum.« Das ist meine Einladung an ihn, mir zu erzählen, warum er sich zurückgezogen hat.

Er ignoriert die Einladung und sagt stattdessen: »Ich habe eine Idee.«

»Ja?«

»Für unser nächstes Spiel.«

Ich stehe in der Obst- und Gemüseabteilung zwischen den Gurken und den Kakis, aber allein der Klang seiner tiefen, rauen Stimme, mit der er über unsere Spiele redet, lässt meinen Körper sofort reagieren. Feuer lodert tief in meinem Inneren, und ich drücke das Handy dichter an mein Ohr, damit niemand mithören kann. »Erzähl mir davon.«

»Wenn ich dich dieses Mal nehme, will ich dich *besitzen*.«

»Das tust du immer«, flüstere ich.

»Nicht vollständig«, erwidert er. »Bis jetzt.«

Doreens Haar scheint im Verlauf der letzten paar Monate an den Schläfen grau geworden zu sein. Ich frage mich, wie viel davon auf meine Kappe geht.

»Sie und Jonah haben nicht ein einziges Mal über seine Familienprobleme gesprochen«, sagt Doreen. »Obwohl die Ereignisse auf jeder Webseite und in jeder Zeitung des Landes breitgetreten werden.«

»Er will nicht darüber reden.« Ich zucke mit den Schultern. »Manchmal will ich auch nicht über Dinge reden. Also respektieren wir unsere jeweiligen Privatsphären. Gibt es dazu nicht ein Zitat? Darüber, dass die beste Liebe darin besteht, dass sich zwei Einsame berühren, beschützen und miteinander reden?«

»Rilke werden wir ein andermal besprechen.« Doreens dunkle Augen weichen nie von meinem Gesicht. »Sie sagen, Jonah hat die Verhaftung seiner Mutter nie erwähnt. Stattdessen hat er Sie angerufen und darum gebeten, wieder zu ›spielen‹.«

»Das ist richtig.«

»Ihnen ist klar, dass er womöglich sein Gefühl der Machtlosigkeit kompensieren will.«

Darüber muss ich lachen. »Man braucht keinen Abschluss in Psychologie, um zu dieser Schlussfolgerung zu gelangen.«

»Und was versuchen Sie Ihrer Meinung nach zu kompensieren?«

»Ich bestrafe mich, indem ich mich hingebe. Wenn ich mich meiner Vergewaltigungsfantasie hingebe – wenn ich mich dieser Angst und Hilflosigkeit unterwerfe –, bestrafe ich mich dafür, dass ich genau das will. Verstehen Sie?«

»Ich bezweifle, dass es so einfach ist.«

Soll das ein Witz sein? »Nichts ist so einfach.«

Doreen lehnt sich vor, und als sie mit mir spricht, spricht aufrichtiges Gefühl aus jedem ihrer Worte. »Es besteht kein Grund für Sie, sich für diese Fantasie zu bestrafen.«

»Ich will immer wieder das Schlimmste erleben, das mir je passiert ist. Das, was Anthony mir angetan hat. Das ist krank.«

»Ich kann Ihnen nur erneut sagen, dass viele Frauen Vergewaltigungsfantasien haben. Manche Männer ebenfalls. Das ist nicht immer eine Reaktion auf ein Trauma. Ich glaube, meistens gibt es dafür gar keinen bestimmten Grund.«

Das hat Doreen schon tausendmal gesagt. Aber das, was sie als Nächstes von sich gibt, explodiert in meinem Kopf, als hätte sie eine Handgranate geworfen.

»Vielleicht hätten Sie diese Fantasie auch dann gehabt, wenn Anthony Sie nicht vergewaltigt hätte.«

»Nein.« Ich schüttele den Kopf. »Er hat mir das angetan. Das wissen Sie.«

»Anthony hat sie vergewaltigt«, sagt sie. »Daher kommt die Fantasie. *Und* aus einer Kultur, die Gewalt gegen Frauen erotisiert. *Und* von einem Überbleibsel eines puritanischen Schuldgefühls in Bezug auf Sex, das uns sagt, dass wir Sex nicht selbst wählen und wollen dürfen. Und weiß der Himmel woher sonst noch.«

Ich bin wütend auf sie. Ich will weinen. Meine Wangen sind vor Scham rot angelaufen. Jede Emotion, die ich in dieser Sache je empfunden habe, kocht gleichzeitig in mir hoch. »Aber es ist das Einzige, was mich kommen lässt. Auf andere Weise kann ich nicht kommen! Klingt das für Sie normal?«

Doreen schaut mich ruhig und unverwandt an. »Ganz genau. Die Fantasie ist nicht Ihr Problem. Es ist Ihre extreme Fixierung darauf. Wer lässt Sie auf andere Weise keine sexuelle Befriedigung finden?«

Ich. Sie meint mich.

Und erst jetzt wird mir klar, dass Doreen schon sehr lange auf diesen Moment hingearbeitet hat.

Ich schnappe mir meine Handtasche. »Das hier ist vorbei.«

»Diese Sitzung oder unsere therapeutische Beziehung?«

Sie sagt das in dem Bewusstsein, dass ich mich womöglich für immer von ihr lossagen werde. Momentan will ich das auch.

Aber ich habe hier in der Vergangenheit zu viel Trost gefunden, um Doreen einfach so loszulassen.

»Für den Moment«, sage ich. »Aber ich werde wiederkommen.«

Ich gehe zur Tür, ohne ihre Reaktion abzuwarten.

Als ich zitternd zu meinem Auto gehe, fällt mir wieder ein, worüber ich eigentlich mit Doreen sprechen wollte. Heute sollten wir nicht die Ursprünge meiner Fantasie ergründen. Wir hätten über dieses Wochenende reden sollen. Darüber, was Jonah von mir will. Darüber, wie viel weiter als je zuvor wir dieses Mal gehen werden.

Aber es spielt keine Rolle. Egal was Doreen heute gesagt hätte, es hätte mich nicht aufgehalten.

Egal, was Jonah von mir verlangt, ich werde es ihm geben.

Meine Vorbereitungen:

Ich richte eine automatische E-Mail-Antwort für meine Arbeits- und Privatadresse ein, um alle wissen zu lassen, dass ich sie frühestens am Montag wieder kontaktieren kann.

Ich sage Carmen, dass Jonah »mich für ein Wochenende entführt«, nur in eine Hütte im State Park, nichts Besonderes. Sie hält es für eine romantische und süße Idee. Und was noch wichtiger ist: Sie wird sich keine Sorgen um mich machen. Und nicht nach mir suchen.

Kip bekommt mit, dass Jonah und ich vielleicht eine Kletterwanderung machen werden. Obwohl er angesichts der Wahl meiner Freizeitaktivitäten eine Augenbraue hochzieht, glaubt er mir. Warum auch nicht? Auf diese Weise wird sich Kip nichts dabei denken, wenn ich nächste Woche mit Kratzern oder blauen Flecken ins Büro zurückkehre.

Ich gieße die Blumen und packe meine Tasche mit Übernachtungssachen.

Und am Freitag fahre ich zu dem Ort, an dem ich gefangen gehalten werden soll.

Ich will dich entführen, sagte Jonah.

Ich will dich fesseln und dich tagelang vor dem Rest der Welt versteckt halten. Ich will deinen Körper auf jede nur erdenkliche Weise benutzen, immer und immer wieder, bis du es nicht mehr aushältst. Aber du wirst es trotzdem weiter aushalten müssen. Und du sollst wissen, dass es keinen Ort gibt, an den du fliehen kannst, und dass dich niemand hören wird.

Du wirst ganz und gar mir gehören.

Als wir nach dieser Schilderung wieder klar denken konnten, haben wir die logistischen Details ausgearbeitet. Sosehr mich die Vorstellung, dass Jonah mich einfach packt und in sein Auto zerrt, auch erregt, können wir dieses Risiko nicht eingehen. Jemand könnte uns sehen, was bedeutet, dass jemand entweder die Polizei rufen oder schlimmer, den Helden spielen könnte, was dazu führen würde, dass Jonah verhaftet, ernsthaft verletzt oder sogar getötet wird. Unsere Wohnorte bieten zwar eine gewisse Privatsphäre, aber sie sind mir zu vertraut. Zu angenehm. Wir beide wollen, dass die Illusion der ultimativen Kontrolle so perfekt wie möglich ist.

Also hat Jonah einen passenden Ort gesucht und ihn schließlich gefunden: eine Miethütte am Rand des State Parks. Er hat mir eine Adresse und die Uhrzeit genannt, zu der ich mich dort am Freitagnachmittag einfinden soll. Am Sonntag wird er mich dann zu einer anderen Uhrzeit wieder freilassen.

Der Rest ist mir vollkommen unbekannt. Ich werde mich in Jonahs Hände begeben.

Ich trage die Kleidung, die ich extra im Secondhandladen gekauft habe, einzig und allein zu dem Zweck, dass sie zerstört wird. Es handelt sich um einen ausgeblichenen Baumwollrock und ein T-Shirt, das für das Novemberwetter zu dünn ist. Auch wenn ich nicht mit meinem Gepäck in die Hütte schlendern kann, ohne die Illusion zu zerstören, habe ich einen Seesack gepackt, den Jonah irgendwann aus dem Auto holen und in die Hütte bringen wird. Er enthält Kleidung zum Wechseln für Sonntag und mein Handy. Alles andere, was ich brauche oder haben will, werde ich mir verdienen müssen.

So spät im Jahr sind wir vermutlich die Einzigen, die übers Wochenende eine Hütte gemietet haben. Und selbst wenn das nicht der Fall wäre, liegen alle anderen Hütten mehrere Kilometer von unserer entfernt. Jede Minute, die ich mit dem Auto zurücklege, erinnert mich daran, wie abgelegen dieser Ort ist. Wie allumfassend diese Fantasie sein wird. Ich spüre, wie meine Hände am Steuer zu schwitzen beginnen. Im Radio läuft Musik, aber ich höre sie nicht. Es gibt nur noch meinen Puls, meine Nervosität und meine Lust.

Der Sonnenuntergang malt violette und orangefarbene Streifen an den Himmel, als ich mein Ziel erreiche. Schotter knirscht unter meinen Reifen, während ich über die lange, schmale Straße fahre, die vom Highway und dem Rest der Zivilisation wegführt. Schließlich entdecke ich die Hütte. Es handelt sich um eine kleine, rustikale Behausung aus Holz mit einer niedrigen Decke. Und Jonahs Limousine steht davor.

Er wird meine Ankunft gehört haben. Das ist sein Zeichen zum Einsatz.

Ich steige aus dem Auto. Meine Beine fühlen sich schwach und wackelig an. Ich lege meine Schlüssel auf die Motorhaube, wende mich von der Hütte ab und lausche. Jedes Blätterrascheln in den Bäumen lässt mich die Ohren spitzen und – nicht zum ersten Mal – denken: *Das hier ist verrückter als alles, was du je gemacht hast. Du überschreitest eine Grenze. Bist du bereit dafür?*

Dann höre ich, wie sich die Tür der Hütte öffnet, und renne los.

Zweige und Äste schlagen gegen meine Brust, als ich mich tief in den Wald stürze und renne, als würde mein Leben tatsächlich davon anhängen. Meine Welt hat sich in ein verschwommenes Wirrwarr aus Bäumen, Erde und dem blassen Himmel über mir verwandelt. Der unebene, felsige Boden sorgt dafür, dass ich stolpere, erst ein Mal, dann ein zweites und schließlich ein drittes Mal – aber ich bleibe immer auf den Beinen. Das muss ich. Ich muss versuchen zu entkommen.

Ich kann ihn hinter mir hören. Seine Schritte werden schneller und lauter. Ich vernehme sogar seinen stoßweise gehenden Atem. Jonah verfolgt mich mit all seiner Kraft.

Wir sind beide zu gut in unseren Spielen.

Ich erreiche eine Lichtung und versuche, schneller zu rennen, aber in diesem Augenblick werde ich von hinten überrumpelt und gepackt. Wir fallen zu Boden, und ich wehre mich, so gut ich kann – ich trete, winde mich und versuche, unter ihm wegzukommen. Doch Jonah hat mich fest im Griff. All meine Anstrengungen werden mir nichts nützen.

Er platziert seine Knie auf meinen Armen und legt sein Gewicht auf meine Brust. Jonah atmet schwer, seine Wange und seine Stirn sind mit Dreck beschmiert. Er keucht, während er auf seine Beute hinunterschaut, und ich spüre jeden seiner Atemzüge mit meinem zitternden Körper. Ich bin vollkommen machtlos und kann nur reglos unter ihm liegen.

Jonahs Lippen verziehen sich zu einem langsamen Lächeln.

»Ich habe auf dich gewartet.«

Jonah hat mich in die Hütte gezerrt – die sehr spartanisch eingerichtet ist, soweit ich das beurteilen kann. Mit einem Arm hat er meine beiden Arme hinter meinem Rücken fixiert, und nun zieht er mich so schnell mit sich, dass ich fast stolpere. Ich erhasche lediglich einen Blick auf ein paar einfache Holzmöbel und einen Flickenteppich auf dem Fußboden, bevor Jonah mich ins Schlafzimmer stößt.

Das Bett ist das einzige Möbelstück im Raum. Es ist kaum ein richtiges Doppelbett, besteht aus einem Metallgestell, das im Laufe der Zeit eine stumpfe, dunkle, quecksilbergraue Farbe angenommen hat, und ist nur mit einem blendend weißen Laken bedeckt. Was aber meine Aufmerksamkeit sofort auf sich zieht, sind die Fesseln.

Jonah hat helle Seile um jeden der vier Bettpfosten gewickelt. Sie warten auf mich.

Er stößt mich auf das Bett. Einen Schuh habe ich bereits an der Tür verloren, der andere fällt jetzt vom Fuß. Ich versuche, Jonah abzuschütteln, aber es ist zwecklos. Er setzt sich rittlings auf mich und lächelt langsam und zufrieden, während er meine Arme weit auseinanderspreizt. »Schhhhh.« Er schiebt eins meiner Handgelenke durch eine Seilschlaufe – sie besteht aus weicher Seide, wie das Material, mit dem man Vorhänge zusammenhält. Aber als er die Schlaufe festzieht, bin ich so erbarmungslos gefesselt, als wären es Handschellen. »Das hier wird so viel leichter gehen, wenn du aufhörst, dich zu wehren. Viel schneller. Willst du nicht, dass es schneller geht? Dass es bald vorbei ist?«

»Lass mich gehen …«

Jonah fesselt auch meine andere Hand. »Sei still«, flüstert er. »Sonst knebele ich dich mit deiner Unterhose.«

Nein.

Ja.

Er lässt sich vom Bett gleiten und zieht einen meiner Fußknöchel zu dem Pfosten. In wenigen Sekunden werde ich komplett gefesselt sein, mit ausgestreckten Gliedmaßen daliegen und ihm für alles, was er mit mir vorhat, zur Verfügung stehen.

Er fesselt den anderen Fuß. Das war's. Nun bin ich vollkommen hilflos. Nur das Wort *Silber* könnte mich jetzt noch retten.

Jonah steht am Fußende des Betts zwischen meinen Beinen und streicht mit den Händen über meine Oberschenkel. »Ich wollte was Hübsches. Eine Frau wie dich. Eine, die ich behalten kann.«

Silber, denke ich panisch. *Silber.* Aber ich spreche es nicht aus. »Bitte lass mich gehen. Ich werde niemandem etwas sagen, das schwöre ich. Du könntest mich irgendwo hinfahren und mich dann rauslassen, damit ich nicht weiß, wo du bist …«

Jonah schüttelt langsam den Kopf. »Ich habe dich gewarnt.«

Er greift unter meinen Rock und reißt mir die Unterhose vom Leib. Mit einer irren Mischung aus Entsetzen und Verlangen beobachte ich, wie er die Baumwolle zusammenknüllt und dann aufs Bett klettert. Mit einer Hand zwingt er meine Kiefer auseinander und stopft mir dann die Überreste meiner Unterhose in den Mund. Ich kann meine eigene Feuchtigkeit schmecken, mein eigenes Verlangen.

Jonah kniet sich zwischen meine gespreizten zitternden Beine, packt den Kragen meines T-Shirts mit beiden Händen und reißt es auf. Ich habe mich gegen einen BH entschieden, also sind meine Brüste sofort entblößt. Er umfasst sie und zwickt in meine Brustwarzen. Als sie unter seiner Berührung sofort steif werden, lächelt er.

»Mal sehen, was ich sonst noch gefangen habe«, sagt Jonah. Mit seinen starken Händen zerreißt er meinen Rock, als bestünde er aus Papiertaschentüchern. Ich bin nun nackt und liege so ungeschützt wie nur möglich vor ihm. »Oh, mir fallen eine Menge Dinge ein, die ich mit dir anstellen kann.«

Mittlerweile weine ich. Es ist nicht gespielt, nicht vollständig.

»Was?« Er sieht mich mit vorgetäuschter Unschuld an. »Hast du mir etwas zu sagen?«

Er zieht die Unterhose aus meinem Mund, weil es ihm Freude macht, mich flehen zu hören.

»Bitte«, flüstere ich. »*Bitte.*«

»Warum sollte ich dich gehen lassen? Bist du eine Jungfrau?«

»… nein …«

»Dann bist du eine Schlampe. Jeder darf dich benutzen. Und nun bin ich an der Reihe, dich zu benutzen.«

Ich versuche, mein Gesicht abzuwenden, aber er stopft mir die Unterhose wieder in den Mund. Ein paar Sekunden lang beobachtet er, wie ich mich hilflos winde. Er kann direkt zwischen meine Beine sehen – jeder Teil von mir ist entblößt, und ich kann nichts verbergen. Nichts verhindern.

»Es gibt so viele Dinge, die ich mit dir machen kann«, murmelt er. »Zuerst brauche ich meine Spielzeuge.«

Spielzeuge? Das könnte alles bedeuten. Ich habe ihn gebeten, mir keine ernsthaften Schmerzen zuzufügen – also vermutlich keine Peitsche –, aber die Liste der Dinge, die er benutzen könnte, um mich zu fesseln oder zu erniedrigen, ist endlos. Die Möglichkeiten rasen durch meinen Kopf. Es ist wie ein Kaleidoskop der sexuellen Perversion, das mich innerlich zum Strahlen bringt.

Ich höre ihn draußen, dann an der Tür. Was könnte er noch mitgebracht haben?

Als er wieder ins Schlafzimmer kommt, wirft er beiläufig eine Tasche auf den Boden neben das Bett. Dann grinst er, als er mich dort liegen sieht, und wirft erneut einen Blick zwischen meine Beine. Jonah kommt näher und rammt seine Finger in mich. Er schiebt sie langsam rein und raus und tritt dann zurück. Sein Grinsen ist bösartig, als er den Reißverschluss seiner Hose öffnet.

Ich will das hier nicht wollen, aber ich will es … ich will es …

»Willst du mich noch ein bisschen anflehen?« Einmal mehr zieht er die Unterhose aus meinem Mund. Ich glaube, es gefällt ihm, sie mir zwischen die Lippen zu schieben und mich damit zum Schweigen zu bringen.

»Du musst das nicht tun.« Meine Worte klingen zittrig.

Jonah lacht. »Sag, was immer du willst, Schlampe.«

Dann klettert er auf mich. Sein dunkel durchbluteter und angeschwollener dicker Schwanz ragt mir für einen Moment zwischen meinen Beinen entgegen, bevor er ihn in mich hineinschiebt.

Es brennt. Es schmerzt. Es ist so verdammt gut, dass ich schreien könnte.

Jonah füllt mich Zentimeter für Zentimeter aus, lässt sich Zeit und quält mich mit der Aussicht darauf, wie lange es dauern wird. »Ja«, flüstert er, während er tiefer in mich eindringt. »Das ist gut.«

Er steckt jetzt bis zum Anschlag in mir und fängt an zu stoßen. Er macht immer noch langsam, aber seine Stöße sind so unglaublich stark, dass er meinen ganzen Körper auf dem Bett nach oben schiebt und die Seile an meinen Fußgelenken spannen. Mit einer Mischung aus Zufriedenheit und Schmerz stöhne ich auf.

»Halt verdammt noch mal den Mund«, sagt er. Seine Hüften bewegen sich vorwärts, sodass er vollständig in mir vergraben ist. »Sonst stoße ich dich immer fester, bis du blutest.«

Jonah dringt in mich ein und zieht sich wieder zurück. Jeder Stoß brennt, jede Bewegung schmerzt. Mein verräterischer Körper reagiert auf ihn und will mehr, obwohl die Seile meine Handgelenke quetschen.

»Ich mache langsam«, sagt Jonah. »Weißt du, warum?«

Ich schüttele den Kopf. Mein Haar klebt an meiner schweißnassen Stirn.

»Weil ich noch nicht in dir kommen werde. Darauf musst du warten. Schon bald wirst du darum betteln, weil das die einzige Möglichkeit ist, dass ich aufhöre.« Er dringt wieder in mich ein, bohrt sich tief in mich hinein und flüstert an meiner Schulter: »Ich höre jetzt auf. Aber nur fürs Erste. Denn ich werde dich wieder ficken. Und wieder. Ich werde dich ficken, bis du blind bist.«

»Nicht …«

»Ich habe gesagt, du sollst deinen verdammten Mund halten.«

Jonah stopft mir die Unterhose erneut in den Mund, und dieses Mal wird er sie nicht wieder herausnehmen. Er stößt in mich, seine Hüften bewegen sich immer schneller und härter, bis es sich anfühlt, als würde er mich zerreißen. Er spreizt meine Beine so weit, dass ich sehen kann, wie er in mich hineinsinkt. Ich erkenne den schwachen Schimmer meiner eigenen Feuchtigkeit an seinem harten Schwanz, während er in mich hinein-, hinaus- und wieder hineingleitet. Meine abgehackten Schreie werden von der Baumwolle in meinem Mund gedämpft, und ich weiß, dass er es liebt, wie ich zu schreien versuche und scheitere.

Als ich kurz vor dem Höhepunkt stehe, kann ich nicht anders, als meine Hüften zu bewegen, um seinen Stößen entgegenzukommen – doch in diesem Moment zieht er sich aus mir zurück und verwehrt uns beiden die Erlösung.

Für einen Augenblick kniet er mit vorstehendem Schwanz da und betrachtet seine Gefangene. Er greift nach meinen Brüsten und drückt fest zu.

Dann steht er vom Bett auf. Er geht zu seiner Tasche und

zieht einen kleinen weißen, u-förmigen Gegenstand heraus. Was in aller Welt ist das?

»Ich werde dich herumrollen«, sagt er. »Du wirst mich nicht treten oder dich wehren oder sonst irgendetwas Dummes tun. Falls du es doch tust, werde ich dir den Hintern versohlen. Verstanden?«

Niemand hat je versucht, mir den Hintern zu versohlen. Meint Jonah damit leichte, spielerische Klapse oder etwas Brutaleres?

Vermutlich Letzteres. Ich habe vor, es herauszufinden.

Als er einen meiner Knöchel losbindet, dehne ich den Fuß lediglich. Der Blutfluss wird wieder angeregt, und langsam kehrt das Gefühl in meine Ferse, meinen Spann und meine Zehen zurück. Das Kribbeln ist gleichermaßen schmerzhaft und willkommen. Aber als er den anderen Knöchel losbindet, nutze ich meine wiederentdeckte Zugkraft, um mich auf dem Bett nach oben zu schieben und nach ihm zu treten.

»*Miststück.*« Jonah stürzt sich auf mich und rammt seine Zähne in meine Schulter. Schmerz durchzuckt meinen Körper – hat er durch die Haut gebissen? –, und ich erstarre. Genau das wollte er. Er dreht mich um, so gut er kann. Meine Arme sind immer noch ans Bett gefesselt, aber der Großteil meines Körpers liegt jetzt auf der linken Seite, und Jonah ist bereits damit beschäftigt, meine Beine zu den gegenüberliegenden Bettpfosten zu ziehen.

Er dreht mich gerade so weit herum, um meinen Hintern zu entblößen.

»So ist es gut«, murmelt Jonah. »Lieg still, anstatt dich zu wehren. Du willst mich doch glücklich machen, nicht wahr? Wenn du mich glücklich machst, werde ich nett zu dir sein. Dann gebe ich dir etwas zu essen und lasse dich in diesem Bett statt auf dem Boden schlafen.«

Oh Gott, oh Gott. Was wird er mit mir anstellen? Ich fürchte es ebenso sehr, wie es mich erregt. Kann mir wirklich keine Gefahr und keine Erniedrigung diese Fantasie zerstören? Wird sie mich für immer besitzen?

Sie besitzt mich. Jonah besitzt mich.

Ich nicke, um stumm zu bestätigen, dass ich tun werde, was ich kann, um »ihn glücklich zu machen«.

Er packt mein Haar und beugt sich dicht an mich heran. »Gut. Du hast gelernt, dass du tun musst, was immer ich will. Und jetzt will ich, dass du etwas trägst.«

Ich soll etwas tragen? Meine Verwirrung verstärkt meine Angst nur noch, während er sich zurückzieht und sich den kleinen weißen Gegenstand schnappt. Jetzt, da ich einen genaueren Blick darauf werfen kann, erkenne ich, dass die Enden des u-förmigen Gebildes flacher sind und die Mitte eher zylindrisch geformt ist. Außerdem scheint es mit Silikon überzogen zu sein. Dann spüre ich, wie er es in mich einführt, sodass ein Ende in mir steckt und das andere auf meine Klitoris drückt.

»Du wirst das nicht einfach nur hinnehmen«, sagt Jonah. »Du wirst es genießen.«

Ich höre ein leises Klicken, und das Gerät in mir beginnt zu vibrieren.

Das ist ein Vibrator? Ich kannte bislang nur die Rabbit-Variante, mal abgesehen von diesen riesigen Dingern, die sie in den Apotheken als »Rückenmassagestäbe« verkaufen. Ich konnte immer so problemlos kommen, dass ich mir nie die Mühe gemacht habe, einen zu kaufen.

Doch es fühlt sich gut an. Großartig. Mir wird klar, dass dieser Vibrator perfekt geeignet ist, um ihn beim Sex mit einer anderen Person zu benutzen. Das Ende, das in mir steckt, ist schmal und flach genug, um Jonah die Möglichkeit zu geben, seinen Schwanz ebenfalls in mich einzuführen. Vielleicht wird das Gefühl auch für ihn stimulierend sein. Aber ich verstehe nicht, warum er denkt, dass ich einen Vibrator brauche, um den Sex mit ihm zu genießen …

Genau in diesem Moment schiebt mir Jonah zwei Finger in den Hintern.

Mein ganzer Körper spannt sich an und zieht sich um ihn herum zusammen. Seine Finger scheinen ganz tief in mich hineinzugleiten, und der Druck ruft in mir eine ursprüngliche Scham hervor. Ich fange an zu zittern. Einzelne Muskeln in meinen Beinen und meinem Hintern beben wie die Saiten eines Instruments, das gespielt wird. Als Jonah seine Hand in mir dreht, kann ich den Druck seiner Fingerknöchel spüren – seine raue Haut an meiner Rosette – und ich fühle, wie ich so heftig erröte, dass meine Haut in Flammen zu stehen scheint. Jonah lacht leise und erregt. Er sieht zweifellos, dass ich vor Scham knallrot geworden bin. Er zieht seine Hand heraus, aber er ist noch nicht fertig.

Ich habe meine Grenzen aufgehoben. Warum habe ich das getan? Denn nun wird er etwas mit mir machen, das kein anderer Mann je bei mir gemacht hat. Jonah wird mich in den Hintern vögeln.

»Du wirst es *lieben*«, flüstert er, während er nacheinander meine Beine an die Bettpfosten bindet. Jetzt könnte ich mich selbst dann nicht mehr umdrehen, wenn ich es wollte. Jonah dringt erneut mit den Fingern in mich ein – dieses Mal nicht ganz so langsam – und fängt an, sie in mir vor und zurück zu bewegen. Die Vibration an meiner Klitoris tut unterdessen weiter ihre Wirkung und erregt mich immer stärker. »Du wirst heftig kommen, während ich in deinem Arsch bin, und das wird beweisen, wie sehr du es liebst, Schlampe.«

Oh Gott, oh Gott, oh Gott, oh Gott. Ich habe ihm gesagt, dass das nicht länger verboten ist, aber nur weil ich wusste, dass es etwas ist, das bei einem echten Angriff passieren könnte. Niemand hat je zuvor seinen Schwanz in meinen Hintern gesteckt. Es wird wehtun. Es würde bei *jedem* wehtun, aber Jonahs riesiger Schwanz wird mich in zwei Teile spalten …

»Du wirst so heftig kommen, dass es das Beste sein wird, was du je erlebt hast.« Jonah schiebt einen weiteren Finger in mich. Mein zartes Fleisch wird gedehnt. Mittlerweile merke ich, dass er seine Hand mit etwas eingeschmiert hat – Öl oder irgendein anderes Gleitmittel –, aber meine Panik wird dadurch nicht geringer. Ich will hier weg.

Und doch will ich es nicht.

Ich kann nicht *Silber* sagen, nicht solange meine Unterhose in meinem Mund steckt. Trotzdem könnte ich ihn aufhalten, indem ich mit den Fingern schnipse. Das könnte ich selbst in meinem gefesselten Zustand bewerkstelligen. Aber die Vibration fängt an, eine enorme Wirkung auf mich auszuüben. Spiralen der Erregung wirbeln durch meinen Kopf und machen mich ganz benommen. Zwischen meinen Beinen pocht und schmerzt es. Aber Jonah bearbeitet stattdessen intensiv meinen Hintern.

Ein letztes Flehen: Ich schüttele den Kopf. Jonah lacht. »Was denn, willst du betteln? Ich höre dich gerne betteln. Damit reißt er mir den nassen Baumwollfetzen aus dem Mund und wirft ihn weg. Damit sind wir jetzt fertig. »Bettel mich an, Baby.«

»Ich …«, bringe ich krächzend hervor. »Bitte, nicht das. Alles, nur nicht das. Ich werde alles andere tun, was du willst.«

»Du wirst alles tun, was ich will, Miststück.«

Und dann dringt Jonah in mich ein.

Ich schreie auf. Der Schmerz lässt sich nicht leugnen – und doch lässt er schnell nach, als Jonah stillhält und meinen Körper dehnt, damit er ihm passt. Zitternd versuche ich, von ihm wegzukriechen, aber ich kann mich nicht bewegen. Damit erreiche ich lediglich, dass sich der Vibrator noch fester auf meine Klitoris drückt. Und plötzlich kann ich den Schmerz nicht mehr von der Lust unterscheiden.

Jonah fängt an, sich zu bewegen und meinen Hintern so zu nehmen, wie er es von Anfang an gewollt hat. Ich höre ihn zufrieden aufstöhnen.

Er zerreißt mich – nein. Er verschmilzt uns miteinander. Es gibt nicht länger nur mich oder ihn. Es gibt nur noch die Art, wie Jonah in mich hineinstößt und uns mit jeder Bewegung eins werden lässt.

Jonah ist der einzige Mann, der meinen gesamten Geist je auf diese Weise zerschlagen hat. Ich kann nicht sprechen. Ich kann nicht denken. Ich weiß nicht, was ich fühlen soll. Ich weiß nur, dass er jetzt hart in mich hineinstößt, so tief, dass es mir vorkommt, als ob … als ob von mir nur noch mein Körper übrig wäre, sonst nichts. Und mein Körper gehört voll und ganz ihm … Selbst die Erregung, die sich mit jedem Stoß stärker und überwältigender in mir aufbaut, gehört ihm …

Mein Innerstes zieht sich zusammen, und mein Orgasmus überrollt mich und durchströmt mich wie eine Flutwelle aus reiner Ekstase. Mein Hintern verkrampft sich um Jonahs Schwanz, und ich höre sein leises, grausames, triumphales Lachen. Er hat das mit mir gemacht. Er hat mich in den Hintern gevögelt und mir so einen langen und heftigen und großartigen Orgasmus verschafft.

Das ist es. Er hat gewonnen. Er könnte mich nie mehr besitzen, als er es jetzt tut. Und ich genieße meine eigene Niederlage.

Jonah stößt wieder zu. Seine Hände drücken sich auf beiden Seiten neben mir in die Matratze. »Ich bin noch nicht fertig, Baby. Noch lange nicht.«

Und die Vibration ist auch noch nicht mit mir fertig. Ich fühle bereits, wie sich die Erregung erneut in mir aufbaut. So schnell kann ich doch sicher nicht noch einmal kommen. Das *kann ich nicht*. Doch die unerbittliche Stimulation des Vibrators durchfährt mich weiterhin und verlangt eine Reaktion von mir.

Jonah stößt weiter in mich. Dehnt mich. Missbraucht mich auf die erniedrigendste Weise, auf die ein Mann eine Frau zu so etwas zwingen kann – und sorgt dafür, dass ich es liebe.

Jede einzelne Welle des Vibrators zwischen meinen Beinen bringt mich dem Höhepunkt näher.

»Oh Gott«, flüstere ich mit einer Mischung aus Kapitulation und Scham in die Matratze. »Oh, oh …«

Es überkommt mich wie weißes Rauschen und weißes Licht und Verwüstung. Ich komme so heftig, dass ich mich unter ihm krümme, und wieder lacht Jonah seinen Triumph laut hinaus.

Niemand sonst könnte mich auf diese Weise beherrschen. Das kann nur Jonah.

»Schlampe«, flüstert er. Und dann stöhnt er, dringt bis zum Anschlag in mich ein und erschaudert, als ihn sein eigener Orgasmus überkommt.

Für einen Augenblick liege ich einfach da. Die Vibration an meiner überreizten Klitoris ist nun fast schmerzhaft. Doch Jonah lehnt sich zurück, zieht seinen Schwanz aus mir heraus und entfernt auch den Vibrator.

»Später wirst du mich anflehen, das noch mal zu tun. Du wirst mich anflehen, alle möglichen Dinge zu tun.« Er bindet meine Füße los, schaltet den Vibrator aus und legt ihn beiseite. Ich bin zu schlaff und schwach, um Widerstand zu leisten oder mich auch nur zu bewegen. »Jetzt wirst du für mich duschen. Ich will dir dabei zusehen. Dann wirst du hierher zurückkommen und dich wieder so fesseln lassen wie am Anfang, damit ich dich benutzen kann, wann immer ich will.«

Jonah bindet meine Handgelenke los und zerrt mich auf die Füße …

… und mein Handy klingelt.

Der Klang dieses Klingeltons – der, den ich nach unserer letzten unangenehmen Unterhaltung für Chloe eingespeichert habe – reißt mich fast vollständig aus der Fantasie. Er muss meinen Seesack mit in die Hütte gebracht haben, als er eben kurz draußen war, um seine Tasche zu holen, denn das Klingeln kommt ganz aus der Nähe, vielleicht von einem Platz direkt neben der Tür. Jonahs frustriertes Knurren ist vollkommen echt. Wie konnte ich nur vergessen, mein Handy auf lautlos zu stellen?

»Fragen sich deine Freunde, wo du bist?« Jonah fährt mit seiner Hand über eine meiner Brüste und zieht an der Brustwarze. »Sie werden niemals erfahren, wo du bist. Ich werde dein Handy ausschalten, damit wir nicht noch einmal gestört werden.«

Das Klingeln hört auf. Gott sei Dank. Chloe wird eine Nachricht auf der Mailbox hinterlassen, und Jonah und ich können zu unserer Fantasie zurückkehren. Er führt mich durchs Wohnzimmer ins Bad, das aus einfachen weißen Fliesen und Kacheln besteht. Zitternd betrete ich die Dusche, in der ich eine Show für ihn abziehen muss …

… Und in diesem Moment klingelt das verdammte Handy wieder. Und es ist immer noch Chloe.

Chloe hinterlässt immer lieber eine Nachricht auf der Mailbox. Immer. Wenn das hier ein normaler Anruf wäre, würde sie nicht noch ein zweites Mal anrufen, nachdem sie mich nicht erreicht hat.

Das hier ist wichtig.

Irgendetwas stimmt nicht.

»Silber.« Ich drehe mich zu Jonah um und wiederhole das Safeword. »Silber.«

Sofort lässt er meine Arme los. Sein Gesichtsausdruck verändert sich augenblicklich. Er ist nicht länger der wütende, brutale Gebieter. Nun ist er wieder Jonah, und ich bin ich. »Was ist los?«

»Meine Schwester. Sie ruft niemals zweimal hintereinander an.«

Ich gehe in Richtung des Klingelns. Meine Beine sind immer noch wackelig, und mein Atem geht zu schnell. Ich lasse mich auf die Knie sinken, bevor ich meinen Seesack öffne. Das Klingeln verstummt in der Sekunde, in der ich das Handy ergreife, aber ich drücke umgehend eine Taste, um zurückzurufen. Chloe geht sofort dran. »Chloe? Ich bin's«, sage ich. »Was ist los?«

»Gott sei Dank habe ich dich erwischt.« Chloe klingt nicht sarkastisch. Sie ist vollkommen ernst. Es geht um etwas Schlimmes.

»Was ist passiert?«, flüstere ich. »Sag's mir.«

»Dad hatte einen Herzstillstand. Sie werden ihn morgen am offenen Herzen operieren. Sie wissen nicht, ob er es überleben wird.«

28

Vor dem Telefonat mit Chloe war ich vollkommen erledigt. Jetzt bin ich … Ich weiß nicht, was ich bin.

»Es ist schon nach sieben«, sage ich, während ich hastig meine Unterwäsche anziehe. »Vor acht oder halb neun schaffe ich es nicht zum Flughafen. Aber man bekommt keine Restplätze, vor allem nicht für einen Abendflug.«

Jonah hat seine Jeans wieder zugeknöpft. Er streckt seine Hand aus und sieht dadurch aus wie ein Stallbursche, der versucht, ein nervöses Pferd zu beruhigen. »Du kannst direkt morgen früh fliegen. Wir können dir ein Ticket per Telefon buchen.«

Ich schüttele den Kopf. »Das dauert zu lange.«

»Sie müssen ihn sofort operieren«, sagte Chloe. *»Gleich morgen früh bekommt er eine neue Herzklappe.«*

Ich könnte den Morgen auf keinen Fall mit ausgeschaltetem Handy in einem Flugzeug verbringen, wo ich nur darauf warte, endlich zu landen, damit ich herausfinden kann, ob mein Vater lebt oder tot ist.

»Moment«, sagt Jonah. »Willst du etwa mit dem Auto fahren?«

»Ich bin schon öfter von Austin nach New Orleans gefahren.« Normalerweise braucht man für die Strecke acht Stunden – aber so spät in der Nacht könnte ich schneller vorankommen. Vielleicht könnte ich es in sechs Stunden schaffen. Ich könnte das Haus meiner Eltern noch vor dem Morgengrauen erreichen. Vielleicht könnte ich meinen Vater dann frühmorgens kurz vor der Operation noch mal sehen.

Jonah wirkt nicht überzeugt. »Das ist eine ziemlich lange Strecke.«

»Auf diese Weise trifft man die interessantesten Leute.« Mein Lachen klingt, als würde es mir im Hals stecken bleiben. »Also versuch nicht, es mir auszureden.«

»Vivienne.« Er tritt näher an mich heran. »Du bist durcheinander und erschöpft. Die Nacht über durchzufahren ist gefährlich – du könntest am Steuer einschlafen.«

»Während ich vor lauter Angst um meinen Vater fast den Verstand verliere, weil er jeden Moment sterben könnte? Ich bezweifle ernsthaft, dass für mich momentan die Gefahr besteht einzudösen.« Ich ziehe meinen Pullover an und schlüpfe in meine Jeans.

Jonah legte eine Hand auf meine Schulter. Es ist eine sanfte Berührung, die wie ein langsamer, tiefer Atemzug in mich hineinzufließen scheint. »Iss wenigstens etwas«, sagt er leise. »Das dauert keine zehn Minuten, und du wirst besser für die Fahrt gewappnet sein.«

Ich kann mir nicht vorstellen, dass ein Snack meine Gefühlslage ändern könnte. Aber mir ist klar, dass Jonah nur versucht zu helfen. Er will sich wenigstens so verhalten wie der Liebhaber, der er eines Tages für mich sein könnte.

Wann wird das sein? Nachdem alle Geheimnisse offengelegt sind. Also niemals.

Meine Illusionen sind von harten kalten Tatsachen überschattet worden.

»Wenn du mir etwas geben könntest, das ich mitnehmen kann, wäre das toll.« Ich knie mich hin, um meine Socken anzuziehen. »Aber ich muss jetzt wirklich los.«

Als ich bereit für den Aufbruch bin, hat Jonah mir eine Einkaufstüte aus Plastik mit Proviant gefüllt – ein Hähnchensandwich, eine Banane und sogar eine Plastikflasche mit Orangensaft. Das war wohl ursprünglich alles als Verpflegung für seine Geisel gedacht.

»Bist du dir absolut sicher, dass du bereit für die Fahrt bist?«, fragt er.

Ich nicke. Ich bin bereit, weil ich es sein muss.

»Deine Familie …« Jonah zögert sehr lange. »Wird sie sich um dich kümmern?«

Er hat die Situation bereits durchschaut. Ich habe ihm zwar nur sehr wenig über Chloe und meine Mutter erzählt, aber er weiß, dass sie mich nicht unterstützen. Nicht einmal eine Krise wie diese wird die Kluft zwischen uns überbrücken.

Jonah ist ein scharfsinniger und einfühlsamer Mann. Doch das ändert nichts.

»Du redest nicht über deine Familie. Ich rede nicht über meine. Wir entscheiden selbst, wie viel wir mit dem anderen teilen und wie viel wir für uns behalten. Sind das nicht die neuen Regeln?« Ich halte inne und hole tief Luft. »Danke für das Essen. Und … dieses Szenario war toll. Vielleicht ein andermal.«

Er nickt einfach nur. Der Mann ist bei Verabschiedungen nicht besser als bei Begrüßungen.

Als ich hinter dem Steuer meines Wagens sitze, erinnert mich ein verbliebenes Wundheitsgefühl daran, wie perfekt der Sex mit Jonah vor wenigen Minuten war. Ich war erregt. Ich war bis in mein Innerstes erschüttert. Aber all diese Emotionen sind wie weggewischt. Nun bleibt nur noch Furcht.

Ich stehe kurz davor, die letzte Person in meiner Familie zu verlieren, die mich nicht verraten hat.

»Schätzchen, du verhältst dich ganz und gar nicht wie du selbst«, sagte mein Dad in jenem Frühling und Sommer so oft. »Wir müssen mit dir zum Arzt gehen. Ich glaube, du bist krank.«

»Ich bin nicht krank«, antwortete ich stets darauf. »Ich muss nicht zum Arzt.«

Selbst wenn ich an einer schlimmen Halsentzündung oder einem Magen-Darm-Virus gelitten hätte, wäre ich damals nicht zum Arzt gegangen. Monatelang war ich davon überzeugt, dass bei meiner nächsten medizinischen Untersuchung ans Licht kommen würde, dass ich keine Jungfrau mehr war. Aber das würde nicht dazu führen, dass Mom mir die Sache mit Anthony glauben würde. Stattdessen würde sie davon ausgehen, dass ich mit einem Jungen aus der Schule geschlafen hätte, mich für frühreif erklären und mir monatelang Hausarrest aufbrummen. Dann wäre ich gar nicht mehr in der Lage, das Haus zu verlassen. Ich wäre darin gefangen und müsste auf der Couch sitzen und so tun, als wäre ich dort nicht vergewaltigt worden.

Mein Vater hatte keine Ahnung, was Anthony Whedon mir angetan hatte. Meine Mutter erzählte ihm nichts von meiner »Lüge«, und Chloe war nicht der Typ dafür, irgendjemandem gegenüber zuzugeben, dass sie befürchtete, ihre kleine Schwester würde mit ihrem Freund »flirten«.

Und ich selbst habe meinem Dad gegenüber natürlich nie ein Wort darüber verloren. Er wäre nicht so unfreundlich wie Mom oder Chloe gewesen – aber er hätte mir ebenfalls nicht geglaubt. Ich hörte die Dinge, die er sagte, als er in den Nachrichten mitbekam, dass ein Mädchen bewusstlos in einem Sportstudentenwohnheim aufgefunden worden war. Oder als der Versuch unternommen wurde, die fünf Jungs, die das, was sie ihr in ihrem bewusstlosen Zustand angetan hatten, auf Video aufgenommen hatten, strafrechtlich zu verfolgen. *Wenn sich ein Mädchen so sehr betrinkt und in ein Wohnheim für junge Männer geht, weiß sie sehr genau, worauf sie sich einlässt. Sie hätte das alles gar nicht erst gemacht, wenn sie nicht auf Sex aus gewesen wäre. Jetzt wurde sie erwischt und will nicht, dass die Leute sie als Flittchen bezeichnen, also erfindet sie Geschichten und ruiniert das Leben dieser armen Jungs.*

Ich war nicht in einem Studentenwohnheim gewesen. Ich war nicht betrunken gewesen. Ich hatte auf unserer Couch gesessen und einen Film geschaut. Aber ich spürte, dass es für Anthony andere Ausreden geben würde. Ausreden, die meinem Vater zu bereitwillig über die Lippen kommen würden.

Diese Worte zu hören hätte den kleinen Rest des Gefühls von Sicherheit, den ich noch hatte, zerstört. Der sicherste Weg, sie nie zu hören, bestand darin, nie etwas zu sagen, also sagte ich nichts.

Stattdessen klammerte ich mich fest an meinen Vater. In gewisser Weise war ich schon immer ein Vaterkind, während Chloe unserer Mom näherstand. Aber in diesem Sommer verbrachte ich mehr Zeit mit ihm, als ich es je zuvor oder seitdem je wieder getan hatte. Obwohl ich mir nie viel aus Sport gemacht hatte, tat ich so, als hätte ich ein Interesse an den Zephyrs entwickelt, damit er mich zu den Heimspielen mitnahm. Wir saßen dann auf der Tribüne, feuerten die Albernheiten des Mannschaftsmaskottchens an (ein Kerl namens Boudreaux in einem Biberrattenkostüm) und aßen Erdnüsse. Ich erinnere mich immer noch daran, wie Dad neben mir saß, mit einer Hand sein Bier hielt und die andere um meine Schultern gelegt hatte. In Momenten wie diesen fühlte ich mich fast wieder wie ein kleines Mädchen.

Nicht ganz. Aber fast.

Ich kann meinen Dad nicht verlieren. Falls das passiert, wird der dünne Faden, der mich noch mit meiner Familie verbindet, zerreißen. Sosehr mich Mom und Chloe manchmal in den Wahnsinn treiben und auch wenn ich ihnen nie dafür vergeben habe und werde, dass sie damals Partei für Anthony ergriffen haben, will ich doch nicht vollkommen allein auf der Welt sein.

Denn dann werde ich niemals in der Lage sein, es bei Libby wiedergutzumachen …

Tränen verschleiern meine Sicht, und für einen Augenblick scheint die Straße zu verschwinden. Ich reibe mir energisch über die Augen und zwinge mich zur Konzentration. Das ist nicht der richtige Zeitpunkt für einen Autounfall. Ich muss so schnell wie möglich nach Hause, ohne von einem Streifenwagen angehalten zu werden. Doch selbst wenn mich jemand anhalten würde, könnte ich immer noch erklären, was mit meinem Dad passiert ist. Die Polizisten müssten mich nur ansehen, um zu wissen, dass ich die Wahrheit sage. Also trete ich aufs Gas, und mein Auto rast schneller durch die endlose schwarze Landschaft.

Mein Handy klingelt. Mein ganzer Körper wird eiskalt. Das ist sicher Chloe, die anruft, um mir zu sagen, dass Dad bereits gestorben ist …

… aber es ist nicht ihr Klingelton. Es ist Jonahs.

Ich klemme mir das Handy zwischen Kinn und Schulter. »Hey.«

»Vivienne«, sagt er. »Wo bist du?«

»Kurz vor Houston.«

»Hör zu … Was du in der Hütte gesagt hast …«

Ich versuche, nicht zu telefonieren, während ich fahre. Momentan kann ich keine Ablenkungen gebrauchen. »Was?«

»Du hast recht«, sagt Jonah. »Ich habe dir nicht genug über mein Leben erzählt, und ich habe dich nicht nach deinem gefragt.«

»Das ist nicht nur deine Schuld.« Immerhin habe ich gewisse Dinge unter Verschluss gehalten.

So bedeutsam diese Unterhaltung auch sein könnte, treibt sie mich in erster Linie in den Wahnsinn. Ich kann jetzt nicht über Jonah nachdenken. Ich muss mich konzentrieren. Ist das wirklich der beste Moment für eine Aussprache bezüglich unserer Beziehung?

Doch dann ergreift Jonah wieder das Wort. »Wenn du willst, dass die Dinge so weiterlaufen wie bisher, können wir das tun. Aber als ich dich heute Abend wegfahren sah und es dir schlecht ging und ich dir nicht helfen konnte … Vivienne, ich will etwas anderes für uns.«

Trotz meiner Frustration und Angst berühren mich Jonahs Worte. »Und wie genau sollen wir das anstellen?«

»Ich weiß es nicht. Momentan kann ich nur sagen: Wenn du mich brauchst, kann ich für dich da sein. Ich will mit dir zusammen sein. Wenn dir das helfen würde – wenn dir das irgendwie Trost spenden könnte –, dann sag es einfach. Ich steige morgen früh ins erste Flugzeug nach New Orleans.«

»Jonah«, flüstere ich. Wieder drohen mich Tränen zu überwältigen.

»Aber wenn das der falsche Zeitpunkt ist … Ich weiß, dass du gerade andere Dinge im Kopf hast, und ich will mich nicht in deine Familienangelegenheiten einmischen …«

»Komm.« Das Wort ist kaum mehr als ein Schluchzen. »Bitte komm.«

Er holt tief Luft. »Du willst mich dort an deiner Seite haben?«

»Ja. Das will ich.«

Obwohl Jonah vor ein paar Sekunden noch so unsicher geklungen hat, nimmt er augenblicklich eine bestimmende Haltung ein. »Okay. Wenn du an der nächsten Tankstelle haltmachst, schickst du mir eine SMS mit der Adresse deiner Eltern. Ich schicke dir meine Flugdaten, sobald ich das Ticket gebucht habe.«

»Danke«, flüstere ich.

»Und bitte sag mir, dass du seit unserer ersten Begegnung geübt hast, einen platten Reifen zu wechseln.«

Mein Lachen ist eher ein Schluchzen. »Das habe ich. Arturo hat es mit gezeigt.«

»Gut.« Er hält inne. »Ich sollte jetzt auflegen, damit du dich konzentrieren kannst. Aber wenn du mich irgendwann anrufen willst, dann tu es.«

»Das werde ich.«

Die Verbindung wird beendet. Dieses Mal macht mir die fehlende Verabschiedung nichts aus, weil ich weiß, dass ich Jonah am Ende der Straße wiederfinden werde.

Wie ist dieser Mann mit der Macht, mich zu verängstigen, zu der einen Person geworden, die mir ein wahres Gefühl von Sicherheit gibt?

Unser Haus liegt im Garden District von New Orleans. Es wurde in den 1890ern von einem entfernten Vorfahren errichtet. Seitdem wurde es umgebaut, um grundlegende moderne Annehmlichkeiten wie eine Klimaanlage, Kabelfernsehen und Innentoiletten zu ermöglichen. Aber wir haben auch einiges von früher behalten, darunter das schmiedeeiserne Beschlagwerk an unserer Galerie, die dicken drei Meter hohen Türen und sogar den »Kutschenstein« draußen auf dem Bürgersteig – eine alte weiße Stufe, die es den Leuten einst leichter machte, in und aus Pferdekutschen zu steigen.

Dieses Viertel gehörte schon immer zu den begehrtesten der Stadt. Ein paar Filmstars haben hier Häuser, allerdings tauchen sie meist nur um die Zeit von Mardi Gras und dem Jazzfest auf. Unser Haus liegt in einer der weniger angesagten Straßen, wo nur die Wohlhabenden und nicht die Megareichen wohnen.

Beide Begriffe treffen nun schon seit einigen Generationen nicht mehr auf meine Familie zu. Meine Eltern versuchen, den

Schein aufrechtzuerhalten, aber das kostet sie all ihre Ersparnisse. Ich frage mich nun schon seit Jahren, wovon sie leben wollen, wenn sie in Rente gehen, falls dann überhaupt noch etwas übrig ist. Sie könnten das Haus für Millionen verkaufen, aber das wird nie passieren. Für meine Mutter würde die Aufgabe dieser begehrten Adresse einer Niederlage gleichkommen.

Ich überquere die Lake-Pontchartrain-Brücke gegen vier Uhr morgens. Die einzigen anderen Fahrzeuge auf der Straße sind Sattelzüge, die von vermutlich irgendwie aufgeputschten Truckern gefahren werden. Sobald ich den Highway verlasse, um auf die örtlichen Straßen zu wechseln, verraten mir die Hubbel und Schlaglöcher im Asphalt, dass ich tatsächlich zu Hause bin.

Als ich das Haus meiner Eltern erreiche, klicke ich auf das Plastikkästchen, das an meiner Sonnenblende befestigt ist. Langsam beginnt sich das Metalltor vor der Einfahrt zu öffnen. Ich nutze den Moment, um einen Blick auf mein Handy zu werfen. Jonah hat auf die SMS mit der Adresse meiner Eltern geantwortet: Flugzeug landet um 10:45. Nehme mir dann ein Taxi.

Für einen Augenblick wirkt es so, als könnte sich doch noch alles zum Guten wenden. Wenn Dad durchkommt und Jonah hier ist, kann ich das aushalten. Ganz sicher.

Ich gehe auf die Vordertür zu. Zuerst denke ich, dass niemand wach geblieben ist, um auf mich zu warten, aber bevor ich auf die Klingel drücken kann, wird die Tür geöffnet. »Da bist du ja«, sagt Chloe. Sie trägt eine Designerjeans, einen figurbetonten Kaschmirpullover und goldene Knotenohrringe – selbst in einem Moment wie diesem ist sie schick. »Du warst aber schnell.«

»Gibt es irgendwas Neues?« Als Chloe den Kopf schüttelt,

atme ich erleichtert aus. Die einzige Veränderung, die heute Nacht hätte eintreten können, wäre eine schlimme gewesen.

Sobald ich in den Flur trete, sehe ich, wie Mom in einem dicken weißen Morgenmantel mit einer roten Monogrammstickerei auf der Tasche die geschwungene Eichentreppe hinunterkommt. »Vivienne, Liebling.« Sie umarmt mich zu fest, als ob uns jemand beobachten würde, den sie beeindrucken will. »Das ist alles so schrecklich. Ich kann immer noch nicht glauben, dass es wirklich passiert ist.«

»Ich auch nicht«, sage ich. Vielleicht ist die Umarmung aufrichtig. Selbst meine Mutter ist in Momenten wie diesen verletzlich.

Unser Haus wurde für ein prächtigeres Zeitalter gebaut. Im Erdgeschoss sind die Decken sechs Meter hoch, und die großen Fenster erstrecken sich fast vom Boden bis zur Decke. Mit Ausnahme des Wohnzimmers hat meine Mutter jeden Raum auf der unteren Ebene so eingerichtet, dass er in diese statt in unsere Ära passt. In unserem Esszimmer könnten vierundzwanzig Personen Platz finden. Wenn man nicht zu genau hinsieht, bemerkt man nicht, dass die langen Samtvorhänge ein wenig abgenutzt sind und dass sich auf den Kristallen des Kronleuchters Staub angesammelt hat.

Die langen niedrigen Sofas sind ebenfalls übermäßig pompös, aber jetzt gerade wirken sie perfekt, weil auf einem von ihnen eine Steppdecke liegt, unter der ein kleines Mädchen schläft.

»Libby«, flüstere ich. Ich will mit der Hand über ihre goldenen Locken und ihre Pausbacken streichen. Aber ich will sie natürlich nicht aufwecken. »Warum schläft sie auf dem Sofa?«

»Sie ist hier unten eingedöst, und wir dachten, wir lassen sie einfach hier schlafen, statt sie ins Bett zu tragen.« Die Antwort kommt nicht von Mom oder Chloe. Sie kommt von Libbys Vater.

Ich richte mich auf und hole tief Luft, bevor ich mich umdrehe. »Hallo, Anthony.«

29

Am Frühstückstisch neben Anthony zu sitzen jagt mir Schauer durch den Körper.

Ich sage mir das Gleiche, was ich mir immer sage: *Es ist nicht so schlimm wie dein Auftritt als Brautjungfer auf ihrer Hochzeit, oder?*

Nein, das ist es nicht. Aber es ist trotzdem ätzend.

Ich habe um die Morgendämmerung herum ein kurzes Schläfchen gehalten, aber jetzt sitze ich hier und trinke mit meiner Familie Milchkaffee, während wir so tun, als würde mein Vater nicht gerade in diesem Augenblick in den OP gefahren werden.

»Er war auf dem Golfplatz«, sagt meine Mutter und nippt an dem Kaffee in ihrer feinen Porzellantasse. »Sie sagen, er ist einfach umgefallen. Ohne ein Wort. Bud Teague hat mich erst angerufen, als sie bereits im Krankenhaus in Touro waren. Sollte man nicht als Erstes die Ehefrau informieren, wenn einem Mann so etwas passiert?«

»Ich würde zuerst einen Krankenwagen rufen«, sage ich. »Was Mr Teague auch getan hat. Vielleicht hat er Dad dadurch das Leben gerettet, Mom. Also solltest du dir vielleicht keine Gedanken um die Etikette machen.«

Meine Mutter wirft mir einen gekränkten Blick zu, und Chloe tut es ihr gleich. Meine Schwester tadelt mich geziert, als sie ein Stück Fruchtfleisch aus ihrer Grapefruithälfte löffelt. »Wir sind alle aufgewühlt. Ich denke, manchmal ist es leichter, sich über die kleinen statt über die großen Dinge aufzuregen.«

Diese Äußerung wäre fast weise, wenn sie nicht von jemandem käme, der es sich zum Ziel gemacht hat, in vollkommener Verleugnung zu leben.

»Willst du ein paar Choco Krispies, Tante Vivi?« Libby glaubt uns, wenn wir ihr sagen, dass ihr Opa wieder in Ordnung kommt, also ist sie so fröhlich und munter wie immer. »Denn *ich* habe Choko Krispies, und dann würden wir das Gleiche essen.«

»Tante Vivi hätte lieber etwas Speck, nicht wahr, Liebes?« Anthony lächelt immer, wenn er mich »Liebes« nennt. Er weiß, dass ich es hasse. Außerdem weiß er, dass ich es ihm nicht verbieten kann, ohne in ein Wespennest zu stechen, das wir alle über so viele Jahre in Ruhe gelassen haben.

»Ich nehme Choko Krispies«, sage ich, um Libby zum Lächeln zu bringen. Außerdem habe ich nur zwei Stunden geschlafen, also könnte ich den Zuckerschub gebrauchen.

»Mit diesem Zeug solltest du besser aufpassen«, sagt Anthony. »Du willst dir doch nicht deine hübsche Figur ruinieren, oder?«

Wie kann er es wagen, meinen Körper zu beurteilen? Wie kann er es wagen, sich so zu verhalten, als sollte er mich kontrollieren? »Das musst du gerade sagen. Das ist schon dein viertes Stück Speck«, ist alles, was ich dazu sage. Dazu werfe ich einen eindeutigen Blick auf seinen weichen Bauch, doch das bereue ich sofort. Selbst ein direkter Blick auf ihn stößt mich ab.

Er und Chloe haben sich auf dem College unzählige Male getrennt und dann wieder versöhnt. Jede ihrer Trennungen erfüllte mich mit Hoffnung. Vielleicht würde er dieses Mal für immer verschwinden. Vielleicht würde Chloe so wütend auf ihn sein, dass sie noch einmal über das, was ich ihr damals erzählt habe, nachdenken und es als Wahrheit erkennen würde.

Aber Anthony schaffte es immer wieder, sich mit Süßholzgeraspel einen Weg zurück in ihr Leben zu erschleichen. Und meine Mom kam ihm dabei noch entgegen, indem sie Chloe ermutigte, ihn zurückzunehmen. Ich weiß, dass Mom dabei stets eher das Familienvermögen der Whedons im Sinn hatte als irgendetwas anderes. Ich wünschte, das Gleiche würde auch für Chloe gelten. Stattdessen liebt sie diesen Mistkerl tatsächlich.

Ich kann sehen, dass Anthony versucht, angemessen auf meine Bemerkung mit dem Speck zu reagieren, also beschließe ich, schnell das Thema zu wechseln. »Wann können wir ihn besuchen?«

»Sobald er im Aufwachraum ist.«

»Nicht vor der OP?« So viel zu meiner Hoffnung, ihn noch vor der Operation sehen zu können.

»Nein, erst danach.« Mom wirkt bekümmert, und für einen Augenblick stellt die echte Liebe, die sie für meinen Vater empfindet, alles andere in den Schatten. Ich fühle mich wie ihre Tochter, die, die ihr einst so sehr vertraut hat. Trotz allem will ich ihr immer noch vertrauen. »Wir werden alle zusammen hingehen.«

»Olivia nicht«, sagt Chloe schnell. »Sie ist zu klein. Es wird ihr Angst machen.«

»Ich bin *nicht* zu klein!«, beharrt Libby. Das wäre ihre Reaktion auf all unsere Vorschläge gewesen, ob es nun um einen Besuch im Krankenhaus oder um das Steuern eines Feuerwehrautos gegangen wäre. »Ich will Opa sehen.«

»Ich sag dir was, Chloe«, mischt sich Mom ein. »Vivienne und ich werden zuerst reingehen. Wenn Dad wach ist und sprechen kann, kannst du Olivia mit reinbringen. Wenn nicht, kann sie bei Anthony bleiben.«

Libby sieht aus, als würde sie gleich anfangen zu weinen.

Anthony tippt ihr unters Kinn. »Kopf hoch, Sonnenschein. Ich gehe mit dir irgendwohin, wo es toll ist.«

Sie lächelt ihn an. Dieses kleine Mädchen, das ich so sehr liebe, vergöttert seinen Vater. In ihren Augen kann er nichts falsch machen.

Eines Tages wird Libby zweifellos herausfinden, dass das nicht stimmt. Aber sie wird es nie von mir erfahren.

Das Banale neigt dazu, sich immer in das Außergewöhnliche zu drängen.

Mom geht das Brot aus, und Libby wird später Milch trinken wollen. Außerdem habe ich keine Unterwäsche zum Wechseln dabei. Gott sein Dank kann ich das auf mein hektisches Packen schieben. Also machen Chloe und ich uns gegen zehn Uhr – während unser Dad auf einem OP-Tisch liegt – auf den Weg zu Walgreens.

»Ich fühle mich schlecht«, sage ich, als ich eine Packung günstiger Slips von der Wand des Drogeriegeschäfts nehme. »Ich weiß, dass es keinen Unterschied macht, ob wir im Wartezimmer sitzen oder zu Hause darauf hoffen, dass das Telefon klingelt, aber … Unterhosen und Lebensmittel zu kaufen, wirkt so belanglos.«

»Es ist belanglos, bis man Hunger bekommt«, gibt Chloe zu bedenken. »Außerdem ist das Wartezimmer für uns vollkommen sinnlos.«

Das ist nicht so herzlos gemeint, wie es klingt. Wir wohnen keine fünf Minuten Autofahrt vom Krankenhaus entfernt, was bedeutet, dass wir ebenso gut in unserem eigenen Haus warten können. Ich weiß, dass meine Eltern im Haus warteten, als mir die Mandeln entfernt wurden. Und sie saßen mit mir auf der Galerie im ersten Stock, während Chloe in den Wehen lag.

Und wenn wir eine schlechte Neuigkeit erhalten, würde meine Mutter lieber in einem privaten Umfeld zusammenbrechen. Selbst dann wäre ihr ihre Außenwirkung noch wichtig. Andererseits wäre ich in diesem Fall wohl auch lieber zu Hause. Dann würde ich nicht daran denken müssen, zurückzufahren oder mich zusammenzureißen, um mit den Ärzten zu reden oder sonst etwas. Ich könnte einfach loslassen.

Hör dir nur mal selbst zu, denke ich. *Du überlegst dir jetzt schon, wie du reagieren wirst, falls dein Vater stirbt.*

In diesem Moment klingelt Chloes Handy.

Wir beide erstarren und sehen uns erschrocken an. Für einen Anruf aus dem Krankenhaus ist es noch zu früh, oder? Zu früh, falls es eine gute Nachricht ist …

Chloe kramt in ihrer Handtasche nach dem Handy. Als sie es an ihr Ohr hält, streckt sie ihre andere Hand nach mir aus. Für diesen Augenblick sind wir wieder Schwestern, und zwar nur Schwestern. Daddys kleine Mädchen.

»Mama?« Chloes Stimme zittert. Ich kann die hohe und bebende Stimme meiner Mutter gerade so hören, aber die Worte verstehe ich nicht.

Dann lächelt Chloe, und ich stoße einen Atemzug aus, von dem ich gar nicht gemerkt habe, dass ich ihn angehalten habe.

Gott sei Dank. Gott sein Dank.

Ich umarme Chloe fest. Sie erwidert die Umarmung, als ob nie etwas zwischen uns gestanden hätte oder es je tun könnte.

Dieser Waffenstillstand dauert ganze sieben Minuten.

Nachdem wir weinend in der Kosmetikabteilung des Walgreens gestanden haben und Chloe mir die Einzelheiten berichtet hat (die OP ist sogar noch besser als erwartet verlaufen, und die neue Herzklappe funktioniert perfekt), machen wir uns auf den Weg zur Kasse, um zu bezahlen, und fahren dann nach Hause. Während Chloe ihren goldenen Lexus über die Napoleon Avenue steuert, fragt sie: »Was müssen wir sonst noch für ihn tun? Er hat seine Tasche. Wir können ihm ein paar Bücher bringen …«

»Und seine Hausschuhe.« Wir haben vergessen, sie heute Morgen einzupacken. Dann kommt mir noch eine Idee. »Wir sollten ein paar seiner Sachen nach unten bringen und das Gästezimmer für ihn vorbereiten.«

Das Gästezimmer ist ein kleiner Raum ohne Schrank im Erdgeschoss, der durch eine alte Schiebetür vom Wohnzimmer abgetrennt ist. Es ist nicht der luxuriöseste Ort der Welt, aber es ist recht gemütlich.

Chloe starrt mich an. »Warum sollte Daddy ins Gästezimmer ziehen?«

»Nach einer Herz-OP kann er nicht täglich diese Treppe steigen, Chloe.«

»Wer hat denn was von täglich gesagt? Wir bringen ihn nach oben und kümmern uns dort um ihn.«

»Das könnte Wochen dauern. Oder Monate.«

»Dann stellen wir eben jemanden ein, der bei ihm bleibt.«

Das kann sich meine Mutter nicht leisten. Doch Anthony und Chloe schon. Vielleicht sollte ich dankbar für ihre Großzügigkeit sein, aber … »Du hast das nicht richtig durchdacht. Dad würde es hassen, für immer dort oben festzusitzen. Er würde sicher viel lieber in der Lage sein, im Esszimmer zu essen oder nach draußen auf die Verandaschaukel zu gehen, wenn Libby im Garten spielt …«

»Du kommst zweimal im Jahr nach Hause, wenn überhaupt.« Chloe schaltet den Blinker ein und weigert sich, mich anzusehen. »Es braucht einen Notfall, um dich herzubringen. Und wenn du dich dann dazu herablässt, uns mit deiner Anwesenheit zu beehren, glaubst du zu wissen, was das Beste für alle ist.«

Zähl bis zehn, sage ich mir. *Tief einatmen.* »Es ist, wie du heute Morgen gesagt hast. Wir sind alle aufgewühlt und müde, also regen wir uns alle über Kleinigkeiten auf.«

Chloe entscheidet sich nicht für den taktvollen Ausweg. »Du könntest mehr ein Teil dieser Familie sein, als du es bist, wenn du es nur wirklich wolltest. Aber offensichtlich willst du das nicht. Es macht dir Spaß, hin und wieder mal mit Libby zu spielen, aber ansonsten ist dir egal, ob du uns überhaupt siehst.«

Das stimmt nicht. Aber es ist nah genug an der Wahrheit, um wehzutun.

Sie redet weiter, während sie den Lexus auf die St. Charles Avenue steuert. »Ich weiß nicht, warum wir uns immer wieder die Mühe machen, dich überhaupt zu fragen. Du siehst immer nur das Schlechte in allem. Immer siehst du alles negativ. Wie jetzt, wenn du davon ausgehst, dass Daddy für den Rest seines Lebens ein Invalide bleiben wird.«

»Das habe ich *nicht* gesagt.« Immer alles negativ sehen? Für Chloe bedeutet das, dass ich die Realität akzeptiere. »Weißt du was? Fragen wir doch einfach Dad, was er will, sobald er nach Hause kommen darf. Dann können wir das machen, was er für richtig hält.«

Chloe zuckt mit den Schultern, was so viel heißt, dass sie es in Betracht ziehen wird. Mittlerweile ist sie aber schon zu sehr mit unserem Streit beschäftigt, um es einfach gut sein zu lassen. »Du wirst deinen Abschluss nicht auf dem Mond machen. Du bist in Austin. Warum kommst du nie nach Hause, wenn wir dir so wichtig sind?«

Ich verschränke die Arme vor der Brust. Die Kante des Sicherheitsgurts reibt auf unangenehme Weise an einer wunden Stelle an meinem Handgelenk. »Ich bin beschäftigt. Das Studium nimmt mich sehr in Anspruch.«

Das stimmt zwar, entspricht aber irgendwie doch nicht ganz der Wahrheit. Ich habe ein paar Tage freigemacht, um Jonah in Schottland zu besuchen. Wenn ich öfter nach New Orleans fahren wollte, dann könnte ich das durchaus.

Ja, ich bin das emotional ehrlichste Mitglied meiner Familie, aber das heißt nicht viel.

Chloe lacht mich tatsächlich aus. »Ist dein ›Studium‹ auch der Grund dafür, dass du uns nicht besucht hast, als du das letzte Mal in New Orleans warst?«

»Chloe …«

»Nein, sag es mir. Ich will es wissen. Früher hast du mich mal gemocht. Ich weiß noch, wie wir immer zusammen gespielt haben und wie ich dir die Haare aufgedreht habe …« Ihre Stimme wird heiser, und mir wird klar, dass sie kurz davorsteht, in Tränen auszubrechen. »Wann hast du angefangen, mich zu hassen?«

»Ich hasse dich nicht. Du bist meine Schwester, Chloe. Ich liebe dich.«

»Warum kommst du dann nie nach Hause?«

Etwas in mir zerreißt. »Du weißt warum!«

Für ein paar Augenblicke fahren wir schweigend weiter. Das einzige Geräusch ist das Lied von Rihanna im Radio. Dann schüttelt Chloe den Kopf. »Ich kann nicht glauben, dass du nach all den Jahren immer noch nicht über Anthony hinweg bist.«

Ich schwöre bei Gott, in diesem Moment könnte ich meine Faust durch die Windschutzscheibe rammen. »Ich habe *niemals* ein derartiges Interesse an Anthony gehabt.«

»Warum hast du dir dann diese bösartigen Geschichten über ihn ausgedacht?«

»Das waren keine Geschichten.«

So direkt haben Chloe und ich das letzte Mal in der Woche

vor ihrer Hochzeit über Anthonys Tat geredet, als ich den Fehler gemacht habe, das Thema anzusprechen. Ich dachte, ich könnte sie so vielleicht davor bewahren, den größten Fehler ihres Lebens zu begehen. Doch das ist mir nicht geglückt. Noch bevor ich ihr die ganze Geschichte erzählt hatte, war sie sogar noch überzeugter als zuvor, dass ich eine Lügnerin bin, die hinter ihrem geliebten Anthony her ist.

Vielleicht sollte ich jetzt noch mal einen neuen Versuch wagen. Ich könnte einfach mit Anthony und mir auf der Couch anfangen, als im Fernsehen *Titanic* lief und er eine Bierdose in der Hand hatte. Ich könnte ihr jedes Detail schildern, angefangen bei der Art, wie er meine Leggins heruntergezogen hat, bis hin zu dem Moment, in dem er mich als »braves Mädchen« bezeichnet hat, während ich einfach dagelegen und geweint habe. Würde ihr irgendetwas davon bekannt vorkommen? Oder spart sich Anthony seine Grausamkeit für Frauen auf, die nicht mit ihm verheiratet sind?

Tief im Inneren weiß ich allerdings, dass es nichts bringen wird. Chloe glaubt Anthony. Mir glaubt sie nicht. Das alte Lied.

»Du hast recht«, sagt Chloe schließlich, als sie auf der Straße vor unserem Haus parkt. Sie will mich so dringend aus ihrem Auto raushaben, dass sie sich nicht mal die Mühe macht, in die Einfahrt zu fahren. »Wir sind heute alle aufgewühlt und müde. Vergessen wir's einfach.«

Alle anderen in meiner Familie haben sich ebenfalls fürs Vergessen entschieden. Ich bin diejenige, die dazu verflucht ist, sich zu erinnern.

Die Last legt sich auf mich. Ich komme mir undankbar vor und kindisch, weil ich mir um andere Dinge Gedanken mache, nachdem ich gerade herausgefunden habe, dass mein Dad über den Berg ist. Doch selbst diese Erleichterung schützt mich nicht vor den harten Wahrheiten: Meine Familie ist so giftig wie eh und je. Anthony wird im Haus mit einem Grinsen im Gesicht auf mich warten, und Libby zuliebe werde ich meinem Vergewaltiger gegenüber einmal mehr höflich sein müssen. Meine Erschöpfung und mein Kummer kommen gleichzeitig über mich, und plötzlich fühle ich mich zu schwer, um auch nur aus dem Auto zu steigen.

Aber dann sehe ich Libby, die mit beiden Armen wedelt, während sie im Garten umherläuft. »Tante Vivi! Komm und schaukle mit mir!«

Also steige ich aus. Als ich die Autotür öffne, knallt sie gegen den weißen Kutschenstein. Und sofort sehe ich, dass der Aufprall einen kleinen Kratzer in der goldenen Oberfläche von Chloes Luxusauto hinterlassen hat. Sie atmet scharf durch die Nase aus, sagt aber nichts. Stattdessen stopft sie die Hände in die Taschen ihrer Steppweste und marschiert direkt die Einfahrt hinauf. Ihr goldenes Haar schwingt hin und her, während sie geht. Selbst in einer so schwierigen Zeit wie dieser ist ihre Jeans ordentlich gebügelt, ihre Stiefel passen zu ihrer Prada-Handtasche, und ihre Fingernägel sind perfekt. Chloe lässt nichts an sich heran. Ihre harte Schale ist ihr Schutzschild.

Sosehr ich sie dafür verabscheuen will, beneide ich sie doch darum. Ich könnte gerade ebenfalls so einen Schutzschild gebrauchen.

Ich folge ihr die Einfahrt hinauf bis zur Haustür meiner Eltern. Anthony lehnt an einer der hohen Säulen im Eingangsbereich und sieht in unsere Richtung. Chloe denkt vermutlich, dass er ein Auge auf seine Tochter hat, aber er sieht mich an. Sein Lächeln erinnert mich immer an die Dinge, die er in jener Nacht gesagt hat.

Du willst doch nicht, dass sie uns erwischen, oder?

Braves Mädchen.

Meine Schritte werden unsicher. Ich versuche, nicht das

Gleichgewicht zu verlieren, und drehe mich zu Libby um. Sie rennt immer wieder im Kreis um die Eiche im Vorgarten, und ich bemühe mich, die Kraft aufzubringen, sie zu jagen. Doch bevor ich dazu komme, bleibt sie stehen und deutet zur Straße. »Wer ist das?«

Ich hebe den Kopf und sehe ein Taxi davonfahren und Jonah auf dem Bürgersteig stehen. Neben ihm auf dem Boden steht sein dunkler Koffer.

Ich habe nicht vergessen, dass er kommen wollte. Aber bis zu diesem Augenblick ist mir nicht klar gewesen, wie sehr ich ihn hier bei mir haben wollte. Wie sehr ich ihn *brauchte*. Sofort fühle ich mich sicher – vor Anthony, vor meiner verkorksten Familie, sogar vor den Geistern in meinem eigenen Kopf. Es fühlt sich an, als wäre ich bis zu diesem Moment die ganze Zeit über kurz vorm Ertrinken gewesen. Und nun habe ich endlich die Wasseroberfläche durchbrochen und frische Luft eingeatmet.

Jonah ist meinetwegen hergekommen.

Ich mache einen Schritt auf ihn zu, dann noch einen, und schließlich fange ich an zu rennen. Jonah tritt rechtzeitig durch das Tor, um mich mit den Armen zu umfangen. Ich sage nichts. Ich weine nicht. Ich lasse mich einfach nur von ihm halten. Das genügt.

30

»Dein Dad?«, flüstert Jonah mir ins Ohr.

Die Worte bleiben mir fast im Hals stecken, aber ich schaffe es zu antworten. »Er ist über den Berg. Er kommt wieder in Ordnung.«

»Gut.« Jonah streicht mein Haar zurück und küsst meine Stirn. »Das ist gut.«

Ich nicke, während ich mich enger in seine Umarmung kuschele. Selbst der Geruch seiner Haut beruhigt mich. Jonahs Arme sind meine Festung. Er streicht mit den Fingern über meine Wange, und ich drehe den Kopf, um sie sanft zu küssen.

Wieder höre ich Libbys Stimme, dieses Mal noch lauter. »Tante Vivi, wer ist das? Kennst du den Mann?«

Das bringt mich zum Lachen, und ich sehe, dass sogar Jonah lächeln muss. »Natürlich kenne ich ihn, Süße. Das ist mein Freund Jonah.«

»Hi«, sagt Jonah. Offenbar spart er sich seine Begrüßungen für kleine Kinder auf. Aber ich kann es ihm nicht verübeln, nicht wenn ich höre, wie freundlich er mit ihr spricht. »Ich bin gekommen, um Vivienne zu besuchen. Das ist doch in Ordnung, oder?«

Libby scheint es eindeutig zu gefallen, dass man sie nach ihrer Meinung zu diesem Thema fragt. Ihr pausbäckiges kleines Gesicht wird ernst. »Das ist in Ordnung, aber du musst mir später beim Ausmalen helfen.«

Jonah wirkt plötzlich wie ein Reh im Scheinwerferlicht.

»Sind deine Wachsmalstiftfähigkeiten ein wenig eingerostet?«, frage ich.

»*Du* bist die Künstlerin«, erwidert er.

Es ist nur ein kleiner Scherz. Aber es tut so gut, zu lächeln und alles andere für einen Moment in den Hintergrund treten zu lassen.

Auf der Veranda stehen Anthony und Chloe. Er hat die Hände in den Hosentaschen, sie einen Arm besitzergreifend um die Schultern ihres Mannes geschlungen. Keiner von beiden scheint bereit, Jonah mit offenen Armen willkommen zu heißen – oder ihn überhaupt willkommen zu heißen. Ich schaue zu Jonah hoch. »Bereit für den Spießrutenlauf?«

Er hebt seinen Koffer vom Boden hoch und nimmt meine Hand. »Ich bin schon durch ein Lavafeld gelaufen«, sagt er. »Ich denke, hiermit komme ich klar.«

»Tja«, sagt Chloe, als ich Jonah ins Haus führe. »Ich habe nicht gerade erwartet, dass du zu dieser Gelegenheit eine *Verabredung* mitbringen würdest, Vivienne.«

»Ich bin zur moralischen Unterstützung hier.« Jonah streckt seine Hand aus. »Jonah Marks.«

Manchmal ist »Südstaatengastfreundschaft« nur ein anderes Wort für »Scheinheiligkeit«. Aber die guten Manieren sind so tief in Chloe verwurzelt, dass sie sie nicht unterdrücken kann. Mit einem kleinen, gepressten Lächeln sagt sie: »Chloe Charles-Whedon. Das hier sind mein Mann Anthony und unsere Tochter Olivia.«

»Nenn mich Libby.« Libby ist bereits davon überzeugt, eine Eroberung gemacht zu haben. »Bist du Tante Vivis fester Freund?«

»Da musst du deine Tante fragen.« Er wendet den Blick lange genug von ihr ab, um mich anzulächeln.

Anthony tritt vor, in fast prahlerischer Manier. »Und in welcher Branche sind Sie tätig, Jonah? Ich mache in Sojabohnen.«

»Er ist so bescheiden«, mischt sich Chloe ein. »Anthony würde Ihnen niemals sagen, dass seine Familie die größten Sojabohnenfarmen in Tennessee und Mississippi leitet.«

Sie sagt das immer so, als wäre das Anbauen von Sojabohnen höher einzuordnen als das Gewinnen eines Nobelpreises. Das macht es nur noch köstlicher, ihre Gesichter zu beobachten, als Jonah erwidert: »Ich mache in Vulkane.«

»Wie bitte?«, bringt Anthony hervor.

»Ich bin Dozent an der UT Austin. Ich erforsche Vulkane und Erdbeben.«

»Erforschst du sie in Büchern?«, meldet sich Libby zu Wort.

»Nicht nur in Büchern.« Jonah lächelt sie an. »Ich reise rund um die Welt, um mir geologisch interessante Orte anzusehen. Manchmal lasse ich mich mit einem Flugzeug oder Hubschrauber direkt darüber fliegen. Hin und wieder muss ich sogar einen Hitzeschutzanzug tragen, damit mir die Lava nichts anhaben kann.«

»*Coooooool.*« Libby starrt Jonah mit großen Augen an, als ob er die fantastischste Person wäre, die sie in ihrem kurzen Leben je getroffen hat. Also hat Jonah das einzige Familienmitglied für sich gewonnen, dessen Meinung eine Rolle spielt.

Was Anthony betrifft – es ist, als würde ihm die Luft abgelassen. Ihm scheint plötzlich klar zu werden, dass er kleiner als Jonah ist, und er setzt sich auf den nächstbesten Stuhl, vielleicht in der Hoffnung, dass ihn dort niemand bemerkt.

Die Formalitäten sind erledigt. Jonah dreht sich zu mir um, und es fühlt sich an, als wäre ich die einzige Person im Raum. »Wann kannst du deinen Vater besuchen?«

Ich werfe einen Blick auf die Uhr aus Messing und Marmor auf dem nahe gelegenen Sims. »In zwei oder drei Stunden.

Mom ist sofort nach dem Anruf des Arztes ins Krankenhaus gefahren, aber der Rest von uns muss warten, bis sie ihn in sein Zimmer verlegt haben.«

»Okay.« Jonah legt einen Arm um mich. »Wir werden warten.«

Chloe ist so anständig nachzugeben. »Wie wäre es mit einem Eistee, Jonah?«

»Für mich nicht. Was ist mit dir, Vivienne?«

»Ich brauche nichts«, sage ich und füge in Gedanken hinzu: *Jetzt, da Jonah hier ist.*

Zuerst halten wir uns alle zusammen unten auf. Jonah und ich sitzen auf dem langen Samtsofa. Ich lehne mich an seine Seite, als wären wir schon ewig zusammen – als wäre das nicht der Tag, an dem uns klar geworden ist, wie viel wir einander bedeuten könnten.

Jonah muss diese Offenbarung ebenso sehr bewegt haben wie mich, aber in diesem Moment ist seine Aufmerksamkeit geteilt. Libby hat ihr Maltablett auf seinen Schoß gelegt, damit ihnen das gemeinsame Ausmalen leichter fällt.

»Du musst Vulkane wirklich sehr mögen«, zirpt Libby, während Jonah den goldfarbenen Wachsmalstift benutzt, um den Lavafluss stärker zu betonen.

»So ist es«, bestätigt er. Dann fügt er ein wenig leiser hinzu: »Und sie sind das Einzige, was ich malen kann.«

Das entlockt mir ein Lächeln, doch ich kann trotzdem nicht aufhören, dem Klappern von Chloes Stiefeln auf dem Parkettboden zu lauschen, während sie auf und ab läuft. Anthony beschäftigt sich intensiv mit seinem Handy und spielt irgendein Spiel, bei dem er sich nicht die Mühe gemacht hat, den Ton abzustellen. Die Zeiger der Uhr auf dem Sims bewegen sich so langsam, dass man meinen könnte, sie wären aufgemalt. Durch Jonahs Anwesenheit habe ich weniger Angst und fühle mich weniger allein – aber nichts kann dafür sorgen, dass ich mich in Anthonys Nähe wohlfühle, nicht einmal er. Als es Zeit für Libbys Mittagsschlaf wird, täusche auch ich Erschöpfung vor und nehme Jonah mit mir nach oben.

»Brauchst du Schlaf?«, murmelt er, als wir den ersten Stock erreichen. »Du musst doch vor Müdigkeit fast umfallen.«

»Das stimmt, aber ich könnte jetzt nicht schlafen. Komm einfach mit mir auf die Galerie.«

Jonah runzelt die Stirn. »Die Galerie?«

»Das ist so etwas wie ein Balkon, aber die Stützen gehen bis ganz nach unten.« New-Orleans-Architektur für Anfänger. »Komm mit.«

Unsere Galerie ist windgeschützt, weswegen man dort sehr angenehm lange Sommerabende verbringen kann. Im November ist der Wind kühler, aber Jonah und ich sind warm genug angezogen. Ich lasse mich auf eine der langen »Außenchaiselongues« aus Bambus sinken, und Jonah setzt sich neben mich.

Obwohl ich nicht mehr als den Trost durch Jonahs Anwesenheit erwarte, ergreift er nach einem Moment das Wort. »Wir haben nie über unsere Familien gesprochen. Ich dachte, ich würde … mich beschützen. Ich habe nie gefragt, ob du eigene Geschichten zu erzählen hast.«

»Das ist dir bereits aufgefallen, was?«

»Es ließ sich nur schwer übersehen.«

Jonah weiß nicht genug, und doch weiß er zu viel. Also schüttele ich den Kopf. »Das ist nicht der richtige Zeitpunkt, um das Thema zu vertiefen. Ich muss das jetzt erst mal durchstehen, okay?«

»Okay«, murmelt er und zieht mich in seine Arme. Für eine Weile liegen wir schweigend da, dann sagt er: »Geht es dir gut? Nach letzter Nacht?«

Die Erinnerung lässt mich erröten. »Oh. Ja.« Vor weniger als vierundzwanzig Stunden habe ich den intensivsten Sex meines Lebens erfahren, und doch fühlt es sich wie ein Fiebertraum an. »Ich bin nur ein wenig wund. Und ich habe mir das Handgelenk aufgeschürft, als ich im Wald gestürzt bin.«

Als ich auf die rote Stelle an meinem Handgelenk deute, reibt Jonah mit seinem Daumen über die Haut direkt darunter. Ich habe keine Ahnung, warum das den Schmerz lindert, aber das tut es.

»Ich fühle mich irgendwie schuldig«, murmele ich. »Du bist den ganzen Weg bis hierher gekommen, und wir wissen bereits, dass mein Vater die OP gut überstanden hat. Ich wollte deine Zeit nicht verschwenden.«

»Das ist keine Zeitverschwendung.« Jonah streicht mir das Haar aus dem Gesicht. Draußen fährt eine Brise raschelnd durch die Eichenblätter, aber ich spüre die Kühle nicht. »Was ich am Telefon gesagt habe, war ernst gemeint.«

»Darüber, dass du etwas anderes für uns willst?«

Er nickt, und ich verspüre einen Anflug von fast unaussprechlicher Zärtlichkeit für diesen starken Mann, der so viel Verletzlichkeit und so viel Schmerz in sich verbirgt. Vielleicht sieht er genau das, wenn er mich anschaut.

Es fällt mir unfassbar schwer zu glauben, dass mich jemand wollen könnte – und zwar mit *allem*, was mich ausmacht: mit meinen verkorksten sexuellen Wünschen, meiner verworrenen Familiengeschichte, meiner Neigung zum Bücherhorten, einfach mit allem. Danach habe ich nie gesucht. Ich habe nicht mal gewagt, davon zu träumen.

Und nun, mit Jonah an meiner Seite, kann ich endlich anfangen, mich zu fragen, was es bedeuten könnte, einer anderen Person gegenüber vollkommen ehrlich zu sein.

Momentan ist nur eins absolut sicher: Welche dunklen Geheimnisse Jonah auch hütet, was auch immer in seiner

Vergangenheit passiert ist, ich kann es ertragen. Ich werde nicht zurückschrecken und ich werde mich nicht von ihm abwenden.

»Es wird eine Weile dauern, bis wir diesen Zustand erreicht haben«, sage ich sanft. »Das weißt du.«

»Ja, das weiß ich.« Jonahs Lippen streifen mein Haar. »Aber wir schaffen das.«

Endlich kann ich anfangen zu glauben, dass das wahr werden könnte.

Als wir wieder nach unten gehen, ist Chloe plötzlich mit der Frage beschäftigt, wo wir Jonah unterbringen sollen – also heute Nacht. »Wir haben nicht so viele Gästezimmer, und Anthony und ich wollen mit Olivia nicht den ganzen Weg bis nach Metairie zurückfahren …«

Ich werfe ihr einen Blick zu. Mein Zimmer verfügt schließlich über kein Doppelbett. Das könnte für mich und Jonah ein wenig eng werden, aber wenn uns im Zweifelsfall sogar ein Tisch hinter einer Theaterbühne reicht, werden wir schon zurechtkommen.

»Zweifellos wird Vivienne unsere Mutter fragen, ob Sie hier übernachten können«, fährt Chloe unbeirrt fort. »Aber ich bin mir ganz und gar nicht sicher, wie sie darauf reagieren wird. Mama ist altmodisch, verstehen Sie? Selbst nachdem Anthony und ich längst verlobt waren, musste er immer noch im Gästezimmer schlafen – oder auf dem Sofa, wenn Grandma zu Besuch war. Nicht wahr, Schatz?«

Ich erinnere mich daran, wie Anthony auf dem Sofa sitzt, und zucke zusammen. Jonah bemerkt meine Reaktion, vermutlich aus dem Augenwinkel, lässt sich aber nichts anmerken. Stattdessen antwortet er ruhig: »Ich habe ein Zimmer in einer nahe gelegenen Pension gebucht. Sie ist nur vier Blocks von hier entfernt.«

Normalerweise sind mir die zahllosen Touristenfallen im Garden District ein Gräuel, ebenso wie die endlosen Fremdenführungen mit schlecht gekleideten Gaffern, die über die Bürgersteige watscheln. Doch momentan bin ich zutiefst dankbar für das touristische Angebot in dieser Gegend. Ich kenne die Pension, die er meint. Sie liegt so nah, dass ich dort mit ihm übernachten könnte und nicht mal Mom es als Beleidigung auffassen würde.

Das bedeutet, dass ich die Nacht nicht unter einem Dach mit Anthony verbringen muss.

Als wir endlich ins Krankenhaus fahren, um Dad zu besuchen, geht Jonah zu der Pension, um dort einzuchecken. »Ich will mich nicht aufdrängen«, sagt er, was sehr freundlich und höflich ist und sogar Chloe ein wohlwollendes Lächeln entlockt. Selbst jetzt hätte ich ihn lieber an meiner Seite – aber ich schaffe das auch alleine.

Der Besuch im Krankenhaus ist sowohl besser als auch schlimmer, als ich erwartet habe.

Besser, weil Dad mehr oder weniger er selbst zu sein scheint und lediglich ein wenig müde wirkt. Ich hatte mich innerlich auf den Anblick eines halb bewusstlosen, verwirrten, zerbrechlichen und blassen Mannes vorbereitet. Er ist tatsächlich ein wenig blass, aber ansonsten könnte er ebenso gut zu Hause auf seinem Sessel sitzen, wenn man den Krankenhauskittel gegen ein Polohemd und eine Kakihose austauschen würde. »Ich darf noch nichts essen«, grummelt er. »Nicht einen Bissen!«

»Du weißt doch, dass man damit so kurz nach einer Narkose vorsichtig sein muss, Dad.« Ich tätschele seinen Arm. »Aber ich wette, sie bringen dir bald etwas.«

»Apfelmus und Wackelpudding vermutlich.« Dad setzt einen finsteren Blick auf, wobei er absichtlich übertreibt, um mich zum Lachen zu bringen.

»Wie wäre es, wenn du schnell zu *Bud's Broilers* läufst und mir Gericht Nummer vier hier hereinschmuggelst?«

»Vielleicht sollte das unser Willkommensessen sein, wenn du wieder nach Hause kommst«, sagte ich. »Gönne deinen Arterien wenigstens einen Tag Ruhe, okay?«

Ich sollte meinen Vater wahrscheinlich ermutigen, von nun an nur noch mageres Hühnchen und Fisch sowie jede Menge Gemüse zu essen und keinen Alkohol mehr zu trinken. Aber ich weiß, dass das *niemals* passieren wird. Dad ohne Burger, gegrillte Shrimps und Po' Boy Sandwich ist … nicht Dad. Er wird niemals Mineralwasser statt Sazerac bestellen. Tatsächlich würde er lieber ausschweifend leben und mit fünfundsechzig sterben, als bis zu seinem neunzigsten Geburtstag Kalorien zu zählen. Ich bin da zwar anderer Meinung, aber er würde nicht auf mich hören.

Mom streicht meinem Vater das grau werdende Haar aus der Stirn. »Du siehst vielleicht aus. Ich hätte einen Kamm mitbringen sollen.«

»Niemanden schert, wie ich im Krankenhaus aussehe, Renee.« Aber er tätschelt liebevoll ihre Hand. Mom mag als Mutter nicht perfekt sein, aber sie ist eine hervorragende Ehefrau. Mein Dad war ihr stets treu ergeben, sogar so sehr, dass er ihre Fehler nie gesehen hat – und das ist nach zweiunddreißig Jahren Ehe auch heute noch so.

Mom und Chloe entscheiden, dass Libby einem Besuch gewachsen ist, was mich sehr freut. Libby klettert zu Dad auf das Krankenhausbett und zeigt ihm ihr neues Stickeralbum, was ihn zum Lachen bringt. Allein der Anblick, wie sie in seinen Armen sitzt, hilft mir dabei, mich zu entspannen. Zum ersten Mal scheinen sich die Dinge in die richtige Richtung zu entwickeln.

An diesem Abend will sich jeder in meiner Familie ausruhen,

was bedeutet, dass ich eine gute Ausrede habe, das Haus zu verlassen und ein wenig Zeit allein mit Jonah zu verbringen. Glücklicherweise hängen ganz hinten in meinem Schrank noch ein paar Kleidungsstücke von mir, also kann ich mich umziehen. Ich entscheide mich für ein Etuikleid und eine Strickjacke, womit ich für alle Situationen gerüstet bin.

An einem Samstagabend ist es unmöglich, kurzfristig einen Tisch in einem der schicken Restaurants zu bekommen, aber in New Orleans gibt es sogar noch mehr kulinarische Angebote als in Austin. Ich gehe mit Jonah in eins meiner Lieblingslokale ganz in der Nähe. Es handelt sich um ein kleines Restaurant mit gefliestem Boden und Stühlen mit geflochtenen Lehnen, wo man Gerichte bekommt, die man nirgendwo außerhalb von Louisiana findet: gedünstetes Krebsfleisch und Shrimps nach kreolischer Art. Das Klappern des Bestecks und die Unterhaltungen der anderen Gäste hallen von den Fliesen wider, aber der Lärm stört mich nicht. Er gewährt paradoxerweise sogar eine gewisse Privatsphäre.

»Du bist sicher, dass du nicht lieber zu Hause wärst«, sagt Jonah. Es ist keine Frage. Ich schüttele den Kopf, und er fügt hinzu: »Du verstehst dich nicht gut mit deiner Schwester und ihrem Mann.«

Trotz allem muss ich lachen. »Small Talk ist nicht gerade dein Ding.«

»Ich habe nie verstanden, wozu das gut sein soll.« Etwas von der typischen Härte ist in seine Stimme zurückgekehrt. »Wir können ebenso gut die Wahrheit aussprechen. Wie sollen wir sonst einen Anfang machen?«

Wir sollen offen zueinander sein. Jonahs Methode ist in etwa so subtil wie das Aufsprengen eines verschlossenen Tresors mit Dynamit – aber er hat recht. Bei zwei Menschen, die im Schweigen so talentiert sind wie wir, wird nur die direkte Methode funktionieren. »Nein«, sage ich. »Ich verstehe mich nicht gut mit ihnen.«

»Warum nicht?«

Die Wahrheit hängt über mir, so schwer und scharf wie ein Damoklesschwert. Aber ich bin nicht bereit dafür, und selbst wenn ich es wäre, würde ich es nicht in einem Restaurant ausplaudern. Also fange ich mit den harmloseren Gründen an. »Sie sind … dünkelhaft. Oberflächlich.« Ich muss lächeln. »Du hast ja selbst erlebt, wie sie angefangen haben zu prahlen, kaum dass du zur Tür hereinkamst.«

»Das ist mir nicht entgangen«, sagt er trocken.

»Du hast sie übrigens ziemlich schnell zum Schweigen gebracht. Starke Leistung.«

Jonah zuckt mit den Schultern und lächelt, aber er bleibt beim Thema. »Das ist aber nicht der einzige Grund, aus dem du dich nicht mit ihnen verstehst. Du bist kein Mensch, der andere an den Pranger stellt. Das allein würde dir nicht so viel ausmachen.«

Ich brauche eine Minute, um mich für eine Antwort zu entscheiden. Ich kann ihm nicht die ganze Wahrheit verraten, das ist nach wie vor unmöglich, aber ich will nicht lügen. »Anthony ist ein … furchtbarer Mensch«, sage ich schließlich. »Er war Chloe nicht treu, als sie auf dem College zusammen waren.«

Der einzige Beweis, den ich dafür habe, ist das, was er mir angetan hat. Meine Vergewaltigung mit Sex gleichzusetzen und auch nur für den Moment anzudeuten, dass Untreue Anthonys schlimmstes Vergehen ist, lässt etwas in mir zerbrechen.

Ein Anfang, rufe ich mir ins Gedächtnis. *Es ist nur ein Anfang.*

»Kurz vor ihrer Hochzeit«, fahre ich fort, »habe ich Chloe erzählt, was für einen Mann sie heiratet. Sie hat mir nicht geglaubt. Seitdem denkt sie, dass ich eine Lügnerin oder eifersüchtig auf sie oder einfach nur verrückt bin – ich weiß es nicht. Anthony hat ihren Groll mir gegenüber natürlich noch gefördert. Und Mom hat sich auf Chloes Seite gestellt.«

»Das ist nicht leicht«, sagt Jonah. Er spürt, dass noch mehr dahintersteckt, das kann ich sehen, aber vielleicht glaubt er, dass er für heute genug nachgebohrt hat. »Standet ihr zwei euch je nahe?«

»Als ich klein war, habe ich Chloe vergöttert.« Zu meiner Überraschung verspüre ich einen Kloß im Hals »Sie war so erwachsen und bezaubernd. So schön. Du hast sie ja selbst gesehen.«

»Das ist mir nicht aufgefallen.«

Die meisten Männer würden das sagen, um mir zu schmeicheln. Jonah meint es ehrlich.

Er zögert, als wüsste er nicht, was er als Nächstes sagen soll. Schließlich erklärt er: »Beziehungen zwischen Geschwistern sind schwierig. Ich verstehe mich mit meinen Schwestern und meinem Bruder, aber … Nun ja, sagen wir, es ist ein Friedensabkommen.«

Jonah weiß, dass ich den Artikel im Internet gelesen habe. Es hat keinen Sinn, so zu tun, als würde ich nicht ein paar grundlegende Fakten über seine Familie kennen. »Ich dachte, du hättest nur eine Schwester.«

»Maddox und Elise sind genau genommen die Kinder meines Stiefvaters, aber er hat meine Mutter geheiratet, als ich noch sehr jung war. Elise und ich erinnern uns kaum an ein Leben ohne einander. Maddox und meine leibliche Schwester, Rebecca, sind sogar noch jünger. Soweit es sie betrifft, gab es nie eine Zeit, in der wir keine Familie waren. Wir betrachten uns alle als Brüder und Schwestern, als Blutsverwandte. So war das schon immer.«

Das klingt nach Ergebenheit. Nach Liebe. »Warum musstet ihr dann ein Friedensabkommen schließen?«

Er starrt aus dem Fenster auf die geschäftige Straße. Entweder will er mir nicht in die Augen sehen oder er kann es nicht. »Wie du weißt – wie das halbe verdammte Land weiß –, ist die Beziehung unserer Eltern extrem problematisch. Meiner Mutter geht es nicht gut. Wir vier sind uns nicht einig, wie wir damit umgehen sollen. Allerdings ist uns allen klar, dass es dafür keine einfache Lösung gibt.«

»Es ist gut, dass ihr euch nicht gegenseitig die Schuld gebt«, sage ich sanft. »Chloe und ich tun das manchmal. Ich wünschte, das wäre nicht so.«

Jonah nickt und wendet sich wieder mir zu. »Vielleicht werden wir mit der Zeit besser darin.«

»Leute einzuschätzen? Oder sie zu lieben?«

»Beides.« Er legt seine Hand auf meine, und wir verfallen in ein angenehmes Schweigen.

Trotzdem kann ich nicht vergessen, wie viel mehr ich noch zu erzählen habe. Wie viele Geheimnisse ich immer noch bewahre. Selbst heute, nachdem Jonah extra hergekommen ist, um mir beizustehen – nachdem wir uns geeinigt haben, dass wir lernen wollen, einander zu lieben –, kann ich mich einfach nicht dazu durchdringen, ihm die Wahrheit zu sagen.

Meine Geheimniskrämerei verstärkt sich während des Abends. Sie wird düsterer.

Und verändert ihre Gestalt.

»Bist du sicher, dass du nicht lieber zu Hause schlafen würdest?«, fragt Jonah, als ich mein Auto vor der Pension abstelle.

»Nein. Ich würde lieber bei dir sein.«

Er öffnet die Eingangstür mit einem schweren Messingschlüssel, und wir steigen schnell die mit Teppich ausgelegte Treppe hinauf und hoffen, dass wir nicht die Aufmerksamkeit der Pensionswirte oder der anderen Gäste auf uns ziehen. Keiner von uns hat große Lust auf eine weitere halbe Stunde Small Talk über die Stadt.

Das Schlafzimmer in der Pension ist im großen Stil gehalten. Es gibt ein aus Holz geschnitztes gewaltiges Himmelbett, das auf Hochglanz poliert wurde, einen Kamin mit Marmorfront und einen Kleiderschrank, der so groß ist, dass er fast an die hohe Decke heranreicht. Spitzenvorhänge bedecken die Fenster und verbergen uns vor dem Rest der Welt. Gut.

Jonah stellt meine Tasche neben den Schrank. »Gestern Nacht hattest du nicht so viel dabei. Hast du zu Hause ein paar Sachen gefunden?«

Ich nicke abwesend, während ich aus meinen Schuhen schlüpfe. Dann ziehe ich langsam die Strickjacke aus und mache den Reißverschluss meines Kleids auf, das daraufhin zu Boden fällt. Unmittelbar danach sehe ich Jonah direkt in die Augen und mache mich daran, meinen BH auszuziehen.

Er macht zwei Schritte auf mich zu und küsst mich lang und gefühlvoll. Noch während ich die BH-Träger von meinen Schultern streife, finden seine Hände meine Brüste. Seine Berührung ist sanft. Zu sanft.

»Wir müssten leise sein«, flüstere ich gegen seine Lippen. »Aber wir können trotzdem spielen.«

Jonah erstarrt. Zuerst denke ich, dass er bereits seine Rolle eingenommen hat und sich darauf vorbereitet, seine dunklere Seite freizulassen. Doch dann erkenne ich die Verwirrung in seinen grauen Augen … die Kränkung.

Heute Nacht will er nicht spielen. Er will mich lieben.

Ich erinnere mich daran, wie er in Schottland war, und an diese seltsame Distanz zwischen uns, als ich darauf bestanden habe, meine Fantasie dort mit ihm auszuleben. Er hat mir den Gefallen getan, obwohl ich sehen konnte, dass er etwas anderes von mir wollte. Jonah braucht diese Fantasie nicht so, wie ich sie brauche.

Aber ich brauche sie. Jetzt in diesem Moment brauche ich sie sogar noch mehr als je zuvor. Ich weiß nicht, warum, und es ist mir auch egal. Ich will nur, dass Jonah mich ohne Gnade nimmt.

»Komm schon«, flüstere ich, während ich eine Hand unter sein Hemd gleiten lasse. »Letzte Nacht wurden wir unterbrochen. Willst du nicht da weitermachen, wo wir aufgehört haben?«

Das entlockt ihm ein Lächeln – dieses gefährliche Lächeln, das mich augenblicklich erregt. »Ich wusste, dass du es willst.«

Dann stößt er mich grob aufs Bett.

Ich schnappe erschrocken nach Luft. Meine Überraschung ist echt. Nach einer Sekunde ist Jonah bei mir, steht am Rand des Betts und zieht mir die Unterhose aus. Er reißt sie mir brutal vom Körper, lehnt sich vor und beißt mir in die Brust – nicht so fest, dass Blut fließt, aber fest genug, um mir einen unterdrückten Schrei zu entlocken.

Er hört das Stöhnen in meiner Kehle. Mit einer Hand bedeckt er meinen Mund und presst die Finger fest auf mein Gesicht. »Wage es ja nicht zu schreien. Hast du verstanden? *Nicht schreien.*«

Jonah rollt mich auf den Bauch. Ich höre den Reißverschluss seiner Jeans und erkenne, dass er mich nicht vorbereiten wird. Er wird mich einfach direkt vögeln, so hart er kann. Es wird wehtun. Er will, dass es wehtut.

Ich muss einen Preis dafür zahlen, dass ich heute Abend nach unserem Spiel verlangt habe. Und ich will ihn zahlen.

Er packt meine Taille und zieht mich nach unten, bis meine Beine vom Bett baumeln. Dann spreizt er grob meine Beine, greift mein Haar und zieht fest genug daran, um mir Tränen in die Augen schießen zu lassen. Er füllt mich mit seiner Länge vollkommen aus, als er mit einem Stoß in mich eindringt.

»Du bist bereits feucht«, sagt er, als ob es ihn anwidern würde. »Du bist so eine dreckige Schlampe.«

Jonah fängt an, mich hart und schnell zu nehmen. Jeder Stoß ist als Bestrafung gedacht. Sein Griff in meinem Haar wird fester, während er in mich hineinstößt. Mein gesamtes Blut hat sich schlagartig zwischen meine Beine begeben, und ich weiß bereits, dass ich sehr bald heftig kommen werde.

»So ist es richtig«, keucht Jonah. »Du weißt, dass du es hinnehmen musst, nicht wahr? Nicht wahr?«

Ja, ja, ich muss es hinnehmen, egal was er mit mir macht, egal was …

Und dann sagt Jonah: »Braves Mädchen.«

Das Zimmer verschwindet. Jonah verschwindet. Die letzten zehn Jahre meines Lebens sind plötzlich weg. Ich bin ein vierzehnjähriges Mädchen, liege auf der Couch, und Anthony vergewaltigt mich. Er ist jetzt in diesem Moment in mir.

Innerhalb eines Atemzugs weiß ich, was das hier ist. Eine Erinnerung. Ich erlebe eine rückblendenartige Erinnerung. So eine hatte ich seit Jahren nicht mehr, jedenfalls keine echte. Es ist ein Moment, in dem ich wieder dort bin, und Anthony liegt auf mir, und es ist *echt*. Es ist vollkommen echt.

»Silber«, keuche ich.

Sofort hört Jonah auf, sich zu bewegen.

»Silber, Silber.« Tränen rinnen über mein Gesicht, und selbst als das albtraumhafte Bild von Anthony langsam verblasst, bleibt das Entsetzen.

Jonah zieht sich aus mir zurück. Er rollt mich herum, und zuerst macht mir sein Anblick Angst. Er ist nackt. Sein immer noch steifer Schwanz ragt vor seinem Körper auf und ist bereit, mich erneut zu vögeln. Doch dann sehe ich den Ausdruck auf seinem Gesicht. Er ist besorgt. Nein, bekümmert.

Er wird mir nicht wehtun. Jonah würde mit niemals wehtun.

»Geht es dir gut?«, flüstert er. Ich schüttele den Kopf. Er will sich neben mich legen, hält dann aber inne. »Was soll ich tun?«

»Halt mich fest. Halt mich einfach nur fest.«

Jonah streckt sich neben mir aus und zieht mich in seine Umarmung. Ich fange an zu weinen – tiefe, abgehackte Schluchzer, die in meiner Kehle schmerzen. Wann habe ich das letzte Mal so heftig geweint? Habe ich je so vollkommen losgelassen? Ich kann mich nicht erinnern. Ich kann nicht denken.

Ich weiß nur, dass Jonah bei mir ist, eine Decke über mich zieht und mich festhält. Und es fühlt sich wie die einzige Sicherheit an, die ich je gekannt habe.

31

»Was ist los?«, flüstert Jonah einmal spät in der Nacht, nachdem ich aufgehört habe zu weinen, aber immer noch nicht einschlafen kann.

»Ich kann nicht. Bitte. Ich kann nicht.«

»Du kannst es mir erzählen.«

»Es lag nicht an dir. Bitte Jonah, nicht jetzt, nicht heute Nacht.«

Ich gleite zwischen Schlafen und Wachen hin und her und bin nie länger als eine halbe Stunde am Stück weggetreten. Jonah hält mich die ganze Nacht in seinen Armen.

Am Sonntagmorgen beschließe ich als Erstes, direkt nach dem Mittagessen zurück nach Hause zu fahren.

»Ich werde zu Thanksgiving wieder hier sein«, sage ich, während ich mein Haar vor dem Spiegel in Jonahs Zimmer mit einem Handtuch trockne. »Wenn vorher etwas passieren sollte, kann ich jederzeit schnell herkommen.«

Er nickt, sagt aber nichts. Wir ziehen uns schweigend an. Ich schlüpfe in meine Jeans, während Jonah sein Hemd zuknöpft. Uns beiden ist bewusst, dass wir dem Blick des anderen ausweichen. Das Gewicht ungestellter Fragen legt sich erdrückend auf uns.

Jonah will sich um mich kümmern. Er will mich auf eine Weise verstehen, auf die mich noch nie jemand verstanden hat. Er klopft an die verschlossene Tür, die niemand je gefunden hat. Mein ausgehungertes Herz sehnt sich nach ihm. Aber ich bin immer noch nicht bereit, die Worte auszusprechen. Ich bin nicht bereit, Jonah zu erzählen, wer und was ich wirklich bin.

Irgendwie habe ich das Gefühl, dass alles – die Vergewaltigung, Anthonys Macht über mich, die wahren Abgründe meiner sexuellen Zwangsneurose – sehr viel echter werden könnte, wenn ich zu ihm sagen würde: Anthony hat mich vergewaltigt.

Das ist natürlich albern. Es ist bereits verdammt echt, und das war es auch schon immer. Trotzdem fühlt es sich so an.

»Möchtest du, dass ich mit dir zurückfahre?«, fragt Jonah.

»Du hast doch schon ein Flugticket gekauft.«

Er wirft mir einen Blick zu, der mich daran erinnert, dass sein Dad der Besitzer einer Fluggesellschaft war. »Das ist kein Problem. Außerdem brauchst du vielleicht jemanden, der einen platten Reifen für dich wechselt.«

Das entlockt mir zum ersten Mal an diesem Morgen ein Lächeln. »Okay.«

Ich teile Mom und Chloe meine Entscheidung bezüglich meiner heutigen Abreise per SMS mit, bevor wir zum Haus gehen, um uns zu verabschieden. Das erspart mir die direkte Konfrontation, bedeutet aber, dass sie genug Zeit haben, um ihre vernichtenden Bemerkungen vorzubereiten, bevor ich überhaupt dort ankomme. Das ist wohl das kleinere Übel, schätze ich.

Zum Glück ist das erste Familienmitglied, das uns bei unserer Ankunft an der Tür in Empfang nimmt, Libby. Sie trägt einen fröhlichen gelben Overall, der ebenso strahlend ist wie ihr Lächeln. »Tante Vivi! Onkel Jonah!«

Er wirft mir einen Blick zu – aber es ist nicht der panische Ausdruck, der den meisten Männern in den Augen stehen würde, wenn sie nach nur einer Begegnung bereits als »Onkel« tituliert werden. Jonah hat keine Angst, kein bisschen.

Mich hat es ganz schön erwischt, denke ich.

Also hebe ich Libby hoch und schließe sie in die Arme. Mit einem Stich im Herzen wird mir klar, dass sie mittlerweile fast zu schwer dafür geworden ist. Ich verpasse, wie dieses kleine Mädchen heranwächst. »Wo warst du heute Morgen?«, will sie wissen. »Ich musste meine Choko Krispies ganz alleine essen.«

»Ja, aber in Jonahs Pension gab es Waffeln.« Ich lächle ihn an, und endlich sind wir beide wieder entspannt.

»Waffeln?« Libbys Gesicht wird traurig. Offenbar hat sie das Gefühl, dass sie hintergangen wurde.

Also füge ich schnell hinzu: »Das nächste Mal, wenn Jonah in New Orleans ist, gehen du und ich mit ihm Beignets essen. Wie wäre das?«

»Ohhh-kay«, stimmt sie seufzend zu. Sie vergibt mir, aber nur gerade so.

Doch das ist immer noch mehr, als ich vom Rest der Familie erwarten kann.

Im Haus verhält sich meine Mutter höflich, als ich ihr Jonah vorstelle. Sie steht dafür allerdings nicht von ihrem Sessel mit der hohen Lehne auf. Mit ihren blauen Augen mustert sie ihn streng. Sie hat meinem Urteilsvermögen noch nie getraut – vor allem nicht bei Männern. Geordie mochte sie ganz gern, aber er war die Ausnahme von der ansonsten üblichen Missbilligung. »Sie sind Dozent, sagen Sie? Waren Sie einer von Viviennes Lehrern?«

Wie ungeniert sie Jonah eines ernsthaften ethischen Vergehens beschuldigt. Bevor ich antworten kann, tut Libby es für mich. »Oma, ich hab dir doch erzählt, dass Jonah Vulkane erforscht!«

Sie zieht die Augenbrauen hoch. »Ich bin davon ausgegangen, dass das nur eine Geschichte war.«

»Ich bin Dozent für Geowissenschaften.« Jonah begegnet dem Blick meiner Mutter unerschrocken, sogar forschend, als würde er nach der Wahrheit Ausschau halten, die ich ihm nicht verraten will. »Vivienne und ich haben gemeinsame Freunde.«

Das ist eine ziemlich elegante Methode, die Frage zu umgehen, wie wir uns überhaupt kennengelernt haben. Ich bin beeindruckt. »Jonah ist gestern Morgen hergeflogen«, füge ich hinzu, »und er wird heute mit mir zurückfahren, damit ich die Strecke nicht alleine zurücklegen muss.«

»Das ist sehr freundlich.« Mom klingt, als würde sie ihren eigenen Worten keinen Glauben schenken.

In diesem Augenblick taucht Chloe auf. Sie kommt in einem eleganten Wollkleid und gottverdammten High Heels aus der Küche. »Du willst schon wieder aufbrechen?« Die Art, wie sie Jonah anlächelt, verrät mir, warum sich meine Schwester heute Morgen die Mühe gemacht hat, sich so aufzubrezeln. Nein, sie flirtet nicht wirklich mit ihm. Chloe mag ihre Fehler haben, aber sie ist keine Ehebrecherin. Sie würde niemals hinter Anthonys Rücken etwas mit einem anderen Kerl anfangen. Aber sie hat trotzdem dieses Bedürfnis, dass Männer sie als die schönste Frau im Raum wahrnehmen.

Jonah würdigt sie kaum eines Blickes und beschränkt sich auf ein höfliches Nicken in ihre Richtung. »Es ist eine lange Fahrt.« Chloes Lächeln wird schmaler, als es sich von echt in künstlich verwandelt.

»Ich werde zu Thanksgiving wieder hier sein«, verspreche ich. »Das ist schon in ein paar Wochen. Ich kann es so einrichten, dass ich ein paar zusätzliche Tage zu Hause mit Dad verbringen kann.«

»Was ist mit Weihnachten?« Mom sagt es, als hätte ich mich noch nie dazu herabgelassen, zu dieser Zeit des Jahres bei ihnen zu bleiben. Tatsächlich ist das der einzige Feiertag, den ich noch nie ausgelassen habe. Zugegeben, ich verbringe so wenig Zeit wie möglich mit meiner Familie und fahre immer vor Neujahr nach Austin zurück.

Zumindest habe ich das bisher immer gemacht. Dieses Jahr muss es anders sein. Wenn ich Stunden und Tage in Anthonys Gesellschaft verbringen muss, um für Dad da zu sein, dann ist das eben so. »Ich werde natürlich hier sein.«

»Und werden wir Sie während der Feiertage wiedersehen?«, fragt meine Mutter Jonah süßlich. Offenbar erwartet sie, dass er sich aus der Verantwortung stiehlt. Damit würde er mich demütigen und gleichzeitig beweisen, dass er unwürdig ist. Eine doppelte Gelegenheit wie diese konnte sich meine Mutter noch nie entgehen lassen.

Einmal mehr bewahrt Jonah Ruhe. »Davon gehe ich aus.«

»Natürlich.« Mom lehnt sich auf ihrem Sessel zurück. Sie wirkt zufrieden – sogar erfreut über Jonahs Antwort –, aber sie scheint auch eindeutig überrascht zu sein, dass ich einen interessanten Mann gefunden habe. So nach dem Motto: Sieh an, wen haben wir denn da.

Der Spießrutenlauf ist fast überstanden. Nun müssen wir nur noch ins Auto steigen.

Doch dafür müssen wir die Veranda überqueren, auf der Libby unter der Aufsicht ihres Vaters spielt, und mir wird klar, dass es doch nicht so einfach wird. Denn um hier wegzukommen, müssen wir an Anthony vorbei.

»Ihr solltet gutes Wetter für die Fahrt haben«, sagt er, als er auf uns zuschlendert und sich ein wenig zu dicht neben mich stellt. Es ist nicht nah genug, um seltsam zu wirken, aber nah genug, um mir einen Schauer über den Rücken zu jagen.

Meine Erwiderung ist knapp, fast schon unfreundlich. »Das hoffe ich.«

Anthonys Grinsen wird breiter. »Werden wir dich an den Feiertagen sehen, Vivienne?«

»Allerdings. Und dieses Mal werde ich länger als sonst hier sein.« *Für Dad*, rufe ich mir ins Gedächtnis.

Er nickt, als ob ich seine Zustimmung bräuchte. Und dann sagt er: »Braves Mädchen.«

Zum Glück habe ich keine weitere Rückblende. Aber die Erinnerung daran, wie Anthony das gesagt hat, während ich weinend und vor Angst und Schmerz zitternd auf der Couch lag, durchfährt mich heftig genug, um mir das Blut aus dem Gesicht weichen zu lassen.

Geh einfach weg, sage ich mir. *Mehr musst du nicht tun.*

Doch als ich mich umdrehe, sehe ich Jonah. Er starrt mich an, dann dreht er den Kopf langsam in Anthonys Richtung. Entsetzen packt mich mit kalter Faust.

Jonah weiß es. Er *weiß* es.

Die kranke Stille dieses Augenblicks wird von Libbys Gelächter durchbrochen. Sie spielt immer noch auf der Schaukel und ist vollkommen unschuldig und ahnungslos.

»Libby?«, sagt Jonah. »Geh ins Haus und hol dein Malbuch. Ich möchte eins deiner Bilder mitnehmen.«

Ihre Augen leuchten auf, und sie springt von der Schaukel, um nach drinnen zu laufen. Anthony runzelt die Stirn und starrt Jonah an. Ihm ist klar, dass sich etwas verändert hat, aber er weiß nicht, was. »Was geht hier vor sich?«

Jonah hat keinen Schritt nach vorn gemacht. Er hebt auch nicht die Stimme. Aber in diesem Moment werde ich daran erinnert, warum ich ihn bei unserer ersten Begegnung für gefährlich gehalten habe.

Weil er es ist.

»Hören Sie mir zu«, sagt er zu Anthony. »Wenn Sie Vivienne je wieder anrühren, wenn Sie ihr gegenüber je wieder eine Andeutung über das machen, was geschehen ist, wenn Sie sich auch nur *zu dicht an sie heranstellen*, werden Sie es bereuen. Zutiefst. Schmerzhaft. Und dauerhaft.«

Anthony lacht, aber es klingt nervös. Dies ist das erste Mal, dass ihn jemand auf das, was er mir angetan hat, anspricht, und er weiß nicht, wie er damit umgehen soll. »Wovon reden Sie?«

»Spielen Sie nicht den Unschuldigen.« Jeder Muskel in Jonahs Körper ist angespannt. »Nur dieses eine Mal müssen Sie sich der Wahrheit stellen.«

Ich sollte etwas sagen, aber ich kann nicht. Ich bin vor Schock wie gelähmt. Scham, Wut, Erstaunen, Dankbarkeit und Liebe – das alles brodelt gleichzeitig in mir hoch, kocht über und versetzt mich in einen Zustand, in dem mir die Worte fehlen.

Schließlich macht Anthony einen Schritt zurück und bringt sich aus der Reichweite von Jonahs Fäusten. »Ich weiß nicht, was Vivienne Ihnen erzählt hat, aber jede Geschichte hat zwei Seiten, Kumpel. Sie wissen doch, wie Frauen sind.«

»Ich weiß, was eine Vergewaltigung mit einem Menschen anstellt«, erwidert Jonah.

Anthony hebt seine Hände. »Hey, hey, hey. Das ist eine verdammt ernsthafte Anschuldigung, die Sie da von sich geben. Vivienne und ich waren Teenager. Wir waren voller Hormone. Sie wissen doch sicher noch, wie das ist. Also haben wir uns eine Nacht miteinander vergnügt, und als ich danach mit Chloe zusammengeblieben bin, konnte Viv das nicht ertragen – Mädchen werden eifersüchtig, und Sex bringt sie durcheinander …«

»Anthony?«, erklingt eine zitternde Stimme.

Erst dann wird uns dreien klar, dass Chloe nach draußen auf die Veranda getreten ist. Ich weiß nicht, wie viel genau sie gehört hat, aber es war genug.

Nachdem Anthony sich zuerst abwehrend verhalten hat, ist er nun fast panisch. »Schatz, du weißt doch, dass da nichts dran ist.«

»Du hast gesagt, sie hat mit dir geflirtet.« Chloe stützt sich mit einer Hand an einer weißen Säule ab. Sie zittert so heftig, dass ich es von dort, wo ich stehe, sehen kann. »Du hast mir nie gesagt, dass du mit ihr *geschlafen* hast.«

Endlich finde ich meine Stimme wieder. »Er hat nicht mit mir geschlafen, Chloe. Er hat mich vergewaltigt. Anthony hat dich angelogen, und ich habe dir die Wahrheit erzählt.«

Ich kann sehen, dass sie mir nicht glaubt. Zumindest noch nicht. Aber zum ersten Mal muss Chloe die Tatsache akzeptieren, dass Anthony Whedon ein gottverdammter Lügner ist.

»Was ich gesagt habe, war mein Ernst.« Jonah macht einen Schritt auf Anthony zu. Das genügt, um diesen dazu zu bringen, sich zu den Stufen zurückzuziehen. »Lassen Sie Vivienne in Ruhe.«

Anthony so zu sehen – wehrlos, dumm, verängstigt – ist tausendmal befriedigender, als ich es mir je erträumt hätte. Endlich hat sich jemand für mich eingesetzt. Endlich hat mir jemand geglaubt.

Ich nehme Jonahs Hand. »Lass uns gehen.«

Jonah schaut mich nur kurz an. Sein durchdringender Blick bleibt auf Anthony gerichtet. »Okay.«

Sobald wir Richtung Auto gehen wollen, hören wir jedoch Libbys Schritte auf der Veranda. Ich drehe mich um und sehe, wie sie auf uns zugestürmt kommt. Sie hält eine Seite aus ihrem Malbuch in der Hand. »Hier, Jonah! Ich habe ein Bild für dich ausgesucht!«

Er beugt sich zu ihr hinunter, um es entgegenzunehmen. Die Erwachsenen sagen kein Wort.

»Das ist eine Prinzessin, siehst du? Ich habe das Kleid gelb und rot angemalt, damit es vielleicht wie ein Vulkankleid ist. Gefällt es dir?«

Jonah nickt. »Es ist fantastisch.«

Libby strahlt ihn an, voller Vertrauen und Bewunderung. Doch Jonah kann ihr Lächeln nicht erwidern. Ich weiß, dass er gesehen hat, was mich bezüglich Libby am meisten heimsucht.

Sie hat die Augen ihres Vaters.

Ich traue mich erst wieder, etwas zu sagen, als ich den Wagen auf die I-10 gesteuert habe. »Jonah … Danke.«

»Wofür?« Er klingt angespannt.

»Dafür, dass du Anthony zur Rede gestellt hast. Dafür, dass du erkannt hast, was niemand sonst gesehen hat.«

Er starrt aus dem Fenster auf die triste Ansammlung von Geschäften, die die Interstate säumen. »Warum hast du es mir nicht erzählt?«

Diese Unterhaltung war unvermeidlich – das wusste ich –, aber ich bin nicht bereit dafür. Wann würde ich es je sein? »Das ist schwer zu erklären.« Das ist wahr. Offensichtlich. Bedeutungslos. Jonah verdient mehr. »Die einzigen Menschen, denen ich es je erzählt habe, sind meine Mutter und Chloe. Und sie haben mir nicht geglaubt. Ich meine, die einzigen Menschen abgesehen von meiner Therapeutin. Denn ich habe sehr viel Zeit in einer Therapie verbracht.«

»Das hilft nie.« Jonah lässt sich nicht ablenken. »Deine Mutter … hat dir nicht geglaubt?«

»Anthony ist reich. Er wollte Chloe heiraten. Mom hätte niemals etwas geglaubt, das dieser Heirat im Weg stehen könnte. Nicht einmal das, was mir passiert ist.«

»Und deine Schwester? Das ist das, was du ihr kurz vor ihrer Hochzeit erzählt hast, nicht wahr?«

Es fällt mir schwer, mich auf die Straße zu konzentrieren.

»Sie hat nur einen Teil der Geschichte gehört, bevor sie mich zum Schweigen gebracht hat. Anthony hatte sie überzeugt, dass ich eifersüchtig auf sie war. Als ob.«

Jonah schüttelt den Kopf. »Ich hätte dir geglaubt. Ist dir das nicht klar?«

Ich glaube, das war mir schon immer klar, aber bis jetzt habe ich das nicht erkannt. Jonah hätte mir geglaubt, und deswegen habe ich es ihm nicht erzählt. »Es hätte die Dinge … komplizierter gemacht.«

»Findest du nicht, dass ich es verdient hätte, das zu wissen?«

»Was denn? Woher meine sexuelle Fixierung kommt? Muss ich dich vor jeder Verabredung mit zu meiner Therapeutin nehmen, damit du mit ihr reden kannst?« Ich klinge hysterisch, selbst in meinen Ohren. Also hole ich ein paarmal tief Luft. »Du hast ebenfalls deine Geheimnisse, oder etwa nicht?«

»Hier geht es nicht um mich.«

»Nicht?«

Jonah wendet sich von mir ab. »Das hier ist der Weg zum Flughafen, oder?«

»Ähm, ja …«

»Lass mich dort raus.«

»Jonah?«

»Du hättest es mir sagen sollen.« Er klingt so wütend, dass ich zusammenzucke. Er bemerkt es und spricht ruhiger, aber es kostet ihn enorme Anstrengung. »Ich musste es wissen, Vivienne.«

»So etwas kann man jemandem nicht so leicht mitteilen.« Das klingt so unzureichend.

»Dann meinst du also nicht, dass ich das hätte wissen sollen, bevor ich dir all diese Dinge angetan habe?«

Erniedrigung versengt mich von innen heraus. »Wir beide wollten diese Fantasie. Es war deine Idee!«

»Wenn ich gewusst hätte, dass du ein Vergewaltigungsopfer bist, hätte das alles geändert.« Jetzt sieht Jonah mich nicht mal mehr an.

Ich verbrenne innerlich und stürze ab. Und zwar aus größerer Höhe als jemals zuvor, weil ich noch vor wenigen Augenblicken zu glauben gewagt habe, dass Jonah tatsächlich auf meiner Seite steht. In den letzten paar Monaten habe ich versucht, mit meinen sexuellen Wünschen Frieden zu schließen. Nun ist die ganze Scham innerhalb eines Augenblicks zurückgekehrt. »Du denkst, dass ich krank bin, weil ich es nach dem, was mir passiert ist, will. Nicht wahr?«

»Das ist es nicht.«

Natürlich ist es das. »Du hasst mich dafür, dass ich der Fantasie nachgebe, obwohl du es auch wolltest … obwohl es deine Idee war.«

Endlich schaut mich Jonah wieder an. Ich wünschte, er hätte es nicht getan. Die Wut in seinen Augen ruft bei mir Übelkeit hervor. »Du hast mich in etwas verwandelt, das ich niemals sein wollte. Du hast mich in jemanden verwandelt, der ein Vergewaltigungsopfer missbraucht.«

»Das war kein Missbrauch. Nicht, wenn ich es wollte.«

»Deine Handgelenke sind immer noch wund!«, brüllt er.

Ich zucke zusammen und wende mich ab.

Als Jonah wieder spricht, ist seine Stimme ruhiger. Doch sie klingt so vorsichtig und kontrolliert, dass ich weiß, dass es nur Show ist. »Wir können das nicht fortführen.«

Meint er, dass wir nicht länger unsere Spiele spielen können? Nein. Er meint, dass dies das Ende unserer Beziehung ist.

»In Ordnung«, sage ich. Die Worte klingen kühl und höflich. Ich klinge wie meine Mutter. In unseren schlimmsten Momenten fördern wir oft unsere schlimmsten Eigenschaften zutage. »Wir fahren zum Flughafen.«

Jonah spricht nicht, während ich ihn dorthin fahre. Doch ich kann spüren, dass er darauf wartet, dass ich etwas sage. Was? Das spielt keine Rolle. Der Mann, dem ich mein geheimstes Ich gezeigt habe, hat diesen Teil von mir zurückgewiesen. Der einzige Mensch, der tief genug in mich hineingeschaut hat, um die Wahrheit zu finden, hat sich gegen mich gewandt, weil ich sie ihm nicht freiwillig erzählt habe.

Und etwas an meinem Geheimnis nährt die Dunkelheit in ihm auf eine Weise, die keiner von uns ertragen kann.

Ich halte vor dem Flughafen, direkt an dem Schild für *Oceanic Airlines*. Wir sind von Menschen umgeben, die Freunde und Familienmitglieder absetzen, einander trotz der großen Rucksäcke, die sie tragen, fest umarmen und zwischen Gepäckansammlungen Küsse und Gelächter austauschen. Jonah öffnet die Autotür und sagt: »Leb wohl, Vivienne.«

Es klingt so endgültig. Aber ich kann das noch toppen. Ohne ihn anzusehen, erwidere ich: »Steig aus.«

32

»Das ist die Stelle, an der Sie ›Ich habe es Ihnen ja gesagt‹ sagen.« Ich wische mit einem Kleenex aus der Schachtel, die immer auf Doreens Tisch steht, über meine Augen. »Na los.«

»Das ist nicht das, was ich denke, und Sie sollten es ebenfalls nicht denken.« »Warum nicht?« Meine Augen schmerzen vom vielen Weinen. Ich glaube, ich habe nicht damit aufgehört, seit ich gestern Nachmittag zusammengebrochen bin, als ich Shreveport passiert habe. »Die gestörteste sexuelle Vereinbarung aller Zeiten ist für mich nach hinten losgegangen und explodiert. Nicht wie eine Granate, sondern wie eine Atombombe. Sie haben es kommen sehen.«

Doreen schüttelt den Kopf. »Das nicht.«

Die ganze letzte Nacht über habe ich auf mein Handy gestarrt und auf eine SMS von Jonah gewartet. Ich habe keine Entschuldigung und schon gar keine Erklärung erwartet. Aber ich kann nicht aufhören, mich zu fragen, was er denkt.

Jonah mag aus meinem Leben verschwunden sein, aber sein Schatten wird mich noch eine ganze Weile lang begleiten.

»Endlich hat jemand die ganze Wahrheit erfahren«, flüstere ich. »Und er hat mich dafür gehasst.«

»Sie wissen nicht, dass er Sie dafür gehasst hat. Sie wissen nur, dass Jonah aufhören musste.«

»Warum sollte er sonst aufhören?«

»Sagen Sie es mir.« Doreen wirft mir einen ihrer Blicke zu, was bedeutet, dass es Zeit ist, tiefer nachzubohren.

Und ich erinnere mich an Jonahs Worte: *Du hast mich in etwas verwandelt, das ich niemals sein wollte.*

Ich schiebe eine Haarsträhne hinter mein Ohr. »Welches dunkle Geheimnis Jonah auch in sich birgt – was immer seine Fantasie für ihn befeuert –, er will sie nicht mit jemandem ausleben, der tatsächlich verletzt worden ist.«

»Jonahs Worte waren hart. Er hätte sie nicht auf diese Weise aussprechen sollen. Aber auch er darf Grenzen haben.«

Das hat sie schon einmal zu mir gesagt, aber dabei ging es um Geordie, als er meine Fantasie unter keinen Umständen mit mir ausleben konnte. Diese beiden Männer haben ihre Grenzen Tausende Kilometer voneinander entfernt gezogen, aber sie sind beide im Recht.

Trotzdem. »Jonah war wütend. Er war regelrecht *rasend* vor Wut. Ich bin erstarrt, wie ich es als Kind immer getan habe, wenn meine Mutter zu schreien anfing.«

»Fühlten Sie sich bedroht?«

»Nicht körperlich. Es … tat nur so furchtbar weh. Jonah hatte sich für mich eingesetzt und endlich, endlich weiß Chloe, dass Anthony ein Lügner ist, und es hätte einer der besten Tage meines Lebens sein können. Stattdessen ist alles zerstört.«

Doreen nickt. »Wir sollten uns ein wenig auf den guten Teil des Tages konzentrieren. Endlich hat Ihnen jemand geglaubt. Endlich hat jemand demjenigen die Schuld gegeben, der sie verdient – nämlich Anthony. Wie fühlt sich das an?«

Unter all meiner Trauer, all meiner Wut schimmert nach wie vor dieses winzige Licht. »Unglaublich. Als ob … Als ob sich die ganze Welt auf den Kopf gestellt hätte.«

»Auf gute Weise?«

»Ja.« Wann immer ich daran denke, dass ich an Thanksgiving oder Weihnachten nach Hause fahren werde, verspüre ich eine gewisse Anspannung, aber es ist nicht die Furcht, die mich seit Jahren fest im Griff hat. Anthony wird nie wieder so viel Macht über mich haben, selbst wenn Jonah nicht an meiner Seite ist. Ich habe ihn gedemütigt erlebt, ich habe ihn erniedrigt erlebt. Diese Erinnerung wird sehr lange vorhalten.

»Was ist mit Ihrem Vater?«, fragt Doreen.

Ich muss lachen. »Offenbar hat er bereits einen seiner Golfkumpel überredet, ihm etwas Jambalaya ins Haus zu schmuggeln. Er hat sich nicht verändert.«

»Wünschten Sie, er würde sich verändern?«

»Ich versuche, mir nichts Unmögliches zu wünschen.«

Und doch kann ich nicht aufhören, mir zu wünschen, ich könnte die Zeit zurückdrehen, sie rückwärts auf einer Spule aufwickeln, bis ich den gestrigen Morgen erreiche. Vielleicht könnte ich nichts ändern, aber wenigstens würde ich dieses Mal verstehen, was genau schiefgelaufen ist.

Selbst es zu verstehen wäre nicht genug.

Später an diesem Tag sitze ich in meinem Büro und gebe manuell Noten ein, als mein Handy vibriert, um eine eingegangene SMS zu melden. Meine Haut prickelt wie elektrisiert, und ich habe keine Ahnung, ob der Grund für diesen plötzlichen Energieschub Wut oder Hoffnung ist.

Doch als ich einen Blick auf das Display werfe, sehe ich, dass es nur eine Einladung von Shay ist. Sie möchte, dass ich heute oder morgen Abend zu ihr komme und mit ihr Netflix schaue. *Und wie war dein romantisches Wochenende im Wald?*

Ich habe nicht mal meinen engsten Freunden von Dads Herzversagen erzählt. Das ist ein unverzeihliches Versäumnis. Also verschicke ich ein paar Textnachrichten und verbringe den Rest des Nachmittags damit, besorgte Fragen von Carmen, Arturo und Shay zu beantworten. Ich informiere auch Kip, und innerhalb von Minuten erscheint wie durch Zauberhand ein Caramel macchiato auf meinem Schreibtisch.

»Koffein löst nicht alle Probleme«, sage ich zu ihm, während ich den Kaffee trotzdem mit einem Lächeln entgegennehme.

Kip seufzt. »Ein Macchiato kann deine Probleme nur lösen, wenn du es *zulässt*, Süße.«

Die einzige Person, von der ich nichts höre, ist Geordie. Er ist momentan enorm beschäftigt – gegen Ende des Semesters sind immer Hausarbeiten fällig, und im Vergleich zu Hausarbeiten für Vordiplomstudenten sind Hausarbeiten für Masterstudenten im Jurastudium alles andere als ein Zuckerschlecken. Trotzdem würde ich in einem Fall wie diesem zumindest eine SMS von ihm erwarten. Geordie war der einzige Mann, mit dem ich je zusammen war, der meine Mutter für sich gewinnen konnte. Er hat meine Eltern mit einer dermaßen wirksamen Charmeoffensive überrollt, dass sie ihm zwei Monate nach unserer Trennung noch eine Geburtstagskarte geschickt haben. Also würde sich Geordie nicht nur Sorgen um mich, sondern auch um meinen Vater machen.

Manchmal ist der Handyempfang in der Bibliothek wirklich schlecht, rufe ich mir ins Gedächtnis. *Außerdem hat er sein Handy vielleicht ausgeschaltet, um sicherzustellen, dass er in Ruhe arbeiten kann.*

Das ist keine schlechte Idee. Ich schalte mein Handy aus, und sofort warte ich nicht mehr auf eine Nachricht von Jonah. Ich sollte so etwas wie Triumph über meine Entschlussfreudigkeit empfinden. Stattdessen fühle ich mich einfach nur traurig.

An diesem Abend gehe ich ins Atelier. Manchen Künstlern fällt es schwer zu arbeiten, wenn sie aufgewühlt sind, aber manchmal treibt mich diese Art von emotionaler Energie an. Man sollte der Sublimierung also durchaus eine Chance einräumen.

Also sitze ich da, höre Bettye LaVette im Radio, habe das Chambray-Hemd bis zu den Ellbogen hochgekrempelt und bereite mich darauf vor, meine aktuelle Platte einzufärben. Doch als ich gerade anfangen will, fällt mir eine kleine Delle in der Platte auf. Zuvor war es nur eine Kerbe im Wachs, aber nun ist es ein Sammelbecken für die Tinte, ein Fleck, der nur darauf wartet, Gestalt anzunehmen.

Manche Radierungen sehen gut – sogar besser – aus, wenn sie ein paar zufällige Flecken haben. Diese hier allerdings nicht.

Ich fluche leise und mache mich daran, die Platte genauer zu untersuchen. Manchmal kann man so etwas reparieren. Manchmal muss man wieder von vorne anfangen.

Denn wenn man einen Fehler macht, bleibt dieser für die Ewigkeit bestehen. Die Tinte bringt ihn jedes Mal aufs Neue zum Vorschein. Egal wie viele Drucke man herstellt, der Fleck wird immer zu sehen sein.

Manchmal denke ich, dass mein Leben einer Metallplatte gleicht. Anthony hat die Linien in mich geritzt. Und die vergiftete Beziehung zu meiner Familie – und nun Jonahs Zurückweisung – stellen die Säure dar.

Und die gleichen Makel, die gleichen Fehler wiederholen sich immer wieder.

Aufgewühlt trete ich von meinem Werk zurück. Eine kurze Pause könnte nicht schaden. Ich gehe zum Wasserspender und fülle etwas aus dem Tank in einen kleinen Pappbecher. Dann fällt mir ein, dass ich mein Handy seit dem frühen Nachmittag nicht wieder eingeschaltet habe. Ich könnte ebenso gut mal nachsehen, was so los ist.

Während das Handy hochfährt, sage ich mir: *Du wirst keine Nachricht von Jonah erwarten. Das wirst du nicht. Das wird sowieso nicht der Fall sein.*

Das erweist sich als richtig. Er hat mir nicht geschrieben. Dafür hat Geordie es getan – fünf Mal.

OMG Viv, das tut mir so leid. Ist dein Dad okay?

Carmen sagt, dass es ihm gut geht, aber Herrgott, du musst ja völlig durch den Wind sein. Willst du dich mit mir auf einen Drink treffen? Ich könnte einen gebrauchen.

Hey, ich bin im *Freddy's Place*, falls du Lust hast, dich mir anzuschließen.

Das sind totale Vollidioten hier, Viv. Scheiß auf dieses Dreckslokal.

Falls Sie den Besitzer dieses Handys kennen, können Sie bitte herkommen und ihn abholen? Er darf sich nicht länger hier aufhalten. – Die Geschäftsführung

Der Zeitangabe der letzten Nachricht zufolge wurde sie erst vor zehn Minuten versandt. Ich stöhne entnervt auf und schnappe mir meine Handtasche.

Für die meisten Leute ist das *Freddy's Place* »die Bar neben dem mexikanischen Restaurant, das sich als Tarnung für den größten Drogenumschlagsplatz der Stadt herausgestellt hat«. (Das soll keine Beleidigung für das *Freddy's* sein, denn dort ist es toll. Aber als die Polizei das mexikanische Restaurant hochgenommen hat, war das eine ziemliche Sensation.) Das Essen im *Freddy's* ist gut, aber wenn ich dort hingehe, dann meistens auf einen Drink oder ein Dessert nach einem Film – manchmal auch beides. Ich liebe den Außenbereich dort, der voller Lichter und Gelächter ist und auch immer ein paar Hunde zu bieten hat, die unter den Tischen ihrer Herrchen dösen.

Mit Geordie war ich am häufigsten hier, und als ich ihn zusammengesackt auf der Veranda sitzen sehe, frage ich mich, ob sie ihn je wieder in das Lokal lassen werden.

»Viv!« Geordie streckt beide Hände in die Luft, als hätte er gerade einen Siegestreffer beim Fußball erzielt. »Ich hab doch gesagt, dass sie kommen würde!«

Der Geschäftsführer steht mit vor der Brust verschränkten Armen neben ihm, und seine Miene wird sogar noch finsterer, als sie es ohnehin schon war. »Kennen Sie diesen Kerl?«

»Ja, allerdings.« Oh mein Gott, Geordie ist so was von hinüber. Ich habe ihn zwar schön öfter in diesem Zustand erlebt, aber so früh am Tag ist der Anblick schon ein wenig bedenklich, vor allem, da er allein unterwegs ist. »Ich bringe ihn nach Hause. Hat er seinen Deckel bezahlt?«

Geordie lacht. »Natürlich hab ich bezahlt! Für wen hältst du mich, Liebes?«

Sein schottischer Akzent tritt merklich hervor, was kein gutes Zeichen ist. »Tut mir leid«, murmele ich in Richtung des Geschäftsführers, während ich einen von Geordies Armen um meine Schulter lege.

Der Mann zuckt mit den Schultern. »Er kann das nicht dauernd machen. Mehr kann ich dazu nicht sagen.«

»Was meinen Sie mit ›dauernd‹?«

Das bringt mir ein verächtliches Schnauben ein. »Er taucht hier mindestens einmal pro Woche auf. Wir haben ihm schon vor einer Weile gesagt, dass wir ihn nicht mit dem Auto nach Hause fahren lassen, also nimmt er meistens ein Taxi. Heute ist er allerdings selbst hergefahren, und ich kann nicht zulassen, dass er in diesem Zustand in sein Auto steigt. Man könnte uns auf Zahlungen in Millionenhöhe verklagen, wenn er einen

Unfall baut, und das ist, ehrlich gesagt, nur eine Frage der Zeit.«

»Ich versuch doch gar nicht zu fahren!«, poltert Geordie. »Wenn Sie mich noch etwas zu essen bestellen ließen, wäre alles in Ordnung.«

Der Geschäftsführer würdigt ihn keines Blickes. »Wenn er noch mal allein herkommt, werden wir ihn nicht bedienen. Vielleicht können Sie ihm das morgen noch mal klarmachen. Auf diese Weise erinnert er sich eventuell sogar daran.«

Damit geht der Geschäftsführer davon und lässt mich mit Geordie stehen, der schwer an meiner Seite hängt. Er riecht nach Rum. »Danke, Viv«, murmelt er und schenkt mir sein dämlichstes, liebenswertestes Lächeln.

»Steig einfach ins Auto.« Ich kann seinen Fiat auf dem Parkplatz sehen. Morgen früh wird ihn jemand herbringen müssen, damit er ihn abholen kann. Vermutlich werde ich das sein.

Als ich zu seiner Wohnanlage fahre, sagt Geordie: »Er übertreibt, das weißt du doch. Ich war zweimal da. Vielleicht dreimal.«

»Aber du wolltest in diesem Zustand fahren, Geordie. Das geht nicht.«

»Ich wollte nicht fahren. Ich wollte was essen und noch ein paar Stunden warten! Dann wäre ich wieder vollkommen in Ordnung gewesen, das weißt du doch.«

Vielleicht wäre er das. Vielleicht hatte der Geschäftsführer nur schlechte Laune. Geordie hat schon immer heftig gefeiert, ohne sein Leben zu vermurksen.

Trotzdem kann ich nicht aufhören, über die letzten paar Male nachzudenken, die ich in Geordies Gesellschaft verbracht habe. Er hat jedes Mal extrem viel getrunken. An Halloween hat er auf Arturos und Shays Party sogar das Bewusstsein verloren. Wir sind keine Achtzehnjährigen, die ihre ersten

Erfahrungen mit Alkohol sammeln. Geordie ist dreißig. Diese Experimentierphase sollte er mittlerweile hinter sich gelassen haben.

»Ihr Amerikaner.« Geordie lehnt sich auf meinem Beifahrersitz zurück. Die Lichter der Stadt ziehen flackernd hinter seinem gut aussehenden Profil vorbei. »Ihr seid alle Puritaner, jeder Einzelne von euch. In Schottland würde man mich als Abstinenzler bezeichnen.«

Als ich achtzehn war, war ich auf einer dieser Turbotouren durch Europa in Edinburgh. Außerdem habe ich die Fischer in dem B&B beobachtet, in dem Jonah und ich auf der Isle of Skye übernachtet haben. Geordie lügt nicht, was die Trinkgewohnheiten der Schotten anbelangt. Sie trinken wirklich viel. Um siebzehn Uhr füllt sich jedes Pub mit Schotten aus allen Gesellschaftsschichten. Dort drüben ist der Tag ohne ein oder zwei Pints nicht komplett.

Du machst dir zu viele Gedanken darüber, versuche ich mir einzureden. *Das ist nichts weiter als ein kultureller Unterschied. Außerdem hat Geordie so hart an seiner Masterarbeit gearbeitet. Du weißt doch, unter welchem Druck er steht. Warum sollte er sich nicht hin und wieder einen Drink genehmigen? Dann hat er sich eben einmal gehen lassen. Das kommt vor.*

Das alles habe ich mir schon öfter gesagt. Aber heute Abend erkenne ich zum ersten Mal, wonach das klingt.

Es klingt nach meiner Mutter. Es klingt nach Chloe.

Es klingt nach jemandem, der mit aller Gewalt versucht, die Wahrheit zu verleugnen.

Wir erreichen Geordies Wohnanlage. Als ich das Auto abstelle, sagt er: »Danke, Liebes. Bist du sicher, dass du nicht mit hochkommen willst? Oh, nein, richtig, du hast ja jetzt nur noch Augen für Jonah, nicht wahr?«

Jonahs Name fühlt sich wie ein Peitschenhieb auf meiner Haut an. Trotzdem lasse ich mich nicht ablenken. »Geordie?«

»Ja?«

Ich hole tief Luft. »Du trinkst zu viel.«

Er lacht. »Ich habe dir doch gesagt …«

»Ich weiß, was du mir gesagt hast. Aber in den letzten paar Monaten hast du sehr viel mehr getrunken als zuvor. Du trinkst allein – und zwar nicht nur ein Glas Wein zum Abendessen. Du trinkst exzessiv.«

Geordie stöhnt. »Oh, mein Gott, die Moralapostel.«

»Hör mir zu«, flehe ich. »Geordie, wir mögen nicht mehr ineinander verliebt sein, aber du weißt, dass ich dich immer noch als einen Freund betrachte. Du bist mir wichtig, und ich will nur das Beste für dich. Also muss ich das sagen.«

»Was sagen?«

Die Wahrheit auszusprechen ist entsetzlich. Es ist wie der Sprung von einer Klippe. Ich werde hart auf dem Boden aufschlagen. Ich kann nur hoffen, dass Geordie später über das, was ich gesagt habe, nachdenken und auf mich hören wird.

Also schaue ich ihm in die Augen und sage: »Du hast ein Alkoholproblem.«

Ich erwarte, dass er mich auslacht. Stattdessen starrt Geordie mich nur an. Er ist nicht daran gewohnt, dass ich so direkt bin, womit wir schon zu zweit wären. Doch jetzt lerne ich endlich, wie man ehrlich ist, auch wenn es schwerfällt.

»Bitte«, fahre ich sanfter fort. »Du bist ein wunderbarer Mensch. Du kannst ein wundervolles Leben haben und so viel Gutes in der Welt bewirken. Lass dich nicht vom Alkohol beherrschen. Hör auf damit und sieh den Tatsachen in die Augen. Hol dir Hilfe. Und du sollst wissen, dass ich immer hinter dir stehe, egal was passiert.«

Ein langer Moment des Schweigens vergeht, in dem ich

mir vorstelle, wie er mich auslacht oder mich verflucht. Er tut nichts davon, sondern seufzt nur tief und vergräbt das Gesicht in den Händen. »Herrgott, Viv.«

»Ich würde das nicht sagen, wenn du mir nicht am Herzen lägst.« Erst als die Worte meinen Mund verlassen, wird mir klar, dass die Wahrheit ein Geschenk der Liebe sein kann. Und dass kein anderes Geschenk auch nur ansatzweise damit vergleichbar ist.

Doch Geordie steigt einfach aus dem Auto und schlägt die Tür hinter sich zu. Er schlurft in die Wohnanlage, ohne sich noch einmal umzudrehen.

Manchmal kommen selbst unsere besten Geschenke zu spät.

33

Nachdem ich Geordie abgesetzt habe, kehre ich nicht ins Atelier zurück. Meine Konzentration ist dahin. Stattdessen mache ich mich auf den Heimweg, nehme eine lange Dusche und gehe früh ins Bett. Seit Freitagabend habe ich mehrere Adrenalinschübe erlebt, die nacheinander von Lust, Schrecken und Wut ausgelöst wurden. Mittlerweile bin ich vollkommen erschöpft.

Ich schlüpfe ins Bett und schalte das Licht aus, doch ich kann nicht einschlafen. Ich bin zu aufgedreht. Also liege ich in meinem zu großen T-Shirt, das ich vor zwei Jahren bei einem Wohltätigkeitslauf getragen habe, auf der Seite da und fühle mich ausgelaugt, unsexy und sehr allein.

Allein sein ist nicht das Schlimmste, rufe ich mir ins Gedächtnis. Meine Schwester liegt jetzt gerade vermutlich im selben Bett wie Anthony. Da ziehe ich mein Schicksal dem ihren jederzeit vor. Ich werde mich mit dem Verlust von Jonah abfinden und herausfinden, ob meine Freundschaft mit Geordie überleben wird, und ich werde mich innerhalb des neuen Kräftespiels in meiner Familie behaupten. Doreen wird mir dabei helfen. Alles kommt wieder in Ordnung.

All das sage ich mir. Und größtenteils glaube ich es. Doch ich erinnere mich daran, wie ich vorletzte Nacht eingeschlafen bin – wie sicher ich mich in Jonahs Armen gefühlt habe. Es kommt mir vor, als würde ich mich nie wieder so sicher fühlen.

In diesem Moment befindet er sich in seiner schicken Wohnung in der Innenstadt und ist ebenso allein wie ich. Ich frage mich, ob er bereits meine Radierung von der Wand genommen hat.

Vermutlich hat er es getan. Und doch hoffe ich, dass es nicht so ist. Auf diese Weise würde etwas, das ich ihm gegeben habe – eine Botschaft direkt von meiner an seine Seele –, weiter Bestand haben.

Mein Handy klingelt um kurz nach vier.

Verdammt, denke ich mürrisch. Gerade als ich endlich tief eingeschlafen bin. *Wenn da jemand falsch verbunden ist, dann schwöre ich bei Gott …*

Doch dann erinnere ich mich an Dads OP. Panik überkommt mich, während ich quer über das Bett stürze, um mein Handy aus der Ladestation zu nehmen. Dad könnte in Ordnung sein – Chloe könnte auch einfach nur anrufen, um mich wegen Anthony anzuschreien. Oder vielleicht ist es Geordie, der mir sagen will, dass ich mich verziehen soll, oder … oder es könnte Jonah sein …

Nichts davon trifft zu.

»Arturo?«, frage ich stirnrunzelnd, als ich den Anruf entgegennehme.

»Du hast geschlafen, oder?«

»Um … siebzehn Minuten nach vier? Seltsamerweise ja. Was in aller …?« Meine Stimme verliert sich, als mir die Antwort auf meine Frage bewusst wird.

Arturo spricht sie laut aus. »Du hast gesagt, dass ich dich sofort informieren soll, wenn bei Shay die Wehen einsetzen. Tja, wir fahren jetzt ins Krankenhaus.«

»Oh mein Gott.« Obwohl ich furchtbar müde bin, muss ich laut lachen. »Geht es ihr gut?«

»Bislang hält sie sich großartig.«

Im Hintergrund höre ich Shay rufen: »Was meinst du mit

großartig? Etwas von der Größe einer Wassermelone versucht, sich einen Weg aus meiner … *Ohhhhhhhh* …«

»Wir müssen los«, sagt Arturo hastig. »Komm ins Krankenhaus, wenn du kannst!« Damit legt er auf.

Wehen können sehr lange andauern. Manchmal sogar tagelang. Ich habe ein wenig in der mit zahlreichen Eselsohren versehenen Ausgabe von Shays Schwangerschaftsratgeber herumgeblättert, also weiß ich, dass eine Erstgebärende im Durchschnitt acht Stunden lang in den Wehen liegt. Ich könnte zweifellos wieder ins Bett gehen, noch ein wenig dringend benötigten Schlaf nachholen und es vermutlich trotzdem noch ins Krankenhaus schaffen, bevor das Baby zur Welt kommt.

Stattdessen schreibe ich Carmen eine SMS. Wer von uns holt den Kaffee?

Sie schreibt sofort zurück: Ich hab schon welchen besorgt. Wir sehen uns dort!!!!

Das Seton Central liegt von meinem Haus aus auf der anderen Seite der Stadt, aber um diese Uhrzeit sind die Straßen leer. Ich erreiche das Krankenhaus innerhalb von zwanzig Minuten und treffe auf Carmen, die bereits im Wartezimmer auf und ab läuft. Ihr Outfit entlockt mir ein Grinsen. Sie trägt ein silberschwarzes Trikot der San Antonio Stars und dazu eine pinkfarbene Jogginghose. Allerdings sehe ich in meinem zu großen Fleeceoberteil und der ausgeblichenen Jeans auch nicht besser aus. Carmen weiß, warum ich lache, und streckt mir die Zunge raus. »Lach nur.«

»Entschuldige, tut mir leid, ich bin müde. Da ist alles lustig.«

Und das ist es tatsächlich. Vor ein paar Stunden fühlte ich mich ausgelaugt und ohne jede Hoffnung, aber ich schätze, das Baby hat beschlossen, mich an all die guten Dinge zu erinnern, die in der Welt noch auf einen warten.

Wir trinken unseren Kaffee, laufen durch die Flure und beobachten, wie die Sonne aufgeht. Carmen erzählt mir von den Gesprächen, die sie in den letzten Tagen mit Arturo hatte. »Als er endlich verstanden hat, wie viel Panik ich wegen meiner Abschlussarbeit habe, hat er mir gesagt, dass ich mich idiotisch verhalte. Das war nicht unbedingt hilfreich – aber ich wusste, was er meinte. Und Arturo hat gesagt, dass keiner von uns den anderen im Stich lassen würde.«

»Weil ihr beide klug und beherzt seid. Außerdem fühlt ihr beide euch einander verbunden, wie ich es sonst bei keinen zwei anderen Menschen erlebt habe«, sage ich.

Doch Carmen schüttelt den Kopf. »Er sagte, es läge daran, dass wir die dickköpfigsten Menschen der Welt sind. Wenn wir sagen, dass etwas gemacht wird, dann wird es gemacht.« Sie hält inne. »Es sei denn, ein Meteor schlägt auf der Erde ein oder so was.«

»Ich denke, in einem solchen Fall können wir eine Ausnahme machen.«

»Danke.«

Shays Baby mag heute Morgen einen frühen Start gehabt haben, hat es nun aber offenbar nicht eilig. Carmen und ich begnügen uns mit einem Frühstück aus konzentriertem Orangensaft und fadem Gebäck aus der Krankenhauscafeteria. Man sollte meinen, dass ein Ort, der sich der Gesundheit verschrieben hat, solchen Mist nicht servieren würde. (Vielleicht versuchen sie, zukünftige Kunden zu gewinnen.) Wir blättern Frauenzeitschriften durch, die sich allesamt mit potthässlichen Handarbeiten und Backrezepten beschäftigen und im Durchschnitt etwa elf Monate alt zu sein scheinen. Wir tigern im Wartezimmer herum wie Ricky Ricardo in dieser alten Folge von *I Love Lucy*. Nichts davon führt dazu, dass das Baby schneller zur Welt kommt.

Irgendwann sagt Carmen, nur um eine Unterhaltung herbeizuführen: »Also, wie läuft es zwischen dir und Jonah?«

Meine ganze Erschöpfung scheint sich innerhalb von einer Sekunde wieder auf mich herabzusenken. Ich seufze und lehne mich auf meinem Stuhl zurück. »Ich weiß es nicht.«

»Auf der Party habt ihr beiden ziemlich verliebt gewirkt.« Carmen klimpert auf absichtlich übertriebene Weise mit den Wimpern, um mich zum Lachen zu bringen. »Was ist los?«

»Er ist dieses Wochenende mit zu mir nach Hause gekommen.«

Sie setzt sich auf und starrt mich an. »Jonah Marks ist nach dem Herzstillstand deines Vaters mit zu dir nach Hause gekommen?«

»Ja.«

»Vivienne, das ist was Besonderes.«

»Ich weiß.« Ich schlinge die Arme fest um meinen Körper und vergrabe die Finger im cranberryfarbenen Fleece meiner Ärmel. »Und ihn an meiner Seite zu haben hat mir so sehr geholfen. Aber …«

»Aber *was*? Was ist danach passiert? Könnt ihr euch nicht auf eine Kapelle für die Hochzeit einigen?«

Das ist natürlich ein Scherz, aber Carmen ist so weit von der Wahrheit entfernt, dass es wehtut. Sie weiß, dass ich mich nicht gut mit meiner Familie verstehe, auch wenn sie nicht den genauen Grund dafür kennt. Das bedeutet, dass sie zumindest teilweise begreift, wie viel mir Jonahs Unterstützung bedeutet. Wie kann ich ihr nur erklären, dass das alles innerhalb einer Stunde in sich zusammengebrochen ist? »Ich glaube, dass wir es möglicherweise überstürzt haben.«

Das trifft es nicht mal im Ansatz. Aber es ist alles, was ich sagen kann.

Carmen runzelt die Stirn, und ich weiß, dass sie mich jetzt

ins Kreuzverhör nehmen wird. Doch in diesem Augenblick erscheint Arturo in der Tür. Er trägt blaue Krankenhauskleidung und hat ein breites Lächeln im Gesicht, und obwohl er immer noch derselbe Mann ist, den ich kenne, ist er nun plötzlich auch jemand anders, jemand Neues.

Wir stehen beide auf und halten uns an den Händen. Arturos Augen füllen sich mit Tränen, als er sagt: »Ich habe einen Sohn.«

Dann weinen wir alle und fallen uns in die Arme, und die müde, bittere Welt fühlt sich irgendwie nagelneu an.

Der Besuch bei Shay und dem Baby muss noch ein wenig warten. Carmen bleibt im Krankenhaus. Ich widme mich unterdessen ein paar notwendigen Erledigungen. Ich kaufe etwas zu essen für die frischgebackenen Eltern, damit sie in ihrem Zimmer im Krankenhaus einen kleinen Vorrat haben, bringe bei ihnen zu Hause den Müll raus und so weiter. Ich kaufe sogar ein paar hellblaue Luftballons und binde sie an ihre Türklinke, damit die Nachbarn von der guten Neuigkeit erfahren.

Und damit ihnen klar wird, dass sie von nun an Ohrstöpsel brauchen werden, denke ich mit einem Lächeln. *Ein neuer Erdenbürger zieht hier ein.*

Bis ich ins Krankenhaus zurückkehre, ist es fast Mittag. Als ich mich nach jemandem umsehe, den ich nach den Besuchszeiten fragen kann, höre ich eine fröhliche Stimme. »Hallo!«

Ich drehe mich um und entdecke Dr. Rosalind Campbell in ihrem weißen Kittel. Sie sieht fast so müde aus, wie ich mich fühle. Aber ihr Lächeln ist trotzdem strahlend. »Hi«, erwidere ich. »Sind alle wohlauf?«

»Alles bestens. Es war eine gute und leichte Geburt.«

Ich wette, Shay würde sie nicht als »leicht« bezeichnen. Aber eine Geburtshelferin legt hier vermutlich einen ganz anderen Maßstab an. »Wann kann ich zu ihnen?«

»Noch in dieser Stunde. Aber das Baby befindet sich momentan auf der Säuglingsstation, falls Sie es sehen wollen.«

Der bloße Gedanke, dieses Kind zu sehen – ein nagelneuer Mensch, der halb Arturo und halb Shay ist –, erfüllt mich mit Euphorie. »Okay, dann gehe ich dorthin.«

»Ich habe eine weitere Frau, die jeden Moment niederkommt«, sagt Rosalind seufzend. »Wie kriegen es all diese Babys nur immer wieder fertig, an ein und demselben Tag geboren zu werden?«

Sie winkt mir zum Abschied, während sie davongeht. Ihre Freundlichkeit und ihr unbekümmertes Verhalten verraten mir, dass Rosalind noch keine Ahnung hat, dass Jonah und ich uns getrennt haben. Er hat sicher noch keine Gelegenheit gehabt, es jemandem zu erzählen. Es fällt mir schwer, mich daran zu erinnern, dass Jonah und ich unseren letzten schrecklichen Streit erst vor etwa achtundvierzig Stunden hatten. Die Sicherheit, die ich in seiner Nähe empfunden habe, scheint bereits Teil eines anderen Lebens zu sein.

Nein. Ich werde mich jetzt von nichts runterziehen lassen. Heute ist ein besonderer Tag – der Geburtstag von jemandem, den ich bereits jetzt schon liebe –, und das sollte alles andere in den Schatten stellen.

Ich gehe zur Säuglingsstation, die voller Babys ist. Sie liegen fest in weiße Decken gewickelt in ihren Bettchen, sodass nur ihre winzigen rosafarbenen Gesichter zu sehen sind. Jedes einzelne von ihnen ist bezaubernd, auf diese zerknautschte Weise, auf die Neugeborene eben bezaubernd sind. Wie Miniaturversionen von Winston Churchill. Für mich sehen sie alle gleich aus, bis ich ein Baby anschaue und es erkenne. Weil ich diesen kleinen Jungen bereits kenne, obwohl er erst wenige Stunden alt ist. Er hat Arturos Nase und Shays trotziges Kinn, und ich würde dieses Kind überall erkennen.

Als ich an die Scheibe klopfe, schaut eine der Schwestern zu mir auf. Sie wirkt amüsiert, aber nachsichtig. Das erleben die Mitarbeiter hier sicher täglich. Ich deute auf das Baby und frage: »Darf ich ihn sehen?«

Als Reaktion darauf hebt die Schwester das Baby hoch und hält es dicht ans Fenster. Der Kleine blinzelt mit der müden Verwirrung eines Neugeborenen.

Nicolas Gillespie-Ortiz, begrüße ich ihn in Gedanken. *Willkommen auf der Welt.*

Nach nur wenigen Augenblicken legt die Schwester ihn zurück in sein Bettchen, doch ich rühre mich nicht vom Fleck. Bis er in Shays Zimmer gebracht wird und ich ihn dort mit der ganzen Familie besuchen darf, kann ich mich ebenso gut am Anblick der zahlreichen Babys erfreuen, die alle erschöpft von ihrer langen Reise in dieses Leben sind. Trotzdem schlafen sie friedlich, und etwas an diesem Anblick lindert die Wut und die Angst in mir, wie es kaum etwas anderes je vermocht hat.

Irgendwann steht ein junger Chinese einen Moment lang neben mir und betrachtet ein winziges Mädchen in der Nähe des Fensters. Ich erinnere mich, dass ich zuvor gehört habe, wie die Schwestern über ihn und seine Frau geflüstert haben: »Dieses Baby ist amerikanische Staatsbürgerin. Das bedeutet, dass sie in den Staaten bleiben dürfen.« Was toll für sie ist, schätze ich. Doch momentan denkt dieser Mann nicht darüber nach. Stattdessen starrt er seine neugeborene Tochter an, als ob ihn die Erkenntnis darüber, wie viel Liebe man empfinden kann, in Erstaunen versetzt.

Kurz darauf nähert sich jemand anders der Station und stellt sich nur ein paar Schritte von mir entfernt neben mich. Nicolas gähnt gerade sein erstes Gähnen, also wende ich mich nicht von der Glasscheibe ab, um den Neuankömmling zu betrachten. Dann höre ich die Worte: »Das Baby sieht genau aus wie seine Eltern.«

Ich drehe den Kopf und sehe Jonah. Er hat die Hände in die Taschen seines marineblauen Mantels gesteckt und dunkle Ringe unter den Augen. Er steht unbeholfen und unsicher da. Vermutlich sehe ich ganz ähnlich aus.

Der Unterschied besteht darin, dass ich Jonah noch nie so gesehen habe. Ich habe ihn bisher nur als selbstsicheren Menschen erlebt, dessen Kontrolle über sich selbst ebenso stark ist wie seine Befehlsgewalt über andere. Doch nun steht er vor mir und lässt erkennen, wie verletzlich er in Wahrheit ist.

Ich habe Jonah immer für einen starken Mann gehalten, aber nun erkenne ich zum ersten Mal, dass er auch tapfer ist.

»Sie sind alle so neu«, flüstert er.

»Nun, ja.« Meine Stimme klingt ruhiger, als ich es erwartet hätte.

»Ich meinte … die Welt zerbricht so viele von uns. Letztendlich vielleicht uns alle. Aber jeder fängt mal so an. Unberührt, glücklich und perfekt. Und wir alle setzen unsere Hoffungen in Kinder, all die Hoffnungen, an die wir selbst nicht länger glauben können.«

»Nicht alle«, sage ich, weiß aber, was er meint. »Das ist nicht wirklich fair, nicht wahr? Wir erwarten so viel von ihnen, selbst wenn wir uns selbst enttäuschen.«

»Wer weiß? Vielleicht werden sie es besser machen, als wir es je konnten. Irgendwann muss es ja mal jemand richtig machen.«

Wenn Nicolas doch nur dieses Leben haben könnte. Für heute weigere ich mich, an all die Enttäuschungen und Gefahren zu denken, die vor ihm liegen. Momentan geht es in seiner Welt nur um Essen und Wärme und Liebe. Das soll er genießen.

Jonah scheint nichts mehr zu sagen zu haben, also frage ich: »Hat Rosalind dich angerufen?«

Er schüttelt den Kopf. »Als ich heute Morgen ins Büro kam, ließen die Leute eine Karte für Shay herumgehen. Ich habe sie unterschrieben, habe erledigt, was zu erledigen war, und bin dann sofort hergekommen.«

»Ich bin mir sicher, dass sie das zu schätzen weiß.«

»Du weißt, dass ich nicht wegen Shay hier bin.«

Ich schlinge die Arme noch fester um meinen Körper. »Bist du hier, um … was … alles zurückzunehmen?«

»Nein. Ich bin hier, um dir eine Erklärung zu liefern, wenn du bereit bist, mir zuzuhören.«

Was könnte Jonah mir mitteilen, um alles wiedergutzumachen? Nichts, wird mir klar. Aber deswegen ist er nicht hier. Wir können das zwischen uns nicht wieder in Ordnung bringen. Wir waren schon lange vor unserer ersten Begegnung kaputt. Jonah will mir nur die Wahrheit sagen. Seine Wahrheit.

Und ich sollte ihm meine erzählen.

Mittlerweile ist mir klar geworden, dass das Aussprechen der Wahrheit ein Ausdruck von Liebe sein kann. Vielleicht trifft das aufs Zuhören ebenfalls zu.

34

Das Seton Central befindet sich mitten in der Stadt, nicht weit vom Highway entfernt. Und doch erstreckt sich direkt daneben der Seider Spring Park. Es handelt sich dabei um einen länglichen, schmalen Grünflächenbereich, der am Shoal Creek Trail entlang verläuft. Nur wenige Minuten nach Verlassen des Krankenhauses spazieren Jonah und ich zwischen den Bäumen hindurch direkt neben dem Wasser her und scheinen vollkommen von der Welt um uns herum abgeschnitten zu sein, obwohl sich das ferne Dröhnen der Autos hin und wieder mit dem Rauschen der Blätter vermischt.

Jonah sieht wirklich mitgenommen aus. Seine Haut ist blass, seine Augen liegen tief in den Höhlen, sein Kinn ist stoppelig, und unter seinem Mantel trägt er eine abgenutzte Jeans. Zweifellos sehe ich auch nicht besser aus.

Wir machen uns schon längst keine Gedanken mehr um unser Aussehen, aber ich kann trotzdem nicht umhin, es zu bemerken.

Moms Lektionen gewöhnt man sich nur schwer ab.

»Tut mir leid, dass ich im Auto so schroff war«, sagt Jonah. »Es war in vielerlei Hinsicht eine schwierige Zeit für dich. Ich hätte mich um deinetwillen zusammenreißen sollen.«

»Du hast mir ehrlich gesagt, was du empfindest. Dafür musst du dich nicht entschuldigen.«

Wir gehen weiter, Seite an Seite. Unter unseren Schritten knistern auf den Boden gefallene Blätter und das von der Dürre trockene Gras. In Austin gibt es keinen Herbst mit roten

Blättern und keinen Winter mit strahlend weißem Schnee. Das Jahr verebbt in einer farblosen Kälte.

»Willst du mir erzählen, was mit Anthony passiert ist?«, fragt Jonah schließlich.

Einst dachte ich, ich könnte das niemals jemandem sagen, schon gar nicht ihm. Und doch ist Jonah nun der einzige Mensch, bei dem ich mir vorstellen kann, es ihm zu erzählen. »Ich war vierzehn. Er und Chloe waren auf dem College und hatten eine feste Beziehung. Eines Nachts, als er zu Besuch war, ging Chloe früh ins Bett und meine Eltern ebenfalls. Anthony hat mich auf der Couch vergewaltigt.«

Nach einem langen Moment sagt Jonah: »Er ist auf dir gekommen. Nicht wahr?«

Gott, das klingt drastisch und explizit. Aber es ist wahr, und von nun an gilt für mich nur noch die ganze Wahrheit, und nicht weniger als das. »Ja, das ist er. Seitdem hasse ich das.«

»Du sagtest, du hättest es Chloe erzählt, und sie hätte dir nicht geglaubt.«

Ich schüttele den Kopf. »Ich habe es meiner Mutter erzählt, und sie hat mir nicht geglaubt. Anthony hat Chloe erzählt, ich hätte versucht, mit ihm zu flirten, und sie wurde wütend auf mich, weil ich ihrer Meinung nach versucht hatte, ihr den Freund auszuspannen. In der Woche vor ihrer Hochzeit habe ich einen letzten Versuch unternommen, ihr klarzumachen, wer und was Anthony wirklich ist. Ich habe versucht, ihr die ganze Geschichte zu erzählen, aber sie wollte sie nicht hören. Jetzt gehört mein Vergewaltiger zur Familie und ist ein Teil von Libby, die ich *so sehr* liebe. Das bedeutet, dass er für immer ein Teil meines Lebens sein wird.«

Jonahs Blick hat sich nach innen gerichtet, und er wirkt, als ob er meine Geschichte aus jedem nur möglichen Blickwinkel aus betrachten würde. »Ich dachte, die meisten Vergewaltigungsopfer könnten nicht mal Anspielungen auf Vergewaltigungen ertragen. Und schon gar nicht … das, was wir getan haben.«

»Du hast recht. Die Reaktionen der meisten Vergewaltigungsopfer sind ganz anders. Aber mit mir hat es eben das gemacht. Es hat mich zu der Person gemacht, die ich jetzt bin.«

Er nickt und ist immer noch tief in Gedanken versunken. »Ich hätte es erkennen müssen«, sagt er leise. »Du wolltest nie auf andere Weise Sex haben, und ein paar deiner Grenzen waren deutliche Hinweise. Ich hätte es wissen müssen.«

»Du hast auch deine Grenzen, genau wie ich«, erwidere ich. In erster Linie plappere ich das nach, was Doreen mir zu dem Thema gesagt hat.

Doch dann erinnere ich mich plötzlich an unseren ersten Abend in der Weinbar, als Jonah und ich die Bedingungen für unsere Vereinbarung ausgehandelt haben. Er hat mich damals gebeten, ihn zu verteidigen, wenn die Situation es verlangen sollte, ihn nicht ernsthaft zu verletzen und … ihn niemals Daddy zu nennen.

Mir dreht sich der Magen um, und Übelkeit überkommt mich. Meine Stimme klingt erstickt, als ich frage: »Jonah, ist dir das auch passiert?«

»Dass ich vergewaltigt wurde? Nein.« Doch Jonah bleibt stehen und wägt seine nächsten Worte sorgfältig ab. »Es war … so viel verstörender als das.«

Was in aller Welt könnte verstörender als eine Vergewaltigung sein? Ich kann mir nichts vorstellen.

Aber ich muss mir auch nichts vorstellen. Ich bin hier, ich kann zuhören. »Wirst du es mir erzählen?«

Er antwortet eine ganze Weile lang nicht. So lange, dass ich anfange zu denken, dass er Nein sagen wird. Stattdessen wendet er sich von mir ab, starrt auf den Bach und beginnt zu sprechen.

»Als mein Vater starb, war ich vier Jahre alt. Als meine Mutter Carter Hale heiratete, war ich noch nicht ganz sechs. Elise war damals fünf, und Rebecca und Maddox waren beide zwei. Sie ließen Porträtfotos der neuen Familie anfertigen – du weißt schon, Mad und ich in Anzügen, die Mädchen in Samtkleidern, Mom und Carter mit dem obligatorischen Lächeln. Das Geld, die Kinder, die Fluggesellschaft, das Anwesen. Sie wollten die ganze Welt wissen lassen, dass sie all das hatten.« Er schüttelt den Kopf. »Niemand hat auch nur geahnt, was hinter den Türen von Redgrave House wirklich vor sich ging.«

»Und was war das?«

Jonah holt tief Luft. »Das erste Mal … Das erste Mal geschah spät in der Nacht, und ich hörte meine Mutter weinen. Das Geräusch hatte ich schon mal gehört, nachdem mein Vater gestorben war. Manchmal half es ihr, wenn ich zu ihr ging und sie umarmte oder so etwas in der Art. Also ging ich in ihr Schlafzimmer. Und Carter war dabei …«

»Sie hatten Sex?«, frage ich. Das würde die meisten Kinder verstören, doch selbst dieses archetypische freudsche Erlebnis hätte Jonah nicht so tief getroffen.

»Carter war dabei, meine Mutter zu vergewaltigen«, sagt er.

»Oh mein Gott.« Ich kann mir nicht vorstellen, das jemals mit ansehen zu müssen, schon gar nicht als kleines Kind.

»Ich verstand es nicht.« Jonahs Stimme bricht. »Ich hatte eine gewisse Vorstellung von dem, was sie taten, aber meine Mutter weinte. Sie blutete. Und dann bemerkte Carter mich und wurde furchtbar wütend. Ich dachte, er würde mich schlagen, doch er tat etwas Schlimmeres.«

»Was?«

»Er zwang mich zuzusehen.«

Galle steigt in meinem Magen auf, und ich befürchte, dass ich mich tatsächlich übergeben muss. Wer zum Teufel tut einem Kind so etwas an? Wessen Geist funktioniert auf so kranke Weise? Der eines Monsters. So etwas kann nur ein Monster tun. All diese Jahre über habe ich gedacht, Anthony Whedon wäre das Schlimmste, was einem je passieren könnte. Doch Carter Hale verkörpert eine ganz andere Dimension von Bosheit.

»Carter ließ sich Zeit. Ich glaube, ich war eine Stunde bei ihnen im Zimmer, bis er mit ihr fertig war. Er sagte mir, das … das sei es, was einen Mann ausmache. Das sei es, was Frauen wollten. Was sie verdienten.«

Die ganze Zeit über habe ich gedacht, dass ich meine eigenen dunklen Dämonen bekämpfen würde, während Jonah unsere Spiele nur zum Spaß spielte. Ich hätte mir niemals träumen lassen, was für eine Bürde er mit sich herumschleppen musste.

Doch selbst wenn ich Stunden damit verbracht hätte, seine Psyche zu analysieren und Vermutungen darüber anzustellen, was seinem eigenen Verlangen zugrunde liegt, wäre ich niemals auf so etwas gekommen.

»Ich glaubte ihm nicht«, sagt Jonah. »Ich wusste, dass das nicht stimmen konnte, denn er hatte meiner Mutter wehgetan. Als ich am nächsten Tag mit ihr allein war, fragte ich sie, ob wir davonlaufen sollten. Mom sagte … sie sagte, manchmal sei es zwischen Männern und Frauen eben einfach so. Sie tat so, als wäre alles in Ordnung. Also redete ich mir ein, dass das stimmen müsse.«

Plötzlich erinnere ich mich daran, wie die Geschichte angefangen hat. »Jonah, du sagtest … du sagtest ›das erste Mal‹.«

Jonahs Lächeln ist schärfer als jede Klinge, die ich je gesehen habe – vielleicht so scharf wie die Klinge, von der Jonah sich wünscht, er könnte sie seinem Stiefvater an die Kehle halten. »Vielleicht hat es Carter angemacht. Er demütigt meine

Mutter gern, und was könnte demütigender sein, als ihr Kind ins Zimmer zu holen und es zu zwingen, ihm zuzusehen? Also fing er an, in mein Schlafzimmer zu kommen, wenn ich versuchte zu schlafen. Er trug mich in ihr Zimmer und ließ mich nicht gehen. Er zwang mich, all die Dinge, die ›Daddy‹ ihr antat, laut auszusprechen.«

Ich stelle mir einen kleinen Jungen im Pyjama vor, vielleicht mit kleinen Raketen auf dem Baumwollstoff, der diese Worte aussprechen muss. Es ist so, als würde der Schmerz dieses Augenblicks durch die Zeit springen, um nun *mein* Herz zu durchstechen. »Oh Gott, Jonah, das tut mir leid. Das tut mir so leid.«

Er scheint mich nicht zu hören. Nun, da er diese schreckliche Geschichte begonnen hat, kann er nicht aufhören, bis er sie zu Ende erzählt hat. »Zuerst zwang Carter mich, von der Ecke aus zuzusehen. Nach einer Weile musste ich mich ans Fußende des Betts setzen. Und ein paarmal zwang er mich … Er … Vivienne, er zwang mich, auf seinem Rücken zu sitzen.«

Herr im Himmel. Nun ist mir nicht mehr übel, sondern ich habe das Gefühl, gleich das Bewusstsein zu verlieren. Wenn es für mich schon schrecklich ist, das zu hören, wie muss es dann für Jonah gewesen sein, mit einer solchen Bürde aufzuwachsen?

»Irgendwann zwang er auch Elise dazu zuzusehen«, sagt Jonah. »Allerdings gelang es uns, ihn davon abzuhalten, auch noch Rebecca und Maddox mit hineinzuziehen. Wir beschützten sie. Manchmal denke ich, dass das das einzig Gute ist, was ich je getan habe: sie zu beschützen. Auf diese Weise konnten sie zu normalen Menschen heranwachsen.« Er fährt sich mit einer Hand durchs Haar. »Wenn du denkst, dass ich verkorkst bin, solltest du mal Elise kennenlernen.«

Ich stelle mir vor, wie sehr der kleine Jonah und die kleine Elise gelitten haben mussten, um die beiden jüngeren Kinder vor dem Schrecken zu bewahren, und ihre Tapferkeit zerreißt mir das Herz. »Wann hörte es auf?«

»Wann Carter aufhörte, meine Mutter zu vergewaltigen? Niemals, soweit ich weiß. Doch als Elise und ich in die Pubertät kamen, wollte er uns nicht mehr bei sich im Zimmer haben, während er es tat. Vielleicht gehörte auch eine Art von Pädophilie zu seinen zahlreichen Psychosen. Oder er dachte, dass wir nun alt genug sein könnten, um zu versuchen, ihn aufzuhalten. Damals suchte ich nicht nach Gründen dafür. Ich war nur froh, dass es vorbei war.«

»Und deine Mutter hat ihn nie verlassen?« Natürlich nicht. Sie leben in unterschiedlichen Stockwerken in Redgrave House. Nun erinnere ich mich wieder an die Zeitungsartikel, in denen Jonahs Mutter als wahnsinnige und gewalttätige Person angeprangert wird.

Nur zu verständlich, dass ihre Kinder sich nicht von ihr abgewandt haben. Sie wissen, dass sie den Verstand verloren hat, weil Carter Hale sie in den Wahnsinn getrieben hat.

»Ich habe sie früher immer gefragt, warum sie ihn nicht einfach verlässt«, sagt Jonah. »Als ich klein war. Ich sagte, sie solle nicht zulassen, dass Carter ihr wehtäte. Doch sie sagte mir immer und immer wieder, dass die Dinge zwischen Männern und Frauen nun einmal so seien. Sie tat so, als wäre alles in Ordnung. Und so wurde diese Art von Gewalt und Erniedrigung in meinem Kopf zu dem, was für mich Sex bedeutet.«

Er hat seine schlimmsten Erinnerungen immer wieder erlebt. Er hat seine Dämonen zum Spielen rausgelassen. Jeder von uns hat angenommen, dass sich der andere einfach nur einem versauten Fetisch hingibt. Doch in Wahrheit haben wir einander durch unsere Albträume begleitet.

»Natürlich habe ich irgendwann den Unterschied zwischen Sex und Vergewaltigung gelernt.« Jonah wendet sich wieder mir zu. Als sich unsere Blicke treffen, fühlt es sich an, als würden wir einander zum ersten Mal anschauen. »Ich wusste, dass ich das, was Carter meiner Mutter antat, niemals jemandem antun würde. Ich würde jede Frau, die sich in einer derartigen Gefahr befindet, verteidigen, um die vielen Male wiedergutzumachen, die ich meine Mutter verteidigen wollte und es nicht getan habe. Doch tief im Inneren, auf einer Ebene, die ich nicht bewusst erreichen konnte, wollte ich etwas, dass ich mir niemals gestatten konnte.«

»Bis wir einander gefunden haben«, sage ich.

»Nein. Zu wissen, was dir passiert ist … Das verändert alles.«

»Warum?« Ich will ihn schütteln. »Du hast mir nicht wehgetan, Jonah. Du hast mir *geholfen*. Aus irgendeinem Grund hilft mir das, was wir miteinander tun, mein Trauma zu verarbeiten. Ich habe mich so lange geschämt. Ich habe mich so schmutzig gefühlt. Dank dir konnte ich diese Scham ein wenig ablegen.« Warum fühle ich mich so viel freier, wenn ich mich Jonah auf diese Weise hingegeben habe? Ich weiß es nicht, und doch ist es so.

Unsere Spiele sind für mich die einzige Möglichkeit, der Scham zu entkommen. Die einzige Möglichkeit, die ich je hatte.

Jonah sieht aus, als wäre er zwischen Wut und Tränen hin- und hergerissen. »Ich bin froh, dass es dir etwas bedeutet hat. Etwas Gutes. Aber die Dinge, die ich dir antue – nun, da ich weiß, was du durchgemacht hast, kann ich das nicht mehr. Zu wissen, dass du die Erinnerung an eine tatsächliche Vergewaltigung durchlebst, wenn wir zusammen sind – das kann ich einfach nicht.«

Ich kann diesen »Es ist zu deinem eigenen Besten«-Mist gerade nicht ertragen. »Du willst mich verlassen, um mich zu beschützen?«

»Nein. Um mich selbst zu schützen.«

Er darf auch Grenzen haben, erinnert mich Doreens Stimme. Vielleicht sollte auch ich mich um Jonahs willen zurückhalten. Wir haben es hier mit entsetzlichen Erfahrungen zu tun, und vermutlich nicht auf die gesündeste Weise. Trotzdem habe ich immer noch das Gefühl, schreien oder brüllen zu können. Ich will einfach nur irgendwas tun, um ihn davon abzuhalten, mich zu verlassen.

»Was wir haben, geht über Sex hinaus«, sage ich. »Zumindest für mich.«

Jonah weigert sich, mich anzusehen. »Für mich auch.«

»Sollten wir dann nicht wenigstens versuchen, einander zu lieben?« Ich mache einen Schritt auf ihn zu. »Wir haben einander gefunden – zwei Menschen, die auf genau die gleiche Weise gebrochen sind. Das ist ziemlich selten.«

»Und du glaubst, dass die zerbrochenen Kanten zusammenpassen könnten, damit wir wieder zu einem Ganzen werden?«

Er sieht so traurig aus. So verloren. »So funktioniert das nicht. Obwohl ich wünschte, es wäre so.«

Hat Jonah recht? Vielleicht. Trotz allem kann ich das einfach nicht glauben.

Aber ich kann Jonah auch nicht dazu zwingen zu bleiben.

»Dann ist das hier ein Abschied?«, frage ich.

Jonah öffnet den Mund, um Ja zu sagen – ich kann das Wort auf seinen Lippen erahnen –, doch stattdessen sagt er: »Ich weiß es nicht.«

Hoffung überkommt mich. *Er will, dass sich die Dinge ändern. Er scheint nicht zu wissen, wie sie sein könnten, und ich weiß es auch nicht, aber wenn wir es beide wollen, besteht vielleicht noch eine Chance.*

»Du weißt, wo du mich findest«, sage ich. »Selbst wenn es

nicht um, du weißt schon, *uns* geht. Wenn du einfach nur reden willst.«

Er wirft mir einen skeptischen Blick zu. Ich glaube, Jonah teilt seine Probleme normalerweise nicht mit anderen.

Doch nach einem Moment sagt er: »Du kannst auch mit mir reden.«

Nun ist Jonah zu dem einzigen anderen Menschen neben meiner Therapeutin geworden, der vollkommen versteht, was in mir vorgeht. So etwas habe ich in meinem Leben gebraucht. Aber Jonah und ich werden niemals diesen Übergang zu einer Freundschaft erleben, den ich und Geordie haben – oder hatten, bevor ich ihn gestern Abend mit seinem Alkoholproblem konfrontiert habe.

Was wir haben, geht zu tief. Ist zu wichtig. Jonah und ich werden wieder zueinanderfinden oder für immer auseinanderdriften. Dazwischen gibt es für uns nichts.

Auf jeden Fall wird sich unsere Zukunft nicht heute entscheiden. Wir werden sehr lange brauchen, um die Wahrheiten, die wir erfahren und offenbart haben, zu verarbeiten.

»Ich sollte gehen«, sagt Jonah.

Geh nicht weg. Geh nicht. Doch die momentane Intensität der Emotionen ist zu viel für uns beide. Wir müssen die Trümmer unserer Vergangenheit zurücklassen und zu dem Leben zurückkehren, das wir uns aufgebaut haben. »Ich auch. Ich will noch Shay und das Baby besuchen.«

»Gratuliere Ihnen von mir.«

Meint er das ernst, oder ist das nur etwas, das er sagt, um die Stille zu füllen? Vermutlich beides. »Okay. Mache ich.«

Wir gehen gemeinsam durch den Park. Die einzigen Geräusche kommen von dem knisternden trockenen Gras unter unseren Füßen, dem Verkehr, der in der Ferne vorbeizieht, und dem Wasser, das neben uns herfließt. Keiner von uns geht besonders schnell. Jonah will diesen Augenblick so lange wie möglich auskosten, und mir wird klar, dass auch ich das will. Der Unterschied besteht darin, dass er bereit ist, diesen Augenblick unseren letzten sein zu lassen.

Ich bin es nicht. Aber wie ändere ich das, falls ich das überhaupt kann?

Erst als wir den Rand des Parks erreichen, ergreift Jonah wieder das Wort. »Ich werde dich nie vergessen.«

Gottverdammt, jetzt werde ich weinen. »Ich werde dich auch nicht vergessen. Als ob ich das je könnte.«

Er lächelt mich schief an. »Ich werde immer an dich denken, wenn ich dein Bild von dem Mann, der die Taube fängt, an meiner Wand sehe.«

»Er fängt die Taube nicht.«

»Aber seine Hände sind um sie gelegt …«

»Er beschützt die Taube. Er gibt ihr Sicherheit. Im nächsten Moment wird er seine Hände öffnen und sie fliegen lassen.«

Jonah sieht mich lange an, und seine grauen Augen suchen meine. Dann nickt er und geht davon. Einmal mehr, ohne sich zu verabschieden.

Dieses Mal bin ich froh, dass er es nicht getan hat. Denn für uns gibt es kein Lebewohl. Als ich ihm gesagt habe, dass die Taube frei ist, um davonzufliegen, habe ich etwas in Jonah gesehen, das ich noch nie zuvor an ihm bemerkt habe.

Ich habe Hoffnung gesehen.

Und deswegen weiß ich, dass Jonah irgendwie, irgendwann seinen Weg zu mir zurückfinden wird.

Viviennes und Jonahs Geschichte geht weiter:

***Tainted Souls** erscheint am 16. März 2017.*

Warnung

(Teile der Handlung werden vorweggenommen)

Dieses Buch enthält zahlreiche explizite Szenen, in denen sexuelle Übergriffe sehr plastisch dargestellt werden, obwohl jede Begegnung zwischen den Protagonisten vollkommen einvernehmlich stattfindet. Es gibt eine Rückblende, in der eine Vergewaltigung dargestellt wird, die lange vor der Haupterzählung in diesem Buch stattfand, sowie Gespräche über vergangene nicht einvernehmliche sexuelle Begegnungen. Die männliche Hauptfigur begeht keine nicht einvernehmlichen Handlungen. Potenziellen Lesern sollte die Heftigkeit dieser Szenen bewusst sein, und Personen, die derartige Darstellungen problematisch finden oder durch sie an ein Trauma erinnert werden könnten, wird hiermit geraten, sie nicht zu lesen.